Wo bitte geht´s zum Paradies?

„Von allen Welten, die der Mensch erschaffen hat, ist die der Bücher die gewaltigste" (Heinrich Heine)

Daniela Even

Daniela Ewen, geb. Diwo, wurde 1978 in Saarlouis geboren.
Sie ist verheiratet und wohnt in Rehlingen-Siersburg, in der Nähe der französischen Grenze. Beruflich arbeitet sie als Bürokauffrau.

Bereits im Alter von 9 Jahren entdeckte sie ihre Freude am Schreiben und verfasste bis heute zahlreiche Gedichte, 4 kleine Theaterstücke sowie 3 Jugendromane.

»Wo bitte geht´s zum Paradies?« ist ihre erste Veröffentlichung.

DANIELA EWEN

Wo bitte geht´s zum Paradies?

Fantastische Erzählung

Deutsche Erstausgabe
ASARO VERLAG

Asaro Verlag First edition Reihe

© 2008
Daniela Ewen

ISBN 10: 3939698-63-6
ISBN 13: 978-3-939698-63-0

ASARO VERLAG SPRAKENSEHL
Inh. Tanja Schröder
Printed 2008 in Germany

Covergestaltung: Tanja Schröder

Rechtschreibung nach Dudenempfehlung 2006

Internet: www.asaro-verlag.de
E-Mail: mail@asaro-verlag.de

*Einen herzlichen Dank an
Oliver Walbach
für seine tatkräftige Unterstützung
sowie
Jennifer Robert
für die traumhaft schönen Coverfotos,
in denen man wirklich das Paradies finden kann …*

*Für meinen Mann Frank,
ohne den die Reise nie
begonnen hätte.*

Prolog

Beginn einer Reise

Die Nacht war kalt und stürmisch. Eiskalter Regen prasselte auf Ron herab, der ziellos durch die Straßen seiner Stadt lief, immer weiter, wie gehetzt. Ihm war übel, seine Glieder schmerzten und zitterten, und sein Frösteln stammte nicht von der Kälte. Die spürte er nicht einmal. Sein Körper war Schlimmeres gewohnt, seit er sich vor Monaten zum ersten Mal eine Nadel in die Venen gejagt hatte, und seither immer und immer wieder.

»Du siehst aus, als ob du was brauchen könntest, Junge«, hatte der Typ am Hauptbahnhof gesagt. »Das Zeug hier löst alle deine Probleme!«

»Ja, Scheiße!«, dachte Ron. Deprimiert war er gewesen, weil ihm seine Freundin den Laufpass gegeben hatte. Ihm! Froh hätte sie sein sollen, dass er überhaupt mit ihr zusammen war. Stattdessen machte sie ihm eine Szene, er hätte keine Zeit für sie und würde nur noch an den Job denken. Und an die niedliche Sekretärin von Zimmer 201.

Überhaupt, seine Arbeit. Da lief es in letzter Zeit auch nicht so, wie Ron es sich vorstellte.

Die Beförderung hatte Stefan bekommen. Ausgerechnet Stefan. Der Schleimer. Von seinem Job hatte der doch gar keine Ahnung! Aber sich beim Chef lieb Kind machen, das konnte er. Dabei hätte Ron das zusätzliche Geld gut brauchen können. Die Miete war ihm zu Anfang des Jahres beträchtlich erhöht worden, und er wusste nicht, wie lange er sich die Wohnung noch würde leisten können. Und dann, allein daheim in der leeren Wohnung, mit all seinen Problemen und trüben Gedanken, war ihm die Decke auf den Kopf gefallen. Da war er halt abends auf Tour gegangen, von einer Kneipe in die nächste, um sich abzulenken. Eine neue Freundin hatte er aufreißen wollen, die ihn trösten sollte. Stattdessen hatte ihn der Dealer angesprochen und ihm das Feeling seines Lebens in Aussicht gestellt. Und so hatte Ron zugegriffen. Auf in ein besseres Leben!

Jetzt, fast ein halbes Jahr später, war es nicht besser geworden. Seine Wohnung war ihm gekündigt worden, weil er sein Geld in die Sucht gesteckt hatte, statt in die Miete. Egal. Er hatte sowieso keine Möbelstücke oder Wertsachen mehr. Alles hatte er verscherbelt und sich als Heroin in die Adern gespritzt. Sein Job war natürlich auch weg. Die Droge hatte ihn gleichgültig, krank, unzuverlässig und aggressiv gemacht. Das hatte sich sein Chef keine drei Wochen mehr angesehen. Seine Nächte verbrachte er auf der Straße oder im Obdachlosenasyl. Durch die Sucht hatte er sich zum Kriminellen entwickelt, der sich, wo immer es eine Möglichkeit gab, Geld für seinen Stoff besorgte. Durch Klauen, Überfälle und jetzt sogar als Dealer. Leider war die Zivilstreife ihm draufgekommen und hatte ihn quer durch die Stadt gejagt. Das Heroin hatte er auf der Flucht verloren; lauter kleine Stanniolbriefchen, die er um sich gestreut hatte, aus Panik, eingebuchtet zu werden. »Dabei hätte ich es im Knast warm und trocken gehabt«, dachte Ron zynisch.

In einer Fensterscheibe sah er sein Spiegelbild. Mit seinen 30 Jahren sah er aus wie ein lebender Toter; abgemagert bis auf die Knochen und so bleich, dass man deutlich die roten Spuren der Einstiche erkennen konnte, überall auf seinen Armen. Nach Atem ringend vom vielen Laufen und erschöpft schleppte er sich über den nassen Asphalt.

Auf einer Brücke blieb er stehen und sah nach unten. Acht Meter unter ihm fuhren vereinzelte Autos, deren Fahrer bestrebt waren, so schnell wie möglich nach Hause zu gelangen. In Fontänen gischtete das Wasser unter den Reifen hervor, spritzte nach oben und vereinte sich wieder mit dem geschlossenen Wasserfilm auf der Fahrbahn. Die Lichter der Scheinwerfer verschwammen und verschmolzen mit dem Regen.

Der Entschluss war schnell gefasst, und das Letzte, was er hörte, war das Zersplittern seiner Knochen, als er unten aufschlug.

Undurchdringliche Schwärze umfing Ron. Gleichzeitig fühlte er sich leicht, als hätte er eine tonnenschwere Last hinter sich gelassen. Die Kälte und all seine Schmerzen waren plötzlich weg. Die Müdigkeit und Erschöpfung seines Körpers existierten nicht mehr. Er spürte, wie er dies alles wie eine Hülle abstreifte und sein Geist schwerelos einen vorgezeichneten Weg einschlug. Er schien höher und höher zu steigen. Die Dunkelheit löste sich in einem zarten Lichtschein auf. Seine Sorgen waren wie weggewischt, und er fühlte sich gelöst und heiter. Um ihn herum wurde es heller, und er schwebte durch einen glänzenden, dichten Nebel.

»Wow! Wie es in den Büchern steht«, dachte Ron bei sich. »Gleich stehe ich vor dem Himmelstor, und ein alter Mann mit einem Bart drückt mir eine Harfe in die Hand.«

»Du gehörst nicht in den Himmel. Noch nicht.«

Wo kam diese Stimme her? Er hatte doch gar nichts gesagt! Ron konnte nichts sehen, doch hatte er deutlich die Worte hören können, die ihm den Zutritt zum Himmel verwehrten. Klar. Eigentlich hätte er von selbst drauf kommen können. Ein Selbstmörder im Himmel? Davon hatte er im Leben noch nichts gehört. Und im Tod war es anscheinend auch nicht üblich. »Also komme ich jetzt in die Hölle? Wer bist du eigentlich? Wo bist du?« Ron sah sich um, doch er sah nur gleichmäßiges Licht, das den Nebel um ihn erhellte. Die Stimme sprach erneut zu ihm, sie klang sanft, aber mahnend.

»So viele Fragen. Warum stellst du sie erst jetzt? Im Leben hättest du nach Antworten suchen müssen. Du hättest fragen sollen, wer dir helfen kann. Ob Sandra dich nicht doch noch liebt. Ob es keine Chance gibt, mit der Sucht fertig zu werden. Ob es nicht doch noch einen anderen Ausweg gibt als den, den du gewählt hast. Dann wärst du jetzt nicht hier.«
Ron fühlte sich sofort genervt. Um eine Gardinenpredigt zu hören, hätte er nicht zu sterben brauchen. »Wieso? Ich fühle mich prima! Endlich ist alles so, wie es sein soll! Keine Schmerzen mehr, ich bin nicht mehr krank vor Gier nach dem nächsten Schuss! Ich habe keine Sorgen mehr, woher ich die Kohle zum Leben nehmen soll. Das hier hätte ich viel früher machen sollen! Endlich geht's mir gut!«

»Niemandem steht es zu, Leben zu nehmen. Auch das eigene nicht. Das weißt du. Ich hatte noch viel vor mit dir, Ron. Ich hatte gehofft, du würdest deinen Weg finden. Doch du hast den einfachen Weg gewählt, nicht den richtigen.«

Jetzt wurde es Ron zu viel. »So? Du hattest noch was vor mit mir? Was denn? Wolltest du mich noch ein wenig länger verrecken sehen? Welche Zukunft hätte ich denn noch haben können? Willst du das, was ich hatte, etwa ein Leben nennen?«, schrie er in den Nebel hinein. Und die Stimme antwortete ihm. Sie klang traurig.

»Ihr Menschen denkt doch immer, ihr könntet euer Leben selbst in die Hand nehmen und wüsstet über alles Bescheid. Gar nichts wisst ihr. Und du schon gar nicht. Warum hast du deine Zukunft nicht meine Sorge sein lassen? Dein Leben hätte noch in dieser Nacht eine Wendung zum besseren genommen, wenn du nur weitergegangen wärst. Du denkst, du hattest Pech mit dieser Razzia. Junge, sie hätte dir das Leben gerettet. Als Dealer hättest du keine zwei Tage mehr überlebt. Aber hinter dieser Brücke wartete eine Frau auf dich. Sie hätte dir helfen können. Sie hätte dich bei sich aufgenommen und dir geholfen, von der Droge loszukommen.«

»Klar. Mein guter Engel auf allen Straßen. An Märchen glaube ich schon lange nicht mehr«, sagte Ron resigniert.

»Kein Engel. Eine Ärztin. Eine Spezialistin in Sachen Suchtkrankheiten. Sie ist neu in der Stadt und hat gerade heute ihre Praxis eröffnet. So viel zum Thema Märchenstunde. Ron, ich wollte dir helfen. Doch nun, scheint es, hast du dir selbst geholfen. Nur, dein Weg war der falsche. Und bis du das nicht verstanden hast, kann ich dich nicht zu mir lassen.«

»Und was hast du nun mit mir vor? Schickst du mich nun zur Hölle? Mach nur, ich hab´s gerne warm«, meinte Ron sarkastisch. Doch insgeheim fürchtete er sich ein wenig vor der Antwort.

»Hölle? Vielleicht. Es kommt immer auf die Sichtweise an. Ich werde dich mit Sicherheit in keine Feuerschlucht verbannen, denn du bist mein Ebenbild. Ich bin die Liebe, und Liebe ist zu solch einer Tat nicht fähig. Aber es gibt viele Arten der Hölle, wie ihr sie euch vorstellt. In deinem Leben hast du stets davor zurückgeschreckt, dich deinen Problemen zu stellen, mutig zu sein und eine Lösung zu finden, die dir gut tut und dir weiterhilft. Deine Problemlösungen waren einfach und effektiv. Aber nur, wenn es darum ging, dich weiter kaputtzumachen und an den Rand des Abgrunds zu treiben. Nun hör mir zu, und ich werde dir sagen, was dich erwartet. Du wirst eine lange Reise antreten. Im Verlauf dieser Reise wirst du vielen Menschen mit vielen unterschiedlichen Problemen begegnen. Und du wirst ihnen helfen. Jedes Problem weniger bringt dich näher ans Paradies.«

»Wie soll ich das schaffen? Das ist doch unmöglich!«, rief Ron entsetzt. »Dazu brauche ich doch eine Ewigkeit!«

»Und genau die hast du zur Verfügung«, schmunzelte die Stimme. »Ich wage zu behaupten, dass dir die Zeit nicht lang werden wird.«

»Wie merke ich denn überhaupt, dass ich das Richtige getan habe? Wer entscheidet denn, ob eine Lösung gut oder schlecht ist?« fragte Ron, und Verzweiflung machte sich in ihm breit. Diese Aufgabe war doch viel zu hoch für ihn!

»Ich werde entscheiden und dich dann weiterschicken, wenn ich finde, dass du dir die nächste Aufgabe verdient hast.«
»Und wenn ich es nicht schaffe? Lässt du mich dann für immer irgendwo allein? Das kannst du nicht tun!« bettelte Ron.

»Schon mal was von Beten gehört? Vertrau mir doch einfach. Gute Reise!«

Bevor er noch irgendetwas sagen konnte, wurde Ron von einem Wirbel erfasst, der ihn mit sich fortriss. Licht, Dunkel und viele verschiedene Farben wechselten einander ab, Bilder von Menschen und Landschaften zogen blitzartig an Ron vorbei, bis sich der Sog verlangsamte. Ron hatte plötzlich das Gefühl, kleiner zu werden. Die Gestalt eines kleinen Mädchens von etwa 11 Jahren tauchte vor ihm auf. Rons Geist durchdrang die körperliche Hülle und machte sich in ihr breit. Er *war* das Mädchen! »O mein Gott, ich glaube, ich spinne!«, dachte Ron panisch. Dann öffnete er die Augen.

1

Ägypten, 1280 v. Chr.

»Was ist denn los, mein Mädchen? Warum sprichst du nicht weiter?«, hörte er die brüchige Stimme eines alten Mannes. Ron blinzelte. Das Bild vor seinen Augen wurde langsam klar.

Er stand vor einer strohgedeckten Lehmziegelhütte, die brüchig aussah und an vielen Stellen nach Ausbesserung schrie. Davor saß auf einem wackligen hölzernen Bänkchen ein hagerer Greis, dessen lederartige Haut von der Sonne gegerbt schien. Seine wenigen Haare waren weiß, sein Bart kurz und dünn, seine Zähne schon nicht mehr vollständig. In Händen hielt er ein angefangenes Geflecht aus Binsen, von denen er neben sich ein großes Bündel liegen hatte. Als Ron ihm in die Augen sah, wurde ihm klar, dass der Mann blind war. Die Pupillen waren weiß und irrten ziellos hin und her auf der Suche nach einem Bild, das sie nie sehen würden.

»Ein Glück, dass er mich jetzt nicht sehen kann!«, dachte Ron spontan und schämte sich im gleichen Moment für diesen Gedanken. Er sah an sich herab. Seine kleinen, staubigen Füße, oder vielmehr die des Mädchens!, steckten in ärmlichen Sandalen aus Stroh, die in absehbarer Zeit auseinanderfallen würden. Er trug ein wohl handgewebtes Kleid aus grober, brauner Wolle mit kurzen Ärmeln, das ihm bis zu den Knöcheln ging. Ron betrachtete seine nackten Arme, sie waren braun gebrannt und kräftig für so ein junges Mädchen. Seine Hände zuckten nach hinten und fassten eine Haarsträhne. Sie war mehr als schulterlang und ebenfalls dunkelbraun, fast schwarz. »Ein Königreich für einen Spiegel!«, schoss es Ron durch den Kopf. Hier gab es ja nicht mal eine Fensterscheibe. Wenn er nur wüsste, wo »hier« war!

»Miriam?«, fragte der alte Mann verwirrt. »Hast du die Sprache verloren?« Aha. Miriam hieß er also. Nun musste er nur noch wissen, welche Sprache er eigentlich verloren hatte! Aber bevor er zum Nachdenken kam, antwortete er wie von selbst mit einer hellen Kinderstimme: »Nein, Eli. Ich muss jetzt nach Hause, meiner Mutter helfen.«

»Ja, das ist gut. Hilf ihr, mein Kind. Sie kann es jetzt brauchen, wo doch dein Brüderchen unterwegs ist.«

»Oder Schwesterchen«, lachte Miriam.

Ron war verwirrt. Das war ja seltsam. Er konnte diese merkwürdige Sprache verstehen und sogar selbst sprechen. Oder war es das Mädchen, das sprach, und er selbst war nur als Zuschauer hier? Nein. Das konnte nicht sein. Eben hatte er als Miriam gehandelt und sich bewegt. Schließlich sollte er ja auch irgendwas *tun,* nein, er musste etwas tun, um wieder von hier wegzukommen. Da war es eigentlich nicht mehr als nützlich, auch die passende Sprache zu sprechen. Und das ging wie von selbst!

»Ein Glück«, dachte Ron, »sprachbegabt war ich ja noch nie! Wahrscheinlich habe ich nicht nur Zugriff auf den Körper, sondern auch auf das Wissen des Mädchens. So eine Art Lexikon, auf das ich zurückgreifen kann. Gott sei Dank! Wäre ja auch etwas auffällig, wenn Miriam sich plötzlich auf Deutsch mit ihren Eltern unterhalten würde. Sicher haben die noch nie was von Fernsehen und Fast Food gehört.« Er forschte ein wenig tiefer in Miriams Gedanken und erfuhr bald, dass sie eine 11-jährige Hebräerin war, deren Familie hier als Sklaven lebte. Hier, so fand er heraus, war Ägypten, Ägypten unter der Regierung von Pharao Sethos.

»Na wunderbar«, stöhnte Ron in Gedanken. Und was jetzt? »Hätte ich nur in Geschichte besser aufgepasst. Ich habe nicht die geringste Ahnung, was hier Sache ist.« Immerhin hatte er den Namen Sethos schon mal gehört, aber in welchem Zusammenhang? Er grübelte und grübelte, aber die Erleuchtung blieb aus. Eine innere Stimme, wohl Miriams, gab ihm ein, sich auf den Weg nach Hause zu begeben. Nach Hause, wo immer das auch sein sollte.

Er überließ Miriam die Führung, und so lief sie auf dem lehmig-sandigen Boden vorbei an ähnlich ärmlichen Lehmhütten, wie Eli sie besaß, durch die sengende Sonne, die hoch am Himmel stand. Daraus schloss Ron, dass es um die Mittagszeit sein musste.

Je weiter sie kamen, desto deutlicher wurde das Geräusch fließenden Wassers, und schon bald konnte Ron einen gewaltigen Fluss sehen, der sich hinter riesig großen Büschen von Binsen und Flussgras durch die Landschaft wand und das Land teilte. »Das erste Zeichen von Leben in dieser Sand- und Lehmwüste«, dachte Ron und staunte. Das musste der Nil sein, von dessen Ausmaßen und ebenso ersehnten wie gefürchteten Überschwemmungen er bisher nur vage gehört hatte. Und Miriams Zuhause war wohl die Hütte, die dem Flussufer am nächsten stand. Ron wünschte sich, einen Blick aufs Wasser werfen zu können, ganz nahe am Ufer zu stehen und sich die unvorstellbaren Wassermengen näher zu betrachten. Und Miriam tat ihm den Gefallen! Sie stand am Ufer, und Ron staunte über den Anblick, der sich ihm bot. Ein unendlich langer, weiter Wasserstrom, der die Farbe des Himmels von leuchtend blau bis ins Blaugraue und an den Rändern die braune Farbe des Ufers widerspiegelte.

Dann staunte Ron nochmals. Er hatte sich schon gewundert, dass Miriam ihn nicht zu bemerken schien. Sie verhielt sich offenbar nicht anders als gewohnt. Aber wann immer er es wollte, konnte er eingreifen und sie durch seine Gedanken zum Reden und Handeln bewegen, wie er es bestimmte. Nur deshalb konnte sie zum Ufer gegangen und dort stehen geblieben sein, um den Nil zu betrachten. Für jemanden, der dort wohnte und jeden Tag dieses Bild vor Augen hatte, war es sicherlich nichts Neues mehr!

»Aha, so funktioniert das«, dachte sich Ron erfreut. Er hatte sich schon gefragt, welche Schwierigkeiten ihn wohl in seiner fremden Haut erwarten würden, wie viel Unbekanntes er zu meistern und zu erklären hätte. Aber wenn die Sache so aussah, würde es vielleicht gar nicht mal so schwer werden. Miriam würde ihr Leben wie gewohnt gestalten, er konnte die Lage in Ruhe beobachten, und sobald ihm etwas auf- oder einfiel, würde er eingreifen. In Gedanken lehnte sich Ron erleichtert zurück und entspannte sich für eine Weile. Vielleicht war diese Mission ja doch nicht die Hölle? Für einen Moment wurde er zuversichtlich. Dann fiel ihm ein, dass er ja noch gar nicht wusste, welche Aufgabe er zu erfüllen hatte. Er würde Augen und Ohren offen halten müssen, damit er seine Chance nicht noch womöglich verpasste! Das letzte, was er wollte, war, hier festzusitzen und als Mädchen groß zu werden!

Aber so weit war es noch lange nicht. Sein Abenteuer hatte soeben erst begonnen, und Ron hatte die leise Ahnung, dass er so schnell nicht von hier wegkommen würde.

Nachdem er sich sattgesehen hatte, wandte Miriam sich um und betrat die Hütte, in der sie mit ihrer Familie lebte. Nur ein dünn geflochtener Vorhang aus Binsen und Weiden trennte sie von dem, was draußen geschah. Drinnen wurde sie schon erwartet. Ein Junge von etwa 13 Jahren war dabei, den Mittagstisch zu decken, und eine kleine, zierliche Frau mittleren Alters stand an einer Feuerstelle und rührte in einer dünnen Gemüsesuppe, die in einem Kessel eben zu kochen begann. Ihr langes, dunkelbraunes Haar zeigte schon viele graue Strähnen, und im schmalen, eingefallenen Gesicht konnte man an den Sorgenfalten ablesen, wie schwer das Leben für ihre Familie und ihr Volk zu ertragen war. Pharao Sethos hatte den Bau einer neuen Stadt beschlossen, und die Hebräer sollten mit all ihrer Kraft und, wenn nötig, mit ihrem Leben, für deren Wachstum sorgen. Auch Frauen jeden Alters waren nun gefragt, wenn es hieß, Lehmziegel zu formen, um ihre Männer mit Baustoffen zu versorgen. Allein die Mittagshitze bedeutete eine kleine Pause, in der sie ausruhen und ein wenig Nahrung zu sich nehmen konnten, die jedoch zu ärmlich war, um Kraft zu geben.

Die Frau hatte Miriam bemerkt und rief: »Da bist du ja endlich! Schnell, beeile dich, hole uns Wasser, damit dein Vater genügend zu trinken hat. Er muss jeden Moment kommen. Du weißt, wie schwer er arbeiten muss. Wir müssen ihn gut versorgen, damit er nicht krank wird. Die Aufseher sind nicht zimperlich, wenn jemand nicht mehr arbeiten kann.«

»Ja, Mama. Ich beeile mich!«, rief Miriam und lief mit einem kleinen hölzernen Eimer zum Flussufer, um zu schöpfen. Brunnen gab es im Viertel der Israeliten keine. Als Trink- und Waschwasser diente das Wasser des Nils.

Als sie wieder zurückkam, hatte sich ihre Mutter an den kleinen, wackeligen Tisch gesetzt, an dem die vierköpfige Familie gerade so Platz hatte. Man sah ihr die Erschöpfung an. Sie war bereits im 8. Monat schwanger, auch wenn das weite, zerschlissene Kleid dies gut verbarg. Nicht mehr lange, und sie würde für ein weiteres Kind zu sorgen haben. In Wirklichkeit sorgte sie sich bereits jetzt. Wie sollte sie das bewerkstelligen, wenn sie doch gleichzeitig Lehmziegel herstellen musste? Pharao kannte keine Gnade und seine Aufseher keine Rücksicht. Wer nichts leistete, wurde hart bestraft. Manch einer hatte schon sein Leben verloren. Sethos war das gleich. Er hatte mehr als genug Sklaven, denn das Volk Israel war groß. Beinahe zu groß.

»Ich wünschte, der Gott Abrahams, Isaaks und Jakobs würde uns retten«, flehte sie in Gedanken zum Himmel. Doch der Allmächtige schien sie vergessen zu haben. Sein auserwähltes Volk litt Tag um Tag, Jahr um Jahr und hoffte auf Erlösung. Doch diese blieb aus. Kein Retter war in Sicht. Wenn kein Wunder geschah, würden sie als Sklaven zugrunde gehen.

Ihr Ehemann betrat die Hütte und riss Jochebed aus ihren trüben Gedanken. Müde schleppte er sich zu Tisch, setzte sich auf die kleine Holzbank und lehnte seinen schmerzenden Rücken an die lehmverputzte Wand, die von der Sonne aufgeheizt war. Nicht einmal dort fand er Kühlung. Stumm drückte er seine Frau an sich und strich dem Jungen durch die Locken.

»Hallo, Vater. Komm, ruh dich aus. Ich bringe dir zu essen.« Miriam sprang zum Kessel und füllte die Tonschale des Vaters mit der Suppe, dann die ihrer Mutter. Dann kam ihr Bruder an die Reihe, und schließlich schöpfte sie für sich selbst, nahm am Tisch Platz, und nachdem ihr Vater den Tischsegen gesprochen hatte, aß die kleine Familie, voll Dankbarkeit, dass sie überhaupt etwas zu essen hatten.

Ron beobachtete still die Szenerie, die sich durch Miriams Augen vor ihm abspielte. Plötzlich fiel ihm ein, wie oft er gedankenlos Nahrungsmittel weggeworfen hatte, weil er satt war oder weil sie ihm nicht geschmeckt hatten. Er betrachtete den Mann, der an seiner Seite saß. Sein schwarzer Bart und seine Schläfenlocken waren verschwitzt und von Lehm verklebt. Auch durch sein Haar zogen sich bereits graue Strähnen. Sein Körper war mager, aber dennoch kräftig genug, den Strapazen seiner täglichen Fronarbeit standzuhalten. Er trug ebenfalls ein handgewebtes, kurzärmeliges Gewand in einem dunklen Rot mit braunen und weißen Streifen, das ihm bis zu den Knien reichte und in der Taille gegürtet war. Auf der braun gebrannten Haut der Arme und Beine waren dünne, bereits verblasste Striemen einer Peitsche zu erkennen. Sein Gesicht war von der Sonne gezeichnet und von tiefen Falten durchzogen. Doch seine dunkelbraunen Augen blickten standhaft und fest in die Zukunft in dem Glauben, dass alles einmal besser werden würde.

Die Familie hatte ihr Mahl beendet. Jochebed wandte sich an ihre beiden Kinder: »Miriam, du wirst das Geschirr waschen, und du, Aaron, sorgst für genügend Feuerholz, damit ich auch morgen für uns kochen kann. Amram, mein Mann, leg dich noch ein wenig hin. Versuche zu schlafen, damit du nachher wieder bei Kräften bist. Ich werde mich noch ein wenig an meinen Webstuhl setzen. Bald seid ihr Kinder wieder aus allen Kleidern herausgewachsen, und das Kleine will ja auch nicht frieren.«

Miriam und Aaron taten, wie ihnen geheißen. Auch Aaron würde nachher seinem Vater und seiner Mutter zur Baustelle folgen, denn mit seinen 13 Jahren war er in seinem Volk schon ein Mann, der arbeiten konnte. Miriam hingegen war noch zu klein, um so schwer arbeiten zu können. Sie war noch nicht von Nutzen und musste daher Tag für Tag zusehen, wie ihre Familie zur Fronarbeit ging. Manche Träne hatte sie darüber vergossen, wenn sie das Leid sah, das ihre Eltern und ihr Bruder ertragen mussten. Die Arbeit war schwer, und die Peitsche schlug schmerzhafte und blutige Wunden. Abends blieb ihr oft nichts anderes zu tun, als tiefe Striemen sanft und vorsichtig auszuwaschen und mit Kräutern zu verbinden, damit sie bald wieder heilen und sich nicht entzünden würden.

Und bis dahin war sie allein. Die wenigen Kinder in dem Viertel, die in Miriams Alter waren, blieben lieber unter sich und wollten mit ihr nichts zu tun haben. Sie wirkte so anders als alle anderen. Ihre Augen waren weise wie die einer alten Frau, und ihr Wissen um Kräuter und Heilmittel machte sie ihnen unheimlich.

Miriam verstand das nicht. Sie war vielleicht etwas vernünftiger als andere Kinder, und sie wusste in ihrem jungen Leben bereits, dass es Wichtigeres gab als Spiel und Spaß. Doch waren sie nicht alle ein Volk? Sie sollten zusammenhalten, anstatt sich gegenseitig auszugrenzen.

Aber Kinder waren Kinder, und sie gehörte eben nicht dazu. So hatte Miriam sich mit Eli angefreundet, dem blinden Korbflechter, der ihr so manche lehrreiche Geschichte erzählt hatte. Zu ihm ging sie fast jeden Tag, und immer saß er an der gleichen Stelle vor seiner Hütte und flocht seine Körbe. Auch jetzt machte sie sich wieder auf den Weg zu ihm.

Ron war von dem ruhigen und klugen Wesen des Mädchens beeindruckt. »Ein solches Mädchen gäbe es in meiner Zeit gar nicht. Noch so jung und schon so tapfer und stark.

Wenn ich daran denke, wie oberflächlich wir doch leben. Jeder Tag ist eine Party, und wenn's mal nicht nach Wunsch läuft, wird gleich laut gejammert. Diese Menschen hier haben wirkliche Sorgen, sie kämpfen jeden Tag um ihre nackte Existenz. Wir haben uns unsere Sorgen meistens selbst gemacht. Und ich ebenfalls«, gestand er sich selbst ein.

Er war gespannt, was es mit dem Korbflechter auf sich hatte. Aus Miriams Gefühlsleben hatte er nur herausgelesen, dass er sehr wichtig für sie war. Überhaupt war Ron von der Zeit und dem Volk, in das er so unfreiwillig gerutscht war, fasziniert. Woher nahmen diese Menschen die Kraft, all diese Schikanen, all das Leid und die Schmerzen auszuhalten? Lag es wohl daran, dass es für sie nichts anderes gab? Keine Alternativen? Dies war für sie das Leben, und es war selbstverständlich, so zu leben, da es anders nicht ging. Die meisten kannten wohl seit ihrer Geburt kein anderes Leben, und die Sklavenarbeit war für sie nichts anderes, als Ron es von seinem Job her kannte. Nur etwas sehr viel extremer, das musste er zugeben. Er hatte es noch nicht mit eigenen Augen gesehen, was die Menschen hier tagtäglich zu erdulden hatten. Es gehörte zur Normalität, unter Pharao Sethos' Befehl zu schuften, bis man irgendwann erlöst wurde. Und Erlösung brachte nur der Tod.

Aber Ron hatte etwas gesehen, in Amrams Augen. Eine Hoffnung, die ihm half, stark zu bleiben und durchzuhalten, was immer die Zukunft auch bringen mochte. Woran glaubte Amram? Wodurch erhielt er seine innere Kraft?

Ron war selbst nie religiös gewesen. Zwar hatte seine Großmutter ihn als kleinen Jungen im katholischen Glauben unterwiesen, aber im Laufe der Jahre war dieser schnell verloren gegangen. Seine Götter waren die Arbeit und das Geld und das, was er sich davon leisten konnte. Und zum Schluss war es das Heroin gewesen. Woran hätte er glauben sollen? Gott hatte ihm nie geholfen, als es ihm schlecht ging. Allerdings hatte er auch nie zu ihm gebetet. Und nun war er hier. Das hatte er jetzt davon. Seine Großmutter hatte ihm glatt verschwiegen, dass Gott nachtragend war ...

Über all diesen Gedanken waren Ron und Miriam bei Eli angekommen, und wie bei Ron´s Ankunft, so saß er noch an seinem Platz über seiner Flechtarbeit. Als er Miriams Schritte näher kommen hörte, horchte er auf.

»Hallo, Eli, ich bin wieder da«, lachte Miriam und legte ihre Hand auf die des alten Mannes. »Wie schön, mein Kind«, freute sich Eli und lud das Mädchen mit seiner trockenen Stimme ein, sich zu ihm zu setzen. Miriam setzte sich im Schneidersitz neben ihn auf den warmen Boden. »Ich bin so froh, dass ich dich jeden Tag besuchen darf«, meinte sie, und ihre Stimme klang etwas bekümmert, als sie fortfuhr: »Sonst wäre ich jeden Tag allein und hätte keinen, der mir zuhört und mit mir redet.«

»Aber du hast doch deine Eltern und deinen Bruder. Reden die denn nicht mit dir?«, fragte Eli. »Ach, Eli, die haben ihre eigenen Sorgen. Papa und Aaron müssen jeden Tag zur Baustelle des Pharaos, und jeden Abend, wenn sie zurückkommen, schlafen sie direkt ein, so erschöpft sind sie. Vorher wasche ich sie und versorge ihre Wunden, wenn die Aufseher sie ausgepeitscht haben. Sie tun mir so leid! Jeder quält sie und behandelt sie geringer als den Staub zu ihren Füßen. Und Mama muss auch mithelfen, obwohl doch schon bald ihre Zeit kommt. In der restlichen Zeit sorgt sie dafür, dass wir zu essen und anzuziehen haben, und obwohl ich ihr schon viel helfe, ist sie immer müde und froh, wenn sie ausruhen kann. Da bleibt für mich nicht viel Zeit.«

»Weißt du, Miriam, ich bin auch froh, dass du jeden Tag zu mir kommst«, meinte Eli und tastete nach einem weiteren Halm in dem Bündel Weiden neben ihm. »Ich bin alt, und viele meinen, ich wäre zu nichts mehr nütze. Besuch bekomme ich nur selten, weil ich zur Arbeit zu alt bin und alle anderen an der neuen Stadt des Pharaos bauen. Mir geht es fast wie dir, nur dass ich zu alt bin und du zu jung. Mit meinen Körben kann ich mir den Lebensunterhalt verdienen, die sind auch bei den Ägyptern gefragt. Aber sonst kann ich niemandem eine große Hilfe sein. Irgendwann kommt die Zeit, in der der Allmächtige mich zu sich ruft, und dann werden sie mich bald vergessen haben.«

»Aber Eli, das darfst du doch nicht sagen!«, rief Miriam erschrocken. »Ich werde dich nie vergessen und immer an dich denken!«

»Das ist lieb von dir«, lächelte Eli. »Kannst du mir wieder eine Geschichte erzählen?«, bat Miriam. »Du weißt so viele wundervolle Dinge, und du hast so viel erlebt. Erzähl mir davon. Es wäre so schade, wenn das alles vergessen würde. Deine Geschichten sind dann auch noch da, wenn du es nicht mehr bist, weil ich alles in meinem Kopf habe und darüber nachdenken kann. Und dann werde ich es weitererzählen.«

»Deinem Geschwisterchen?«

»Ja, dem auch. Und allen anderen, die ich mag.«

»Was möchtest du denn hören?«

»Erzählst du mir, wie unser Volk nach Ägypten gekommen ist? Das ist so aufregend!«

Eli lehnte für einen Augenblick seinen schmerzenden Rücken gegen die Wand und legte seine Hände in den Schoß, um sie zu entspannen. Er konnte den aufmerksamen, lebendigen Blick des Mädchens beinahe fühlen, der gespannt und neugierig auf ihn gerichtet war. Für einen Moment sammelte er seine Gedanken, dann begann er mit leiser, heiserer Stimme zu erzählen.

»Weißt du, es ist schon viele Jahre her, da lebte im Lande Kanaan ein Mann namens Jakob, der hatte 12 Söhne. Ihre Namen waren Ruben, Simeon, Levi, Juda, Isachar, Sebulon, Asser, Gad, Dan, Naftali, Benjamin und Josef. Du siehst, von diesen Söhnen Jakobs, der auch Israel genannt wurde, haben unsere Stämme ihre Namen. Sie sind unsere Urväter. Josef aber war der Liebling Jakobs, weil er ihm von seiner liebsten Frau geboren wurde. Jakob bevorzugte ihn und schenkte ihm ein Kleid, so prächtig und schön anzusehen, dass alle seine Brüder neidisch auf Josef wurden. Damit aber nicht genug. Josef hatte in seiner Jugend schon seltsame Träume, die er seinen Brüdern erzählte. Einmal träumte er von 11 Garben Korn, die sich alle vor seiner Garbe verneigten. Ein anderes Mal träumte er von Sonne, Mond und 11 Sternen, die sich alle vor seinem Stern beugten. Josef wusste die Träume noch nicht zu deuten, aber er ahnte, dass aus ihm vielleicht noch etwas Besonderes werden sollte. Das passte seinen Brüdern natürlich nicht. Sie nannten ihn Angeber und Vatersöhnchen, und der Neid und Hass auf ihn wuchsen von Tag zu Tag.«

»Das kann ich mir vorstellen«, meinte Miriam. »Das war auch ungerecht von Jakob, einen Sohn so sehr zu bevorzugen.«

»Da hast du Recht. Aber Jakob dachte sich nichts dabei, und er sah auch nicht, dass seine Söhne immer missgünstiger wurden. Eines Tages erhielten Josefs Brüder die ersehnte Gelegenheit, es ihrem Bruder heimzuzahlen. Sie stürzten sich auf ihn, rissen ihm das schöne Gewand herunter und warfen ihn in einen leeren Brunnenschacht.«

»Der arme Josef!« rief Miriam mitleidig. »Wie konnten sie das nur machen! Er war doch ihr Bruder!«

»Sie meinten es sicherlich nicht so böse, wie es war. Wahrscheinlich wollten sie ihm nur einen Schrecken einjagen, aber dann nahm die Wut überhand, und sie verloren die Kontrolle über sich. Immerhin taten sie ihrem Bruder nicht weh. Als Josef aber nun in dem Brunnen saß und um Hilfe rief, wussten sie nicht so recht, was sie mit ihm tun sollten. Ruben, der älteste Bruder, machte sich Sorgen, was wohl ihr Vater sagen würde, wenn herauskam, was sie Josef angetan hatten. Als Ältester war er auch vor seinem Vater für Josef verantwortlich. Er wollte warten, bis seine Brüder nach Hause gingen, und Josef aus dem Brunnen herausziehen.

Aber es kam ganz anders. Eine Gruppe von Ismaeliten, die in der Wüste leben, zog vorbei, und die Brüder beschlossen, Josef an sie zu verkaufen. So geschah es. Das schöne Kleid von Josef tauchten sie in das Blut einer Ziege, die sie geschlachtet hatten, und erzählten ihrem Vater, Josef sei im Kampf gegen ein wildes Tier umgekommen. Jakob war untröstlich, weinte und sagte, er würde die Trauer um Josef mit ins Grab nehmen. So traurig war er über das, was geschehen war. Josef indessen wurde von den Ismaeliten nach Ägypten gebracht, wo er als Sklave an einen Mann namens Potifar verkauft wurde. Dieser Potifar merkte schnell, dass Josef sehr intelligent und zuverlässig war. Er vertraute ihm bald seinen ganzen Haushalt an, und Josef wurde sein Wirtschafter. Alles hätte gut sein können, wäre da nicht Potifars Frau gewesen. Josef gefiel ihr, und sie wollte unbedingt mit ihm zusammen sein. Josef wehrte und weigerte sich, als sie ihn wieder mal verführen wollte, doch da rief die Frau plötzlich laut um Hilfe und behauptete, Josef hätte ihr Gewalt antun wollen. Potifar konnte es kaum fassen. Niemals hätte er Josef dies zugetraut. Doch er glaubte seiner Frau, und Josef wurde ins Gefängnis geworfen.«

»Und das jetzt, wo ich gerade dachte, dass er endlich mal Glück hat«, seufzte Miriam. »War er ganz allein im Gefängnis?«

»Nein«, erwiderte Eli. »Mit ihm zusammen saßen zwei Höflinge des Pharaos in der Zelle. Diese waren sehr besorgt, denn sie hatten seltsame Träume gehabt, die sie nicht verstehen konnten. Josef ermunterte sie, ihm die Träume zu erzählen. Er wollte versuchen, sie zu deuten. So berichtete der erste, der Mundschenk des Pharaos gewesen war, von seinem Traum. Er sah sich selbst, wie er den Saft von drei Reben voller Trauben in einen Kelch presste und diesen Pharao reichte. Josef überlegte einen Moment, dann deutete er dem Mundschenk seinen Traum so: Drei Reben bedeuteten drei Tage, und in drei Tagen würde Pharao ihn wieder in sein Amt einsetzen. Da wurde der Bäcker mutig, und auch er erzählte seinen Traum. Im Schlaf sah er sich, wie er einen Korb mit drei Broten auf dem Kopf trug, die er Pharao bringen wollte. Doch die Vögel kamen und fraßen ihm den Korb leer. Josef dachte wiederum nach und deutete den Traum des Bäckers folgendermaßen: Drei Brote bedeuteten drei Tage. In drei Tagen würde der Bäcker zum Tode verurteilt und aufgehängt, und die Vögel würden sein Fleisch fressen.

Und so geschah es. Drei Tage vergingen, bis die Zellentür aufgesperrt wurde und der Mundschenk und der Bäcker herausgeführt wurden. Der Mundschenk wurde wieder in sein Amt eingesetzt und der Bäcker vor den Toren des Palastes aufgehängt.«

»Es ist wirklich alles so gekommen, wie Josef es gesagt hatte?«, staunte Miriam.

»Ja, so war es. Der Allmächtige hatte Josef erleuchtet und sorgte für ihn, auch wenn es auf den ersten Blick nicht so aussah. Doch höre, wie die Geschichte weitergeht:

Josef hatte den Mundschenk gebeten, an ihn zu denken, wenn er wieder bei Pharao war, doch nun, da alles wieder gut war, geriet Josef in Vergessenheit. Eines Tages jedoch wurde der Pharao durch wirre Träume aus dem Schlaf gerissen, die ihm keiner seiner Traumdeuter erklären konnte. Da erinnerte sich der Mundschenk wieder an den jungen Mann, der ihm im Gefängnis seinen Traum gedeutet hatte, und er erzählte Pharao davon. Dieser ließ Josef sofort zu ihm rufen. Josef versprach, ihm zu dienen, so gut es ihm möglich war. Pharao erzählte ihm zwei Träume. In einem sah er, wie sieben magere und sieben fette Kühe nebeneinander grasten, und plötzlich fraßen die mageren die fetten auf, wurden aber nicht fetter davon. Im zweiten Traumbild sah er sieben dünne und sieben dicke Kornähren. Die sieben dünnen Ähren verschlangen die sieben dicken Ähren und wurden doch selbst nicht dicker.«

»Wie seltsam. Und Josef wusste, was die Träume zu bedeuten hatten?«

»Ja. Er deutete Pharao die Träume so: Beide Träume sagten das Gleiche. In den kommenden sieben Jahren würde es Ägypten gut gehen, es würde Nahrung für alle im Überfluss geben. Danach jedoch kämen sieben Jahre des Hungers, in denen kein Getreidehalm gedeihen würde. Der Pharao war geschockt und fragte um Rat. Josef riet ihm, einen Verwalter einzusetzen, der in den kommenden sieben guten Jahren Vorräte anlegen und gut verwahren würde, damit auch in den sieben Jahren des Hungers genug für alle da war. Pharao fand diesen Ratschlag hervorragend, und er setzte Josef als Verwalter ein. Josef wurde ein Mann von hohem Rang, er kam gleich nach dem Pharao selbst.«

»Das ist ja schön. Das hat er sich wirklich verdient«, freute sich Miriam. »Und dann?«

»Nun, dann kam es so, wie es vorausgesagt war. Nach sieben Jahren, in denen die Kornspeicher überflossen und es ganz Ägypten an nichts mangelte, folgten die sieben Jahre der Not. Die fruchtbringenden Überschwemmungen des Nils blieben aus, alles vertrocknete, und der Hunger hielt Einzug. Aber dank Josefs vorausschauender Lagerhaltung musste niemand ernsthaft Not leiden. Die Speicher wurden nach und nach geöffnet und der Inhalt an das Volk verteilt. Doch die Hungersnot hatte nicht nur Ägypten im Griff. Auch in Kanaan sah es trübe aus. Josefs Familie musste ebenfalls hungern, wie viele andere auch. Und so beschlossen die Brüder, sich auf den Weg nach Ägypten zu machen, um dort Getreide zu besorgen. Sie hatten gehört, dass es dort noch genügend Nahrungsmittel für alle gab. Jakob ließ sie ziehen, alle bis auf Benjamin, den jüngsten Sohn. Er sagte: Ich habe schon Josef verloren. Benjamin gebe ich nicht her.«

»Und dann? Haben die Brüder Josef erkannt?«

»Nein. Die Brüder kamen an den Hof und wurden zu Josef gebracht. Nur waren zu viele Jahre vergangen, seit sie Josef das letzte Mal gesehen hatten. Niemals hätten sie damit gerechnet, dass der reiche und mächtige Mann, vor dem sie knieten, ihr Bruder sein könnte. Sie hatten ihn doch als Sklaven und Israeliten verkauft, hier aber war er ein mächtiger Ägypter. Josef jedoch erkannte sie sofort und beschloss, ihnen eine kleine Lehre zu erteilen.«

»Das haben sie sich auch verdient! Was hat er denn gemacht?«

»Nun, er ließ sich ihre Geschichte erzählen. Und so hörte er von einem alten Mann mit 12 Söhnen, von denen einer schon nicht mehr lebte und der andere zu Hause auf sie wartete. Josef tat, als glaube er ihnen nicht und forderte die Brüder auf, zurückzureisen und Benjamin als Beweis mit hier herzubringen. In Wirklichkeit vermisste er seinen jüngsten Bruder und wollte auch ihn wieder sehen. Die Brüder jammerten und meinten, das bräche ihrem Vater das Herz, aber Josef ließ sich nicht erweichen. Als Pfand behielt er Ruben bei sich, während die übrigen Brüder zurückzogen und Jakob berichteten, wie es ihnen ergangen war. Jakob sah ein, dass es wohl nicht anders ging, als auch Benjamin mitziehen zu lassen, und so zogen die Brüder zum zweiten Mal nach Ägypten. Josef freute sich sehr, als er Benjamin wieder sah. Er durfte sich jedoch nichts anmerken lassen, denn noch immer wussten die Brüder nicht, wen sie vor sich hatten. So lud er sie zu einem großen Festmahl und versprach, ihnen viele Säcke voll Getreide mitzugeben. Doch in den Sack des jüngsten Bruders packte Josef heimlich einen Silberbecher von der reich gedeckten Tafel mit ein. Als die Brüder am nächsten Tag abreisen wollten, hielt Josef sie wutentbrannt auf und beschuldigte sie des Diebstahls. Eigenhändig durchsuchte er die Kornsäcke nach dem wertvollen Becher und fand diesen in Benjamins Sack. Entsetzt warfen sich die Brüder zu Boden und flehten um Gnade. Niemals hätte Benjamin gestohlen, und lieber sollte Josef sie alle in den Kerker werfen. Doch wenn Benjamin nicht zurück nach

Hause käme, würde ihr Vater vor Gram sterben. Sie weinten und jammerten und flehten um Erbarmen. Da gab Josef sich ihnen zu erkennen und umarmte sie weinend. Die Brüder konnten es gar nicht glauben, dass ihr todgeglaubter Bruder da vor ihnen stand und einer der mächtigsten Männer Ägyptens geworden war. Und ihre Lektion hatten sie nun gelernt. Josef lud auch Jakob ein, ihn zu besuchen, und voller Freude konnte Jakob seinen verlorenen Sohn wieder in die Arme schließen. Die Brüder blieben in Ägypten und gründeten Familien. So kamen die Hebräer nach Ägypten.«

»Was für eine schöne Geschichte«, meinte Miriam gerührt. »Doch wie kommt es, dass wir nun alle Sklaven sind? Das passt doch gar nicht zu dem, was du nun erzählt hast. Josef war doch mächtig und berühmt.«

»Richtig. Doch jeder Ruhm geht einmal zu Ende. Und auch jedes Leben. So ging auch Josefs Leben vorüber, und als Pharao alt wurde und starb, kam ein Nachfolger auf den Thron, der Josef nicht sehr gut gekannt und auch nicht gemocht hatte. Und von den Hebräern hielt er nicht viel. Zudem fürchtete er, sie könnten zu mächtig werden. So ließ er sie mit Gewalt unterdrücken und knechtete sie. Und so blieb es bis zum heutigen Tag.«

»Danke, Eli. Was für eine schöne Geschichte du mir erzählt hast. Ich habe viel gelernt. Nicht viele Kinder wissen das, glaube ich.«
»Es wissen auch sicher nicht alle Erwachsenen, mein Kind. Es steht ja nirgends geschrieben. Unsere Geschichte ist immer nur weitererzählt worden, von einer Generation zur nächsten. Nun hat aber keiner mehr Zeit, den Geschichten zu lauschen und daraus zu lernen, wie du es tust, Miriam. Vielleicht kommt diese Zeit wieder, wenn Gott der Allmächtige uns aus der Unterdrückung befreit und in das verheißene Land führt, in dem Milch und Honig fließen. So hat er es uns versprochen.«
»Wann soll das denn geschehen?«
»Das weiß nur Gott allein, mein Kind. Wenn er es will, so wird es geschehen. Wahrscheinlich werde ich es nicht mehr erleben dürfen.«
»Und ich?«
»Das kann ich dir nicht sagen. Aber darauf hoffen darfst du, jeden Tag. Denke daran, wenn du Kummer hast, dass uns ein Retter versprochen wurde, der uns von aller Sklaverei befreit.«

»Das werde ich«, versprach Miriam. »Doch Eli, es wird schon langsam dämmerig. Ich helfe dir nun besser rein.« Miriam sprang auf und stützte den alten Mann, der sich von seinem Platz erhoben hatte. Gemeinsam gingen sie in die Hütte, und Miriam richtete Eli ein Abendessen aus den bescheidenen Vorräten, die sie fand. Sie blieb bei ihm, bis er seine Mahlzeit verzehrt hatte, und führte ihn zu seiner Lagerstatt, auf der er die Nächte verbrachte. »Danke dir, mein Kind. Ich wünschte, ich hätte eine Tochter, so wie du es bist.« Eli sprach zum Dank einen Segen über das Mädchen, ehe er sich zum Schlafen niederlegte. Miriam räumte noch ein wenig auf, ehe sie leise die Tür hinter sich schloss und sich auf den Heimweg machte.

Ron war beeindruckt. Auch er hatte an diesem Nachmittag viel gelernt. Diese Geschichte war sehr interessant gewesen. Irgendwie war sie ihm bekannt vorgekommen, doch sicher gehörte sie zu den zahllosen Erzählungen seiner Großmutter, die er alle nach und nach vergessen hatte. Er schämte sich. Miriam hatte nicht den Eindruck gemacht, als ob sie diese Geschichte vergessen würde. Es war die Geschichte des Volkes, in dem sie lebte, und sie war an jedem Tag wieder lebendig. Wie viel wusste Ron denn von der Geschichte seiner Heimat? Die wenigen Dinge aus dem Schulunterricht hatte er längst wieder vergessen. Er hatte sich nie dafür interessiert. Wichtig war für ihn nur seine Zukunft gewesen. Die Vergangenheit war vorbei, warum sollte er sich noch groß um sie kümmern? Dass in der Vergangenheit aber auch seine Wurzeln lagen, war ihm erst jetzt klar geworden.

Als Miriam zu Hause ankam, war noch niemand da. So begann sie, den Tisch für ein kleines Abendbrot zu decken, holte Wasser und schnitt Brot auf. Nicht lange, da kehrten Aaron und die Eltern heim. Sie waren dankbar für die bereitete Mahlzeit und aßen schweigend und müde. Aaron blutete aus einer Strieme, die ihm eine Peitsche quer über den Rücken gezogen hatte. Sachte wusch Miriam sie aus und versorgte ihren Bruder mit einer Heilsalbe, die sie aus Kräutern selbst gemischt hatte, bevor sich alle schlafen legten. Langsam wurde es kühler, und dunkel brach die Nacht herein.

Als der nächste Morgen dämmerte, wurde Ron vom Geraschel der Strohsäcke und leisem Gemurmel wach. Für einen Augenblick lang glaubte er sich zu Hause in seiner leeren Wohnung, bevor ihm bewusst wurde, was ihm da gestern passiert war. »Meine Güte, ich bin ja immer noch tot!«, schoss ihm im Halbschlaf durch den Kopf. Je wacher er wurde, desto klarer wurde ihm, dass sich an diesem Zustand nun auch nichts mehr ändern ließ. Vielleicht aber an der Situation, in die er hineingeraten war. Noch immer war ihm nicht ganz klar, warum er hier gelandet war. Mal abgesehen von der Sklaverei konnte er kein akutes Problem erkennen. Und die Sklaverei konnte er nun nicht abschaffen, schon gar nicht so, wie er jetzt aussah! Eine innere Stimme riet ihm, einfach mal abzuwarten und Geduld zu haben. Geduld? Die hatte noch nie zu Rons Stärken gehört. Aber andererseits hatte er ja wirklich Zeit genug und gerade nichts anderes vor, wie er sich selbst ironisch eingestehen musste. Es würde schon irgendwie weitergehen. Zuerst einmal hieß es, einen neuen Tag zu bewältigen. Wie er gestern gelernt hatte, war dies sicher keine leichte Aufgabe.

Es dämmerte gerade, als Miriam müde und mit zerzausten Haaren nach draußen schlurfte, um Wasch- und Trinkwasser zu besorgen. Ihre Mutter Jochebed bereitete eine Art Getreidebrei zum Frühstück, mit dem sie sich für den Tag stärkten. Nachdem die Tonschalen geleert waren, machten sich alle zur Arbeit auf, außer Miriam, die zuerst den Abwasch erledigte, dann mit einem dünnen, selbst gefertigten Reisigbesen die Hütte ausfegte und anschließend mit einem hölzernen Waschbrett und einem Arm voll Wäsche zum Nilufer ging. Jeder hatte 2 Gewänder in der Familie, immer eines zum Wechseln. Das war schon beinahe als Reichtum zu bezeichnen, denn viele nannten nur die paar Fäden auf ihrem Leib ihr Eigen. Aber da Jochebed geschickt am Webstuhl war, versorgte sie nicht nur ihre Familie mit Kleidung, sodass so manches Knäuel Wolle als Bezahlung für sie abfiel.

Miriam kniete am Ufer nieder und begann, die Kleidungsstücke zu bearbeiten. Dies war eine mühselige Arbeit. Ohne Seife waren manche Flecken nur mit viel Reiben herauszuwaschen. Oft genug blieb trotzdem noch ein Schatten dort zurück, wo der Fleck gewesen war. »Wie lange dauert es denn noch bis zur Erfindung der Waschmaschine?«, fragte sich Ron, der schon vom Zusehen ins Schwitzen geriet. Die ägyptische Sonne hatte sich am Firmament schon hochgearbeitet, und die Temperaturen stiegen erbarmungslos.

Es war schon beinahe Mittagszeit, als Miriam endlich fertig war. Bald schon würde ihre Familie heimkehren. Müde strich sie sich eine verschwitzte Haarsträhne aus dem Gesicht und erhob sich von den schmerzenden Knien. Die nassen Kleidungsstücke legte sie im strohigen Gras des Nilufers aus. Bei der Hitze dauerte es sicherlich nicht lange, bis die Sachen wieder trocken sein würden.

Aus der Ferne konnte sie bereits ihre Eltern erkennen, und Aaron, der hinter ihnen herlief. Flink setzte sie Wasser im Kessel auf und entfachte das Feuer. Beinahe hätte sie vergessen, das Mittagessen zu richten, so sehr war sie von der Wäsche abgelenkt worden!

Als ihre Familie eintraf, wurde das Wasser bereits heiß. »Tut mir leid«, begrüßte Miriam ihre Eltern, »es dauert noch ein wenig, bis das Essen soweit ist. Ich beeile mich!« Mit einem Kuss begrüßte sie ihre Mutter und führte sie zu ihrem Stuhl, damit sie sich ausruhen konnte. Jochebed sah schwer erschöpft aus, und sie schien geweint zu haben. Auch Miriams Vater, der am Tisch Platz nahm, machte ein bedrücktes Gesicht. Aaron, der gerade zur Tür hereinkam, war blass.

»Ist etwas passiert?«, fragte Miriam beunruhigt. »Ist Mutter was passiert, oder dem Baby, oder ...« Entsetzt sah sie, wie sich die Augen ihrer Mutter wieder mit Tränen füllten, und sie lief zu ihr hin, um tröstend den Arm um sie zu legen. »Pharao hat heute einen neuen Befehl erlassen«, sprach Amram leise. »Da ihm unser Volk zu zahlreich geworden ist und er dies als Bedrohung ansieht, hat er geboten, ab heute jeden männlichen Nachkommen unseres hebräischen Volkes unmittelbar nach der Geburt zu töten.«

Miriam knickten die Beine weg, und sie musste sich setzen. Leichenblass starrte sie ihre Eltern an. Sie konnte nicht glauben, was sie soeben gehört hatte. Wie konnte Pharao so etwas befehlen? Wehrlose kleine Babys zu töten, die doch niemandem etwas getan hatten! »Und die Mädchen?«, fragte sie zaghaft. »Denen wird nichts geschehen. Es sind die zukünftigen Männer, die Pharao Angst machen. Er fürchtet sich vor einem Aufstand, dieser Gott in Menschengestalt!« Donnernd ließ Amram seine Faust auf die Tischplatte fallen. Nun machte er seinem Zorn endlich Luft. »Noch haben wir Hoffnung«, beschwichtigte Jochebed ihren Mann mit zitternder Stimme und wischte sich die Tränen aus den Augen. »Vielleicht wird es ja gar kein Junge.«

»Und wenn doch?«

Ja. Und wenn doch? Was dann?

Wie Miriam war auch Ron wie erstarrt vor Schreck. Und allmählich begann ihm zu dämmern, wo hier das Problem liegen könnte. »Aber vielleicht wird es ja wirklich ein Mädchen«, hoffte er. »Kann es nicht ein Mädchen werden? Miriam hätte sowieso lieber ein Schwesterchen!« Er erhielt keine Antwort auf seine stumme Frage. War ja auch albern. Wer sollte ihm denn schon antworten? Er war allein, und er fürchtete sich davor, mit seiner Ahnung Recht zu behalten. Was sollte er dann nur tun? Grübelnd zog sich Rons Geist in sich selbst zurück.

Als Miriam sich an diesem Nachmittag auf den Weg zu Eli machte, war sie voller Sorge um ihre Mutter und das ungeborene Geschwisterchen. Der blinde Mann merkte sofort, dass Miriam betrübt war. »Erzähl mal, meine Kleine, was bedrückt dich denn?« Er tastete nach einem Halm, um ihn in den neuen Korb einzuflechten, den er soeben angefangen hatte. Miriam setzte sich, wie es ihre Art war, im Schneidersitz zu ihm und berichtete, was sich zugetragen hatte. »Oh je. Womit haben wir den Allmächtigen nur erzürnt, dass wir so geschlagen werden!«, rief Eli voll Trauer und Schmerz. »Wann nur wird uns unser Retter gesandt?«

»Was sollen wir denn tun, wenn es ein Brüderchen wird?«, weinte Miriam. »Kannst du uns keinen Rat geben? Du weißt doch so viel! Sicherlich fällt dir eine Lösung ein.«

»Mein Kind, du verlangst viel von mir. Ich bin ein alter Mann, der in diesem Leben nur noch geduldet wird. Ich habe keine Kraft mehr in meinem alten Körper, und selbst die Kraft meiner Gedanken lässt von Tag zu Tag nach. Bald schon werde ich zu meinen Vätern gehen. So gerne ich dir helfen würde, so wenig vermag ich es. In meinem Leben werde ich die Worte ‚Danke für deine Hilfe, Eli‘ wohl nicht mehr zu hören bekommen. Es macht mich zornig, so nutzlos zu sein, doch ändern kann ich es nicht. Euch bleibt nur noch die Hoffnung, dass das Kind kein Junge sein wird«, meinte Eli traurig, und seine mageren, kraftlosen Hände lagen untätig in seinem Schoß.

In dieser Nacht erlebten die Hebräer zum ersten Mal das Grauen, das sie nun lange Zeit hindurch verfolgen sollte. Das Kreischen und Weinen der

Frauen, denen man den neugeborenen Sohn aus den Armen riss, mischte sich mit den Schreien der Babys, bis deren Schreie verstummten und nur noch das verzweifelte Weinen der Mütter und Väter zu hören war. An beiden Ufern des Nils lagen Kinderleichen, wo die Soldaten des Pharaos die Babys ertränkt hatten. Auf vielen Steinen und Hauswänden klebten Blutspuren, wo Kinder mit dem Kopf gegen die Steine geschlagen worden waren. Unbeschreibliche Trauer herrschte im Volk der Hebräer. Und in diese dunkle Zeit fiel nun auch Jochebeds Stunde.

Als die ersten Wehen einsetzten, war nur Miriam anwesend. Es war kurz nach dem Frühstück, und die beiden Männer waren schon fort zum Frondienst. »Miriam«, keuchte Jochebed, »ich glaube, es ist soweit. Bitte, hilf mir zu meinem Lager.«
Fürsorglich stützte Miriam ihre Mutter und half ihr auf ihren Strohsack. Sie sorgte dafür, dass die Frau so weich wie möglich lag, und setzte sich neben sie, um ihr die Hand zu halten und bei ihr zu bleiben. Nun hieß es, den Lauf der Dinge abzuwarten. So viel hatte Miriam schon von ihrer Mutter gelernt. Tapfer versuchte Jochebed, ihre Schmerzensschreie zurückzuhalten, damit niemand auf sie aufmerksam wurde. Vielleicht hatten sie ja die Möglichkeit, das Baby zu verstecken, wenn es ein Junge war. Es durfte nur kein Ägypter von ihm erfahren!

Immer wieder wischte Miriam ihrer Mutter den Schweiß von der Stirn, der in breiten Strömen über ihr Gesicht rann. Mit der Zeit wurden die Wehen immer heftiger, und nach vielen qualvollen Stunden war das Baby geboren. Es war ein Junge. Miriam sagte es ihrer Mutter mit Tränen in den Augen, während diese die Nabelschnur durchtrennte, ihr Kind säuberte und in ein großes gewebtes Laken wickelte. Danach sank Jochebed erschöpft auf ihr Lager zurück und schloss die Augen, während ihre Tochter sie sanft und behutsam wusch und danach zudeckte. Das Baby lag an der Brust seiner Mutter und trank sich in seinen ersten Schlaf.

Noch während Jochebed in den Wehen lag und Ron beeindruckt davon war, wie tapfer und gekonnt sich Miriam um ihre Mutter kümmerte, hatte er sich seine Gedanken gemacht. Jetzt kam es wohl langsam auf ihn an, denn diese Menschen waren es gewohnt, dass für sie entschieden wurde, und wenig darin geübt, für sich selbst Entscheidungen zu treffen. Außerdem wollte er ja nicht ewig hier bleiben müssen, nur weil ihm nichts einfiel.

Doch so sehr er sich auch anstrengte, es fiel ihm nicht ein, wie sich diese Situation lösen ließ, ohne dass jemand zu Schaden kam. »Warum konnte es denn kein Mädchen sein«, seufzte er innerlich und suchte weiter nach einer Antwort.

Abends beriet die Familie, wie es nun weitergehen sollte. Sie konnten das Kind nicht ewig geheim halten, das war allen klar. Früher oder später würden sie sich verraten. Doch schnell war die Nacht hereingebrochen, und eine Lösung war noch nicht in Sicht. Vielleicht würde der neue Tag neue Möglichkeiten zeigen. Müde begaben sich alle zu Bett.

In der Stille der Nacht grübelte Ron weiter. Miriam schlief, doch sein eigener Geist kam nicht zur Ruhe. Es musste doch möglich sein, das Kind zu retten! Bei seinen Eltern konnte es nicht bleiben, weil das Weinen des Jungen früher oder später gehört werden würde. Und jemand anders konnte das Kind auch nicht aufziehen. Junge blieb Junge, egal aus welcher Familie. Es hätte schon ein ägyptisches Kind sein müssen …

Und da kam Ron der rettende Gedanke! Sie würden das Kind auf dem Nil aussetzen müssen! Der Nil führte direkt am Palast des Pharaos vorbei durch die Wohnsiedlungen der Ägypter. Irgendjemand musste das Kind finden, und die Chance, dass es nicht getötet wurde, war größer, als wenn die Hebräer es behielten. Vielleicht erbarmte sich eine Ägypterin. Frauen brachten es nicht übers Herz, Kinder töten zu lassen, auch wenn es ein hebräisches war.

Doch so gut die Idee auch war, Ron sah ein, dass sie einen Haken hatte: Wie sollte das Kind auf dem Wasser ausgesetzt werden? Schwimmen konnte es noch nicht. Ein Boot hatten sie keines zur Verfügung. Ein Tongefäß würde untergehen. Ron überlegte verzweifelt weiter. Der Gedanke war zu gut, als dass es nun an so etwas scheitern durfte. Es war eine echte Chance für den Kleinen! Schließlich konnte ihn niemand am helllichten Tag zu den Ägyptern tragen und diese bitten, das Kind zu verschonen. Und nachts wimmelte es von ägyptischen Soldaten, die es genau auf diese Kinder abgesehen hatten.

»Lieber Gott«, dachte Ron, »ich weiß, ich habe nie gebetet, aber wenn du mich jetzt hörst, bitte, schick mir eine gute Idee. Es geht ja gar nicht um mich oder darum, dass ich hier raus will. Na gut, jedenfalls nicht nur darum. Ich will dem Kleinen helfen. In unserer Zeit wäre er einfach in ein Heim gekommen. Dort wäre er wenigstens gut aufgehoben gewesen, und man hätte sich um ihn gekümmert. Aber hier werfen sie die Babys ins Wasser oder schlagen ihnen die Köpfe ein. Bitte, das kannst du doch nicht zulassen. Oder ist dir das Sklavenbaby so egal, wie das ganze Volk dir egal zu sein scheint? Die Menschen hier denken, du hättest sie vergessen. Sie hoffen auf dich und auf einen Retter, der sie endlich wieder nach Hause führt. Warum enttäuschst du sie so? Du kannst ihnen helfen und tust es einfach nicht! Selbst der blinde Eli würde helfen, wenn er könnte!« Ron stutzte, und plötzlich ging ihm ein Licht auf. »Danke!«, freute er sich und schämte sich ein wenig seiner Vorwürfe. Anscheinend war er nicht so allein, wie er gedacht hatte. Und es sollte sich zeigen, dass auch die Hebräer nicht allein waren.

Am nächsten Morgen war Rons Geist schon vor allen anderen wach. Er hatte nun einen Plan, nun musste er nur Miriam dazu bringen, ihn auch auszuführen. Beinahe ungeduldig wartete er ab, bis die Männer aus dem Haus waren. Jochebed versorgte ihren Sohn und würde später nachlaufen, während Miriam sich um das Kind kümmerte und aufpasste, dass es schlief. Es blieb ihm nicht viel Zeit. Er klinkte sich in Miriams Gedanken ein und offenbarte ihr seine Idee. Prompt sprang das Mädchen auf, rief nur: »Ich bin gleich wieder da!«, und rannte, so schnell seine Füße es trugen, durch die schmalen Gassen zu Elis Haus. Dort angekommen, war Eli schon auf den Beinen, und Miriam bat ihn außer Atem: »Kannst du mir bitte ein Körbchen machen? Es muss einen Deckel haben und so groß sein, dass ein Baby darin Platz hat!«

»Was hast du denn vor?«, fragte Eli verwundert. »Das weiß ich noch nicht genau, es ist nur so eine Idee, die ich seit heute Morgen habe. Tust du mir den Gefallen? Bitte! Du bist der Einzige, der uns jetzt helfen kann!«, flehte Miriam. »Natürlich tue ich das für dich«, beruhigte Eli das aufgebrachte Mädchen. »Wie lange brauchst du denn dafür?«

»Nun, zwei Tage musst du mir schon lassen. Ich bin nicht mehr so schnell, wie ich einmal war. Meine Finger sind langsam und steif geworden.«

»Macht nichts. Das ist in Ordnung. Ich muss jetzt wieder schnell heim und auf das Baby aufpassen. Danke, Eli, dass du das für mich tust!«

Miriam drückte dem alten Mann einen Kuss auf die Wange und rannte wieder nach Hause, wo ihre Mutter sie ausschimpfte. »Wo warst du denn? Du weißt doch, dass ich weg muss! Was fällt dir ein, so einfach wegzulaufen, ohne mir zu sagen, wohin! Willst du uns noch mehr in Schwierigkeiten bringen? Das fehlt jetzt noch gerade, dass jemand auf uns aufmerksam wird!« Aufgebracht drückte Jochebed ihrer Tochter das Baby in den Arm. »Mama, ich habe vielleicht eine Idee, die uns helfen kann!«, verteidigte sich Miriam, doch ihre Mutter war schon fort. Insgeheim bewunderte Miriam, wie schnell ihre Mutter sich von der Geburt erholt hatte und sich nicht anmerken ließ, wie schwach sie sich noch fühlte. Sie war nur traurig, dass sie nun mit ihrer Neuigkeit bis zum Abend warten musste. Sie brannte darauf, jemandem von der wundervollen Idee zu erzählen, die sie heute Morgen einer Eingebung gleich gehabt hatte.

Ron schmunzelte leise in sich hinein. Das schien ja gut zu laufen. Sollte das Mädchen nur glauben, dass es seine Idee war, Hauptsache, der Plan funktionierte! Und wenn er Glück hatte, war das nicht nur die Rettung für den Kleinen!

Den ganzen Vormittag lang kümmerte sich Miriam um ihr kleines Brüderchen, küsste und herzte es, hielt es im Arm und sorgte dafür, dass es nicht weinte und sich damit verriet. Das Baby genoss die Aufmerksamkeit und gluckste munter vor sich hin. Als es jedoch auf die Mittagszeit zuging, wurde es zusehends quengeliger.

»Er bekommt Hunger«, dachte Miriam bei sich. »Hoffentlich ist Mama bald wieder da, um ihn zu füttern, sonst könnte es Ärger geben.« Zwischendurch tauchte sie ihren Finger ins Wasser und ließ den Kleinen daran saugen, um seinen Hunger in Grenzen zu halten und das Baby zu beschäftigen. Es dauerte zum Glück nicht lange, bis Jochebed wieder zurück war, gerade rechtzeitig, bevor das Baby die Geduld verlor und losbrüllte. Erschöpft lehnte sich Jochebed auf ihrem Stuhl zurück und wischte sich den Schweiß aus der Stirn, während ihr kleiner Sohn an der Brust sein Mittagessen zu sich nahm. In der Zwischenzeit bereitete Miriam eine Mehlsuppe aus Getreide, das sie selbst gemahlen hatte, und kümmerte sich darum, dass ihre Eltern und Geschwister sich stärken konnten.

Als sie alle beim Essen saßen, hielt Miriam es nicht mehr aus. »Ich habe eine Idee, die uns vielleicht helfen kann!«, platzte sie heraus. Und sie erzählte von einem Traum, den sie gehabt hatte, in dem sie ein geflochtenes Körbchen gesehen hatte, wie es den Nil hinunter trieb, in der Hoffnung, dass eine Ägypterin es finden und das Baby darin retten würde.

Ihre Eltern sahen sich nachdenklich an. Auch ihnen war klar, dass sie das Baby nicht ewig verstecken konnten. »Ich habe schon mit Eli gesprochen, er macht mir ein solches Körbchen. In zwei Tagen kann es fertig sein«, erzählte Miriam aufgeregt. »Nun«, sagte Amram und legte die Stirn in Falten,« vielleicht ist das wirklich seine Rettung. Gut gemacht, Miriam. Wir werden abwarten, bis Eli seine Arbeit beendet hat und dann prüfen, ob es wirklich funktionieren kann. Schließlich wollen wir ja nicht, dass der Kleine ertrinkt.« Und er blickte zärtlich auf seinen Sohn, der ihn vom Schoß seiner Mutter aus mit blauen, unschuldigen Augen ansah.

In seinen Gedanken jubelte Ron und führte ein Indianertänzchen auf. Es schien zu klappen! Miriam hatte wunderbar reagiert und seine nächtlichen Grübeleien als Traum angesehen. Nun mussten sie nur noch abwarten, bis Eli seine Arbeit beendet hatte, dann konnten sie dafür sorgen, dass das Baby eine neue Familie bekam. Und dann kam er endlich hier heraus!

Nachdem ihre Eltern wieder weg waren und das Baby fest eingeschlafen war, lief Miriam schnell zu Eli, um zu sehen, wie es mit dem Körbchen voranging. »Hallo, Eli«, rief sie außer Atem und ließ sich so schnell in den Schneidersitz fallen, dass es staubte. »Wie weit bist du denn schon?«
»Nun, ich arbeite daran«, antwortete Eli und hob ein angefangenes ovales Geflecht vom Schoß hoch. Es war bereits eine Handbreit hoch und war so groß, dass das Baby bequem Platz haben würde. »Erzählst du mir mal, was du überhaupt vorhast? Du warst so aufgeregt heute Morgen und hattest keine Zeit.«

»Ja, Eli, stell dir mal vor, ich hatte einen Traum heute Nacht, wie Josef!«, rief Miriam aufgeregt. »Na so etwas! Das erzähl mir mal genauer«, bat Eli, ohne seine Arbeit zu unterbrechen.

»Ich habe heute Nacht im Traum ein Körbchen gesehen, das den Nil runter trieb. In dem Körbchen lag unser Baby, und eine Ägypterin hat ihn bei sich aufgenommen! Es hat nicht sterben müssen!«, erzählte das Mädchen. »Nun, wenn ich das so höre, könnte das tatsächlich die Rettung für euren Kleinen sein«, meinte Eli. »Wenn der Allmächtige es beschützt, kann das Baby gerettet werden. Alles geht seinen Weg, wie er es will, seit der Erschaffung der Welt.«

»Meinst du, er hat mir diesen Traum geschickt? Meinst du, das passiert wirklich so?«, fragte Miriam begeistert. »Nichts ist unmöglich, auch das nicht«, lächelte Eli weise. »Ich werde mich mit dem Körbchen auch beeilen.«

»Du bist schon sehr schnell«, staunte Miriam. »Sonst kommst du nicht so schnell voran.«

»Ja. Fast sieht es so aus, als käme ich wieder zu Kräften, und meine Finger sind heute viel beweglicher als sonst. Vielleicht kann ich morgen schon fertig sein. Schau wieder bei mir vorbei, ja?«, meinte Eli und tastete nach Miriams Hand, um sie dann fest zu drücken. »Ich bin immer wieder froh, wenn du nach mir schaust.«

»Natürlich tue ich das! Du bist doch mein Freund!«, versprach Miriam. Dann machte sie sich eilig wieder auf den Weg nach Hause, wo ihr Brüderchen im Mittagsschlaf lag und zum Glück noch nicht wieder erwacht war. Leise und vorsichtig setzte sich Miriam zu dem Baby und wachte über seinen Schlaf. »Ich werde aufpassen, dass dir nichts geschieht. Bei mir bist du sicher.«

Als am Abend die Familie wieder beisammen war, wurde noch lange über Miriams Idee geredet, und man wurde sich einig, es zu versuchen. Niemand wusste eine bessere Möglichkeit, und die Chance, dass das Kind überlebte und eine andere Familie fand, war groß. Niemand hätte zusehen können, wie das unschuldige Kind getötet würde. Sie hatten ihn lieb gewonnen, er war ein Teil von ihnen, auch wenn er noch keinen Namen hatte. Wenn er wirklich gerettet würde, so hatten sie beschlossen, würde Gott selbst ihm einen Namen geben durch denjenigen, der ihn bei sich aufnahm.

Am nächsten Morgen konnte Miriam es kaum erwarten, ihre Arbeiten zu erledigen, um so schnell wie möglich zu Eli zu gelangen. Als sie dann endlich fertig war, lief sie los und kam völlig außer Atem am Haus des Korbflechters an. Eli saß nicht, wie gewohnt, vor der Tür. Das machte Miriam stutzig, und besorgt trat sie in die Hütte des Alten. Eli war heute Morgen noch nicht aufgestanden. Er lag auf seiner Strohmatte und horchte auf, als Miriam hereinkam.

»Was ist denn los, Eli, geht es dir nicht gut? Bist du krank?«, fragte das Mädchen besorgt und befühlte mit der Hand die Stirn des alten Mannes. »Ich fühle mich heute Morgen nicht so wohl«, entgegnete Eli mit matter Stimme. »Ich bleibe noch ein wenig liegen und ruhe mich aus. Aber dein Körbchen habe ich fertig. Ich habe es auf dem Tisch abgestellt. Nimm es mit und erzähle mir, ob du Erfolg hattest, ja?«

»Oh, danke, Eli! Das ist ja wunderschön!«, freute sich Miriam. »Ja, ich komme sofort zu dir, wenn es etwas Neues gibt. Versprochen! Und ich komme heute Mittag noch mal nachsehen, wie es dir geht. Du machst mir Sorgen. Hier stelle ich dir neben dein Bett einen Krug mit Wasser, und ich mache dir noch ein wenig Getreidebrei zum Frühstück, damit du nicht aufstehen musst. Wenn es geht, schlafe noch ein bisschen. Du hast sehr viel gearbeitet in letzter Zeit. Jetzt ruh dich aus, ja? Das hast du dir verdient. Vielen, vielen Dank für das wunderschöne Körbchen!«

Miriam hielt den Korb in den ausgestreckten Armen und betrachtete ihn. Er war perfekt, genauso, wie sie es im Traum gesehen hatte: groß und oval, mit einem passenden Deckel darauf. Im Deckel waren zwei schmale Schlitze eingearbeitet, damit das Baby genügend Luft bekommen sollte. Glücklich stellte sie den Korb ab und bereitete ein Frühstück für Eli. Als sie sich umdrehte, um nach ihm zu schauen, sah sie, dass er bereits wieder eingeschlafen war. Leise stellte sie die Schale neben sein Lager und verließ auf Zehenspitzen die Hütte.

Vorsichtig transportierte sie den Korb nach Hause. Dort waren ihre Eltern und Aaron schon wieder aufgebrochen, und das Baby lag ruhig und eingewickelt auf dem Strohlager ihrer Eltern und schlief. »So, mein Kleiner, bald wird es ernst«, dachte Miriam. Sie legte sich neben das Kind und beobachtete es zärtlich. Miriam fühlte einen Stich in ihrem Herzen und meinte, sich dieses Bild so tief einprägen zu müssen, wie es nur ging. Vielleicht sah sie ihren Bruder niemals mehr wieder, und dies war das letzte Zusammensein? »Ich wäre dir so gerne eine große Schwester gewesen«, dachte Miriam traurig, und eine Träne rollte über ihre Wange.

Sie kuschelte sich neben das Baby und hielt es fest im Arm. Geschafft von der Aufregung der letzten Tage schlief sie ebenfalls ein.

Ron dagegen war hellwach. Es lief alles nach seinem Plan, und vielleicht war er heute Abend schon wieder hier raus! Er fieberte dem Moment entgegen, an dem alles seinen guten Ausgang fand und er weiterkommen würde. Nun gab es nicht mehr viel zu tun. Er würde abwarten müssen, bis die Gelegenheit günstig war, das Baby auszusetzen. Vielleicht konnte er Miriam dazu bewegen, auf das Körbchen aufzupassen und zu beobachten, was mit ihm geschah. Das war sehr wichtig, denn wenn ein Krokodil auf den Kleinen aufmerksam würde, dann wäre seine Chance vertan, und er käme niemals wieder hier heraus. Oh nein, das durfte nicht geschehen!

»Hätte ich doch nur selbst Arme und Beine, dann könnte ich wenigstens eingreifen. So muss ich mich darauf verlassen, dass das Mädchen meinen Eingebungen folgt«, seufzte Ron betrübt. »Aber wenigstens hat sie das bisher sehr gut gemacht. Hoffentlich bleibt es so.

Langsam bin ich selbst gespannt, ob alles so klappt, wie ich es mir gedacht habe. Nicht zu fassen, wenn das wirklich funktionieren würde! Vielleicht habe ich ja doch ein wenig mehr Grips, als ich mir selbst zugetraut habe. Oder ich habe mehr Glück als Verstand …«

Ron zweifelte an sich selbst. Lief dies nicht alles zu glatt? Irgendwie hatte er sich die Sache schwieriger vorgestellt. Ob er etwas übersehen hatte? Etwas Wichtiges, das nachher seinen schönen Plan misslingen ließ? Das durfte nicht geschehen! Doch was war das überhaupt, dass er plötzlich solche Angst hatte? Früher war er doch so selbstbewusst gewesen, ein Mister Perfekt, der vor Selbstvertrauen aus allen Nähten platzte! Versagen, das war was für Versager! Immer war es ihm nur um sich und seine Karriere gegangen. Wenn andere auf der Strecke blieben, gut, dann war das eben so. Die hatten halt nicht seinen Biss! Was hatte das mit ihm zu tun?

Und nun? Er fühlte zum ersten Mal, dass sein Verhalten und seine Taten auch Folgen für andere hatten. In diesem Fall konnte es nicht nur für ihn, sondern auch für diese kleine Familie schwere, wenn nicht gar tödliche Folgen haben, wenn er versagte. Ron fühle sich ziemlich elend. »Ich kenne mich gar nicht mehr. Hätte ich noch einen Körper, ich wäre schweißgebadet. Noch nie habe ich solche Angst gehabt, dass ich die Lage nicht mehr unter Kontrolle habe. Hoffentlich geht alles gut. Es muss gut gehen. Bitte!«

In seine Ängste und Grübeleien versunken, hatte Ron beinahe nicht bemerkt, dass Miriams Eltern zurückgekehrt waren. »Ist schon Mittag?«, fragte er sich verwundert. Er fühlte sich beinahe so verschlafen wie Miriam, die gerade aufwachte und ihre Familie begrüßte. War wohl auch bei ihm die Aufregung, die ihn so durcheinander machte. Immerhin ging es hier auch um sein Leben, und zwar um sein ewiges! Nun musste er hellwach bleiben, um nicht etwa die richtige Gelegenheit zu verpassen! »Reiß dich zusammen, Junge!«, spornte er sich an.

Inzwischen war Miriam aufgestanden und hatte ihren Eltern den fertigen Weidenkorb präsentiert. Amram nahm ihn in die Hand und betrachtete ihn von allen Seiten. »Wir müssen ihn noch ein wenig mit Lehm abdichten, damit kein Wasser durch die Zweige dringt«, meinte er. »Das kann ich machen«, meldete sich Aaron zu Wort. Nach dem Essen machte er sich an die Arbeit und legte hinterher den Korb zum Trocknen in die Sonne. »Danke«, freute sich Miriam. »Das hätte ich nie so gut hinbekommen.« Aaron lächelte seiner kleinen Schwester zu. Auch er war traurig, seinen kleinen Bruder nicht aufwachsen zu sehen, aber er hoffte wie der Rest der Familie, dass der Plan seiner Schwester aufging und dem Kleinen nichts geschehen würde. Jedenfalls hatte das Baby eine größere Chance als die vielen, die in den vergangenen Nächten durch brutale Gewalt ihr Leben hatten lassen müssen.

»Heute Abend werden wir es tun. Bevor die Dämmerung einsetzt, denn dann sind viele Ägypter zu Hause und ruhen sich am Ufer des Nils von der Arbeit aus«, beschloss Jochebed mit Tränen in den Augen. Nur verschwommen sah sie das Gesichtchen ihres Sohnes, den sie auf dem Arm wiegte. Es brach ihr das Herz, ihn hergeben zu müssen, aber noch viel weniger ertrug sie den Gedanken, mit anzusehen, wie das Baby getötet wurde. Schweigend saß die Familie beisammen, und jeder nahm in seinem Herzen bereits Abschied.

Der Tag verging viel zu schnell, und es nahte die Stunde der Abenddämmerung. Die Sonne hatte bereits ein wenig an Kraft verloren und begann langsam tiefer zu wandern. Miriam und ihre Mutter hatten das Weidenkörbchen weich ausgepolstert und überprüft, dass es auch wirklich dicht war. Kein Wasser drang durch, und so wurde das Baby sachte hineingelegt. Es schlief tief und fest, und so bemerkte es nicht, wie sich das Körbchen schloss, um ihn auf seine Reise zu schicken. Jochebed und Miriam sahen sich fest an, und beide nickten. Es musste getan werden, und jetzt war der Augenblick gekommen. Gemeinsam trugen sie den Korb zum Nilufer. Da der Nil wenig Wasser führte, stieg Miriam ins Wasser, um nicht kopfüber hineinzufallen. Da kam ihr plötzlich ein Gedanke. »Mama, ich werde mit dem Körbchen mitlaufen und sehen, was passiert. Dann kann dem Kleinen nichts geschehen. Und wenn es gar nicht gut läuft, bringe ich ihn wieder mit, um es morgen noch mal zu versuchen.«

Ron frohlockte. Schon wieder hatte er es geschafft, seinen Willen an Miriam weiterzugeben. Nun konnte nichts mehr schiefgehen. Gespannt verfolgte er die Geschehnisse weiter.

Jochebed nickte. »Das ist gut von dir, mein Kind. Ich wäre viel beruhigter, wenn du bei ihm bleibst.« Miriam stand im Schilf, vor sich das Weidenkörbchen mit dem immer noch schlafenden Säugling. Sie gab dem Korb einen leichten Schubs, und er wurde ganz sachte von der sanften Strömung mitgetragen. Miriam kletterte ans Ufer und lief neben dem treibenden Körbchen her. Meter um Meter legte es sicher auf dem Wasser zurück, und nach einiger Zeit kamen schon die ersten ägyptischen Behausungen in Sicht. Entgegen Jochebeds Hoffnung jedoch war keine Ägypterin am Ufer zu sehen. Das Körbchen schwamm weiter, immer sicher begleitet von Miriam, die es nicht aus den Augen ließ. In der Ferne war bereits der Palast des Pharaos zu erkennen. Immer noch wachsam lief Miriam am Ufer entlang und beobachtete, wohin ihr Brüderchen getrieben wurde. Unaufhaltsam schwamm der Korb in Richtung Palast, und unmittelbar vor den Gärten des Pharaos blieb er im Schilf hängen.

Miriam wollte gerade ins Wasser steigen, um den Korb zu befreien, da hörte sie Stimmen, die näher kamen und lauter wurden. Erschrocken duckte sie sich ins Schilfrohr. Von dort aus konnte sie sehen, wer da kam: es war die ägyptische Prinzessin mit ihren Hofdamen. Sie kamen gerade zum Nilufer herab, und die Prinzessin, in kostbare weiße und goldene Gewänder gehüllt, führte die Gruppe an. Miriam konnte die Hofdamen lachen und schwatzen hören und beobachtete, wie die Prinzessin am Ufer ankam und sich zum Wasser niederbeugte, um sich die Hände zu benetzen. Ihr kostbarer goldener Kopfschmuck funkelte in der Sonne. Miriam bewunderte ein Diadem, in dessen Mitte die Kobra saß, das Zeichen der Macht in Ägypten. Rechts und links zu beiden Seiten fielen goldene Schnüre herab, an denen Perlen und Edelsteine aufgefädelt waren und das Haar der Prinzessin zierten. Diese kniete am Ufer und horchte plötzlich auf. Auch Miriam konnte etwas hören. Anscheinend war das Baby nun doch erwacht und begann müde und ängstlich zu weinen. Vor Schreck und Spannung hielt das Mädchen den Atem an. Was würde nun geschehen? Sicherlich wurde ihr Bruder nun entdeckt. Und was dann?

Tatsächlich hatte die Prinzessin den Korb im Schilf entdeckt und rief nach ihrem Gefolge. Zwei ihrer Hofdamen stiegen ins Wasser und überreichten ihrer Herrin das Weidenkörbchen. Überrascht und neugierig öffnete die Prinzessin den Korb, umringt von den aufgeregten Dienerinnen. Wie groß war das Erstaunen, als sie das Baby im Korb erblickten! Miriam erkannte von Weitem den zärtlichen Gesichtsausdruck der Prinzessin Ägyptens, als sie den Kleinen betrachtete. Ihr musste klar sein, dass das Baby von den Hebräern ausgesetzt worden war. Jedenfalls vermutete Miriam dies, als die Ägypterin in Richtung des hebräischen Viertels wies.

Ron war inzwischen mindestens ebenso aufgeregt wie Miriam und die Ägypterinnen zusammen. Ihm war ein herrlicher Einfall gekommen, wie Miriams Familie das Baby noch eine Zeit lang behalten konnte, sofern die Prinzessin es wirklich aufnehmen würde. So wie sie das Baby betrachtete, würde sie es sicherlich nicht übers Herz bringen, es töten zu lassen. Hoffentlich hatte Miriam den Mut dazu, das zu tun, was er ihr nun eingab. »Ich hätte den Mut wahrscheinlich nicht«, gestand er sich selbst ein. Es war auch sicher nicht einfach. Das Mädchen musste sich zu erkennen geben und zur Prinzessin sprechen, ohne zu wissen, ob dies gut oder schlecht ausgehen würde. Genauso gut konnte die Sache schiefgehen und die ganze Familie in Gefahr bringen. Wer kannte sich schon in den Launen ägyptischer Herrscherinnen aus? Aber es musste riskiert werden. Leise flüsterte Ron seine Idee in Miriams Gedanken.

Miriams Herz klopfte heftig, als sie beobachtete, wie die Prinzessin das Baby aus dem Korb nahm und zärtlich im Arm wiegte. Leider ließ sich der Junge dadurch nicht beruhigen. Er brüllte nun lauthals, und Zornestränen rannen über sein rotes Gesichtchen. »Er hat Hunger!«, dachte Miriam besorgt, und plötzlich gab sie sich einen Ruck und sprang aus ihrem Versteck. Sie hatte soeben einen Geistesblitz gehabt, der ihnen allen weiterhelfen konnte, der Prinzessin, ihrem Bruder und ihrer Familie!

Die ägyptische Prinzessin staunte nicht schlecht, als auf einmal ein hebräisches Mädchen wie aus dem Nichts auftauchte, sich zu ihren Füßen niederwarf und in unsicherem Ägyptisch mit ihr zu reden begann. Demnach war das Mädchen die Schwester des kleinen Findlings. »Erzähle mir, was hast du mir zu sagen?«, fragte die Prinzessin freundlich und bemühte sich ebenso liebevoll wie erfolglos, das Baby auf ihrem Arm zu beruhigen. Stockend berichtete Miriam von dem kleinen Abenteuer, welches das Baby gerade hinter sich gebracht hatte, in der Hoffnung, dass sein Leben verschont bliebe. Die Prinzessin war gerührt und sprach: »So soll es sein. Dieses Kind wird zu meinem Kind. Ich werde es aufziehen, und es wird groß sein am Hofe Ägyptens. Es wird mein Sohn sein. Und ich gebe ihm den Namen Moses, denn ich habe ihn aus dem Wasser gezogen.«

Miriam konnte kaum glauben, was sie mit eigenen Ohren zu hören bekam. Die Prinzessin selbst würde sich um ihren Bruder kümmern und ihn am Königshof großziehen! Zitternd vor Freude und Dankbarkeit machte sie der Prinzessin ein Angebot. »Wenn Ihr es erlaubt, Hoheit, würde meine Mutter sich gerne um ihn kümmern und ihn für Euch stillen, solange er dies noch braucht.« Die Ägypterin betrachtete lächelnd das schreiende Bündel auf ihrem Arm und gab ihre Zustimmung. »Das scheint mir nur vernünftig. So sei es. Hole deine Mutter, damit sie den Kleinen ernähren kann.«

Das ließ sich Miriam nicht zweimal sagen. Unter vielen demütigen Verbeugungen entfernte sie sich und lief schließlich wie der Wind nach Hause, um ihrer Mutter atemlos von ihrem Glück zu berichten. Jochebed konnte es gar nicht glauben, was sie da hörte. Doch Miriam ließ ihr keine Zeit für Ausflüchte. Sie packte ihre Mutter an der Hand und zog sie mit sich. Gemeinsam liefen sie zum königlichen Palast, wo die Prinzessin geduldig wartete. Nun, da sie das Bild mit eigenen Augen sah, glaubte Jochebed, was geschehen war. Zitternd warf sie sich vor der Prinzessin nieder und bot ihr ihre Dienste an. Lächelnd reichte diese ihr das hungrige Baby, das sofort mit unfehlbarer Sicherheit die Milchquelle der Mutter fand. In die plötzliche Stille hinein sprach die Prinzessin: »Sei unbesorgt, Hebräerin. Deinem Sohn wird nichts geschehen, denn euer Mut und Vertrauen soll belohnt werden. Bleibe hier, solange das Kind dich noch braucht. Es soll euch in Zukunft an nichts fehlen.« Vor Dankbarkeit liefen Jochebed die Tränen über das Gesicht. »Lauf nach Hause, Miriam, und erzähle deinem Vater und deinem Bruder, was geschehen ist. Ich komme später nach.« Zärtlich blickte sie auf den Säugling in ihrem Arm, der ihr nun doch noch ein Weilchen erhalten blieb. Und der Allmächtige hatte ihm seinen Namen gegeben: Moses.

Gerührt hatte Ron die ganze Szenerie beobachtet. Doch langsam wurde er unruhig. Der Kleine war doch nun gerettet. Warum war er immer noch hier? Hatte er etwas vergessen oder übersehen? Er hatte es doch tatsächlich geschafft! Sein Plan hatte funktioniert, und zwar besser, als er es sich ausgemalt hatte. Er konnte wirklich stolz auf sich sein und war es auch. Doch warum saß er immer noch fest?

Miriam merkte nichts von dem unruhigen Geist in sich. Sie schäumte über vor Freude und Glück über die Rettung ihres Bruders. Noch bevor sie nach Hause lief, um Amram und Aaron vom glücklichen Ausgang ihres Abenteuers zu berichten, führte ihr Weg sie zu Eli. Seit sie ihn am Morgen verlassen hatte, war sie nicht mehr bei ihm gewesen, und sie hatte ein schlechtes Gewissen. Nun sollte er wenigstens als Erster erfahren, wie gut es für sie alle gelaufen war.

Atemlos betrat sie die Lehmhütte des Blinden. »Miriam, bist du es?«, fragte eine matte Stimme vom Strohlager her. »Ja, Eli, ich bin es. Wie geht es dir?« Besorgt kniete Miriam am Lager des Alten nieder. Elis Gesicht war bleich und sah müde und eingefallen aus. »Mein Mädchen, mir geht es so, wie es uns allen einmal ergeht. Ich glaube ganz deutlich zu hören, dass der Allmächtige mich ruft.«

»Aber Eli, das darf doch nicht sein!« Miriam wurde kalt vor Schreck und Angst. »Ich brauche dich doch! Was soll ich denn ohne dich nur tun?« Suchend tastete Elis welke Hand nach der Hand des Mädchens. »Hab keine Angst«, sprach er mit brüchiger, leiser Stimme. »Alles kommt so, wie der Allmächtige es will.« Da erinnerte sich Miriam, weshalb sie hergekommen war, und erzählte Eli in allen Einzelheiten, was vorgefallen war. Der blinde Mann lächelte. »Siehst du, Miriam, das habe ich gemeint. Es geschieht nichts durch Zufall. Alles ist der Wille des Höchsten.«

»Ohne dich hätte ich es niemals geschafft. Dein Körbchen hat meinem Bruder das Leben gerettet«, sagte Miriam mit Tränen in den Augen und drückte ganz fest Elis Hand. »Vielen Dank, Eli, für deine Hilfe.«

In diesem Augenblick leuchtete das Gesicht des Blinden plötzlich auf, und Miriam erkannte, dass sie genau die Worte ausgesprochen hatte, die Eli in seinem Leben noch einmal hatte hören wollen. Im selben Moment erschlaffte seine Hand in der ihren, und der Kopf des Alten neigte sich zur Seite. Die blicklosen Augen waren erloschen, der Atem versiegt. Weinend strich Miriam mit der Hand über die Lider und schloss sie zum ewigen Schlaf.

Ron spürte, wie er aus Miriams Körper gerissen wurde, und ein blitzschneller Wirbel erfasste seinen Geist. Die Reise ging weiter.

2

Bethlehem, vor Christi Geburt

In raschem Wechsel sah Ron Farben, Personen und Orte vor seinem geistigen Auge auftauchen. »An das Gefühl gewöhne ich mich nie«, stöhnte er in Gedanken. Ihm war unglaublich schwindlig zumute. Aber trotzdem spürte er das Hochgefühl der Freude und des Stolzes, als habe er eine Prüfung bestanden, ohne vorher gelernt zu haben. Er war weiter gesprungen, er hatte Erfolg gehabt! Zum ersten Mal in seinem Leben – oder vielmehr Nachleben – hatte er eine Sache konsequent zu Ende gebracht, ohne den kürzeren, bequemeren Weg gehen zu können. Und es hatte funktioniert! Doch was würde als Nächstes auf ihn warten?

Er hatte noch nicht zu Ende gedacht, da konnte er ein flackerndes Feuer erkennen und das entsetzte Gesicht eines Mannes, in dessen Körper sein Geist eindrang.

»Feuer! Mein Stall brennt!« Aufgeregt rannte Amos aus seiner Herberge, hinaus aufs weite Feld. Inmitten des Geländes stand der Stall, in dem er seine Schafe und einige Kühe untergebracht hatte, auch den Esel, den er als Reittier nutzte. Aus dem Strohdach schlugen die Flammen lichterloh empor. Amos hörte das panische Brüllen der Tiere im Innern des Stalles. Mit aller Kraft, die er aufbringen konnte, warf er sich gegen das massive Holztor, aus dessen Ritzen schon der Qualm drang. Nach dem dritten Versuch gab es nach, und Amos öffnete die Flügel des Tores, damit sich die Tiere nach draußen retten konnten. Er hustete, und seine Augen tränten. »Vorsicht!«, hörte er in seinem Inneren, und er sah nach oben. Gerade noch rechtzeitig konnte er einem brennenden Strohbündel ausweichen, das vom Dach genau auf ihn herabfiel.

»Das war knapp, mein Freund!«, atmete Ron erleichtert auf. »Hey, war das schon das Problem? Dann nichts wie weg!« Nichts geschah. »Ok, das habe ich jetzt auch nicht geglaubt. Aber den Versuch war's wert!« Ron sah sich um. Wo war er hier gelandet? Und wann? Momentan war vor lauter Rauch nicht viel zu erkennen, also verschob er die genauere Erforschung seiner Lage auf einen späteren Zeitpunkt. Jetzt kam es darauf an, so viele Tiere seines geistigen Gastgebers wie nur möglich in Sicherheit zu bringen. Nur zu dumm, dass er nicht mit anpacken konnte!

Die meisten Tiere hatten sich schon aus dem brennenden Stall retten können. So schnell ihre Beine sie trugen, liefen sie aufs Feld und zerstreuten sich dort. Amos hielt sich den weiten Ärmel seines Gewandes vor den Mund und versuchte, in die Hütte hineinzukommen, aber das Feuer hatte schon zu weit um sich gegriffen. Es war nichts mehr zu retten.

Inzwischen waren viele Nachbarn herbeigeeilt, die das Unglück bemerkt hatten. Sie kamen mit Eimern voll Wasser, aber sie konnten nichts mehr ausrichten. Einige kümmerten sich um die aufgeregten Tiere. Viele davon waren verletzt, sie waren in der Panik zu Boden getrampelt worden oder hatten Brandwunden. Auch hatten manche zu viel Rauch in den Lungen und rangen nach Luft. Amos besah sich seine Tiere mit Kennerblick und schüttelte nur traurig den Kopf. Mit viel Glück würden vielleicht einige wieder gesund werden. Für die anderen war es besser, sie von ihrem Leiden zu erlösen. Nun, es nahte der Winter, und für die zu erwartenden Menschenmassen anlässlich der anberaumten Volkszählung wurde auch Fleisch für die Verpflegung benötigt. Dass er nun so viel davon zur Verfügung hatte, war nicht geplant gewesen, aber Amos wollte das Beste daraus machen.

Hinter ihm fiel mit Getöse das brennende Gebäude in sich zusammen. Ein letzter riesiger Funkenregen stob in den Himmel, ehe die Reste des Feuers verglühten. Morgen früh würde nur ein riesiger, schwelender Schutthaufen zurückgeblieben sein.

Betrübt besah Amos sich den Schaden. Er konnte nicht verstehen, wie in dem freistehenden Stall ein Feuer hatte ausbrechen können. Nun waren drei Viertel seines Tierbestandes mit einem Mal ausgelöscht. Er lebte zwar nicht allein von den Tieren, aber sie machten ihn unabhängig, boten ihm Fleisch, Milch und Wolle. Dies alles konnte er in seiner Herberge gut gebrauchen, und wenn es nur wenige Gäste gab, boten seine selbst hergestellten Waren ein zweites Standbein. Jetzt würde er viele seiner Tiere schlachten und das Fleisch haltbar machen müssen, um den Verlust in Grenzen zu halten. Wie viele seiner Schafe und Kühe in den Flammen umgekommen waren und nun unter den Trümmern begraben lagen, würde sich erst bei Tageslicht zeigen.

»Komm, Amos, wir bringen deine Tiere in meinem Stall unter. Ich habe noch Platz für sie, und mein Hirte wird sich um sie kümmern und sie gesund pflegen.« Jona, ein Nachbar und Freund des Herbergsbesitzers, legte tröstend seinen Arm um Amos und führte ihn zu seinem Haus zurück.

Amos war ihm dankbar. Dieser Schlag hatte ihn doch heftiger getroffen, als er sich eingestehen wollte. Nun würde er darüber nachdenken müssen, wie dieser Brand entstehen konnte und wie es jetzt weitergehen sollte. Er brauchte auf jeden Fall einen neuen Stall, denn auch die Reisenden, die er erwartete, würden ihre Tiere unterstellen müssen.

Lautes Geschrei wütender Männer riss ihn aus seinen trüben Gedanken. Er sah sich um und erblickte zwei seiner Nachbarn, die einen dritten Mann heftig mit sich zogen. Dieser dritte Mann wehrte sich mit aller Kraft, doch er schien nicht mehr ganz sicher auf den Beinen zu sein.

»Meine Fresse, der ist ja zu wie 'ne Handbremse!«, dachte Ron im Innern seines neuen Gastkörpers. Gespannt verfolgte er die Szenerie, vielleicht deutete sich ja schon an, weshalb er hier gelandet war. Sicherlich nicht, um beim Aufbau des neuen Stalles mitzuhelfen …

Wild gestikulierend rief einer der Männer schon von Weitem: »Amos, schau dir das an! Diesen Burschen haben wir hinter deinem Stall weglaufen sehen! Er hielt einen brennenden Ast in der Hand, den er, als er uns sah, mitten in den Brand geworfen hat. Sicherlich ein Hirte von den benachbarten Feldern. Siehst du die Lagerfeuer? So ist der Brand ausgebrochen. Er hat dir den Stall mit Absicht angesteckt!«

Amos trat näher und besah sich den Mann, den seine beiden Freunde wie einen Verbrecher zwischen sich eingekeilt hatten. Er hatte es inzwischen aufgegeben, sich zu wehren, und starrte stumm seine Füße an, als erwarte er sein Urteil. Er trug eine dünne, löchrige Hose aus billigem gewebtem Stoff und eine Weste aus Lammfell, die schon stark verschmutzt und verfilzt war.

«Rockefeller ist er nicht gerade. Vielleicht wollte er was stehlen? Oder ist er vielleicht dafür bezahlt worden, den Stall anzustecken?«, überlegte sich Ron. Er war nicht überrascht, als Amos den letzten Gedanken aufgriff. Dieser hatte sich den jungen Mann von oben bis unten genau angesehen und versucht, ihn einzuschätzen. Nun zwang er sich zur Ruhe. Wenn er sich nun vom Zorn übermannen ließ, lief die ganze Sache vielleicht aus dem Ruder und brachte ihm nicht das gewünschte Ergebnis.

»Sieh mich mal an. Wie heißt du?«, fragte er beherrscht und nicht unfreundlich. Der junge Mann hob langsam den Kopf und sah Amos in die Augen. Er war höchstens Anfang zwanzig, hatte langes, braunes Haar, das ihm strähnig ins Gesicht fiel, und war magerer, als es einem Mann in seinem Alter zustand. Als er antwortete, zitterte seine Stimme leicht. »Mein Name ist Gersom.«
»Hast du mir vielleicht etwas zu sagen, Gersom?«, fragte Amos.

»Ja. Ich war's. Ich habe Ihren Stall angezündet. Ich war's. Werden Sie mich nun ins Gefängnis bringen?« Amos sah dem jungen Mann in die Augen, in denen Tränen standen. »Komm erst mal mit mir. Wir beide werden uns nun einmal allein und in aller Ruhe unterhalten. Hab keine Angst, ich werde dir nichts tun.« Gersom war zusammengezuckt, als befürchte er, nun zusammengeschlagen zu werden. Selbstjustiz war nichts Ungewöhnliches, wenn jemand bei einem Verbrechen erwischt wurde. Zumindest hier auf dem Land war dies eine gängige Methode, Angelegenheiten dieser Art schnell und meistens schmerzhaft für den Verbrecher zu regeln.

Amos bedankte sich bei all seinen Freunden und Nachbarn, die ihm so schnell und herzlich geholfen hatten. In den nächsten Tagen würde er sie zu einem Umtrunk einladen. Nun aber galt es, sich um diesen jungen Brandstifter zu kümmern, der ihm bleich und zitternd folgte. Der Herbergsbesitzer öffnete die Tür zu seinem Haus und ließ Gersom eintreten. Leise schloss er die Tür hinter sich und führte seinen Begleiter in die Küche, wo im Herd noch ein gemütliches Feuer brannte. Amos forderte Gersom auf, Platz zu nehmen, und bot ihm einen Becher Wasser an, den dieser dankend annahm. Dann setzte er sich zu dem Jungen und sah ihn auffordernd an.

»Warum sind Sie so freundlich zu mir?« brach es nach langem Schweigen aus Gersom heraus. »Ich habe Ihren Stall angezündet. Ihre Tiere sind tot! Ich bin ein Brandstifter. Sie haben mich erwischt, und nun muss ich bestraft werden. Was wollen Sie sonst noch von mir?«, fragte er verzweifelt und den Tränen nahe. Amos ließ dem Jungen Zeit, sich wieder zu beruhigen, und fragte ihn dann: »Warum hast du das getan? Wer hat dich dazu angestiftet? Wer hat dich bezahlt? Ich will wissen, welche Feinde ich habe.«

Verständnislos sah Gersom ihn an. »Mich hat keiner angestiftet. Ich war nur so verzweifelt, und ich hatte getrunken, und dann sah ich plötzlich Ihren Stall und hörte die Tiere darin, Tiere, die ich selbst so gerne gehabt hätte und niemals haben werde. Und dann kam es einfach so über mich. Ich wusste eigentlich gar nicht richtig, was ich tat.«

Ron im Innern von Amos' Geist hatte aufgehorcht. Verzweifelt war er? Lag hier der Schlüssel zum Grund seiner erneuten Reise? Er musste Amos dazu bringen, weiter nachzubohren. Er musste mehr erfahren! Eindringlich flüsterte er Amos Fragen in seinen Geist ein, die er beantwortet haben wollte.

Amos sah sich plötzlich von einer Flut von Fragen überschwemmt, die er alle auf einmal stellen wollte. Fragen, die ihm so schnell in den Sinn kamen, dass es schien, ein Geist flüstere sie ihm ein. Das waren gar nicht seine normalen Gedankengänge. Überhaupt hatte er am heutigen Abend manche Dinge gedacht, die er sich selbst nicht erklären konnte. Ausdrücke, die er noch nie zuvor gehört hatte. Was zum Beispiel hieß »zu wie eine Handbremse«? Das war sein erster spontaner Gedanke gewesen, als der angetrunkene Gersom auf ihn zugeschleppt wurde. Er hatte es auf eine Überreizung seiner Nerven wegen des Brandes geschoben und nicht weiter darüber nachgedacht. Ob er mal ein wenig ausspannen sollte? Heute Abend war er sich selbst ein wenig unheimlich. Er musste das wohl mal beobachten!

Und wer um alles in der Welt war Rockefeller???

Unwillig schüttelte Amos den Kopf, um wieder Ordnung in seine Gedanken zu bringen. Gersom saß ihm gegenüber, als erwarte er sein Todesurteil. Irgendwas – oder irgendwer? – in seinem Inneren riet ihm, ganz vorsichtig an diese Sache heranzugehen, um den Jungen nicht noch mehr zu verstören. Mit psychologischem Geschick.

- Mit welchem Geschick???

Ron hätte sich ohrfeigen können. Wenn er gekonnt hätte … »Reiß dich zusammen, Junge, und bring den armen Kerl nicht noch mehr durcheinander, als er schon ist. Zuerst fackelt sein Stall ab, und dann kommst du als Geist in seine Gedanken und zwiebelst ihn mit Wörtern, die er noch nie gehört hat. Da würdest du auch an deinem Verstand zweifeln. Aber dass er mich so gut hören kann, wundert mich ja selbst! Bei Miriam war das ganz anders, die hat mich als Mitbewohner gar nicht wahrgenommen und einfach gemacht, was ich gewollt habe. War schon praktisch. Aber vielleicht muss ich bei Erwachsenen vorsichtiger sein. Die sind halt nicht so leicht zu beeinflussen wie Kinder, das ist in meiner Welt nicht anders gewesen. Also, neue Taktik! Einfache Worte benutzen und so unauffällig wie möglich das erreichen, was erreicht werden muss!« Innerlich atmete Ron einmal tief durch und konzentrierte sich darauf, die Informationen zu erhalten, die er haben wollte. Langsam, und eine nach der anderen.

Amos war aufgestanden und hatte sich einen Becher Wein eingeschenkt. Vielleicht ließen sich so seine wirren Gedanken bändigen, die ihn heute Abend um den Verstand bringen wollten. Der Brand steckte ihm wohl mächtig in den Knochen! Dabei musste er nun zusehen, wie er den Jungen zum Reden brachte. Er sah dem jungen Mann über den Tisch hinweg ruhig und fest in die Augen.

»So, Gersom. Zuerst einmal brauchst du keine Angst vor mir zu haben. Ich bin nicht zornig auf dich, obwohl mich der Verlust sehr schmerzt, den du mir verursacht hast. Ich werde dir nichts tun, und es wird dir kein Leid geschehen, wenn du jetzt ehrlich zu mir bist und mir die Wahrheit sagst.

Wenn du allerdings versuchst, mich für dumm zu verkaufen, hast du nichts zu lachen, das kann ich dir versprechen. Über eine Strafe werden wir uns unterhalten, wenn du mir alles erzählt hast, was ich wissen will. Und ich will alles wissen. Von Anfang an. Wie bist du dazu gekommen, mir heute Abend mein Eigentum in Brand zu stecken und dann davonzulaufen wie ein gemeiner Verbrecher? Du kennst mich doch gar nicht. Oder zumindest kenne ich dich nicht. Habe ich dir jemals einen Anlass gegeben, so etwas zu tun? Oder wer hat dich dazu veranlasst? Wer oder was hat dich dazu gebracht, das zu tun, was du getan hast?«

Gersom fasste sich, atmete tief durch und begann zu reden.

»Ich habe bis zum heutigen Morgen bei Salomon als Hirte gearbeitet. Ihr wisst vielleicht, der Großgrundbesitzer mit den vielen Herden. Ein reicher Mann, und er hat nicht schlecht bezahlt. Er hat eine Tochter, Lea. Ich liebe sie, und sie liebt mich auch. Salomon hat uns heute Morgen erwischt, als ich ihr vor meinem Dienst einen Abschiedskuss gegeben habe. Er wusste nicht, dass wir uns mögen. Und er ist furchtbar wütend geworden. Als einfacher Schafhirte sei ich viel zu gering für seine Tochter, er würde niemals dulden, jemanden wie mich auch nur in ihrer Nähe zu wissen. Reiche Männer aus der ganzen Umgebung hätten schon um sie geworben, und dann besäße ich die Frechheit, Lea anzufassen. Er hat mich geohrfeigt und aus dem Haus geworfen. Lea musste zusehen. Nie werde ich ihren Blick vergessen. Sie stand hinter ihm wie erstarrt und weinte.«

Für einen Moment hielt Gersom inne, als er sich die Erinnerung ins Gedächtnis rief. Schmerzhaft verzog er das Gesicht. Dann sammelte er sich und erzählte weiter.

»Nun hatte ich keine Arbeit mehr. Ich bin dann zuerst nach Hause gewandert, zu meinem Vater. Er wohnt im Nachbarort und hat einen großen Hof. Ich dachte mir, dass er mich vielleicht bei sich arbeiten lässt. Wir haben uns nie besonders gut verstanden. Trotzdem habe ich gehofft, dass er sich in den vergangenen fünf Jahren geändert habe. Aber ich habe kein Glück gehabt. Als ich ihm erzählte, wie es mir ergangen war, hat er mich verprügelt und angeschrien, was mir einfiele, ausgerechnet die Tochter des Gutsbesitzers haben zu wollen. Dass Lea mich auch liebt, wollte er gar nicht hören. Alles sei allein meine Schuld, und mit einem solchen Versager wie mir wolle er nichts mehr zu tun haben. Er hat mich enterbt und gesagt, er habe keinen Sohn mehr. Dann hat auch er mich vor die Tür gesetzt.«

Amos wollte tröstend nach seiner Schulter greifen, besann sich aber doch anders. Vor ihm saß der Mann, der seinen Stall und sein Vieh auf dem Gewissen hatte. Trotzdem tat ihm der Junge leid, und seine Geschichte rührte ihn. Schweigend goss er Gersom Wein in seinen Becher. Wasser half hier nicht weiter.

Nach einem kräftigen Zug aus seinem Becher fuhr Gersom fort. »Nun stand ich auf der Straße, mit nichts als dem, was ich am Leib trug, ohne Arbeit und ohne Zuhause. Ich habe unterwegs versucht, an drei Höfen um Arbeit vorzusprechen, aber momentan wird niemand mehr gebraucht. Die Zeit, neues Personal einzustellen, ist längst vorbei, wurde mir überall gesagt. Als wenn ich das nicht gewusst hätte. Aber ich kann doch nicht bis zum nächsten Frühjahr warten! Ich brauche Geld und einen Platz, wo ich wohnen kann! Schließlich fand ich mich wieder hier, genauer gesagt, nebenan auf dem Feld, wo schon einige Hirten am Lagerfeuer saßen. Ich bin zu ihnen gegangen und habe sie um einen Schlafplatz gebeten. Sie haben mir zu Essen und zu Trinken gegeben, und schließlich sind wir ins Gespräch gekommen. Ich habe immer mehr und mehr getrunken, und plötzlich sagte einer, hier drüben stehe der Stall von einem, der genau so reich sei wie Salomon, und ob ich mich nicht rächen wollte. Betrunken, wie ich war, war ich nicht mehr Herr meiner Sinne. Ich weiß nur noch, dass ich plötzlich den brennenden Ast in der Hand hatte, und das Letzte, was ich bewusst wahrgenommen habe, waren die lodernden Flammen, als das Dach anfing zu brennen. Dann haben mich schon Ihre Freunde erwischt. Den Rest wissen Sie ja. Jetzt sitze ich hier und bin es nicht mehr wert, auch nur freundlich angesehen zu werden.«

Betrübt ließ Gersom den Kopf hängen, und Tränen liefen ihm übers Gesicht.

»Ich danke dir, Gersom, dass du mir die Wahrheit gesagt hast. Ich glaube dir, und ich sehe auch, dass es dir leid tut, was du getan hast. Nur, straflos kann ich dich nicht davonkommen lassen. Ich mache dir aber einen Vorschlag, der uns beiden hilft.«

Amos hielt inne, bis Gersom ihn gespannt ansah. Ganz spontan war ihm eine Idee gekommen.

Ron hatte, bildlich gesprochen, mit vor Staunen offenem Mund zugehört. Das waren ja raue Sitten in der Zeit, in der er hier gelandet war. Noch immer wusste er nicht genau, wann er hier war, aber zumindest zeichnete sich ab, warum er da war. Und er hatte plötzlich eine Eingebung, wie es für beide Seiten in den kommenden Wochen sinnvoll weitergehen konnte.

Fakt war: Gersom brauchte Arbeit, und Amos brauchte seinen Stall wieder und jemanden, der ihn aufbauen konnte. Die beiden würden sich prima ergänzen!

»Hör zu, Gersom. Für die geplante Volkszählung brauche ich meinen Stall wieder, um die Reittiere meiner Gäste unterbringen zu können. Zudem muss sich jemand um die wenigen Tiere kümmern, die heute Abend den Brand überlebt haben, und muss sie gesund pflegen. Du hast keine Arbeit, und ich habe mehr, als ich allein bewältigen kann. Wenn du mir versprichst, keine Dummheiten mehr zu machen, stelle ich dich an. Du wirst dich um meine Tiere kümmern und den abgebrannten Stall mit deiner Hände Arbeit allein wieder aufbauen. Du erhältst kein Geld, aber du wirst bei mir wohnen und gut verpflegt werden, bis deine Schuld abgearbeitet ist. Dann sind wir quitt, und über den heutigen Vorfall wird kein Wort mehr verloren. Und wenn du dich gut anstellst, werden wir sehen, ob ich dich weiterhin behalten kann. Was meinst du?«

Gersom hatte mit großen Augen zugehört. Nun sprang er vom Stuhl, völlig aufgelöst vor Dankbarkeit, und sank vor seinem neuen Herrn in die Knie. »Danke, vielen Dank, Herr. Das ist mehr, als ich verdiene. Ich verspreche, meine Arbeit gut zu verrichten und Ihrem Haus nur Ehre zu machen.«

Amos zog den Jungen wieder auf die Beine. »Na, na, Junge. Ist ja schon gut. Jetzt komm erst mal mit. Wir wollen sehen, wo wir dich für die nächste Zeit unterbringen können.«

Ron lehnte sich im Geiste aufatmend zurück. Das hatte ja mal gut geklappt! Wie er den Jungen einschätzte, meinte er es ehrlich und würde seinem neuen Arbeitgeber wohl nicht das Dach über dem Kopf anzünden. Das war doch die Lösung aller Probleme. Zwei auf einen Streich. War er gut, oder war er gut? Er zumindest war ziemlich stolz auf seinen Einfall.

Ob er nun schon fortkonnte? Für einen Moment hielt er die Luft an, aber nichts deutete darauf hin, dass er den Körper verlassen würde. »Mist. Wäre wohl einen Tick zu einfach gewesen. Dann bleibt mir wohl nichts anderes übrig, als die Dinge abzuwarten, die da noch kommen werden. Macht nichts. Wie es aussieht, habe ich ja alle Zeit der Welt.« Brummend begab sich Rons Geist zur Ruhe, so wie es Amos auch tat, und erwartete schlafend den neuen Tag.

Als Amos am nächsten Morgen erwachte, war Gersom schon aufgestanden und bereits zum Nachbarn gelaufen, um die Tiere zu begutachten, die vorläufig dort untergebracht worden waren. Amos beeilte sich, aufzustehen und sich für den Tag zu richten. Heute würde Sarah, seine Ehefrau, von ihrem Krankenbesuch bei ihrer Mutter heimkehren. Eine Woche lang war sie weg gewesen, um ihre Mutter zu pflegen, doch jetzt war diese auf dem Weg der Besserung, und Sarah hatte ihre Rückkehr angekündigt. Amos würde ihr einiges erklären müssen, vor allem ihren neuen Mitbewohner. Doch in einer Herberge kam es auf einen Fremden mehr oder weniger nicht an. Seine Frau würde keine Schwierigkeiten mit den neuen Gegebenheiten haben, da war Amos sich sicher. Zudem war sie herzensgut und würde Mitleid und Verständnis für Gersoms Schicksal zeigen.

Nach einem leichten Frühstück aus frischer Milch, Käse und Gerstenbrot ging Amos hinüber zu Gersom, um sich nach dem Zustand seiner Tiere zu erkundigen. Gäste hatte er momentan keine zu betreuen. Diese Zeit würde erst in einigen Wochen wieder beginnen, sodass er sich um seinen neuen Bediensteten und seine Tiere kümmern konnte.

Dieser hatte sich die Tiere seines Herrn zeigen lassen und machte erst einmal eine Bestandsaufnahme. Diese fiel ziemlich mager aus. Auf zehn Schafe, fünf Kühe und zwei Stiere war der Viehbestand gesunken, und alle von ihnen hatten Verbrennungen erlitten. Gersom beeilte sich, aus Talg und Heilkräutern eine kühlende Salbe zu mischen und den Tieren Verbände anzulegen. Sanft wusch er die Wunden mit Wein aus, um sie zu desinfizieren. Dies gefiel manchen Tieren gar nicht, und er musste sich vor Bissen und Tritten in Acht nehmen. Aber das war er in den langen Jahren seiner Hirtentätigkeit gewöhnt, und geschickt hatte er bald jedes Tier versorgt. Amos beobachtete, mit welcher Fertigkeit und welchem Gespür sein neuer Hirte sich um jedes Tier kümmerte, es streichelte, mit ihm sprach und es so beruhigte und seine Eigenheiten kennenlernte. Dieser Junge hatte eindeutig ein Händchen für seine Arbeit, und er würde sie gut erledigen, da war Amos sich sicher.

Nach einem kurzen Gespräch mit seinem Nachbarn stand schließlich fest, dass seine Tiere bis zur Fertigstellung des neuen Stalles bei ihm verbleiben konnten. Gersom würde jederzeit Zutritt zum Stall haben, um das Vieh zu versorgen. Amos gab sein Wort darauf, dass keinem anderen Tier etwas geschehen würde. Nachdem er Gersom bei seiner Arbeit beobachtet hatte, konnte er dies ohne Weiteres zusagen.

Auch Ron war ziemlich beeindruckt davon, wie gewissenhaft und gut Gersom seine Arbeit verrichtete. »Gib dir Mühe, mein Junge, und wenn´s geht, beeil dich ein bisschen! Vielleicht komme ich hier weg, wenn der Stall wieder steht und deine Schuld abgegolten ist. Womöglich muss ich mich erst mit eigenen Augen davon überzeugen, dass wieder alles in Butter ist. Wer weiß, was der da oben wieder mit mir vorhat! Bisher bin ich immer erst hinterher schlauer gewesen. Aber geschadet hat es mir nichts. Was auch passiert ist, es war immer zu meinem Besten«, gab Ron vor sich selbst zu. Fehler hatte nur er selbst gemacht. Wenn er früher gelernt hätte, auf die kleine innere Stimme zu hören, wäre er genau genommen gar nicht hier, sondern würde sich noch eines langen Lebens erfreuen, ohne in den Schlamassel geraten zu sein, dem er seine Zeitreise verdankte. Aber, wie gesagt, bisher war er immer erst hinterher schlauer gewesen. Und wahrscheinlich würde sich das so schnell nicht ändern. Ron fühlte sich, als müsse er sich durch eine Nebelwand arbeiten, ohne zu sehen, wohin er ging, nur mit einer vagen Vorstellung, welches Ziel er erreichen musste. Mit nichts, was ihm helfen konnte, als Vertrauen. Und gerade das war ihm nie leicht gefallen. Vertraut hatte er nur sich selbst. Auf jemand anders konnte und wollte er sich nicht verlassen, aus Angst, am Ende verlassen zu sein. Nun blieb ihm nichts anderes übrig, als auf die leise

Stimme zu hören, die ihn hierher verbannt hatte. Sie hatte ihm versprochen, ihn nicht allein zu lassen.

»Wenn das nur hoffentlich kein Versprecher gewesen ist«, dachte Ron und bekam sofort ein schlechtes Gewissen. Immerhin hatte die Stimme Wort gehalten und ihn nach erfolgreicher erster Mission weiter geschickt. Dann würde sie ihn auch nicht in der Zeit verloren gehen lassen. Hoffte er. Ja, er konnte hoffen. Das war immerhin etwas. In seinem alten Leben hatte er das schon lange nicht mehr gekonnt. Vertrauen und Hoffnung, das waren für ihn Fremdwörter gewesen, die nur in einem Kitschroman existieren konnten, in seiner Realität aber keinen Platz hatten. Und wie traurig war diese Realität gewesen.

Allmählich begann Ron zu begreifen, wie groß die Leere in seinem Leben gewesen war, und wie hoch die Mauer, die er um sich herum gebaut hatte, weil er niemanden nahe genug an sich heranlassen wollte, um ihn zu verletzen. So konnte aber auch niemand an ihn heranreichen, um ihn zu trösten und zu stärken. Und als er schließlich ganz allein gewesen war und begriff, was ihm fehlte, gab es in seinen Augen keinen Weg mehr, aus seinem selbst errichteten Gefängnis zu entkommen. Er hatte seiner Seele die Luft zum Atmen genommen und erstickte langsam. Zum ersten Mal in seinem Leben sah er keine andere Möglichkeit mehr, als aufzugeben. Und nun erst, nach seinem Tod, musste er mühsam lernen zu vertrauen.

»Und dann noch gleich jemandem, den ich weder sehen noch greifen kann. Damals, meine Kollegen und Freunde, die waren wenigstens real und sichtbar. Hier bin ich allein und kann nur hoffen, dass man mich nicht einfach vergisst. So wie ich meine Freunde vergessen habe, wenn sie mich gebraucht haben«, dachte Ron traurig. In den wenigen Minuten, in denen er zurückdenken konnte, begriff er vieles, was er vorher einfach verdrängt hatte. In der Hektik seiner Zeit hatte er nie viel Gelegenheit zum Nachdenken gehabt. Das war auch viel bequemer gewesen. Hier hatte er mehr Zeit, als er sich wünschen konnte. Nun packte sein Gewissen Stück für Stück all seine Verfehlungen aus, alle Erinnerungen, die er gerne vergessen hätte. Ron erkannte sich selbst, und er kannte sich selbst nicht mehr. Er würde noch viel lernen müssen. Und er spürte eine tiefe Dankbarkeit, jetzt noch Zeit zum Lernen zu haben. So wie Gersom seine zweite Chance aus ganzem Herzen nutzte, so wollte auch Ron seine Chance wahrnehmen und das Beste aus seiner Aufgabe machen! Dazu galt es jetzt, die Augen stets offen zu halten!

Nachdem Gersom alle Tiere versorgt hatte, ging er hinüber zur Brandstelle. Er besah sich den Schaden und erkannte gleich, dass er ganz von vorn würde beginnen müssen. Zuerst einmal galt es, die noch brauchbaren Steine von der Asche und dem Schutt zu trennen. Dies bedeutete viele Tage harter Arbeit. Aber er wollte auf keinen Fall seinen neuen Herrn enttäuschen, und so begann er mit seinem Werk. Zuerst sortierte er verbrannte Balken, Reste von Stroh und eimerweise Asche und Steinbrocken aus, die nicht mehr verwendet werden konnten. Unermüdlich und schwitzend schleppte er halb verbrannte Holzbalken zur Herberge seines Arbeitgebers, damit diese in der Küche klein gehackt und zum Feuer dazugelegt werden konnten.

Amos sah ihm vom Fenster aus zu und staunte, wie strukturiert Gersom seine Arbeitsschritte plante. Dass er das Holz vom übrigen Schutt zur Weiterbenutzung trennte und nicht einfach alles zusammen entsorgte, imponierte ihm. Es wäre weitaus weniger Arbeit gewesen, alles zusammenzutragen und komplett abzutransportieren. Aber dieses Detail zeigte Amos, wie wichtig Gersom seine Aufgabe nahm, und dass er sich vorgenommen hatte, diese gut zu erledigen.

Das halb verbrannte Stroh trug Gersom gebündelt zum Komposthaufen im Hof, und die kleinen Steinbröckchen, die durch die Hitze und den Einsturz von den großen Bruchsteinen abgesprungen waren, zerschlug Gersom in winzige Steinchen und streute sie mit auf den Kiesweg, der vom Stall zur Herberge führte. Dort fielen sie nicht auf und ergänzten vielmehr schon den geschwundenen, vom Regen weggeschwemmten oder von Kindern weggetretenen Kies.

Es war schon um die Mittagszeit, als Sarah eintraf. Erschöpft von der Sonne und dem weiten Fußweg betrat sie die Herberge, wo sie von Amos schon sehnsüchtig erwartet wurde. Im Gegensatz zu vielen Männern seiner Zeit liebte er seine Frau. Sie hatten aus Liebe geheiratet, und er vermisste sie, wenn sie nicht bei ihm sein konnte. Seine Freunde hatten schon oft über ihn gescherzt und gespottet, aber er ließ sie reden. Sie wussten ja nicht, wovon sie überhaupt sprachen. Bei ihr fühlte er sich geborgen und verstanden, und sie ließ ihn fühlen, dass es ihr ebenso ging.

»Komm herein, mein Schatz! Wie geht es dir? Komm, setz dich erst einmal. Ich werde dir etwas zu trinken geben. Du hast einen langen Weg hinter dir.« Amos gab Sarah einen zärtlichen Kuss und führte sie in die Küche, wo er ihr einen Becher Wasser einschenkte. »Erzähle! Wie ist es dir ergangen? Und wie geht es deiner Mutter?«

»Amos! Du lässt mich ja gar nicht zu Wort kommen«, lachte Sarah. Auch sie freute sich, gesund und wohlbehalten wieder bei ihrem Mann angekommen zu sein. So selbstständig sie auch war, so sehr liebte sie ihren Mann und wollte so wenig wie möglich von ihm getrennt sein. »Meine Mutter ist wieder gesund. Dieses Fieber hatte sie böse erwischt, aber nun ist sie wieder beinahe die alte. Mir geht es bestens, ich habe mich nicht angesteckt und habe auch sonst darauf geachtet, mich nicht zu übernehmen. Meine Reise war ziemlich einsam und langweilig ohne dich, aber es ist alles gut gewesen, und mir ist nichts geschehen. Aber nun erzähle du, wie bist du hier zurechtgekommen? Gibt es Neuigkeiten?«

»Oh ja, die gibt es. Wenn du hinter dir aus dem Fenster siehst, wirst du die erste Neuigkeit entdecken. Und wenn du genauer hinsiehst, die zweite«, meinte Amos und zeigte mit dem Finger nach draußen. Sarah folgte mit ihren Blicken und erschrak. »Amos! Unser Stall ist ja weg! Was ist denn dort geschehen? Ein Brand? Und wer ist der Mann, der dort arbeitet?«

»Beruhige dich erst mal. Es ist alles in Ordnung, und ich werde dir nun genau erzählen, was passiert ist.« Amos setzte sich zu seiner Frau, schenkte auch sich einen Becher Wasser ein, und dann erzählte er langsam und ausführlich, was sich in der vergangenen Nacht ereignet hatte. Als er endete, hatte seine Frau Tränen in den Augen. »Mein Schatz, das hast du gut gemacht. Du hast genau richtig gehandelt, und ich bin froh, dass du dem Jungen diese Gelegenheit gibst, seinen Fehler wieder gut zu machen. Was hätte es auch schon genützt, ihn ins Gefängnis zu bringen? Nun baut er unseren Stall wieder auf, er hat Arbeit und kann beweisen, dass er diese Chance verdient hat.«

»Und wie es aussieht, macht er seine Sache hervorragend. Du musst dir einmal ansehen, wie gekonnt er mit unseren Tieren umgeht und sie pflegt. Für ihn sind sie nicht nur Vieh, sondern Lebewesen, für deren Wohlergehen er die Verantwortung trägt. Und die Arbeit am Stall versucht er nicht, so schnell wie möglich hinter sich zu bringen, sondern geht wohlüberlegt und gründlich vor. Mir scheint es, er will mir mit allen Mitteln zeigen, dass er es ernst meint und alles wieder gut machen will.«

»So haben wir wieder einmal gelernt, dass man jemanden wegen eines Fehlers nicht sofort verurteilen sollte, ohne ihn zu kennen. Der Junge hat wohl wirklich nur eine Dummheit gemacht. War ja auch ein bisschen viel auf einmal, was ihm da passiert ist. Da verliert man schon mal den gesunden Menschenverstand. Ich bin froh, dass du ihn behalten hast. Da haben wir nun eine tüchtige Hilfe, die sich um die Tiere und den Wiederaufbau unseres Stalles kümmert. Und wer weiß, vielleicht, wenn später das Haus voller Gäste ist, sind wir froh, ihn bei uns zu haben.«

»Meine Sarah. Ich wusste, dass du es so sehen würdest. Du bist und bleibst meine Beste!« Zärtlich umarmte Amos seine Frau und drückte sie fest an sich. Ein wenig war er schon erleichtert, dass er keinen Fehler gemacht hatte. »So, und nun kümmere ich mich darum, dass meine beiden Männer etwas in den Magen bekommen!«, rief Sarah fröhlich und machte sich daran, ein köstliches Mittagessen zu bereiten.

Nur kurze Zeit später hatte Amos Gersom zum Essen gerufen und ihm seine Frau vorgestellt. Schüchtern setzte Gersom sich zu ihnen an den Tisch. Er war es nicht gewohnt, bei seinen Herrschaften zu essen, und zitterte ein wenig vor Aufregung. Aber bald schon spürte er, dass er nichts zu befürchten hatte. Amos lobte seine Arbeit mit den Tieren und die ersten Fortschritte an der Brandstelle, und seine Frau lächelte ihn aufmunternd an und schien ihm wortlos mitzuteilen, dass er keine Angst zu haben brauche. Noch während sie aßen, entspannte sich Gersom und fühlte sich mehr und mehr wohl. Welches Glück hatte er gehabt, auf solch gute Menschen zu treffen! Er wollte ihnen ihre Güte mit harter und guter Arbeit zurückzahlen.

Gleich nach dem Essen machte er sich wieder an die Arbeit. Er hatte bereits Blasen an den Händen von der ungewohnten Anstrengung und den scharfkantigen Steinen, aber es machte ihm nichts aus. Viel zu glücklich war er, arbeiten zu dürfen und nicht mit Schimpf und Schande im Gefängnis gelandet zu sein!

Bis zum Abend hatte er die Materialien, aus denen der Stall bestanden hatte, bereits komplett auseinandersortiert und die unbrauchbaren Teile davon entfernt. Morgen würde er sich daran machen, die übrig gebliebenen Steine auf ihre weitere Verwendbarkeit zu überprüfen. Doch nun neigte sich der Tag dem Ende zu. Die Sonne stand bereits tief; bald würde die Dämmerung einsetzen und ihm das Licht zum Arbeiten nehmen. Als Gersom innehielt und sein Werk betrachtete, spürte er plötzlich, wie erschöpft er war. Bleiern legte sich die Müdigkeit über ihn. Er beschloss, es für heute gut sein zu lassen, und ging zurück zur Herberge, um sich dort zur Ruhe zu legen. Schüchtern wünschte er seinem Herrn eine gesegnete Nacht, bevor er sich auf sein Nachtlager zurückzog.

In dieser Nacht schlief er tief und traumlos. Als der Morgen dämmerte, erwachte er und sprang voller Eifer auf, um sich wieder ans Werk zu machen. Im Hinterhof der Herberge stand ein Brunnen, an diesem machte er sich frisch für den Tag. Danach wollte er seine Arbeit beginnen, doch Sarah hatte ihn gesehen. »Guten Morgen, Gersom. So früh schon wach? Komm herein. Ich habe Frühstück gemacht. Du brauchst Kraft für deine Arbeit, also musst du etwas essen, bevor du anfängst.« Als Gersom ein wenig das Gesicht verzog, lachte sie. »Komm schon. Du hast gestern Abend schon nichts mehr gegessen. Es hilft niemandem, wenn du die Arbeit an den ersten Tagen übertreibst und alles um dich herum vergisst. Dein Eifer in allen Ehren, aber wir sind als deine Arbeitgeber für dich und dein Wohl verantwortlich. Und dazu gehört auch eine vernünftige Verpflegung.« Gersom lächelte und nickte. Er sah ein, dass seine Herrin Recht hatte, und betrat gleich darauf die Küche, wo ein liebevoller Frühstückstisch gedeckt war. Als er das selbst gebackene Brot roch, merkte er, dass er doch hungrig war.

Als sei es nie anders gewesen, saßen Amos, Sarah und Gersom zusammen am Tisch und frühstückten. Sie starkten sich mit frischer Milch und sahniger Butter auf noch warmem Brot. Sarah war eine wunderbare Hausfrau, und Amos war mit Recht stolz auf sie.

Erfreut sah er, dass Gersom langsam seine Scheu ablegte und sich in seinem Haus wohlzufühlen begann. Es lag ihm nichts daran, den Jungen als Knecht zu behandeln. Vielmehr wollte er ihm das Zuhause bieten, das ihm sein eigener Vater wohl vorenthalten hatte. So schloss er es aus Gersoms Erzählungen. Schon immer war er der Meinung gewesen, dass man mit Geduld und Menschlichkeit mehr erreichen konnte, als es jemals mit harten Worten möglich war. Was hätte der Junge davon gehabt, wenn er ihn hart bestraft hätte? Seine Wut und sein Hass auf diejenigen, die Geld und Macht hatten, wären nur noch gewachsen. So hatte er die Gelegenheit, seinen Fehler wieder gut zu machen und daraus zu lernen.

Frisch gestärkt stand Gersom vom Tisch auf. »Vielen Dank, Herr. Ich werde nun an meine Arbeit gehen. Heute habe ich mir viel vorgenommen, deshalb möchte ich keine Zeit verlieren. Wenn Ihr es erlaubt, gehe ich nach draußen.«

»Natürlich. Und wenn du Hilfe benötigst, sage mir nur Bescheid. Ich bin immer in der Nähe, denn heute werde ich einige Dinge hier im Haus instand setzen, bevor in wenigen Wochen die ersten Gäste eintreffen.«

Dankbar lächelte Gersom dem Ehepaar zu; dann trat er aus der Tür und machte sich auf den Weg zu seinem Bauplatz. Der Kies knirschte unter seinen Sohlen, und die Sonne stieg unaufhaltsam am Horizont auf. Die frische Luft wirkte belebend, und als Gersom einen Moment innehielt, um dem Gesang der Vögel zu lauschen, wurde ihm warm ums Herz, und er freute sich aufrichtig, dass es das Schicksal so gut mit ihm meinte.

Nachdem er am vergangenen Tag den Schutt auseinandersortiert und schon zum größten Teil beseitigt hatte, begann er heute mit dem Abbruch der Überreste des Stalles. Er wollte mit seinem Bau ganz von vorn beginnen, so wie er mit seinem Leben von vorn begann. Es hätte ohnehin nicht viel Sinn gemacht, auf der Ruine einfach wieder aufzubauen. So machte sich Gersom ans Werk. Es war ein Stück harter Arbeit, das er sich vorgenommen hatte. Schon bald hatte er Stein- und Holzsplitter in den Händen, die ihn bei seiner Arbeit behinderten. Doch Gersom wusste Rat. Inmitten der Trümmer hatte er einige grobe Stofffetzen ausgemacht, die wohl ehemals vor Zugluft hatten schützen sollen. Diese barg er und wickelte sie um die Hände. Das war zwar unbequem, aber effektiv. Kein Splitter drang mehr ein, und auch das Brecheisen, mit dem er die Steine lockerte, scheuerte seine Haut nicht mehr. So kam er bald voran. Stein um Stein hebelte er aus der Ruine, wobei er darauf achtete, so wenig wie möglich zu zerbrechen. Er würde die meisten Steine behauen müssen, um sie so gerade wie möglich zu bekommen. Aber das machte ihm keine Sorgen. Er war ein guter Handwerker; auch wenn er einen gänzlich anderen Beruf ergriffen hatte, besaß er doch ein gewisses Geschick, mit Werkzeug umzugehen.

Er arbeitete unermüdlich. Als es schließlich immer heißer wurde und die Sonne schon fast senkrecht am Himmel stand, beschloss Gersom, sich einen Moment Ruhe zu gönnen und hinüber zum Nachbarn zu laufen, um dort nach den verletzten Tieren zu sehen. Diese gehörten schließlich auch zu seiner Aufgabe, und er wollte keinen Teil davon vernachlässigen.

Als er den schattigen Stall betrat, atmete er auf. Die Kühle tat gut! Seine vierbeinigen Patienten standen in einem eigens für sie geräumten Winkel und schienen sich beinahe zu freuen, als Gersom auf sie zukam. Auch Gersom freute sich. Er liebte es, mit Tieren zu arbeiten, und er freute sich an jedem einzelnen Geschöpf mit all seinen Eigenarten. Als einige der Tiere nach ihm schnupperten und auf seine Stimme reagierten, lächelte er. Schnell hatten sie sich an ihn gewöhnt. Er hatte sie gestern Abend vor dem Schlafengehen noch einmal kurz besucht, um sich zu vergewissern, dass alles seine Ordnung hatte und es den Tieren gut ging. In so kurzer Zeit hatten sie begriffen, dass er es gut mit ihnen meinte und ihnen kein Leid antat.

Sorgfältig machte sich Gersom daran, jedes einzelne Tier zu untersuchen und die Salbenverbände zu wechseln. Bei den meisten Tieren hatte die Salbe schon gut geholfen; die Verbrennungen waren sichtbar gemildert, und es war keine Infektion mehr zu befürchten, wenn er nun wieder alles sauber verband. Erleichtert nahm Gersom dies zur Kenntnis. Er hatte schließlich schon genug Schaden angerichtet. Nicht auszudenken wäre es gewesen, wenn es unter den wenigen überlebenden Tieren abermals Todesfälle gegeben hätte! Wie schnell griff ein solches Fieber um sich und gefährdete auch die übrigen Tiere, die des Nachbarn! So hätte er auch in dessen Schuld gestanden. Gersom wusste nicht, ob er das verkraftet hätte. Er war von Herzen froh, dass diese Gefahr nun gebannt schien.

Als alles Vieh versorgt war und Gersom wieder in die Mittagshitze hinaustrat, kam ihm Amos entgegen, um sich von den Fortschritten zu überzeugen und ihn zu einer Stärkung zu rufen. »Ich muss schon sagen, ich bin beeindruckt von dir«, meinte Amos anerkennend, als er die große Menge an Steinen sah, die Gersom bereits für den Neubau zur Seite geschafft hatte. »Du hast Kraft, und Köpfchen hast du auch. Mach so weiter, mein Junge, dann bin ich vollauf zufrieden mit dir. Du arbeitest mit Herz und Verstand, und das sieht man. Komm mit. Du hast dir ein Mittagessen redlich verdient. Meine Frau hat eine kräftige Suppe bereitet. Nun lass uns etwas essen und danach ein wenig Kraft sammeln, bevor wir uns wieder ans Werk machen.«

Auch Ron sah durch Amos' Augen, welchen Kraftakt Gersom geleistet hatte. »Donnerwetter! Und das ganz allein, nur mit Werkzeugen, ohne technische Hilfsmittel. Ich wäre nach dem dritten Stein zusammengebrochen!« Er musste sich selbst eingestehen, dass er für dieses Leben hier wenig getaugt hätte. Viel zu verweichlicht war er. Als Höchstleistung hatte er es empfunden, wenn er nach seiner Schreibtischarbeit eine Stunde im Fitnessstudio verbracht und sich dabei auch nicht sonderlich überanstrengt hatte. Es war doch viel interessanter gewesen, mit den anwesenden Mädchen zu flirten …

Na, die Zeiten waren ja jetzt auch vorbei. Ein wenig schämte er sich, als er sich an sich selbst zurückerinnerte. Er hatte sich immer für ziemlich männlich gehalten, jung, gut aussehend und erfolgreich, wie er war. Nun sah er zum ersten Mal eine richtige Männerwelt mit richtig harter Arbeit. Hier hätte er keinen Tag lang bestanden, und beeindruckend wäre allenfalls die Geschwindigkeit gewesen, mit der er vor der harten Arbeit geflohen wäre … Aber da kam ihm ein tröstender Gedanke: »Hey, wenn der Junge weiter so ein Tempo vorlegt, bin ich vielleicht bald hier weg. Je eher, desto besser. Minderwertigkeitskomplexe kann ich jetzt echt nicht gebrauchen. Eine Abrissbirne ist ja ein Witz gegen den Kerl!«

Amos wunderte sich, als er auf dem Weg zum Haus urplötzlich Appetit auf Birnenkompott bekam …

Er hatte wieder einen kurzen gedanklichen Aussetzer gehabt. Seltsam. Früher war ihm so etwas nie passiert. Aber seit dem Brand kamen ihm manchmal Worte in den Sinn, oder Bildfetzen, wie aus einer anderen Welt. Er konnte nichts damit anfangen, aber sie waren da und verwirrten ihn. Vielleicht machte sich doch bereits das Alter bei ihm bemerkbar. Er musste das einmal beobachten!

Nach einem herzhaften Mittagessen und einer kurzen Ruhepause fühlte sich Gersom wieder frisch und kräftig genug, um sich erneut an seine Arbeit zu begeben. Unermüdlich brach er Stein um Stein aus den Überresten des Stalles heraus. Der Haufen an Steinen, den er wieder für den Neubau verwenden wollte, wuchs und wuchs, während der ehemalige Stall schon längst nicht mehr als solcher zu erkennen war. In wenigen Tagen würde er mit dem Neubau beginnen können.

Als schon die Abenddämmerung hereinbrach, stattete Gersom noch einmal seinen Tieren einen kurzen Besuch ab und überzeugte sich von ihrem Wohlergehen. Er war zufrieden mit den Fortschritten, die die Heilung seiner Patienten machte. Bald schon würden sie völlig wiederhergestellt und kerngesund sein.

Gersom legte sich zur Ruhe, zufrieden mit sich und der Welt. Er schlief augenblicklich ein. Nebenan unterhielt sich Amos auf seinem Nachtlager mit Sarah. »Ich glaube, mit Gersom haben wir einen Glücksgriff getan. Sobald er alles wieder aufgebaut hat, werde ich ihn für meine Tiere sorgen lassen. Und wenn die Herberge sich füllt, werden wir um jede hilfreiche Hand froh sein.«

»Das ist gut, Amos. Du bist ein guter Mann. Und ich kann spüren, wie dankbar der Junge dir ist, dass du ihm diese Chance bietest. Weil du ihn gut behandelt hast, wirst du in ihm ewig einen Freund und Helfer haben.«

»Ich bin froh, dass du es so siehst. Aber du warst schon immer meine kluge Frau.« Zärtlich schloss Amos seine Sarah in die Arme und streichelte sie in den Schlaf.

Die folgenden Tage vergingen alle im gleichen Ablauf: Morgens saßen Amos, Sarah und Gersom zusammen beim Frühstück, um sich für den beginnenden Tag zu stärken. Anschließend ging Gersom zu seinem Bau, jedoch nicht, ohne zwischendurch nach seinen Tieren zu sehen, von denen einige schon wieder gesund und gut erholt waren. Nur noch wenige würden seine Pflege brauchen. Sobald wieder alle Wunden verheilt sein würden, hatte Gersom die Aufgabe, die Tiere tagsüber zu weiden und auf sie Acht zu geben. Bei dem großen Gelände um die Baustelle würde dies kein Problem sein. Das Grundstück war zudem eingezäunt, sodass kein Vieh würde entwischen können. Aber bis dahin würden noch ein paar Tage vergehen.

Sein Bau machte Fortschritte. Inzwischen war der alte Stall vollends abgerissen, und Gersom arbeitete an dem Fundament des neuen Stalles. Er bearbeitete die alten Steine, bis sie wieder flach und gerade waren, und begann Stein für Stein mit der Errichtung der neuen Mauern. Er hatte Zeit und übereilte nichts. Sorgfältig widmete er sich der bislang ungewohnten Aufgabe. Gersom staunte über sich selbst, hatte er doch nicht einmal geahnt, die Fähigkeit zum Bauen in sich zu tragen. Er mischte Mörtel, setzte die Steine und dichtete kleine Lücken mit Stroh aus, als hätte er niemals etwas anderes getan. Später würde er die Wände zusätzlich mit Lehm abdichten, damit es im Inneren trocken bliebe. Die Herausforderung und die Freude über das neu entdeckte Talent trieben ihn voran, sodass Amos ihn abends beinahe zum Aufhören zwingen musste. Mit der Kraft seiner Jugend ausgestattet, fiel ihm die Anstrengung leicht, und seine täglichen Fortschritte beflügelten ihn.

Auch Amos staunte täglich mehr über seinen jungen Helfer, und im Innern war er sehr stolz auf ihn. Unmerklich hatten sich Sarah und er an Gersoms Anwesenheit gewöhnt, und er würde ihnen bereits gefehlt haben, hätten sie ihn nicht an ihrem Tisch und in ihrer Nähe gehabt.

So glücklich Gersom in diesen Tagen war, so sehr vermisste er doch eines: seine Liebe zu Lea. Er vermisste ihr Lachen, ihr Augenzwinkern, wenn sie sich unbeobachtet glaubten, die verstohlenen Zärtlichkeiten. Oft schweiften seine Gedanken ab, und Gersom fragte sich, was sie wohl gerade tat, und ob sie ihn ebenfalls vermisste. Manchmal geriet er ins Träumen und stellte sich vor, wie er als reicher und geachteter Mann zu ihr zurückkehren und um ihre Hand anhalten würde. Ihr Vater würde Augen machen, und der Seine erst!

Aber ach, wie sollte er das nur bewerkstelligen? Er konnte zurzeit mehr als froh sein, sein Leben nicht hinter Gittern verbringen zu müssen. Als Erstes würde er seine Schuld abtragen. Was danach kam, wusste nur der Allmächtige. Wer weiß, vielleicht würde Amos ihn wirklich behalten? So hätte er ein regelmäßiges Einkommen. Wenn er dies Stück für Stück auf die hohe Kante legen würde, könnte er sich vielleicht eines Tages eine eigene Herde leisten und mit Viehzucht beginnen. Dies war ein heimlicher Traum von ihm, und in Gedanken sah er Herden von Schafen allerbester Qualität vor sich, kräftig und gesund, und er sah die Gutsbesitzer vieler Höfe vor seinem Haus Schlange stehen, die alle kamen, um seine Tiere zu erwerben.

Auch wenn Gersom sich ab und an das Träumen gestattete, verlor er doch die Realität nicht aus den Augen. Bisher sah es zwar nicht so aus, als könnten seine Träume einmal wahr werden, doch er hatte ja auch erst den ersten Schritt am Anfang eines langen Weges zurückgelegt, und niemand wusste, wo dieser Weg einmal für ihn enden würde. Bis dahin wollte er seine Pflichten so gewissenhaft wie nur möglich erledigen, um den Grundstein für den zweiten Schritt zu legen, nämlich von Amos offiziell als Hirte eingestellt zu werden.

Dann kam der Tag, an dem alle Tiere wieder gesund waren und aus dem Stall des Nachbarn heraus durften, um tagsüber an der frischen Luft zu weiden. Nun musste Gersom zusätzlich ein Auge auf die Tiere haben. Er freute sich jedoch so sehr, dass alle Tiere überlebt hatten und keines krank geworden war, dass er von Herzen gerne auf sie Acht gab. Schließlich war dies ja sein Beruf, der ihm Freude machte. Der Bau war eine schöne Abwechslung, aber er würde eines Tages vollendet sein. Dann galt es, sich um die Pflege und die Vergrößerung der Herde zu kümmern. Falls Amos ihn ließe ... Aber Gersom hoffte, ihn von seinen Qualitäten überzeugen zu können, oder, mit viel Glück, ihn bereits überzeugt zu haben. Amos äußerte sich nicht oft, aber aus seinen Blicken konnte Gersom die Anerkennung lesen, die sein Vater ihm immer verwehrt hatte. Er respektierte Amos von Tag zu Tag mehr, und dieser brachte ihm herzliche Zuneigung entgegen. Gersom fühlte sich nicht wie ein Knecht, sondern gehörte beinahe zur Familie. Sarah kümmerte sich um sein Wohl, beinahe wie eine Mutter, und wäre er einmal krank, würde sie ihn sicherlich eigenhändig gesund gepflegt haben. Täglich dankte er Gott dafür, zu so lieben Menschen gefunden zu haben.

Es vergingen Tage und Wochen, und als beinahe zwei Monate vergangen waren, hatte Gersom den Stall fertiggestellt. An einem Nachmittag hatte er als letzten Arbeitsschritt die eigenhändig gebaute Stalltür eingehängt und probeweise den befestigten Riegel verschlossen. Es hielt! Der Stall stand wieder! Mit viel Schweiß und harter Arbeit hatte Gersom zuerst alles abgebrochen, sortiert, dann neu gemauert, abgedichtet, die Dachkonstruktion angebracht, das Dach mit Stroh eingedeckt, Fenster und Türe angebracht, und am Ende hatte er sogar das Innere des Stalles eingerichtet, mit Stroh ausgelegt, mit selbst gebauten Futter- und Wassertrögen ausgestattet, und an einer Wand hatte er sorgfältig das Werkzeug aufgehängt, das täglich im Stall benötigt wurde. Nun stand er stolz vor seinem Werk, wischte sich den Schweiß von der Stirn und genoss den Augenblick der Vorfreude. Gleich würde er Amos die Beendigung seines Baues mitteilen, und gemeinsam konnten sie das Vieh in seine neue Behausung führen.

Während er in Richtung der Herberge schritt, blickte er noch einmal zurück und betrachtete seine Arbeit aus der Ferne. Doch, er hatte gut gearbeitet, er durfte stolz auf sich sein. Der neue Stall stand sicher und fest, und er würde den Tieren eine gute Unterkunft bieten. Gersom trat zur Tür herein. Amos war gerade mit einigen Ausbesserungsarbeiten in seinen Gästezimmern beschäftigt, und Sarah half ihm dabei, die Zimmer so wohnlich wie möglich zu machen. Bald schon würde es zu einer wahren Völkerwanderung kommen, wenn jeder sich zu seinem Heimatort aufmachte, um sich registrieren zu lassen. Für Amos würde dies eine wahre Goldgrube werden, denn viele Reisende würden eine Übernachtungsmöglichkeit brauchen. Seine Herberge würde wohl aus allen Nähten platzen. Doch trotzdem sollte es seinen Gästen an nichts fehlen, sodass sie sich auch später noch an ihn erinnern und bei gegebenem Anlass wieder aufsuchen würden.

Amos hatte Gersom bemerkt. Er schaute auf und fragte freundlich: »Nun, was gibt's?« Als er in Gersoms strahlende Augen sah, wusste er sofort Bescheid. »Du bist fertig, was?« Freudig nickte Gersom und bat: »Kommt mit mir und schaut, ob es so recht ist.«

Auch Ron war aufmerksam geworden. Nur bruchstückhaft hatte er in den letzten Wochen die Fortschritte von Gersom verfolgen können. Da Amos den Jungen weitgehend in Ruhe ließ, kam auch er nicht dazu, ihn zu beobachten. Dafür hatte er in der letzten Zeit viel über Haushalt und Renovierungen gelernt ... »Ein Königreich für einen Baumarkt!«, hatte er immer wieder gedacht, als er sah, wie mühsam Amos kleine Risse und Löcher in den Wänden flickte, neue Bettgestelle zusammenzimmerte, und Sarah von Hand Gardinen säumte und Bettbezüge nähte. Oder in der Küche von Hand Brotteig knetete, mit aller Kraft, die sie aufbringen konnte, die Brote in den befeuerten Ofen schob, und ganz ohne Temperaturregler und Zeitschaltuhr wusste, wann die Brote fertig waren. Alles machten sie ohne die modernen Werkzeuge und Materialien seiner Zeit! Ron wunderte sich viel und lange darüber, und oft konnte er nicht verhindern, dass seine Gedanken auf Amos übersprangen. Amos hatte sich erstaunlicherweise kaum aus der Ruhe bringen lassen. Ab und zu nur schüttelte er den Kopf, weil er sich in Gedanken mit Bildern von Regalen überflutet sah, in denen die merkwürdigsten Gegenstände lagen. Manche davon funktionierten sogar von allein und mit viel Radau, wenn man die angebrachte Schnur in ein Loch in der Wand steckte! Amos konnte sich diese Visionen nicht erklären. Er hoffte nur, dass sie nichts Böses bedeuteten und er mit der Zeit verrückt wurde ... Seiner Frau hatte er vorsichtshalber nichts erzählt. Sie würde ihn nur auslachen und liebevoll spotten: »Amos, du wirst alt und wunderlich.«

Jetzt jedoch schüttelte er diese Gedanken ab wie Wassertropfen, und gespannt folgte er Gersom hinaus auf die Weide. Absichtlich hatte er ihn in Ruhe arbeiten lassen und nur ab und zu die Fortschritte beobachtet, weil er ihm nicht das Gefühl geben wollte, ihn zu kontrollieren. Er hatte schon nach wenigen Tagen erkannt, dass er sich keine Sorgen machen musste und der Bau ordnungsgemäß und sauber vorankam. Gersom hatte viel Schweiß und Mühe in seine Arbeit gesteckt, dessen war Amos sich sicher, und nun würde er das Ergebnis zu Gesicht bekommen.

Gemeinsam erreichten sie das Bauwerk. Schon aus der Ferne konnte Amos sehen, dass der neue Stall den alten an Schönheit und an Stabilität übertraf.

Jetzt trat er langsam näher und besah sich die neuen Mauern, die Fenster, das Dach und die neue Tür von allen Seiten, betastete sie und prüfte die Verarbeitung der Steine und Balken. Gersom hatte einwandfreie Arbeit geleistet. Alles war stabil und gut gemauert, die Wände waren dicht. Im Winter würde keine Kälte und Feuchtigkeit eindringen. Das war wichtig, da sonst seine Tiere erkranken würden. Er hatte schon genug Verluste erlitten, da sollte sein Vieh nicht noch aus Unachtsamkeit krank werden und verenden.

Amos öffnete die Tür und betrat das Innere. Er sah, wie sorgfältig der Boden mit Stroh bedeckt war, sodass kein Tier frieren musste. Die Futter- und Wassertränken waren groß und schön gearbeitet, und sie waren bereits gefüllt, sodass die Tiere jeden Moment davon Gebrauch machen konnten. Sauber und ordentlich waren die Werkzeuge aufgeräumt und stets griffbereit an der Wand. Amos war beeindruckt, und das sagte er auch.

»Gersom, besser hätte man diese Arbeit nicht erledigen können. Ich bin aufrichtig stolz auf dich, und ich bereue keinen Augenblick lang, dass ich mich für dich entschieden habe. Du hast deinen Teil unserer Abmachung mehr als nur erfüllt. Nun bin ich an der Reihe. Mit Beginn des nächsten Tages nehme ich dich in Lohn und Brot. Nachdem wir unsere Tiere hier einquartiert haben, setzen wir uns zusammen und verhandeln deinen monatlichen Lohn.«

Gersom brachte vor Freude kein Wort hervor, und Amos sah gerührt, dass er sich verstohlen eine Träne aus dem Augenwinkel wischte. Der Junge hatte allen Grund, stolz und glücklich zu sein, denn er hatte wirklich sein Bestes gegeben. Nun sollte er auch belohnt werden.

Zuerst aber gingen die beiden hinüber zu Jona. Amos dankte ihm ganz herzlich für die vorübergehende Betreuung und Einquartierung seiner Tiere, aber Jona wehrte ab: »Den Platz hatte ich so oder so, und betreut hat sie dieser junge Mann hier, und das besser, als mein Knecht es tut. Dem werde ich die Ohren lang ziehen. Er sollte sich ein Beispiel an ihm nehmen, denn alle Tiere sind wieder gesund und munter, und es geht ihnen prächtig. Das hätte Benjamin nie geschafft. Er pflegt meine Tiere zwar gut, aber er hat nicht das gewisse Händchen dafür, wie Gersom es hat. Halt dir den Jungen gut warm, sonst werbe ich ihn ab«, scherzte Jona.

Gemeinsam trieben Amos und Gersom die Tiere von Jonas Stall in ihre neue Behausung. Belustigt sahen sie, wie einige Tiere große Augen machten und neugierig schnupperten, als sie den neuen Stall betraten. Schnell hatte jedes Tier seinen Platz gefunden und machte es sich bequem. Zwei vorwitzige Kühe standen bereits am Futtertrog. Gersom sah es mit Freude und Erleichterung. Das Vieh schien sich sichtlich wohlzufühlen. Es war wichtig, dass es sich im Stall zu Hause fühlte, denn dort gehörte es hin.

Ron beobachtete gespannt, was geschah. War seine Aufgabe ebenso gelöst wie Gersoms? Würde er bald weiter springen? Der Stall war neu aufgebaut, Gersom war nicht ins Gefängnis gekommen, und alle waren glücklich und zufrieden. Warum ging es nicht vorwärts? Was wurde denn noch von ihm erwartet?

Als Amos und Gersom zusammen ins Haus zurückgingen und sich absolut nichts tat, wurde Ron unsicher. Hatte er etwas übersehen? Oder war dies gar nicht seine Aufgabe gewesen? Hatte man ihn hier vergessen, oder musste er auf etwas anderes Acht geben? Fest stand, dass er wohl weiterhin Augen und Ohren offen halten musste. Enttäuscht zog er sich wieder in die Tiefen von Amos´ Geist zurück.

Bis spätabends, fast bis in die Nacht hinein, saßen Amos, Sarah und Gersom beisammen und verhandelten über Gersoms Lohn. Fest stand, dass er wie bisher bei ihnen wohnen und essen durfte, denn er hatte zurzeit nachweislich keinen anderen Ort, wohin er hätte gehen können. Ferner sollte er monatlich einen anständigen Geldbetrag erhalten. Seine Aufgabe war es, den Viehbestand zu hüten und zahlenmäßig wieder auf Vordermann zu bringen. Als Anreiz hatte Amos ihm geboten, sich zum Jahresende ein Tier als Eigentum aussuchen zu dürfen, sollte der Bestand der Herde bis dahin im Wachsen begriffen sein. Diese Prämie sollte er, natürlich nur bei gewissem Erfolg, jedes halbe Jahr erhalten, sodass er in wenigen Jahren eine eigene kleine Herde besitzen konnte. Sein zukünftiger Reichtum hing also von seiner Tüchtigkeit und dem Erfolg seiner Arbeit ab.

Im Winter, wenn die Tiere im Stall gehalten wurden, sollte er in der Herberge mithelfen, wie es auch sonst seine Aufgabe sein würde, bei Instandsetzungsarbeiten Hand anzulegen. Ansonsten würde er sich mit um das Wohl der Gäste zu kümmern haben. Gersom war hochzufrieden mit dem Angebot, und er sagte dankend zu. Sein Traum von einer eigenen Herde war in greifbare Nähe gerückt; zudem konnte er, wenn er sein Einkommen zur Seite legte, genug zusammensparen, um selbst Grundbesitz oder einen Hof zu erlangen. Er war gut versorgt; neben einigen Kleidungsstücken würde er keine größeren Ausgaben haben.

In seinen Tag- und Nachtträumen malte sich Gersom aus, wie er, in prächtiger Kleidung, Lea als Hofbesitzer seine Aufwartung machte. Es würde wohl noch seine Zeit dauern. Hoffentlich war sie bis dahin nicht schon verheiratet. Realistisch gesehen würde es wohl ein Traum bleiben, das wusste Gersom natürlich. Aber er bewahrte sich das kleine Fünkchen Hoffnung, das ihn dazu antrieb, sein Bestes zu geben.

So vergingen die ersten Wochen. Gersom war tüchtig und zuverlässig, die Tiere hatten sich an ihn gewöhnt und gehorchten ihm bereits aufs Wort, und es war eine Freude für ihn, jeden Tag mit ihnen zu verbringen und für sie zu sorgen. Da es ein ungewöhnlich warmer Herbst war, stellten sich offenbar nochmals Frühlingsgefühle ein, und eine Kuh gebar ein Kälbchen. Gersom freute sich über das neue Lebewesen, nicht nur, weil es ein erstes Erfolgszeichen war. Es hatte ihm von jeher viel Spaß gemacht, Jungtiere von Beginn an aufwachsen zu sehen. Er hatte sich gerade vom Stall aus auf den Weg gemacht, um seinen Herrn von der glücklichen Geburt zu unterrichten, da kam Amos ihm schon entgegen.

»Gersom, komm bitte mit mir. Ich habe eine Nachricht für dich, es ist besser, wenn wir uns in Ruhe zusammensetzen.«

»Gerne, Herr. Ich wollte Euch nur berichten, dass das Kälbchen heil und gesund zur Welt gekommen ist. Es liegt neben seiner Mutter und nimmt gerade seine erste Mahlzeit ein.«

»Schön, Gersom, das freut mich. Du leistest gute Arbeit, das muss ich schon sagen. Nachher werde ich mir das kleine Kalb gerne ansehen. Doch zuerst werde ich dir erzählen, was mir zugetragen wurde. Es könnte nämlich Auswirkungen auf deine Zukunft haben.«

Gersom wurde aufmerksam. Was konnte wohl geschehen sein? Dem Gesichtsausdruck seines Herrn nach war es wohl etwas Ernstes. Hoffentlich war keiner von ihnen krank? Aber was sollte er spekulieren, gleich würde er es sowieso erfahren, was es auch sein würde. Er folgte seinem Herrn ins Haus und setzte sich gehorsam an den Küchentisch, wie immer, wenn es etwas zu besprechen gab. Auch Sarah war anwesend. Ihrer Mimik konnte Gersom nichts entnehmen. Aber ehe er weiter überlegen konnte, setzte Amos schon zum Sprechen an.

»Gersom, höre zu. Mir ist heute durch einen Boten zu Ohren gekommen, dass dein ehemaliger Dienstherr, der Hof- und Großgrundbesitzer Salomon, durch einen plötzlichen Herzstillstand ums Leben gekommen ist.« Gersom erblasste. Leas Vater! Tot? Blitzartig sah er seine Lea vor sich, bleich und vor Kummer und Tränen gebeugt und voller Hoffnungslosigkeit. Er überhörte beinahe, dass Amos mit seiner Rede fortfuhr.

»Da Salomon keine Söhne hatte, ist das gesamte Hofgut zurzeit in der Hand seiner Witwe und seiner Tochter Lea. Das wird auf die Dauer nicht gut gehen, da ihnen eine kundige Hand fehlt. Sie brauchen jemanden, der Verantwortung tragen und die Knechte und Mägde anleiten kann, der auch selbst mit zupackt und dafür sorgt, dass alles funktioniert. Ich mache dir nun einen Vorschlag. Dieser fällt mir nicht leicht, denn ich habe mich sehr an dich gewöhnt, und du machst deine Arbeit mehr als gut. Aber ich weiß, wie sehr du Lea immer noch liebst. Du hast oft von ihr gesprochen, und das Leuchten in deinen Augen hat Bände gesprochen. Ich werde also zu Salomons Witwe gehen und mich für dich einsetzen, damit du, vielleicht zuerst auf Probe, die Arbeiten auf dem Hofgut übernehmen kannst. Wenn Salomons Frau sieht, welch gute Arbeit du leistest, besteht vielleicht die Möglichkeit, dass sie dich wieder einstellt. Und wer weiß, wenn du Glück hast, stimmt sie sogar der Hochzeit mit Lea zu. Nun bist du schließlich kein mittelloser Schafhirte mehr. Du hast hier ein festes Einkommen und eine feste Unterkunft.

Nun, Unterkunft werden sie dir wohl gewähren müssen, schließlich bräuchtest du zwei Stunden täglich, um zum Hof zu kommen. Aber hier bist du jederzeit willkommen, mein Junge, das sollst du wissen. Wenn irgendetwas schief geht, kannst du immer zu mir kommen. Ich werde dir stets zur Seite stehen und dir helfen. Du bist uns der Sohn geworden, den wir nie hatten. Hier wirst du immer Arbeit und eine offene Tür finden. Nun liegt es an dir, eine Entscheidung zu treffen. Willst du, dass ich es versuche? Versprechen kann ich dir natürlich nichts. Du kannst aber auch hierbleiben und weiterhin deine Arbeit verrichten. Ich werde dich von Herzen gerne behalten. Es fällt mir sehr schwer, dich wieder herzugeben, jetzt, wo du so gut eingearbeitet bist.«

Gersom saß am Tisch wie fest gemauert. Er konnte so schnell gar nicht begreifen, worauf Amos hinauswollte. Er sollte Lea wieder sehen, und auf dem Hof arbeiten, um ihr zu helfen und ihr Herz und das ihrer Mutter zu gewinnen, damit Lea schließlich seine Frau und er Eigentümer des Hofes sein würde! Ihm wurde beinahe schwindlig bei dem Gedanken, dass Amos ihm hier die Erfüllung seines Lebenstraumes anbot! Er schlug die Hände vor's Gesicht und wusste nicht, was er tun oder sagen sollte.

Amos ahnte, wie es in dem jungen Mann aussah, und er ließ ihm Zeit, sich zu entscheiden. Ihm war selbst ziemlich schwindlig im Kopf, und er fühle seine Gedanken im Kopf drunter und drüber purzeln. Als er die Nachricht von Salomons Tod vernommen hatte, war es, als hätte in seinem Kopf eine Bombe gezündet. Er war von Gedankengängen geradezu überhäuft worden, die allesamt Lea und Gersom zum Inhalt hatten, und die Möglichkeit, Gersom zu seinem Glück zu verhelfen, stand klar und deutlich vor seinen Augen.

Ron im Innern von Amos frohlockte. Das war sie, die Antwort auf seine Gebete! Ja, er hatte beten gelernt. Denn er hatte in den vergangenen Wochen Todesängste – ein seltsamer Ausdruck, wenn man schon tot war, aber dennoch treffend! – ausgestanden, aus Angst, er hätte bereits beim zweiten Mal seine Gelegenheit verpasst und seine Mission verpatzt, und der Gedanke, nun vielleicht immer in diesem Kopf festzustecken, machte ihn beinahe verrückt.

Er hatte gebetet, in jeder Sekunde, mit jeder Faser seines Geistes, nicht für immer hierbleiben zu müssen. »Um Himmels willen, gib mir die Chance, wieder hier herauszukommen! Zeige mir deine Wege, Herr, und lass mich nicht allein. Ich habe Angst. Bitte, hilf mir. Öffne meine Augen und Ohren im rechten Moment, damit ich nicht hierbleiben muss. Hilf, dass es nicht schon zu spät ist. Diesen Gedanken ertrage ich nicht! Hörst du mich, Gott? Bitte, sag, dass du mich hörst!!!« Doch es war still geblieben. Keine Stimme drang an Rons Ohr. Dennoch war ihm plötzlich viel ruhiger zumute, und er spürte, wie die Angst in seiner Seele nachließ. War er vielleicht doch nicht so allein, wie er sich fühlte?

Dann war der Moment gekommen, in dem Ron taghell das Licht am Ende seines ganz persönlichen Tunnels leuchten sah, und er wusste, nun galt es, alles daran zu setzen, Amos zum Handeln zu bewegen. Und wie es aussah, hatten seine Bemühungen gefruchtet. Gott sei Dank! Zum ersten Mal in seinem Leben – oder vielmehr wäre es das erste Mal in seinem Leben gewesen, wenn er noch gelebt hätte – sprach er diese drei Worte aus tiefstem Herzen.

Aber noch war die Schlacht nicht gewonnen, und er musste aufmerksam bei der Sache bleiben, damit Amos nicht noch etwas vermasseln würde. Zuerst jedoch musste Gersom sich entscheiden. Ron hätte beinahe schwören können, dass er Herzklopfen hatte, was natürlich unmöglich war. Aber von Gersoms Entscheidung hing auch sein eigenes Schicksal ab!

»Gersom? Was denkst du?«, fragte Amos seinen Hirten, der nach wie vor dasaß, die Hände vor den Augen, als hätte er die Absicht, sich niemals wieder zu rühren. Langsam ließ er die Arme sinken und sah seinen Herrn an. Sein Gesichtsausdruck war entschlossen. Mit fester Stimme entgegnete er: »Wenn Ihr so gut sein wollt, Herr, dann sprecht mit Leas Mutter. Und ich danke Euch von Herzen für Eure Güte und Euer Versprechen. Wie gerne würde ich hierbleiben, aber Lea braucht mich jetzt.« Amos nickte. Er hatte gewusst, dass Gersom sich so und nicht anders entscheiden würde. Er selbst hätte ebenfalls nichts anderes getan.

So machte sich Amos am nächsten Tag auf den Weg zu Salomons Hofgut. Als er dort ankam, war es bereits um die Mittagszeit, und die Sonne brannte erbarmungslos auf ihn herab. Müde und verschwitzt trat er ans Tor und klopfte laut. Es dauerte eine Weile, bis man ihn einließ. Ein Knecht führte Amos zu Judith, Salomons Witwe.

Diese war gerade in der Küche damit beschäftigt, Gemüse für das gemeinsame Mittagessen zu putzen. Seit dem Tod ihres Mannes war sie mit ihrer Tochter dazu übergegangen, gemeinsam mit dem Gesinde zu essen, denn viele Knechte waren ihnen nicht mehr geblieben. Als Salomon so unverhofft gestorben war, mussten hohe Geldbeträge erübrigt werden, um Schulden abzuzahlen. Urplötzlich standen die Gläubiger vor der Tür, aus Furcht, ihr Geld nicht mehr zu bekommen. Zudem hatten aus dem gleichen Grund drei Knechte und eine Magd gekündigt und eine andere Stellung angetreten. Die nun noch verbliebenen Helfer wollte Judith nicht noch dadurch vergraulen, dass sie sie wie Menschen zweiter Klasse behandelte. Die Zeiten, in denen ihr Mann und damit auch sie hoch geachtet und gefürchtet waren, waren vorbei. Mühsam hatte sie sich in den vergangenen Wochen durchgeschlagen, hatte sich mit Dingen beschäftigen müssen, die vorher ihr Mann allein und selbstherrlich geregelt hatte, und hatte selbst kräftig mit zupacken müssen. Die Erntezeit war gekommen, und sie hatte nicht mehr genügend Knechte auf den Feldern gehabt, um die Ernte vor dem nächsten Regen einbringen zu können. So war ihr und auch Lea nichts anderes übrig geblieben, als selbst auf den Feldern mit anzugreifen.

Die ungewohnten Sorgen und die Anstrengung hatten an ihr gezehrt, und ihr schwarzes Trauerkleid ließ sie noch dünner wirken, als sie es war. So erblickte Amos eine Frau, die mit ihrem Schicksal grausam überfordert war. Trotz aller Bemühungen, sich nicht unterkriegen zu lassen, war das Ende ihrer Kräfte bereits abzusehen.

Tapfer lächelnd begrüßte Judith ihren Besucher. »Was führt Sie zu mir, und wie kann ich Ihnen behilflich sein? Nehmt Platz, ich werde sofort eine Erfrischung für Sie richten lassen.«
Amos setzte sich auf den angebotenen Stuhl am Küchentisch, und Judith öffnete die Tür, um ihre Tochter zu rufen. »Lea! Wir haben Besuch! Bring doch bitte etwas zu trinken und eine kleine Stärkung für unseren Gast.«

Dann wusch sie sich die vom Gemüse erdigen Hände und wandte ihrem Besucher ihre Aufmerksamkeit zu. Ohne Umschweife kam Amos zum Grund seines Besuches.

»Verehrte Judith, ich habe von Ihrem traurigen Verlust gehört und bin gekommen, Ihnen mein Beileid auszusprechen. Doch zugleich habe ich auch einen Vorschlag an Sie zu richten, der Ihnen helfen könnte, die Situation zu entschärfen und die gewohnte Ordnung auf Ihrem Hof wieder herzustellen.«

Judith hatte den Kopf gehoben, und ihr trauriger Gesichtsausdruck wich einer gespannten Neugier. »Ich könnte nur zu gut Hilfe gebrauchen«, gab sie unumwunden zu. »Meine Diener haben mich im Stich gelassen, und die wenigen, die ich noch habe, können die Arbeit, die gerade jetzt zur Ernte anfällt, niemals allein bewältigen. Meine Tochter und ich tun bereits, was wir können, doch es fehlt uns einfach eine kundige Hand. Mein Mann – Gott, der Herr, habe ihn selig – hat uns immer alle Entscheidungen abgenommen, die mit dem Hof in Zusammenhang gestanden haben. Nun stehen wir da und wissen von nichts. Wir sind ziemlich hilflos zurückgelassen worden und kommen mehr schlecht als recht mit dem großen Hof und den zahlreichen Feldern zuwege. Wir haben unsere Viehherden bereits verkauft, um so unsere Not einzudämmen, und haben darüber nachgedacht, einen Teil der Felder ebenfalls zu verkaufen.«

»Ich verspreche Ihnen, wenn Sie meinen Vorschlag annehmen, wird dies nicht mehr nötig sein«, sprach Amos. In diesem Moment öffnete sich die Tür, und Lea trat herein. Mit geschickten Händen balancierte sie ein Tablett, auf dem sich Brot, Käse und ein Krug mit Apfelsaft befanden. Flink deckte sie den Tisch vor ihrem Besucher. Amos beobachtete sie, und er verstand, wieso Gersom an kein anderes Mädchen mehr denken konnte. Lea war nicht nur eine reine Schönheit mit langen, schwarzen Locken und dunkelbraunen Augen, sie war auch zierlich und geschickt, und ihre Hände sprachen von harter Arbeit.

Lea verließ die Küche, und Judith ließ ihrem Gast Zeit, sich eine Erfrischung zuzubereiten. Während Amos von dem Brot und dem Käse kostete und sich den kühlen Apfelsaft schmecken ließ, dachte er darüber nach, wie er Judith wohl am besten überreden könnte.

Ron arbeitete fieberhaft in Amos Geist an einer Strategie, wie er Judith so beeinflussen konnte, dass sie es zuließ, Gersom an ihren Hof zu holen. Er konnte sich vorstellen, dass die Frau nicht unbedingt begeistert davon sein würde, den jungen Mann, der schon einmal ein Auge auf ihre Tochter geworfen hatte, wieder zu sich zu lassen.

»Irgendwie muss ich ihr begreiflich machen, dass Gersom ihre letzte Rettung ist. Und meine auch! Sie weiß ja schließlich, wie gut der Junge arbeiten kann. Jetzt kommt es nur darauf an, ihn nicht als potenzielle Gefahr für ihre Tochter zu verkaufen, sondern als Retter in der Not und möglichen Schwiegersohn. Hätte ich doch nur eine Ahnung, wie ich das anstellen soll! Wenn ich jetzt versage, ist alles zu spät! Dann komme ich niemals hier weg!« Ron wurde, jetzt, da es ernst wurde, immer nervöser. Diplomatie war noch niemals seine Stärke gewesen. Er war die Dinge immer angegangen wie ein Panzer, der Hindernisse einfach niederwalzt. Aber irgendetwas in seinem Inneren sagte ihm, dass er diesmal Feingefühl benötigen würde. Frauen waren einfach zu kompliziert, egal in welchem Zeitalter!

Amos sah, dass er Judiths uneingeschränkte Aufmerksamkeit erlangt hatte. Nun suchte er nach den richtigen Worten, das Gespräch zu eröffnen. Lange konnte er sich nicht mehr hinter seinem Stück Brot verstecken. Also fasste er sich ein Herz. Was hatte er schon zu verlieren? Wenn es nicht funktionierte, blieb Gersom eben bei ihm.

»Hey, diese Einstellung gefällt mir aber ganz und gar nicht!«, meckerte Ron im Hintergrund. »Ich kann es nicht zulassen, dass du mein Happy End versaust! Streng dich gefälligst an, für den Jungen geht es hier um seinen Herzenswunsch. Große Liebe, capito?«

Amos schüttelte den Kopf, um wieder klare Gedanken fassen zu können. Da war es schon wieder gewesen, dieses Etwas, das in ihm zu sitzen schien und ihn mit Worten und Bildern überhäufte, die er noch niemals gesehen hatte: Liebespaare in seltsamer Kleidung, die sich umschlungen hielten und küssten, dazu eine nie gehörte rührselige Musik im Hintergrund ... »Ich sollte mir ein paar Tage Ruhe gönnen, wenn ich nach Hause komme«, dachte er sich. Dann besann er sich wieder auf die Witwe, die ihm immer noch still gegenübersaß. Er konnte jedoch erkennen, dass nur noch die bloße Höflichkeit Judith zurückhielt, ihn endlich zur Rede zu drängen.

»Sehen Sie, mir ist es folgendermaßen ergangen«, setzte er an. »Ich habe seit einigen Monaten einen Hirten eingestellt, der vor einiger Zeit noch bei Ihnen angestellt war. Ein junger, sehr talentierter Mann. Vielleicht erinnern Sie sich an ihn. Sein Name ist Gersom.«

»Wie sollte ich mich nicht an ihn erinnern«, seufzte Judith und strich sich eine Haarsträhne aus der Stirn. »Ein wirklich tüchtiger Arbeiter ist er gewesen, das ist wahr. Doch leider hat ihm unsere Tochter bald besser gefallen als seine Arbeit, und so hat mein Mann ihn entlassen müssen. Aber sprechen Sie weiter, ich will Sie nicht unterbrechen.«

»Ich weiß natürlich nicht, wie er hier gearbeitet hat, aber Gersom hat sich bei mir wirklich wunderbar entwickelt, und es haben sich ungeahnte Fähigkeiten bei ihm gezeigt. Er kann sehr selbstständig und strukturiert arbeiten, hat großartige handwerkliche Begabungen, er tut alles zur rechten Zeit und ist zudem flink und zuverlässig. Ich traue ihm durchaus zu, diesen Hof zu bewirtschaften. Er könnte sich in kürzester Zeit einen Überblick über die anstehenden Arbeiten verschaffen und die übrig gebliebenen Arbeiter anleiten. Außerdem würde er mit all seinen Kräften selbst mit zupacken. Und er kann zupacken, Sie würden staunen! Er ist kräftig und könnte auch viele Reparaturarbeiten selbst ausführen. Dadurch würden Sie eine Menge Geld sparen, das Sie hier viel nötiger brauchen. Zudem hat er Verantwortungsgefühl, einen Blick für das Wesentliche und ist stets nett und höflich im Umgang mit anderen. Wenn Sie möchten, Judith, stelle ich Ihnen Gersom noch einmal zur Verfügung. Er wird Ihnen eine echte Hilfe sein.«

»Ich danke Ihnen für das Angebot, Amos. Aber haben Sie wirklich keinen anderen Hintergedanken als den, uns helfen zu wollen? Wenn der Junge so wertvoll ist, warum behalten Sie ihn nicht selbst?«

Amos war die Skepsis in Judiths Stimme nicht entgangen. So einfach ließ sie sich nichts vormachen. »Judith, ich möchte gerne offen zu Ihnen sein. Natürlich tut es mir furchtbar leid, was Ihnen und Ihrer Tochter geschehen ist, und natürlich möchte ich Ihnen gerne helfen. Wenn ich dies durch Gersom erreichen kann, bin ich mehr als froh. Aber ich möchte auch Gersom helfen. Ich habe ihn in den vergangenen Wochen sehr schätzen gelernt. Und mir ist nicht entgangen, mit welcher Achtung er von Ihnen und Lea gesprochen hat. Als ich ihm vom Tod Ihres Mannes erzählt habe, war er starr vor Entsetzen und Mitleid, und er wollte sofort zu Ihnen, um zu helfen. Deswegen habe ich ihm versprochen, mich hier für ihn einzusetzen. Er vermisst seine Arbeit, diesen Hof, und, um ganz ehrlich zu sein, er vermisst Lea.«

»Nein! Nicht doch!« In Amos' Innern schlug Ron sprichwörtlich die Hände über dem Kopf zusammen. »Jetzt fang doch nicht so an! Du kannst ihr doch nicht die Wahrheit sagen! Damit kommst du nie weiter. Sie schmeißt dich jetzt raus, aus Angst um ihre Tochter, und tritt dir in den Hintern noch dazu!« Soviel zum Thema Feinfühligkeit und Diplomatie! In seiner Vergangenheit hatte Ron die Erfahrung gemacht, dass man Frauen niemals die Wahrheit sagen sollte. Sie wollten doch belogen werden! Resignierend wartete Ron auf den großen Knall, das Ende des Gespräches und damit das Ende all seiner Hoffnungen. Er würde ewig hier drinnen gefangen bleiben, bis ans Ende seiner Tage. Oder vielmehr Amos' Tage. Seine waren ja schon lange vorbei.

Judith hatte einige Zeit geschwiegen. Auf ihrem Gesicht zeigte sich gelinde Überraschung aufgrund der offenen Worte, die Amos gesprochen hatte.

»Nun, jetzt verstehe ich Ihre Beweggründe, Amos. Ich gebe zu, dass ich Gersom immer sehr geschätzt habe, und ich war traurig, meinen Mann nicht umstimmen zu können. Vielleicht habe ich jetzt die Gelegenheit, ein großes Unrecht wieder gut zu machen. Und als Mutter kann ich nur sagen, dass es mir nicht verborgen geblieben ist, wie Lea Gersom angeschaut hat. Er hat sich niemals unhöflich oder ungebührlich verhalten, und mit seiner Arbeit waren wir immer zufrieden. Wenn Ihr Angebot also steht, nehme ich es gerne an. Sollten sich jedoch Gründe ergeben, die gegen Gersom sprechen, werde ich ihn sofort wieder des Hofes verweisen. Dann kann er zu Ihnen zurückkommen. Sagen Sie ihm, dass ich es noch einmal mit ihm versuchen will. Er soll gleich morgen vorbeikommen, so schnell es ihm möglich ist.«

Ron klappte buchstäblich der Kinnladen runter. Das konnte er jetzt unmöglich gehört haben! Noch nie in seinem ganzen Leben war es ihm passiert, dass er bei einer Frau mit der Wahrheit weitergekommen war. Jedenfalls nie weiter als bis zur Haustür ... Erst, wenn man sie umschmeichelte und nur das sagte, was sie hören wollte, ließ sie ihn auch ins Bett! Wobei die Schmeicheleien höchst selten der Realität entsprachen. Aber das konnte man doch nicht bringen, einfach die Wahrheit zu sagen. Wie würde sich das anhören? »Schätzlein, du hast zwar Hüften wie ein Pferd, aber das passt prima, mir wäre jetzt nach einem heißen Ritt?«

Nee, nicht wirklich, oder?

Und jetzt hatte Amos, der Trottel, dieser Judith ganz offen erzählt, dass Gersom heiß auf ihre Tochter war, und was passierte? Sie stellte ihn wieder ein! Ron verstand die Welt nicht mehr. Er konnte es gar nicht fassen. Gerade eben hatte er all seine Chancen schwinden sehen, und nun war wieder alles möglich! Eins zu null für Amos, musste Ron neidlos zugestehen.

»Yippie! Jetzt gilt's! Vielleicht kriege ich ja doch noch mein Happy End!«, jubelte er, nachdem er sich von seinem moralischen Schock erholt hatte. Sein Geist rappelte sich wieder auf. Er musste dran bleiben!

Dankbar und höchst erfreut erhob sich Amos von seinem Platz. Ihm war, als würde sein ganzes Inneres frohlocken. Er reichte Judith die Hand. »Ich danke Ihnen von Herzen. Gleich nach meiner Rückkehr werde ich Gersom die Nachricht überbringen. Sie wissen gar nicht, wie sehr Sie uns geholfen haben.«

»Nein, das weiß sie wirklich nicht«, dachte Ron im Hinterkopf.

In Amos' Herberge wartete Gersom ungeduldig auf die Heimkehr seines Herrn, ja, er fieberte ihr förmlich entgegen. Er malte sich alle möglichen Variationen des Gespräches aus, in dunklen und in strahlenden Farben. Als um die Nachmittagsstunde endlich die Haustür aufsprang und Amos eintrat, sprang Gersom auf. »Endlich seid Ihr zurück, Herr! Setzt Euch, ich habe schon alles für Eure Mahlzeit vorbereitet. Eure Frau hat eine wunderbare Gemüsesuppe gekocht. Setzt Euch, sie wird Euch schmecken. Ihr habt einen langen und anstrengenden Weg hinter Euch.«

Amos lächelte in sich hinein. Hinter der zuvorkommenden Höflichkeit seines Hirten verbarg sich nur ungut seine brennende Neugier. Gersom würde platzen, wenn er nicht gleich den Ausgang des Gespräches erfahren würde! Nun, er musste sich noch so lange gedulden, bis er sich ein wenig erfrischt und saubere Kleidung angezogen hatte.

Als Amos schließlich in der Küche Platz nahm, gesellten sich Gersom und Sarah dazu. Auch seine Frau war mehr als gespannt darauf, was Amos wohl erreicht haben mochte. Amos beschloss, Gersom ein wenig auf den Arm zu nehmen.

»Nun, mein lieber Gersom«, sagte er mit ernstem Gesicht und trauriger Stimme, »ich habe leider traurige Nachricht für dich.«

Gersoms Gesichtszüge wurden lang und länger, und Enttäuschung machte sich in ihm breit. Sie wollten ihn nicht. Sein Herr hatte nichts erreicht. »Aber hier habe ich es auch gut«, dachte er tapfer, »wenn ich Lea auch nicht wieder sehen darf.«

Amos fuhr mit seiner Rede fort. »Ich habe lange und eindringlich mit Judith gesprochen. Und je länger ich sprach, desto mehr wurde klar, dass Sarah und ich dich wohl lange Zeit nicht mehr wieder sehen werden.«

Gersom hob den Kopf. Hatte er richtig verstanden? »Herr?«, fragte er zögernd. Amos nickte, und ein breites Lachen zog über sein Gesicht. »Ja, Gersom. Gleich morgen sollst du dich auf dem Hof einfinden. Judith gibt dir eine zweite Gelegenheit zu zeigen, was in dir steckt. Sie war damals nicht einverstanden mit der Entscheidung ihres Mannes, aber das konnte sie natürlich nicht sagen. Jetzt will sie das Unrecht wieder gutmachen. Und, mein Junge, ich habe deine Lea gesehen. Ich kann dich voll und ganz verstehen. Dieses Mädchen ist schon bemerkenswert. Also, ich kann dir nur sagen, mach dein Bestes daraus, und mach uns keine Schande! Judith hat gleich gesagt, sollte etwas Unpassendes geschehen, musst du wieder gehen.«

Eine übermächtige Freude erfasste Gersom, und ihm war, als müsse er zerspringen vor Glück! Völlig außer sich und jubelnd fiel er seinem Herrn um den Hals und dankte ihm. Sein Dank kam von ganzem Herzen. Noch nie in seinem Leben war jemand so gut zu ihm gewesen. Selbst sein eigener Vater nicht! Und morgen würde er zeigen, was in ihm steckte! Er würde Amos nicht blamieren, sondern mit harter Arbeit beweisen, dass er diese Hilfe auch verdient hatte!

Viel zu lange dauerte es, bis der Morgen endlich graute. Wieder und wieder hatte Gersom sich das Wiedersehen mit Lea vorgestellt, und vor lauter Glück und Ungeduld war an Schlaf nicht zu denken gewesen. Nun stand er da, hatte seine wenigen Sachen in ein Bündel gepackt, und verabschiedete sich lange und herzlich von Amos und Sarah. Natürlich fiel ihm der Abschied nicht leicht, er hatte sie lieb gewonnen wie seine Eltern. Aber er freute sich auch auf die Zeit, die vor ihm lag. Die Zeit mit Lea.

»Mach's gut, mein Junge, und lass mal von dir hören!« Amos zog Gersom an sich und klopfte ihm herzhaft auf die Schultern. »Natürlich. Sobald die Zeit es zulässt, werde ich zu Euch kommen und Euch Bericht erstatten«, versprach Gersom. »Ich wünsche Euch alles Gute, und ich danke Euch von Herzen.«
»Du hast es verdient, Gersom. Geh, und mach das Beste daraus. Ich wünsche dir, dass du erreichst, was du dir erträumt hast.«

»Ja, das wünsche ich dir auch, Gersom. Und mir«, murmelte Ron. Von jetzt an würde er eine Menge Geduld aufbringen müssen. Amos war nun nicht mehr mitten im Geschehen. Er würde auf die spärlichen Neuigkeiten angewiesen sein, die Gersom ihm irgendwann einmal zukommen ließ. Entweder hieß das, er konnte jeden Tag unvermittelt springen, oder er würde noch Wochen und Monate in diesem Körper verbringen müssen. Wieder einmal musste er vertrauen. Und es fiel ihm doch so schwer!

Gersom wanderte unermüdlich seinem Ziel entgegen. Die Sehnsucht nach Lea verlieh ihm beinahe Flügel, und er kam gut voran. Die Sonne stand noch nicht ganz im Zenit, da hatte er den Hof bereits erreicht. Mit pochendem Herzen klopfte er ans Tor. Judith selbst öffnete ihm und begrüßte ihn.

»Hallo, Gersom. Es freut mich, dich wieder zu sehen. Dein Herr hat dich in den höchsten Tönen gelobt. Und da ich wirklich Hilfe brauchen kann, will ich sehen, wie wir gemeinsam zurechtkommen. Ich möchte es auf einen Versuch ankommen lassen. Kein Vertrag soll uns binden. Nach gegebener Zeit werden wir selbst entscheiden, wie es weitergehen soll. Bist du damit einverstanden?«

»Ja, Herrin. Ich möchte Euch von Herzen danken, dass Ihr mir die Gelegenheit gebt, wieder hier zu arbeiten. Ich habe die besten Vorsätze, Euch in Eurer schwierigen Lage zu entlasten und zu helfen, wo ich nur kann. Es tut mir so leid, dass Ihr Euren Mann so unverhofft verloren habt. Mit Trauer habe ich davon gehört.« Teilnahmsvoll drückte Gersom seiner neuen Herrin die Hand.

Diese fasste sich schnell. »Danke, Gersom. Nun komm, folge mir. Ich will dir deine Kammer zeigen, in der du schlafen wirst. Die Knechte hier kennst du noch alle, es ist kein neuer hinzugekommen. Im Gegenteil, du wirst feststellen, dass viele uns verlassen haben. Du wirst viel zu tun haben. Amos meinte, du könntest die Arbeiter anleiten und dafür sorgen, dass sie die anfallenden Arbeiten schnell und zur rechten Zeit erledigen. Nun, das wird nicht einfach werden. Sieh dir in den nächsten Tagen alles recht genau an, damit du dir ein Bild von unserer Situation machen kannst. Und dann bin ich gespannt, wie du weiter verfahren wirst. Da dein Herr dir so vertraut hat, will ich es auch versuchen. Doch er hat dir sicher auch gesagt, dass du nur zur Probe bei uns bist. Sollte etwas geschehen, womit ich nicht einverstanden bin, musst du gehen.«

»Ja, Herrin, das ist mir bewusst. Ich werde alles daran setzen, Euch nicht zu enttäuschen«, versprach Gersom. Er folgte Judith, die ihn zu seiner Schlafkammer führte. Unterwegs schaute er sich verstohlen um, ob er Lea irgendwo erblicken konnte, aber zu seiner heimlichen Enttäuschung war sie nirgends zu sehen.

Den Rest des Tages verbrachte Gersom damit, eine Art Bestandsaufnahme zu machen. Er ging die Felder besichtigen, redete mit den Knechten und Mägden, die noch geblieben waren, und machte sich ein Bild vom Zustand des Hofes. Am dringendsten musste die Getreide- und Obsternte eingebracht werden. Die Knechte waren bereits fleißig am arbeiten, und gleich morgen würde er selbst mit anpacken, bis das Gröbste geschafft war. Danach musste er sich um Lagerung, Verarbeitung und anschließenden Verkauf der Waren kümmern, alles Dinge, die er noch nie in Eigenverantwortung getan hatte. Diese erste Zeit der Bewährung würde nicht einfach sein, aber gerade jetzt konnte er zeigen, was er zu leisten imstande war! Um nichts in der Welt wollte er seine zweite Gelegenheit vergeuden!

Abends sah er dann endlich seine Lea wieder. Sie brachte ihm sein Abendbrot in die Kammer. Er hatte sich bereits zurückgezogen, weil er müde von dem anstrengenden ersten Tag war, und wollte eigentlich nichts mehr essen. Aber als Lea eintrat und ihn mit Brot, Käse, Milch und Obst versorgte, konnte er nicht widerstehen.

»Danke, Lea. Du rettest mir mein armes, kleines Leben«, scherzte er und ließ es zu, dass sie neben ihm auf seinem strohgedeckten Lager Platz nahm. Lea sah ihm in die Augen, und Gersom war froh, dass er sitzen konnte, denn er spürte, wie ihm die Knie weich wurden. Auf diesen Moment hatte er so lange warten müssen. »Wie geht es dir, mein Schatz?«, fragte er leise und mit klopfendem Herzen. Ob sie seine Gefühle noch erwiderte? »Hast du dich von diesem schlimmen Ereignis erholt?«

Lea blickte ihn traurig an. »Es tut nicht mehr so weh wie in der ersten Zeit, aber Vater fehlt uns einfach. Manchmal denke ich, er müsse wie immer zur Tür hereinkommen. Es ging einfach alles so schnell. Nicht mal Abschied konnten wir nehmen.« Sie wandte sich ab, weil ihr nun doch die Tränen in die Augen stiegen. Gersom hatte es trotzdem bemerkt. Sachte ließ er seine Hand zu ihrer gleiten, die neben ihm auf der Bettdecke lag. Er rückte ein Stück näher zu ihr und legte tröstend den Arm um ihre Schulter. »Jetzt bin ich ja bei dir, meine Liebste. Wenn du willst, werde ich immer an deiner Seite sein. Ich werde euch helfen, so gut ich nur kann, damit ihr kein Land verkaufen müsst und der Hof in Schuss bleibt. Du kannst sicher sein, dass ich mein Bestes für euch geben werde. Und wenn ich es nur tue, um in deiner Nähe zu sein.«

»Du magst mich also noch?«, fragte Lea schüchtern, und ihre braunen Augen blickten ihn hoffnungsvoll an. »Die ganze Zeit über hatte ich Angst, dich niemals wieder zu sehen, seit Vater dich meinetwegen entlassen hat. Du gibst mir nicht die Schuld daran?« Als Antwort zog Gersom seine Lea an sich, und ihre Lippen trafen sich zu einem innigen Kuss.

Die nun folgenden Wochen und Monate waren angefüllt mit harter Arbeit. Getreide, Äpfel und Birnen wurden geerntet. Gersom überwachte die Erntearbeiten, verhandelte den Getreideverkauf an die Müller, brachte das Obst zum Markt oder überwachte die Weiterverarbeitung des Obstes in der Küche, wo sich zwei Mägde, Lea und Judith selbst viele Stunden damit plagten, Mus als Brotaufstrich herzustellen, Fässer voller Saft zu pressen und einzulagern oder wieder weiter zu verkaufen. Erst schien es, als würden die Berge von Obst und Getreide niemals mehr kleiner werden, aber irgendwann war es geschafft. Da es ein fruchtbares Jahr gewesen war, war alles von bester Qualität und verkaufte sich gut. Gersom verwaltete mit Judith zusammen die Bücher und legte Rechenschaft ab über die Einnahmen vom Markt und von den Müllern, und über die Ausgaben, die getätigt werden mussten. Die Angestellten wollten auch bezahlt werden. Und als sie am Ende der Erntezeit über den Büchern zusammen saßen, stellten sie fest, dass sie eine große Summe an Gewinn verzeichnen konnten.

Erfreut beratschlagten sie, welche Ausbesserungen am Hof noch vor Wintereinbruch erledigt werden konnten, für welche sie einen Handwerker benötigen würden, und welche Gersom selbst ausführen konnte. Sowohl Gersom als auch Judith dachten insgeheim, dass sie dem anderen niemals ein solches Geschick zugetraut hätten. Keiner von beiden hatte gelernt, wie man einen Hof bewirtschaftet. Aber sie hatten festgestellt, dass mit viel Fleiß und gesundem Menschenverstand eine Menge möglich war, und sie stiegen gegenseitig in ihrer Achtung.

Irgendwann in dieser Zeit, als Judith schon lange von Gersoms Qualitäten überzeugt war, fanden es dieser und Lea für angebracht, Judith um ihren Segen zu bitten. Und Judith, der natürlich nicht viel von beider Gefühlen füreinander verborgen geblieben war, hatte an ihrem Schwiegersohn nichts auszusetzen und sagte zu.

Gersom fühlte sich wie im siebten Himmel. Er konnte es kaum erwarten, Amos von seinem Glück zu berichten. Und weil er es sich zeitlich ausnahmsweise einmal leisten konnte, marschierte er mit seiner Lea zu Amos´ Herberge, um ihn zur Hochzeit einzuladen.

Amos war außer sich vor Freude, als er dem jungen Paar gratulierte, und Sarah stand ihm in nichts nach. Ron jedoch in Amos' Innerem tobte förmlich. »Ja, gibt´s das denn wirklich? Der Kerl hat es tatsächlich geschafft! Und ich bin hier fast wahnsinnig geworden, weil man nichts mehr von ihm gehört oder gesehen hat. Wann um alles in der Welt wird denn das Telefon erfunden? Oder wenigstens die Brieftaube! Ist ja furchtbar, wenn man so im Unklaren gelassen wird! Ich dachte, ich komme hier nie wieder raus! Jetzt müsste ich doch eigentlich springen? Ist doch alles paletti! Und Amos wird auch froh sein, wenn er mich wieder los ist. Ich glaube, dem bin ich unheimlich, obwohl ich mich in der letzten Zeit schwer zurückgehalten habe. Aber meine Ungeduld ist ihm wohl doch nicht entgangen. Ist doch auch wahr. Ich habe zwar alle Zeit der Welt, aber ich will doch auch wissen, wie ich sie nutzen kann und nicht hilflos auf etwas warten müssen, was vielleicht niemals passiert! Diese Ungewissheit war das Schlimmste an der ganzen Sache. Und jetzt hat er es tatsächlich geschafft! Aber ... warum bin ich dann noch hier???«

Während Sarah sich mit Lea unterhielt, nahm Gersom Amos zur Seite. »Amos, ich wollte Euch nochmals von ganzem Herzen für Eure Hilfe danken. Wenn Ihr nicht gewesen wärt, wäre ich jetzt nicht der Mann, der nun vor Euch steht. Ich kann Euch diese Güte niemals vergelten. Aber seid versichert, dass ich immer für Euch da sein werde. Ihr seid auf unserem Hof zu jeder Stunde willkommen und solltet Ihr hier Hilfe brauchen, so lasst uns nur eine Nachricht zukommen. Binnen kürzester Zeit bin ich da, komme, was wolle. Ich habe eine große Schuld abzutragen.« Amos war gerührt. »Ich danke dir für das Angebot, mein Junge, und ich werde gerne darauf zurückkommen, sollte es jemals nötig sein.«

»Jetzt bleibt mir nur noch ein Schritt, den ich tun muss. Ich wünschte, er wäre schon getan.«

»Was meinst du?«

»Ich muss Lea mit zu mir nach Hause auf meines Vaters Hof nehmen, um sie meinem Vater als zukünftige Frau und mich als nunmehr rechtmäßigen Hofbesitzer vorzustellen.«

»Was stellst du dir so schwierig vor?«

»Als ich ihn das letzte Mal gesehen habe, hat er mich des Hauses verwiesen und mich enterbt«, sagte Gersom traurig. »Stimmt, das habe ich vergessen.

Tut mir leid. Aber dann hast du doch jetzt gerade die Gelegenheit, ihm zu zeigen, dass doch etwas aus dir geworden ist.«

»Ja, aber ich weiß nicht, ob er mich überhaupt erst zu sich lässt. Ich habe Angst, er schlägt mir die Tür vor der Nase zu. Vater ist schon immer sehr nachtragend und stur gewesen.«

Amos dachte einen Moment lang nach. »Weißt du was?«, meinte er schließlich. »Ich kann es mir im Augenblick eigentlich nicht leisten, weil die ersten Gäste der Volkszählung kommen. Bald werde ich das Haus bis unters Dach voller Menschen haben. Aber für dich werde ich mir einige Stunden Zeit nehmen. Ich komme mit dir. Mit mir dabei wird dein Vater es nicht wagen, dich abzuweisen.«

Gersom lächelte. »Das würdet Ihr für mich tun?«

»Natürlich! Hätte ich es dir sonst vorgeschlagen? Gleich morgen werden wir diese Sache regeln. Ich kann dich doch nicht heiraten lassen, solange es noch Streit in der Familie gibt. Und nun komm mit ins Haus. Noch haben wir zwei Betten frei.«

Gleich am nächsten Morgen machten sich Gersom, Lea und Amos auf den Weg zum Hof von Gersoms Vater, der etwa drei Stunden entfernt lag. Sarah hatte sie gut verpflegt, es war sonnig, aber nicht heiß, und so genossen sie den ungeplanten Ausflug. Nur Gersom wurde mit der Zeit immer stiller. Er versuchte, sich die Reaktion seines Vaters vorzustellen, doch er schaffte es nicht. Sein Vater war einfach zu unberechenbar. In seiner Gegenwart wurde er wieder zum kleinen Jungen, der niemals etwas gut genug machte.

Irgendwann waren sie angekommen. Nervös trat Gersom ans Tor und klopfte. Nach mehrmaligem Pochen an das altersschwache Holz hörte Gersom schlurfende Schritte näher kommen. Die Tür öffnete sich mit einem durchdringenden Quietschen, und dann stand Gersom seinem Vater gegenüber. Alt war er geworden. Vielleicht hatte er den Tod seiner Frau kurz vor Gersoms Entlassung nicht so gut verwunden, wie er es jedem hatte weismachen wollen. Seine ehemals dunklen Haare waren von grauen Strähnen durchzogen, seine Kleidung fleckig und ungepflegt, und seine ehemals stolze Gestalt war nun gebeugt. Trotzdem war er noch beinahe so groß wie sein Sohn, der nun vor ihm stand und nach Worten suchte. Doch sein Vater kam ihm zuvor.

»Was willst du denn hier?«, herrschte er Gersom an. »Ich habe gesagt, ich will dich Versager niemals mehr wieder sehen!« Dann erst bemerkte er Lea und Amos, die hinter Gersom standen. »Und was wollen die hier? Bist du mal wieder in Schwierigkeiten? Das sieht dir ähnlich.«

Gersom wurde ärgerlich. Das ging nun wirklich zu weit. Statt einer Begrüßung erst mal Vorwürfe und unhaltbare Anschuldigungen an den Kopf geworfen zu bekommen, das hatte er trotz allem, was geschehen war, nicht verdient!

Auch Ron in Amos' Geist war wach geworden. »Hey, jetzt mach mal halblang! Da traut sich dein Sohnemann nach ewiger Zeit nach Hause, will eine echte Glücksnachricht bringen, und du machst hier einen auf Rambo! Am liebsten würde ich Amos dazu bringen, dir ein Veilchen zu verpassen!«

Amos kniff die Augen zusammen. Da war die Stimme schon wieder, und Bilder hatte er auch wieder gesehen. Irgendeinen Kraftprotz mit Muskelpaketen und einem langen Eisenrohr in der Hand, aus dem Feuer schoss. Und einen Blumenstrauß; Veilchen, wenn er sich nicht täuschte. Er wusste nicht, wie ihm Veilchen hier weiterhelfen konnten; dieser Mann sah nicht so aus, als sei er Blumenliebhaber.

Inzwischen hatte Gersoms Wut überhand über seine Angst gewonnen, und er trat seinem Vater entgegen. »Guten Tag, Vater«, sagte er kühl. »Ich dachte mir, ich besuche dich noch einmal, bevor ich diese Frau heirate und danach meinen Hof bewirtschaften muss. Und dieser Mann hier hat mich ganz und gar nicht für einen Versager gehalten und mir so zu meinem Glück verholfen. Falls dir noch irgendetwas an mir liegt, und sollte es nur die Neugier darauf sein, was ich dir zu sagen habe, dann besinne dich auf deine Gastfreundschaft und lass uns herein. Wir haben einen weiten Weg hinter uns.«

Einen Augenblick lang sah Gersoms Vater seinen Sohn entgeistert an. Dann musterte er Lea und Amos, und endlich trat er beiseite und ließ sie eintreten.

In Amos Gedanken spendete Ron Beifall. »Leck mich an den Socken, Junge, das war großartig! Gigantischer Auftritt, hat voll Eindruck gemacht!« Er fühlte sich so wach wie schon lange nicht mehr und verfolgte gespannt, wie es nun weitergehen sollte.

Gersoms Vater ließ seine Gäste ins Haus und schloss die Tür. Dann führte er sie in einen dunklen, beinahe ungemütlichen Wohnraum, wo außer einem Schrank noch ein Tisch und einige Stühle standen. Dort wies er sie an, Platz zu nehmen, während er in der Küche ein wenig Obst und kühles Wasser besorgte.

Als er selbst Platz genommen hatte, blickte er in die Runde, und sein Blick blieb an seinem Sohn hängen. »Ich hätte nicht gedacht, dass ich dich noch einmal hier sehen müsste. Aber ich will mal nicht so sein. Ich gebe dir Zeit, deine Geschichte zu erzählen. Warum bist du hier?«

Und Gersom erzählte, von dem Moment an, wo er die Tür dieses Hauses hinter sich zuschlagen hörte, bis zu dem Augenblick, in dem sie hier angekommen waren. Ab und zu warf Amos einige Sätze ein, von denen er glaubte, dass sie hilfreich sein könnten. Vor allem schilderte er seine Eindrücke von Gersom in der Zeit, in der er bei ihm seine Schulden abgearbeitet hatte.

»Da fällt mir ein«, unterbrach er sich plötzlich, »dass ich dir noch ein Schaf schulde für die Arbeit, die du geleistet hast! Du bist so urplötzlich abgereist, dass ich es ganz vergessen hatte.«

»Ich ebenfalls«, gab Gersom zu. »Es wird aber nicht vergessen bleiben«, versprach Amos feierlich. »Zu eurer Hochzeit erhältst du von mir ein Pärchen, damit du in Zukunft auf deinem Hof nicht nur Felder, sondern auch wieder Tiere haben wirst. Sie sollen den Grundstock dafür bilden, dein Vermögen noch zu mehren. Und das kannst du. Immerhin bist du eigentlich ein Hirte.« Nachdem Gersom sich wortreich bedankt hatte, schloss Amos mit den Worten: »Nun haben Sie vielleicht einen kleinen Eindruck davon, was in dem Versager steckt, als den Sie ihren Sohn gesehen haben.«

»Ja, ja«, brummte Gersoms Vater, »nun heben Sie ihn mal nicht in den Himmel. Er hat ja auch genügend Hilfe gehabt! Wie ich das so sehe, haben Sie ihm ja alles auf dem Silbertablett serviert!«

Amos entgegnete entrüstet: »Ich verbürge mich dafür, dass er sich alles bei mir hart erarbeitet hat. Immerhin hatte er meinen Stall und einen Teil meiner Tiere auf dem Gewissen. Geschenkt habe ich ihm ganz sicher nichts. Die schöne Schwiegertochter hat er übrigens ganz allein gefunden, und seine Schwiegermutter hat er auch selbst von seinem Wert überzeugen müssen. Die ganze Arbeit und die ganze Intelligenz sind von ihm allein erbracht worden. Ich habe ihm lediglich etwas Starthilfe gegeben, nachdem ich erkannt hatte, was alles in ihm steckt. Und das ist etwas, das Sie nie getan haben!«

Erst wollte Gersoms Vater aufbrausen, doch dann blieb er still. Eine ganze Weile. Er sah sich plötzlich mit den Augen eines Fremden, mit Amos' Augen. Und in diesen Augen war er der Versager. Nicht sein Sohn. Er allein. Er hatte als Vater bitterlich versagt. Es wäre an ihm gewesen, sich hinter seinen Sohn zu stellen, als dieser rausgeworfen wurde. Aber er hatte es nicht getan. Amos hatte es getan und dabei aus dem Rohdiamanten, der sein Sohn gewesen war, ein echtes Schmuckstück gemacht. Er betrachtete Gersom, wie er Hand in Hand mit seiner Lea dasaß, ein bildhübsches Mädchen, wie er sah. Und plötzlich brach die Mauer der Ablehnung zusammen. Er stand auf, ging auf seinen Sohn zu, zog ihn vom Stuhl und nahm ihn fest in den Arm. Er war sein einziger Sohn, und er würde nicht mehr lange die Worte sagen können, die nun gesagt werden mussten.

»Es tut mir leid. Ich bin sehr stolz auf dich, und ich liebe dich, mein Sohn.«

Ron jubilierte, als er die Szenerie beobachtete. Das musste es jetzt gewesen sein. Und wirklich, er spürte die Kraft, die an ihm zog. Jeden Moment musste er springen! Doch nein, es ließ wieder nach. War es nur Einbildung gewesen? »Nein, das darf doch nicht wahr sein! Habe ich was vergessen? Habe ich was falsch gemacht? Was denn???,« schrie er in seinem Inneren. Und da, zum ersten Mal seit Antritt seiner Reise, konnte er eine Stimme hören.
»Hab keine Angst, Ron. Du bist hier fertig, und du wirst springen, denn deine Aufgabe ist gelöst. Aber habe noch einen Moment Geduld. Ich möchte dich etwas sehen lassen, das dir Mut macht und dein Vertrauen stärkt. Wenn du hier etwas lernen musstest, dann blindes Vertrauen. Das war nicht einfach, ich weiß. Ich will dich ein wenig belohnen.« Ron war es, als fiele ein Felsbrocken von seiner Seele. Er hatte es ein weiteres Mal geschafft. Endlich

durfte er hier raus! Und belohnt wurde er auch noch? Na, jetzt war er aber mal gespannt!

Es wurde noch ein langer Tag. Bis in den Nachmittag wurde geredet, flossen Tränen der Freude und der Rührung. Viel zu schnell verging die Zeit, so viel wollte noch nachgeholt werden, aber dann kam doch der Zeitpunkt, an dem Lea, Gersom und Amos wieder aufbrechen mussten, bevor die Nacht hereinbrach. Sie hatten einen langen Weg vor sich.

»Wir sehen uns an der Hochzeit«, verabschiedete sich Gersom glücklich und nahm seinen Vater noch einmal in den Arm.

Dann wanderten sie zurück, beschwingt von ihrem Glück und dem Erfolg, den sie verzeichnen durften. Zu Hause in Amos Herberge angekommen, wurden sie von den sich drängenden Menschenmassen beinahe erschlagen! Die erste Welle der Volkszählung hatte den kleinen Ort heute förmlich überrollt. Sarah kam ihnen keuchend entgegengelaufen.

»Dem Himmel sei Dank, dass ihr wieder da seid! Ihr glaubt mir ja gar nicht, was heute alles los war! Amos, die Herberge quillt förmlich über. Ich musste sogar ein junges Paar unten im Stall unterbringen, weil sie nirgends mehr Platz finden konnten. Komm, lass uns nachsehen, ich glaube, die Frau hat soeben ein Kind zur Welt gebracht!«

So schnell die Füße sie trugen, eilten sie zu viert zum Stall, und da sahen sie es: das junge Paar, das erschöpft neben einem strohgefüllten Futtertrog saß. In diesem lag ein Kind, und als sie eintraten, sah dieses neugeborene Kind sie nacheinander an. An Amos blieb sein Blick hängen.

Ron schaute. Alles in ihm war schauen, denn der Blick des Kindes haftete an ihm und bannte ihn, er konnte nichts anderes mehr um sich herum wahrnehmen. Es war etwas an diesem Kind, das ihn ansprach, ihn berührte. Als ob es ihm sagen wollte: »Sieh her, da bin ich. Und ich bin bei dir, alle Tage deines Lebens.« Über dem Dach des Stalles stand ein heller Stern, der die Nacht weithin erleuchtete.

Und dann sprang Ron.

3

Rom, 64 n. Chr.

Wieder wurde er in einem bunten Wirbel durch die Zeit transportiert, aber diesmal dauerte es nur wenige Sekunden, wie es Ron erschien. Dann sah er vor sich die Gestalt eines Soldaten, wie er sie aus Monumentalfilmen über das alte Rom kannte. Es war ein Soldat von vielen, die kampfbereit vor einem Palast standen, um ihn zu verteidigen. In diesen Soldaten sprang er.

Es war dunkel, Rauchschwaden erfüllten die Luft, und Feuerschein färbte den Himmel am Horizont blutig rot. Die Hitze eines gewaltigen Brandes war trotz der Entfernung deutlich spürbar und trieb den mutigen Soldaten den Schweiß auf die Haut. Schon den dritten Tag lang wüteten die Flammen, und das Gebiet um den Palatin war nicht mehr zu retten. Immer weiter breitete sich das Feuer aus. Rom brannte nieder.

Bereits jetzt hieß es im Volk, der Kaiser selbst habe das Feuer legen lassen. Deshalb stand Claudius Severus mit einem Großteil der Prätorianergarde seit Beginn des Brandes Wache vor dem Palast, um Aufstände durch die gepeinigte und wütende Bevölkerung niederzuschlagen. Er hatte nur kurze Ruhepausen einlegen dürfen und war mittlerweile am Rand der Erschöpfung. So bemerkte er nicht, dass Rons Geist in seine Gedanken eindrang.

»Na, ist ja wunderbar!«, dachte sich Ron einigermaßen entnervt. »Noch ein Feuer! Bin ich hier als ehrenamtlicher Feuerwehrmann unterwegs, oder was? Sieht ohnehin so aus, als sei in diesem Fall nicht mehr viel zu retten. Wo bin ich hier eigentlich gelandet? Irgendwie kommt mir dieses Bild bekannt vor.« Ron grübelte eine Weile, dann musste er lachen. »Klar! Hier fehlt ganz eindeutig Sir Peter Ustinov in der Hauptrolle.«

Wie recht er mit seiner Vermutung hatte, konnte Ron aus Claudius' Gedanken lesen. Da dieser momentan ziemlich am Ende seiner Kräfte war, lagen seine Gedanken und Empfindungen wie ein offenes Buch vor Ron's neugierigem Geist. So wusste Ron binnen kürzester Zeit, dass er sich in einem Soldaten namens Claudius Severus befand, der erst vor wenigen Monaten als Munifex in die Prätorianergarde des amtierenden Herrschers von Rom, Kaiser Nero, aufgenommen worden war. Da er noch jung an Jahren war, brannte er darauf, sich zu bewähren, und steckte all seine Zeit und Kraft in seine Arbeit für den Kaiser. Deshalb hatte er noch keine Familie gegründet und sich bisher auch noch nicht mit dem Gedanken getragen, dies zu tun.

»Und was ist nun meine Aufgabe?«, fragte sich Ron. »Soll ich etwa ein passendes Mädchen für ihn raussuchen, damit er in seiner Freizeit beschäftigt ist?« Doch zunächst würde Claudius seine Freizeit mit Schlaf verbringen, denn er erhielt von seinem Centurio den Befehl, sich zur Nachtruhe zu begeben, um am nächsten Tag für die Versorgung der Obdachlosen und Verletzten einsatzbereit zu sein. Bei einer solchen Katastrophe wurde jeder Mann gebraucht, und des Kaisers Leibwache konnte aufgrund ihrer Mannstärke getrost einige Soldaten zu Hilfszwecken abgeben. Als einer der Jüngsten gehörte Claudius natürlich dazu.

»Jawohl, Centurio. Zu Befehl!«, salutierte er gehorsam und insgeheim froh, sich endlich schlafen legen zu dürfen.

Müde, in kaum noch soldatischer Haltung, schleppte er sich nach Hause und ließ sich in voller Kleidung auf seine Liege fallen. Er hatte sich kaum zugedeckt, als er auch schon eingeschlafen war. Da Ron ahnte, dass in den kommenden Tagen allerhand auf ihn zukommen würde und er dafür all seine Aufmerksamkeit und Kraft sammeln musste, schloss er sich Claudius' Beispiel an.

Der neue Morgen graute viel zu früh, und mit den ersten Lichtstrahlen erwachte Claudius. Er rieb sich müde die Augen, als er sich von der Liege quälte, und versuchte an seinem Waschtisch das lästige, immerwährende Brennen herauszuwaschen, das vom Qualm des Feuers herrührte. Gleichzeitig hoffte er, durch das kalte Wasser halbwegs munter zu werden und den Brandgeruch loszuwerden, der seit Tagen in seiner Haut und Kleidung haftete. Mittlerweile hatte sich der Brand größtenteils gelegt und war von vielen mutigen Männern eingedämmt worden, nur in einzelnen Stadtvierteln flammte das Feuer immer wieder auf, so war ihm gestern Abend noch berichtet worden. Wie viele Menschen umgekommen waren und wie viele obdachlos und verletzt waren, konnte momentan nur erahnt werden. Fest stand nur, dass er heute bei seinem Dienst das Elend hautnah erblicken würde.

Er rubbelte sich mit einem Handtuch Gesicht und Haare trocken. Als er in den Spiegel sah, blickte ihm ein junger Mann mit müden, blutunterlaufenen Augen und allen Anzeichen der Erschöpfung entgegen. Durch die Strapazen der vergangenen Tage wirkte er deutlich älter, als er eigentlich war. Claudius bemühte sich, sein kurzes blondes Haar zu ordnen und sich mit einer Rasur wieder in einen disziplinierten Soldaten zu verwandeln.

Auch Ron war mittlerweile so gut wie wach und hatte die morgendlichen Aktivitäten seines Gastgebers interessiert beobachtet. Als Claudius sich ankleidete und seinen Mantel überwarf, sagte er unwillkürlich: »Der sitzt noch nicht richtig, sieh mal nach.« Claudius stutzte, nahm seinen Mantel von der Schulter, glättete ihn und warf ihn noch mal um.

Ron staunte. War das jetzt Zufall gewesen? Vielleicht konnte Claudius ihn ja hören? Er beschloss, dies im Auge zu behalten und bei Gelegenheit weiter zu testen.

Eilig nahm Claudius ein Frühstück aus Brot, Wurst und gewässertem Wein zu sich, ehe er sich zu seinem Dienst meldete. Sein Centurio hatte ihn zu einem großen Feld außerhalb der Stadtmauern beordert, das zur Zeit nicht beackert wurde und auf dem zahlreiche provisorische Zelte aufgeschlagen worden waren, um die obdachlosen und verletzten Römer unterzubringen. Größtenteils kamen sie aus den ärmeren Stadtteilen und standen nun vor den Trümmern ihrer Existenz. Die wohlhabenderen hatten bereits bei Verwandten Bleibe gefunden und wurden dort versorgt. Aber bei den Armen der Stadt wohnte meist die ganze Familie unter einem Dach, sodass ihnen keine weitere Zuflucht blieb. Claudius wusste, dass es seine Aufgabe sein würde, die Verletzungen zu begutachten und zu versorgen, so gut es ihm möglich war. Einen Medicus konnten diese Menschen leider nicht erwarten. Würde es ihnen besser gehen, so würde Claudius ihnen beim Wiederaufbau ihrer Bleibe helfen. Aber bis dahin musste wohl noch viel Zeit vergehen. Der Anblick der jammernden und weinenden Menschen, die vor Schmerzen und Verzweiflung außer sich waren, rührte Claudius. Solch eine Not! Und der Kaiser, dem er diente, sollte sie verursacht haben? Niemals!

Der junge Soldat durchquerte das Lager, um sich einen Überblick zu verschaffen. Einige seiner Kameraden und viele Römerinnen, denen das Unglück zu Herzen ging, halfen bereits, wo sie konnten, und auch Claudius sah bald, wo seine Hilfe am meisten gebraucht wurde. So wusch er Brandwunden mit Wein aus, betupfte sie mit Öl und brachte behutsam Verbände aus Leinenstreifen an. Mit der Zeit bekam er einen Blick dafür, wie schwer eine Verletzung war, und ob der Verletzte überleben konnte. Viele würden blind oder verkrüppelt bleiben. Am schlimmsten waren die dran, deren Lungen von der Hitze der Flammen verbrannt worden waren. Diese starben meist innerhalb weniger Stunden qualvoll. Andere husteten nur zum Gotterbarmen, um den eingeatmeten Rauch aus den Lungen zu bekommen. Sie hatten wenigstens eine Chance, durchzukommen, je nachdem, wie stark die Lungen befallen waren. Bei vielen anderen waren die Brandwunden zu großflächig, sodass sich trotz aller Pflege Fieber ausbreitete, das den Körper auszehrte. Auch diese Verletzten hatten keine Hoffnung, zu überleben. Einige seiner Kameraden waren dazu abgestellt worden, die Toten zu verbrennen, und im Laufe des Tages bekamen sie immer mehr zu tun. Claudius′ Verzweiflung wuchs mit jedem toten Körper, der aus dem Lager transportiert wurde. Wie viele Römer würde Rom dieser Brand gekostet haben? Häuser konnten wieder aufgebaut werden, doch für wen letztendlich, wenn einer nach dem anderen sein Leben verlor? Selbst wenn es nicht die Reichen der Stadt waren, so waren sie doch Römer und gehörten zu Rom! Sie waren die Zukunft!

Irgendwann, die Mittagszeit war schon lange vorüber, ließ sich Claudius für einen Moment auf einem der provisorischen Betten nieder, um einen Schluck Wasser zu trinken und bei Kräften zu bleiben. Als er den Becher zum Mund hob, fiel ihm eine junge Frau auf, die auf der Matte neben der seinen lag. Sie schien zu schlafen. Ihr schlanker Körper und die langen braunen Haare wiesen kaum Spuren des Brandes auf. Als Claudius sich über sie beugte, um nach Verletzungen zu suchen, schlug sie die Augen auf. Claudius richtete sich auf und sagte sofort beruhigend: »Hab keine Angst, erschrick nicht. Ich will nur sehen, ob dir etwas fehlt, damit ich dir helfen kann. Das ist meine Aufgabe hier. Mein Name ist Claudius. Wie ist dein Name?«

Als Ron in die katzengleichen, grünen Augen des Mädchens blickte, war er für einen Moment wie elektrisiert, und er spürte, dass es Claudius nicht anders erging. Es war das Erste, was er bewusst wahrnahm, seit sie das Lager betreten hatten. Voller Entsetzen über das vorherrschende Elend hatte er sich in Claudius' Geist zurückgezogen und ihn allein walten lassen. Blut hatte er noch nie sehen können, und da er nie im Roten Kreuz gewesen war, hätte er ihm auch keine große Hilfe bei der Versorgung der Verwundeten sein können. Aber nun schien es, als müsse er aufpassen, wie es weiterging.

»Es sieht so aus, als hätten wir die Schlüsselfigur schon gefunden. Hey, verwundet oder nicht, aber an der Stelle des Soldaten hätte ich auch nach dem Namen gefragt. Und nach der Handynummer!«, grinste Ron in sich hinein. »Das ist ja eine ganz Süße! Mein Junge, die sollten wir im Auge behalten!«

Das Mädchen setzte sich langsam auf und hielt sich stöhnend den Kopf. »Mein Name ist Verena.«

»Was fehlt dir denn, Verena?«, fragte Claudius und hielt abermals Ausschau nach einer Verletzung.

Für einen Moment schien die junge Frau zu überlegen, aber dann antwortete sie: »Ich weiß nicht recht. Als ich aus dem brennenden Haus geflohen bin, sind mir wohl einige Mauersteine auf den Kopf gefallen. Von da an weiß ich nichts mehr. Als ich zu mir gekommen bin, war ich hier. Ich bin aber immer wieder eingeschlafen, bis du auf einmal da warst.«

»Halt bitte den Kopf ruhig, ich will einmal nachsehen, ob du verletzt bist. Hab keine Angst, ich will dir nur helfen.«

Vorsichtig tastete Claudius durch Verenas Haar, und wirklich, da war eine Schwellung, und das Haar war blutverkrustet. »Ich habe keine Angst«, murmelte Verena. »Ist es schlimm? Mein Kopf tut so weh, ich glaube, er platzt jeden Moment.«

»Nicht bewegen. Ich werde die offene Stelle nun auswaschen, damit sich nichts entzündet, und dann lege ich dir einen Verband an. Danach bleibst du schön ruhig liegen. Es kann sein, dass du die nächsten Tage noch Schmerzen hast und dir vielleicht schwindlig und etwas übel ist. Das geht aber vorbei, und dann haben wir dich schnell wieder auf den Beinen. So, schön stillhalten jetzt.« Behutsam wusch Claudius die Kopfwunde aus und legte einen Verband an. Dann reichte er Verena einen Krug mit Wasser. »Trink, das wird dir gut tun. Und dann machst du am besten die Augen wieder ein wenig zu. Ich werde zwischendurch immer wieder nach dir sehen.«

Claudius lächelte das Mädchen an, und sie lächelte zurück. Als er zum nächsten Lager ging, folgte ihm ihr Blick, bis sie schließlich wieder einschlief.

Im Laufe der Tage ging der Zustrom der Verletzten allmählich zurück. Wie sich herumsprach, war der Brand, der Rom zu großen Teilen vernichtet hatte, gelöscht. Viele römische Bürger hatten sich gegen ihren Kaiser empört, da die Kunde ging, er habe den Brand selbst befohlen, um anschließend eine neue Stadt mit Namen Neropolis zu erbauen und sich so seine Unsterblichkeit zu sichern. Die Männer der Prätorianergarde hatten alle Hände voll zu tun, Übergriffe zu vermeiden, da die Wut der Römer hochkochte und sich in Aggressionen entlud.

Doch der Kaiser und seine Berater wussten sich zu helfen. So setzten sie alsbald das Gerücht in die Welt, nicht Nero und seine Getreuen, sondern eine neue Sekte, deren Mitglieder Christen genannt wurden und den gekreuzigten Sohn eines Zimmermannes verehrten, hätten den Brand gelegt. Nero hingegen zeigte sein Wohlwollen, indem er das Volk mit Brot und Wein sättigte und versprach, diese Sekte zu verfolgen und auszurotten, um sich für den Brand ihres geliebten Roms zu rächen.

Von alledem bekam Claudius nicht viel mit. Von frühmorgens an bis zum späten Abend war er für seine Kranken da, deren Zahl nun zusehends abnahm, da sie wieder zu Kräften kamen. Es hatte schon seit Tagen keinen Todesfall mehr gegeben. Bald schon würden sie dazu übergehen, neue Unterkünfte zu bauen. Dann würde die Pflege der Verletzten den immer noch anwesenden Frauen übertragen, denn nun bestand bei niemandem mehr Lebensgefahr.

Ron wusste gar nicht, wie er die vergangenen Tage in Claudius′ Geist überstanden hatte. Der junge Mann mit seiner Tatkraft imponierte ihm. »Der ist ja gar nicht kaputtzukriegen! Jeden Tag war er mehr als 16 Stunden unermüdlich auf den Beinen. Bei uns hätte ein solcher Arbeitstag wochenlange Streiks verursacht! Und er macht das spielend schon die ganze Woche lang. Alle Achtung! Ich habe mich ja immer schon für fit gehalten, aber da ist er mir über! Aber vielleicht hat der Grund für diese Motivation ja grüne Augen …«

Es war nicht zu übersehen gewesen, dass Claudius und Verena sich im Laufe der vergangenen Tage langsam näher gekommen waren. Es hatte sich aus der anfangs flüchtigen Bekanntschaft eine schüchterne Freundschaft entwickelt. Verena ging es wieder gut, sie stand bereits immer häufiger von ihrem Lager auf. Und so hatte es sich ergeben, dass sie ganz selbstverständlich an Claudius′ Seite war, um ihm bei der Pflege zur Hand zu gehen. Claudius war beeindruckt von ihren medizinischen Fähigkeiten und der sanften und doch handfesten Art, mit den Kranken umzugehen. Schnell hatte er sich an sie gewöhnt und vermisste sie bereits, wenn sie einmal nicht in seiner Nähe war.

Ron, der Claudius′ Gedanken mühelos lesen konnte, grinste so manches Mal in sich hinein.

»Der Junge ist auf dem besten Weg, sich rettungslos zu verlieben, und weiß es nicht einmal. Na, da bin ich doch gerne mal Zuschauer. Ich bin direkt gespannt, wo das noch hinführt, denn ich glaube nicht, dass ich durch Zufall gerade hier mit dabei bin. Auf jeden Fall muss ich die Augen aufhalten, damit ich nichts verpasse!«

Ja, das Wort Zufall hatte Ron mittlerweile aus seinem Wortschatz verbannt. Schon die wenigen Reisen und die vergangenen Erlebnisse hatten ihn gelehrt, dass alles aus einem bestimmten Grund zu einer bestimmten Zeit geschah; mochte man auch das Muster und den Sinn erst dann erkennen, wenn man darauf zurückblickte. Das Wissen um die Unabwendbarkeit dessen, das man Schicksal nannte, konnte manchmal trösten. Es war aber auch nicht einfach, sich seine Machtlosigkeit einzugestehen, da man ja anscheinend keinen Einfluss nehmen konnte. Und diese Hilflosigkeit fiel umso schwerer, wenn es sich bei den Geschehnissen um Leid, Schmerz, Krankheit oder gar den Tod handelte. Hatte auch dies einen Sinn? Ron hatte sich dabei ertappt, über dieses Thema öfter nachgedacht zu haben, während er versuchte, das

Leid, das sich in den Lazarettzelten abspielte, die Claudius betreute, zu verdrängen. Wenn es einen Gott gab, warum strafte er dann so? Diese Menschen, die dort vor ihm lagen und die Schmerzen beinahe nicht aushalten konnten, konnten doch nicht alle eine solche Strafe verdient haben?

Schon zu seinen Lebzeiten hatte Ron, gezwungenermaßen und sich selbst als darüberstehend betrachtend, so manche Diskussion mitverfolgt, bei der sich verschiedene Religionsvertreter verbal die Köpfe eingehauen hatten. Straft Gott? Schickt er das Leid und den Tod? Oder lässt er nur zu, dass es sie gibt? Greift Gott ein, oder lässt er den Menschen allein seinen Weg finden? Ist am Ende der Mensch selbst schuld an Krankheit und Armut so vieler Mitmenschen, weil er selbstsüchtig das Leid des anderen nicht zu erkennen und zu mildern weiß? Welche Schuld trägt ein krebskrankes Kind? Und warum ist der Mensch noch immer nicht fähig, bestimmte Krankheiten heilen zu können? Macht Gott Fehler? Und wenn er allmächtig ist, warum sorgt er dann nicht dafür, dass es jedem auf der Welt gut geht?

Diese Fragen, so oder so ähnlich, hatte man wohl schon in jedem Zeitalter gestellt. Und noch niemand war in all dieser Zeit in der Lage gewesen, eine Antwort zu geben. Hier in Rom hatte sich der Monotheismus noch nicht durchgesetzt. Aber auch hier gab es strafende, zornige Götter, sogar Kriegsgötter. Sie waren verantwortlich für das, was der Mensch nicht beeinflussen und erklären konnte: Krankheiten, Katastrophen, Schicksalsschläge.

»Ich glaube, die Antwort auf all diese Fragen weiß nur Gott allein. Vielleicht kann ich ihm irgendwann einmal eine dieser Fragen stellen. Falls ich jemals wieder dahin zurückkomme, wo ich ihm begegnet bin. Und auf seine Antwort bin ich gespannt«, dachte sich Ron.

Mittlerweile hatte Ron herausgefunden, dass Claudius nicht auf seine Gedanken oder Emotionen reagierte. Aber wenn er laut zu ihm »sprach«, (was er ja streng genommen mangels Stimme gar nicht konnte …), also vielmehr ganz bestimmt einen Satz oder eine Anweisung dachte, konnte Claudius ihn offenbar wahrnehmen. Ron wusste nicht, was der Soldat sich dabei dachte, wenn er solch einen Befehl vernahm. »Aber als Soldat ist er es ja gewohnt, einen Befehl einfach nur auszuführen und nicht zu hinterfragen«, dachte sich Ron und freute sich, so problemlos mit seinem Gastgeber kommunizieren zu können.

In den folgenden Tagen kam es, wie vorauszusehen war: Die Lazarettzelte leerten sich, und die Männer des Kaisers machten sich zusammen mit vielen Soldaten daran, das zerstörte Rom wieder aufzubauen. Auch Claudius war zu seiner Enttäuschung abkommandiert worden. Gerne hätte er sich um die verbliebenen Verletzten gekümmert, aber er musste einsehen, dass sie nur noch wenig Betreuung brauchten, und seine Kraft konnte er beim Wiederaufbau effektiver einsetzen.

Und wenn er ehrlich war, vermisste er weniger die Menschen, die er in den Zelten zurückließ, als nur einen einzigen Menschen, der ihm binnen kürzester Zeit so viel bedeutete, wie nie ein Mensch zuvor: das Mädchen Verena. In ihrer Gegenwart fühlte er die Müdigkeit von sich abfallen, und in seinen Ruhestunden des Nachts sah er ihr Gesicht in seinen Träumen. Dabei war sie weder zudringlich noch anbiedernd; sie war einfach nur da, tatkräftig, lustig und immer bereit, zu helfen und zu trösten, wenn es einmal nicht vorwärtsging. Sie schien in seine Seele blicken und seine Gedanken lesen zu können, und oft verstanden sie sich ohne ein Wort. Wenn er in ihre Augen sah, spiegelten diese eine Zuneigung wider, die er kaum erhoffte, richtig zu deuten. Niemals hatte er ein solches Gefühl gekannt, und als Mann hatte er es sich vorher auch nie zugestanden. Er war ein Prätorianer des Kaisers, kein Weib! Und doch wusste er, er würde Verena vermissen. Ob er es ihr sagen sollte?

Sie war nicht zugegen gewesen, als er zum Ende eines weiteren anstrengenden Tages den Befehl erhalten hatte, sich am nächsten Tag im zerstörten Stadtviertel zum Dienst zu melden. Claudius rieb sich müde die Augen. Was sollte er nur tun? Schweigen und zulassen, dass sich ihre Wege trennten? Er horchte in sich hinein und spürte den Widerstand in sich. Nein. Er wollte dieses Mädchen nicht wieder verlieren! Soeben betrat sie das Zelt, um eine weitere Nacht auf dem Strohsack zu verbringen, der zurzeit ihr Zuhause war. Fühlte sie wohl genauso wie er? Oder wäre es ihr gleichgültig, wenn er morgen nicht mehr hier wäre? Es gab nur eine Möglichkeit, dies herauszufinden.

Claudius ging auf Verena zu und sprach sie an. »Hallo. Da bist du ja wieder.«

»Ja«; lächelte Verena, »da bin ich wieder. Und wie es aussieht, muss ich wohl noch eine Weile hier bleiben. Nur gut«, verlegen wischte sie sich eine Haarsträhne aus den Augen, und es schien, als würde sie erröten, »dass du da bist. Mit dir haben diese Tage und Wochen wenigstens einen Sinn gehabt.«

»Das ist nett, dass du das sagst, Verena. Ich habe mich auch gefreut, so eine tüchtige Hilfe zu haben. Aber wie es aussieht, werde ich ab morgen nicht mehr kommen dürfen. Mein Centurio hat mich zum Wiederaufbau abgestellt. Vielleicht sehen wir uns nur noch abends, falls ich noch die Kraft aufbringen kann, hier vorbei zu schauen. Du wirst mir sehr fehlen.« Traurig schaute Claudius das Mädchen an, als er das aussprach, was er selbst erst begriffen hatte.

Erschrocken sprang Verena auf und griff instinktiv nach seiner Hand, um sie festzuhalten. »Du musst wirklich gehen?«

»Ja, meine Liebe, ich muss. Befehl ist Befehl. Ich will sehen, dass ich dich so oft wie möglich besuche. Natürlich nur, wenn du es willst …« Claudius hatte die plötzliche und impulsive Berührung Verenas aus dem Konzept gebracht, seine Beine wollten ihm den Dienst versagen, und es schien ihm, als öffne sich der Boden unter ihm. Auf einmal mussten sie sich nur noch in die Augen sehen, und wie von selbst fanden sich ihre Lippen zum ersten Kuss.

An diesem Abend nahm Claudius seine Verena mit zu sich nach Hause.

Die nächsten Tage und Nächte vergingen wie im Rausch, der nur durch die anstrengende Arbeit an den neuen Unterkünften unterbrochen wurde. Verena war tagsüber weiterhin im Lazarett. Sie wusste nicht, was sie sonst hätte tun können, und dort war ihre Hilfe immer noch gefragt. Claudius arbeitete Stunde um Stunde ab, immer mit der Vorfreude im Herzen, am Abend seine Verena wieder in die Arme schließen zu dürfen.

Mittlerweile hatte der Kaiser verkünden lassen, er sei der Sekte der Christen auf der Spur, und bereits in Kürze würden die ersten Festnahmen erfolgen. Allen Christen und Verrätern Roms drohte der Tod im Circus Maximus. »Die Löwen sind hungrig!«, versicherte Nero.

Und so kam es schon wenige Tage darauf. Eine größere Anzahl an Christen war nachts festgenommen worden, als sie heimlich ihren Gottesdienst feierten. Sie wurden in den Zellen des Kolosseums eingesperrt, um tags darauf den Löwen zum Fraß vorgeworfen zu werden, zur Belustigung des römischen Volkes, das nach Blut und Rache rief.

Claudius hatte von diesem ersten blutrünstigen Spektakel erst erfahren, als es bereits vorbei war. Noch am gleichen Abend hatte er den Befehl erhalten, sich am kommenden Tag in den Kerkern des Kolosseums zum Wachdienst zu melden. Das Eintreffen neuer Gefangener sei nur noch eine Frage von Stunden.

Als Claudius zu Hause eintraf, wartete Verena schon auf ihn. Sie war blass vor Schrecken über die Ereignisse dieses Tages. »Stell dir nur vor, diese armen Menschen sind bei lebendigem Leib gefressen worden«, flüsterte sie erschüttert. Claudius nahm sie in die Arme und streichelte über ihr langes Haar. »Unser Kaiser befindet sie des Verrates und der Brandstiftung für schuldig. Wer eine solche Tat begeht, muss bestraft werden.« Verena sah ihn an. »Glaubst du denn wirklich, all diese Menschen sind schuldig?«

Der junge Soldat schwieg. Er war zur unbedingten Treue zu seinem Kaiser erzogen worden. Doch tief in seinem Herzen wusste er, dass diese Art zu richten nicht richtig sein konnte.

Am nächsten Morgen trat Claudius seinen Dienst in den Kerkern an. Noch waren sie leer, und er verbrachte einige Stunden müßig. Doch im Verlauf des Tages füllten sich die Zellen. Claudius betrachtete sich die Christen genau, während er vor den Zellentüren patrouillierte und darauf achtete, dass niemand einen Fluchtversuch unternahm. Diese Menschen sollten also schuld an der Zerstörung Roms sein?

Auch Ron betrachtete sich die Szenerie. Erfreut hatte er festgestellt, dass er, was Claudius und Verena betraf, eindeutig richtig gelegen hatte. Er hatte sich so manches Mal diskret aus dem Geist des jungen Verliebten zurückgezogen und dabei seine eigenen Beziehungen Revue passieren lassen.

»So'n richtiger Kracher war nie dabei«, hatte er letzten Endes festgestellt und musste sich eingestehen, dass er auf die beiden ziemlich neidisch war. Sie hatten etwas gefunden, was Ron sich noch nicht einmal hatte erträumen können: vollkommen harmonisch und eins miteinander zu sein.

Doch er hatte nicht die Zeit, in Melancholie zu verfallen, denn die Ereignisse überschlugen sich förmlich. Immer mehr Menschen wurden von Soldaten grob zusammengetrieben und in die Zellen gedrängt, wo sie heulend und schreiend zu Boden stürzten. Ron fiel auf, dass sich trotz der Schläge und Tritte der Soldaten niemand dieser Leute zur Wehr setzte. Stattdessen trösteten und beruhigten sie sich gegenseitig, und versuchten, sich die Angst zu nehmen und Mut zuzusprechen.

»Was für eine Verschwendung im Angesicht des Todes«, dachte Claudius. »Sie wissen doch, dass alles Zureden nichts hilft. Die Löwen warten schon.« Am Nachmittag wurde er dann zum ersten Mal Zeuge dessen, was mit den Christen geschah. Soldaten trieben sie in die Arena, wo die Menge ihren Spott mit ihnen trieb. Dann wurden die Löwen freigelassen. Er beobachtete, wie die verzweifelten Menschen in Todesangst zu fliehen versuchten. Doch die Löwen ließen ihnen nicht die geringste Chance. Claudius wandte sich ab. Von einigen, deren Gesichter er sich eingeprägt hatte, war kein Stück mehr heil oder zu erkennen. Doch so erging es Verrätern!

Direkt nach der Vorstellung wurden schon wieder neue Christen eingesperrt. Diese würden über Nacht bleiben. Der Tod kam für sie erst am kommenden Tag. Da Claudius auch über Nacht bleiben musste, hatte er viel Zeit, diese seltsamen Menschen zu betrachten. Ihm fiel auf, dass die Angst und die Verzweiflung von ihnen wichen, sobald sie über ihren Christus zu reden begannen. Sie sahen es als Auszeichnung an, wie er leiden zu dürfen und für ihn zu sterben, und sie hofften, er würde sie im Paradies willkommen heißen. Ihren Gesprächen konnte er entnehmen, dass Christus der Sohn ihres einen Gottes war, der durch seinen freiwilligen Tod am Kreuz als Unschuldiger die Sünden der Welt auf sich geladen hatte, um für die Welt die Vergebung zu erlangen und die Erlösung vom Tod. Sie sprachen vom ewigen Leben im Reich Gottes, das all seinen Getreuen versprochen war. Claudius hörte sie von Liebe und Vergebung sprechen. Diese Menschen beteten für die, die sie gefangen hielten und peinigten. Sie beteten auch für ihn! Und sie sangen Lieder zu Ehren ihres Gottes, die traurig und sehnsüchtig klangen und in Claudius widerhallten. Er hatte Menschen in Todesangst gesehen, die ehrlos um ihr Leben flehten und bettelten. Einem solchen Mut, wie ihn diese Menschen hatten, war er noch nicht begegnet.

Noch am selben Abend, nach Einbruch der Dunkelheit, ließ Nero einige Christen aus den Kerkern holen und im Kolosseum als lebende Fackeln aufstellen. Menschen jeden Alters verbrannten qualvoll, doch statt der Todesschreie klangen bis zum letzten Atemzug Lieder durch die Nacht.

Am nächsten Morgen war Claudius froh, seinen Dienst beenden zu können. Seine Augen hatten keinen Schlaf gefunden. Er fühle sich müde und erschlagen und sehnte sich nach frischem Wasser und danach, sich rasieren und wieder in einen Menschen verwandeln zu dürfen. Noch immer hallten die Schreie und noch viel eindrucksvoller die Lieder der sterbenden Christen in seinem Inneren nach.

Zu Hause wartete Verena auf ihn und war begierig, seine Neuigkeiten zu hören. In allen Einzelheiten beschrieb Claudius die Gespräche, die er mitgehört hatte, den Mut dieser Menschen, die singend in den Tod gingen, ihre Hoffnung auf ein ewiges Leben, und die Liebe zu ihrem Erlöser, die sie untereinander verband. Verena standen die Tränen in den Augen, als sein Bericht endete und er die Augen zu einem erholsamen Schlaf schloss.

Ron in Claudius' Gedanken hingegen konnte nicht schlafen. Ihn beunruhigte langsam, dass er immer noch nicht wusste, was nun seine Aufgabe war. Es gab so viele Möglichkeiten! Dass er den Soldaten mit dem Mädchen zusammenbringen sollte, war es definitiv nicht gewesen. Sollte es etwas mit den Christen zu tun haben? Sollte er dafür sorgen, dass jemand Bestimmtes gerettet wurde? Wenn ja, wer??? Es taten sich keinerlei Verbindungen auf. Ron war ratlos. Was wollte man von ihm? War Verena der Schlüssel zu seiner Freiheit? Oder sollte es Claudius sein? Oder jemand, von dem er noch gar nicht wusste? Resignierend beschloss Ron, weiterhin die Augen offen zu halten und abzuwarten. Mehr schien er zurzeit immer noch nicht tun zu können. Vergeblich horchte er in die Stille auf eine Antwort von irgendwoher.

Claudius meldete sich am nächsten Tag um die Mittagszeit erneut zum Wachdienst, wie es ihm befohlen war. Es waren wieder neue Gefangene dazugekommen. Ungefähr 30 Menschen drängten sich in der engen Zelle. Diesmal fiel einer der Christen besonders auf. Er war schon alt, sein weißer Bart verriet sein Alter, das von den leuchtenden Augen Lügen gestraft wurde. Dieser Mensch schien für alle anderen eine besondere Quelle der Kraft und des Trostes zu sein.

Doch er kam nicht dazu, sich weiter damit zu beschäftigen, denn eine neue Anzahl Gefangener wurde ihm zugeteilt. Er blickte in die Gesichter, und dann versagten ihm die Beine beinahe ihren Dienst. Zusammen mit den anderen trieb man auch Verena mit herein!

Sie suchte seinen Blick und hielt ihm ruhig stand. Tiefe Traurigkeit und alle Liebe dieser Welt standen darin. Als das vergitterte Tor hinter ihnen zufiel, stand sie ihm genau gegenüber, nur durch die Gitterstäbe von ihm getrennt. Claudius war schockiert. Lichtblitze schossen durch sein Hirn, das Blut rauschte in seinen Ohren, all seine schlimmsten Albträume schienen wahr zu werden. Mit all seiner Kraft hielt er sich an den Gitterstäben aufrecht, während ihm der Schweiß ausbrach. Nur ein Wort brachte er heraus: »Warum?«

Verena liefen die Tränen über das Gesicht. »Ich konnte dir nichts sagen, Liebster. Ich hätte dich doch mit hineingezogen, und dann stündest du nicht auf der anderen Seite dieses Gitters. Und das hätte ich mir niemals verzeihen können, denn ich liebe dich mehr als mein Leben. Wenigstens dich wollte ich retten, wenn ich schon nicht mein eigenes Leben und auch sonst niemanden retten kann. Bitte verzeih mir, wenn du kannst. Ich wollte dich nicht belügen, aber ich hatte Angst um dich. Es ist gefährlich, an Jesus Christus zu glauben. Du hast es mit eigenen Augen gesehen. Ich wusste es von Anfang an. Aber ich wollte nicht weglaufen. Wenn es mein Schicksal und sein heiliger Wille ist, so soll es geschehen. Ich werde zu ihm beten, mein Herz, dass auch du zu seinem göttlichen Licht findest, sodass es dich erleuchtet und du den Weg der Liebe und der Wahrheit findest. Wenn dir das gelingt, so werden wir uns ganz sicher im Paradies wieder begegnen.«

Weinend, doch mit aller Ruhe, die sie aufbringen konnte, hatte sie diese Worte gesprochen. Claudius konnte sie nicht ganz erfassen, dazu war er viel zu erschüttert. Durch die Gitterstäbe hielt er Verenas Hand. Er wollte sie nie wieder loslassen. Doch er wusste, dass ihr Schicksal unausweichlich war. Der morgige Tag würde den Tod für sie bereithalten. Es überraschte Claudius, auch in Verena dieselbe innere Stärke wieder zu finden, wie sie den Christen anscheinend eigen war. Ihre Hände zitterten, aber in ihren Augen las er inneren Frieden. Sie hatte den Willen ihres Gottes angenommen und würde ihn erfüllen. Bis in den Tod.

Ihm blieb nur noch eines zu tun. »Meine Liebste. Ich bleibe bei dir, so lange es nur geht. Diese letzten Stunden gehören nur uns. Aber sag mir, kann ich noch etwas für dich tun? Sag mir nur einen Wunsch.«

Verena überlegte nicht lange. »Mein Geliebter. Wenn es dir nur gelänge, einen einzigen Christen zu retten, sodass mit ihm die Lehre von Jesus Christus überlebt und weiter getragen wird, dann wären alle meine Wünsche erfüllt.«

»Was hat dieser Christus nur getan, dass ihr alle bereit seid, für ihn zu sterben?«, fragte Claudius verzweifelt. »Ich kann es nicht verstehen!« Da erhob sich der Alte mit dem weißen Bart. Alle Menschen in der Zelle setzten sich zu Boden. Und der Mann, den sie Petrus nannten, begann zu erzählen. Er erzählte von Wundern, die sich zugetragen hatten, von Toten, die auferstanden, von Blinden, die sehen und Lahmen, die gehen konnten. Von Brot, das sich vermehrte und Wein, der aus Wasser entstand. Von Liebe, Vergebung, Kreuz und Leid erzählte er. Und von der Nachfolge bis in den Tod.

Als er geendet hatte, fragte Verena, die immer noch seine Hand hielt: »Verstehst du nun?«

Claudius schüttelte den Kopf. »Wie kann ich das nur verstehen?«, fragte er leise.

Ron hatte die Gespräche mit wachen Ohren verfolgt, und er hatte nun eine Ahnung, was zu tun war. Verena hatte einen letzten Wunsch geäußert. Dieser musste erfüllt werden. Aber wie? Wie sollte es Claudius gelingen, einen Gefangenen unbemerkt herauszuschaffen, und diesen womöglich noch außerhalb der Stadtmauern zu bringen? »Na, das kann ja mal wieder heiter werden!«, seufzte er laut.

Claudius blieb bei Verena, bis ihre letzte Stunde kam. Ein großer Teil der Gefangenen wurde aus den Zellen getrieben, darunter war auch sie. Sie konnten sich nur noch einen einzigen innigen Blick zuwerfen, in dem alle Liebe lag, die sie zueinander empfanden. Claudius musste sich beherrschen, nicht laut zu schreien. Er durfte sich nicht verraten, sonst wäre ihr Opfer umsonst gewesen. Sie hatte nicht gewollt, dass er starb, weil er und sie einander verbunden waren. Das musste er respektieren. Er konnte sie nicht retten. Und so schloss er die Augen, so fest er konnte, und hielt sich die Ohren zu, um die Todesschreie derer nicht zu hören, die von den Löwen zerfetzt wurden. Darunter seine einzige Liebe. Ihm blieb nur, ihren letzten Wunsch zu erfüllen.

Und so wartete Claudius geduldig auf eine Gelegenheit, einen Gefangenen unbemerkt mitnehmen zu können. Mit ihm wartete Ron. Er brütete Tag und Nacht an einem Ausbruchsplan und übermittelte Claudius die wenigen Gedanken, die ihm hilfreich sein könnten. So war es unter den Wachsoldaten grausame Sitte geworden, sich eine der Gefangenen auszusuchen, um sich mit ihr die langen Stunden der Nacht zu vertreiben. Nun hallten nicht nur die Gebete und Lieder der Christen durch die Gemäuer des Kolosseums, sondern auch die gepeinigten Schreie vergewaltigter und gequälter Frauen. Ron dachte: »Claudius, da musst du ansetzen. Keinem fällt es auf, wenn du eine der Frauen hinaus lässt. Du musst ihr ja nichts tun! Sieh nur zu, dass ihr ungesehen nach draußen kommt!«

Und Claudius reagierte. Forsch trat er ans Gitter, zeigte auf eine besonders hübsche, junge Frau, der die Angst aus den Augen schrie, und brüllte: »Du da, komm her zu mir!« Die Frau erhob sich. Sie zitterte am ganzen Körper und war totenblass, doch sie gehorchte. Der Soldat schloss die Tür auf, zerrte sie heraus und ließ das Tor wieder ins Schloss fallen. Dann packte er die Frau an den Handgelenken und zog sie mit sich. Dabei raunte er ihr zu: »Hab keine Angst. Ich musste so grob sein, damit ich nicht auffalle. Ich werde dir nichts tun. Wir beide werden nun versuchen, dich hier rauszubringen.« Das Mädchen starrte ihn mit großen Augen an. »Wie heißt du?«, fragte Claudius.

»Felicitas«, antwortete sie bebend. »Also, Felicitas, pass auf. Ich habe einem ganz besonderen Menschen versprochen, einen von euch hier rauszuschaffen. Du bist jung und flink, du wirst es schaffen, hier wegzukommen.« Vorsichtig tastete sich Claudius mit seiner Begleitung durch die nachtfinsteren Gänge des Kolosseums. Er hatte auf die Mitnahme einer Fackel verzichtet, um nicht unnötig aufzufallen. Wäre allerdings eine Gruppe Wachsoldaten unterwegs und sähe ihn hier im Dunkeln herumschleichen, fiele er gerade deshalb auf. Deshalb war äußerste Vorsicht geboten.

Sie hatten schon einen großen Teil des Weges zurückgelegt, als Claudius plötzlich Schritte hörte. Mehrere Personen kamen näher! Die Ablösung für die Wachsoldaten! Mit klopfendem Herzen hielt er Felicitas vorsorglich den Mund zu und duckte sich in eine Nische. Hoffentlich würden sie ihn in der Dunkelheit übersehen!

Die Schritte näherten sich, es wurde gesprochen und gelacht. Claudius hielt förmlich den Atem an und schloss die Augen. »Geht vorbei! Geht vorbei!«, flehte er innerlich. Und tatsächlich, er hatte Glück. Sie gingen vorbei, ohne die beiden zur Salzsäule erstarrten Menschen in der Nische zu bemerken. Irgendetwas klapperte auf dem Boden, dann waren sie vorübergegangen. Langsam und vorsichtig atmete Claudius aus. Das war knapp gewesen. Jetzt waren die Schritte nicht mehr zu hören. Sie konnten sich auch ihrem Versteck wagen. Geduckt schlichen der Soldat und das Mädchen weiter, in Richtung Ausgang.

Plötzlich zerriss ein lauter, befehlsgewohnter Ruf die Stille: »Halt! Sofort stehen bleiben! Wer ist da?« Für einen Moment wollte der Soldat loslaufen, doch dann, so wusste er, würde die Strafe nur noch schlimmer ausfallen. Jetzt konnte er sich noch aus der Situation herausreden. Er musste nur die richtigen Worte finden!

So trat er mit dem Mädchen ins Licht der Fackel und erstarrte. Ausgerechnet einem Tribunen war beim Vorbeigehen ein Schmuckstück heruntergefallen. Er hatte den Verlust einige Meter weiter schon bemerkt und war zurückgegangen, um das kostbare Stück zu suchen. Dabei waren ihm die Schatten aufgefallen, die durch das Dunkel der Nacht huschten und offenbar fliehen wollten.

»Soldat, was machst du hier mit dieser Person, ganz im Dunkeln? Ihr wolltet fliehen, habe ich recht? Ich nehme euch hiermit beide fest! Dir wird's übel gehen, Bursche! Hast du irgendetwas zu deiner Verteidigung zu sagen?«

Claudius suchte krampfhaft nach einer Ausrede. »Tribun, ich habe sie erwischt, wie sie fliehen wollte! Ich bin ihr nachgeschlichen, um sie zu überraschen, und hatte sie gerade wieder in meine Gewalt gebracht. Sie war schon beinahe am Ausgang, Tribun, und es ist mir zu verdanken, dass sie nicht fliehen und das übrige Christenvolk warnen konnte.«

Zweifelnd sah der Tribun den jungen Soldaten an. Sprach dieser junge Mann wirklich die Wahrheit? Andererseits, welches Interesse konnte ein Prätorianer schon daran haben, dieses Gesindel entkommen zu lassen? Der Tribun beschloss, dem Soldaten zu glauben.

»So? Nun, wenn du die Wahrheit sagst, hast du gut gehandelt, und ich werde es deinem Vorgesetzten berichten. Und diese kleine christliche Schlampe bringen wir erst einmal wieder ordnungsgemäß hinter Gitter!« Der Tribun begleitete die beiden persönlich zu dem Zellentrakt zurück. Sicher ist sicher, dachte er sich wohl.

Claudius sah Felicitas um Verzeihung bittend an. Das war nicht geplant gewesen. Nun hatte er ihr umsonst so große Hoffnungen gemacht. Die Gelegenheit war verpasst. Er würde sie nicht noch einmal aus der Zelle lassen können, denn nun würde sie bei den Nächsten sein, die hingerichtet wurden. Sicherheitshalber!

Als Claudius enttäuscht und erschöpft seinen Wachposten wieder aufnahm, fiel ihm auf, dass der alte Mann immer noch in der Zelle saß. Der Tribun lachte hämisch, als er den weißhaarigen Mann in seiner Ecke musterte. »Mit dir, Alter, haben wir etwas ganz Besonderes vor! Du kannst dich schon mal freuen!« Endlich drehte er sich auf seinem Absatz um und ging davon.

Der, den sie Petrus nannten, hatte sich von der Bemerkung des Tribunen nicht einschüchtern lassen. Er schien keine Angst zu kennen. Die halbe Nacht hindurch erzählte er von den Lehren seines Meisters und dessen Leben und Sterben. Den Rest der Nacht, als die übrigen Gefangenen in einen gnädigen Schlaf gefallen waren, kniete er im Schein des Mondes und der Sterne auf dem Boden, den Blick nach draußen auf den Himmel gerichtet, und betete.

»Hat er daher seine Stärke?«, fragte sich Claudius, der dieses Bild beobachtete. Dieser Jesus, an den alle glaubten, schien ein besonderer Mensch gewesen zu sein. Allein sein Andenken gab diesen vielen Menschen die Kraft, lächelnd in den Tod zu gehen; übrigens eine Tatsache, die Nero selbst derart verstörte, dass er die Toten eigenhändig untersuchte, um festzustellen, was diese Christen so verschieden von den übrigen Menschen machte. Doch Claudius ahnte mittlerweile, dass er dazu in ihre Herzen hätte sehen müssen.

Ron hätte sich am liebsten die Lunge aus dem Leib geflucht, doch dies war ihm aus bereits bekannten Gründen nicht möglich gewesen. Das war so verdammt knapp daneben gegangen! Wie viele Versuche würden sie wohl brauchen? Er wollte nicht ewig hier feststecken! Allmählich hatte er von Rom im Allgemeinen und menschenfressenden Tieren im Besonderen die Nase gestrichen voll!

Fairerweise musste er zugeben, dass Claudius keine Schuld traf. Das war schlicht und einfach Pech gewesen, und der Junge hatte Glück gehabt, dass er sich aus der Affäre hatte rausreden können!

Nun musste er sich etwas Neues einfallen lassen. Er hatte ja alle Zeit der Welt. Eine Ewigkeit, wenn´s sein musste …

Am nächsten Tag erwachte Claudius wie aus einem bösen Traum. Noch immer befand er sich im Kerker des Kolosseums. Er war einfach dort geblieben. Was hätte er auch zu Hause machen sollen? Sein Zuhause, das Zuhause seines Herzens, hatte in der Arena den Tod gefunden. Die Trauer um seine Verena verbrannte den Soldaten innerlich. Wie gerne hätte er einfach nur um sie geweint. Doch er durfte sich nichts anmerken lassen. Claudius wusste nicht, wie er diese unmenschliche Stärke aufbringen sollte. Doch er musste es schaffen, um ihren letzten Wunsch zu erfüllen.

Eine neue Gelegenheit bot sich, als ihm ein kleiner Junge auffiel, der zwischen all den Gefangenen auf dem Boden hockte. Er war etwa acht Jahre alt, und er fiel durch seinen lustigen braunen Lockenkopf auf. Ron hatte sich den Jungen ausgespäht und schickte Claudius einen Vorschlag: »Pass mal auf, du schickst jetzt den Jungen eine Besorgung für dich machen. Er soll dir einen Krug Wein holen, meinetwegen. Dann beschreibst du ihm den Weg nach draußen. Wenn ihn jemand fragt, so hat er seinen Auftrag. Das Schlimmste, was passieren kann, ist, dass er mit dem Wein für dich zurückkommt!«

Claudius winkte den Jungen zu sich heran. »Du da, wie heißt du, Kleiner?«
»Fabrizius«, kam es leise zurück. »Gut. Komm her. Du wirst mir jetzt einen Krug Wein besorgen, ist das klar? Ich habe Durst, aber ich kann nicht von hier weg.«
Der Soldat zog den Jungen aus der Zelle. Dann flüsterte er ihm ins Ohr: »Hör mal zu, du schaust jetzt, dass du hier aus dem Kolosseum raus kommst! Lass dich nicht erwischen, und wenn dich jemand sieht, sagst du ihm, dass du einen Auftrag zu erledigen hast. Sobald es geht, nimmst du die Beine in die Hand, ist das klar?« Von Weitem hatte es so ausgesehen, als hätte der Soldat dem Jungen den Weg erklärt, und folgerichtig nickte Fabrizius jetzt. Er hatte verstanden.

Vorsichtig sah er sich um, ob ihn niemand beobachtete, und rannte los. An jeder Ecke hielt er mit klopfendem Herzen an, duckte sich und hielt nach möglichen Wachen Ausschau, doch er schien Glück zu haben. Niemand begegnete ihm. Er wollte den Tonkrug, den er als Tarnung mitbekommen hatte, schon wegwerfen, da hörte er jemanden rufen. Fabrizius sah nach oben.

Auf einer Mauer saßen zwei Wachsoldaten, die anscheinend auch schon dem Wein zugesprochen hatten, und machten sich über ihn lustig. »Hey, Kleiner, wohin so eilig? Du bist doch ein kleiner Christenknabe. Die Löwen warten in dieser Richtung, du läufst verkehrt!« Einer der Soldaten grölte vor Lachen, während Fabrizius auf seinen Krug zeigte und von seinem Auftrag sprach. »Lauf nur, Junge«, meinte der andere Soldat. Erleichtert drehte sich Fabrizius um. So entging ihm, dass der lachende Soldat einen Dolch gezogen hatte. »Wenn ich treffe, machst du für mich morgen die Nachtschicht«, hörte er noch, bevor seinen Rücken ein stechender Schmerz durchfuhr und er in Dunkelheit versank.

Als der Junge nach einer halben Stunde noch nicht zurückgekehrt war, wollte Claudius schon jubeln. Wie es aussah, hatte es geklappt! Der Junge hatte fliehen können!

Auch Ron wollte sich freuen, da brachten sie den schwer verletzten Jungen herein. »Der ist gleich als Allererstes dran«, befahl ein Soldat. Claudius wurde das Herz schwer, als sie Fabrizius an einen Pfahl banden, mit Pech bestrichen und anschließend Feuer legten. Zum Glück war der Junge schon tief bewusstlos und litt keine Qualen mehr.

Einem war aufgefallen, wie niedergeschlagen Claudius war. Und als sich die Zellen bis auf wenige geleert hatten, sprach Petrus ihn in der Nacht an. Sie waren allein; wer noch lebte, schlief. Sie sprachen lange miteinander, und die Worte brannten sich tief in das Herz des jungen Soldaten. In dieser Nacht erwachte in Claudius ein neuer Mensch.

Am nächsten Morgen wusste Claudius, wie er Verenas letzten Wunsch erfüllen konnte.

Ron erwachte, als er sprang! Der kraftvolle Wirbel riss ihn aus dem Schlaf. Er wusste nicht, wie ihm geschah, und glaubte zu träumen! »Hey, was ist los? Da liegt ein Irrtum vor! Ich bin doch noch gar nicht fertig!«, schrie er ins Nichts. Da fiel ihm auf, dass er sich gar nicht durch die Zeit bewegte. Er war immer noch da, er schwebte körperlos hoch oben über Rom. Er hatte lediglich Claudius verlassen. »Was soll das? Ist Claudius tot?«, fragte er verdutzt, doch er erhielt keine Antwort. Stattdessen sah er plötzlich eine Szene, die sich im Gefängnis abspielte. Petrus goss durch die Gitterstäbe hindurch einen Krug mit Wasser über Claudius aus – er lebte!, und machte das Zeichen des Kreuzes über ihn. Claudius stand auf, und als Wachsoldat außer Dienst konnte er ungehindert die Stadt verlassen. Auf einer langen Wanderschaft traf er auf viele Menschen, denen er von einem wundersamen Mann namens Jesus erzählte. Er begegnete vielen Glaubensbrüdern und schloss sich ihnen an. Dann verlor sich seine Spur. Doch das Christentum blühte auf.

Ron konnte es nicht fassen! Das also war des Rätsels Lösung gewesen! Das letzte, was er sah, bevor er im Nebel verschwand, war, dass Petrus aus seiner Zelle auf den vatikanischen Hügel geführt wurde. Dort war ein umgedrehtes Kreuz aufgestellt worden.

Eines machte Ron aber doch zu schaffen. »Gott, oder wer immer du bist, ich habe doch versagt! Meine Pläne sind alle gescheitert, und dass Claudius Christ geworden ist, ist überhaupt nicht mein Verdienst!«

Eine Stimme drang durch den weißen Nebel der Zeit; sie klang, als würde der Sprecher schmunzeln. »Ich dachte mir eben, ein wenig Hilfe könnte dir nicht schaden!«

Und Ron wurde in die Zeit hineingerissen, in seine nächste Aufgabe.

4

Pompeji, 79 n. Chr.

Ron drehte sich im Wirbel der Zeit, doch es schien schnell nachzulassen. Dafür hatte er plötzlich das Gefühl zu schrumpfen! Er wurde immer kleiner, und als sein Blick wieder klar wurde, sah er ein wolfähnliches Tier mit schneeweißem Fell direkt vor sich. »Nein, das darf doch nicht wahr sein!«, schrie er entsetzt, als sein Geist mit dem des Hundes verschmolz.

»Apollo, komm her!«, lockte eine junge Frau von etwa 20 Jahren das Tier zu sich. Sie hatte lange blonde Haare, ein schönes, ebenmäßiges Gesicht mit leuchtend blauen Augen und beinahe milchweiße Haut. Als der Hund erfreut zu ihr lief, kraulte sie ihm zärtlich das weiße Fell.

»Jetzt nur nicht anfangen zu hecheln!«, dachte sich Ron, der sich in einer ziemlich misslichen Lage wieder fand. Es war, als hätten sich seine Sinne denen des Hundes angepasst. Er konnte Gerüche wahrnehmen, die er noch niemals gerochen hatte, mindestens tausend auf einmal, und jeden einzelnen konnte er ganz klar abgrenzen. Manche hätte er allerdings am liebsten verdrängt …

Auch sein Gehör hatte ganz stark zugelegt, ihm entging nicht das kleinste Geräusch in seinem näheren Umkreis. Dafür hatten seine Augen aber entscheidend nachgelassen. Viele Dinge konnte er nur durch die Bewegung unterscheiden. Nahezu der komplette Rotanteil seiner Umwelt war ausradiert und durch Blau-Grün-Grau- und Schwarzschattierungen ersetzt worden.

»Na super. Und jetzt? Soll ich hier lernen, mit dem Schwanz zu wedeln? Oder soll ich diesem prähistorischen Schoßhund zeigen, wie man Männchen macht?«

Wie um alles in der Welt sollte er von diesem so ziemlich untersten Platz in der Hackordnung aus ein Problem erkennen und lösen können??? Ron konnte seine jetzige Lage gar nicht fassen. Er – ein Hund! Er hatte Hunde zwar immer gemocht, aber nie gesteigertes Verlangen nach einer solchen Seelenwanderung gehabt!

Und jetzt stand diese Hammerbraut vor ihm, und er saß da und gab Pfötchen!

Wo war er überhaupt? Vor lauter Entsetzen über seine neue Situation hatte er noch gar nicht daran gedacht, sich in irgendeiner Form einen Überblick zu verschaffen. Einfach zu fragen hatte wohl wenig Sinn. Sein neuer Gastgeber würde Mühe haben, seine Antworten in verständliche Laute zu fassen … Wie es aussah, war er wohl auf Informationen angewiesen, die ihm seine Umwelt und vielleicht auch sein neues »Frauchen« geben würde. Na, das waren ja glänzende Aussichten! Nichts wissen dürfen, aber alles machen müssen!

Inzwischen hatte die junge Frau Gesellschaft bekommen. Ein hochgewachsener, athletischer, braungebrannter Mann von ungefähr 25 Jahren stand auf einmal hinter ihr, und sie erschrak, als er sie in den Nacken küsste. Dann lachte sie und schlug scherzhaft auf den jungen Mann ein. »Lucius! Du weißt doch, dass du das nicht machen sollst! Du erschreckst mich noch irgendwann zu Tode!« Lucius lachte sie lausbübisch an und meinte: »Diana, mein Schatz, ich wollte doch auch nur so schön gestreichelt werden.«
»Das wäre ja noch schöner, dann würde ich deine Frechheit auch noch belohnen«, schimpfte Diana, aber es war nicht ernst gemeint.

»Komm, Apollo, wir gehen jetzt nach Hause.« Der weiße Hund setzte sich gemächlich in Bewegung. Viel lieber hätte er noch länger die Zärtlichkeiten seiner Herrin genossen, aber da ließ sich wohl nicht mehr machen. So trottete er neben den beiden Menschen, die ihm am liebsten waren, her, schnupperte hier und da, lief vor und zurück, und nur ein lautes: »Apollo! Nein!« hielt ihn davon ab, eine dicke, schwarze Katze zu jagen, die ihnen über den Weg lief. Wenigstens hatte er sein Missfallen durch lautes Gebell kundtun können.

Aus der Hundeperspektive war für Ron nicht sehr gut zu erkennen, wo er sich befand. Sie liefen über gepflasterte Straßen. Die Gassen waren eng, aber sauber, und die Besitzer der Häuser schienen wohlhabend zu sein. Die Bauart der Häuser glich in vielem den kostbaren Villen, die Ron noch am gestrigen Tag in Rom hatte sehen können: Die aufwendigen Säulen und Mosaiken, die sorgfältig mit Tonziegeln gedeckten Dächer und die gepflegten Rasenstücke und Gärten sprachen dafür. Den Auslagen der zahlreichen Läden nach zu urteilen, lebte man hier vom Handel. Ron meinte, nicht weit entfernt das Meer riechen und hören zu können. Wahrscheinlich gab es einen Hafen in der Nähe, in dem Tag für Tag Handelsschiffe an- und ablegten. Ob er hier auf einer Insel war?

Am Horizont ließ sich ein großer Berg ausmachen, der weithin sichtbar alles überragte; soweit Ron es erkennen konnte, bestand sogar die Möglichkeit, dass es sich um einen Vulkan handelte. »Meine Güte noch mal, das Vieh sieht ja schlechter als meine Oma, und die war fast blind! Ein Königreich für ein Fernglas!«, schimpfte er ungehalten. Er war mit seiner neuen Lage alles andere als zufrieden. Woher sollte er denn seine notwendigen Informationen bekommen? Er konnte ja niemanden fragen, geschweige denn, Straßenschilder oder Sonstiges lesen, und auf das Gedächtnis seines Gastkörpers zuzugreifen, half ihm in dieser Situation nicht weiter. Diesem konnte er lediglich entnehmen, wo Apollo seinen letzten Knochen verbuddelt hatte!

Wie spät es wohl sein mochte? Dem Stand der Sonne nach zu urteilen, war er wohl um die späte Nachmittagszeit gelandet. Die Lebensmittelhändler trugen ihre Waren bereits wieder von den Auslagen auf den Straßen in die Läden zurück, um in Kürze die Türen zu verschließen, bevor die Dunkelheit hereinbrach. Ron konnte frischen Fisch, Obst und Gemüse riechen, aber auch Tonkrüge mit erlesenen Weinen und frisch gebackenes Brot.

»Na, hier scheint man ganz gut leben zu können. Ich bin aber mal gespannt, was kulinarisch auf mich zukommt. Hundefutter aus der Dose scheidet ja wohl aus.«

Lucius, Diana und Apollo waren nun in einem kleineren Haus angekommen, einem schlichten Bau aus Ziegel- und Kalksteinen. Es war zweistöckig. Im unteren Geschoss befand sich eine kleine Bäckerei, die Lucius von seinem Vater übernommen hatte. Im zweiten Geschoss wohnte Lucius mit seiner Diana. Sie betraten das Haus durch die schlichte Holztür. Apollo lief voraus, vielleicht auch von Ron's Neugierde getrieben, der darauf brannte, ein solches Gebäude einmal von innen zu sehen. Im Inneren der kleinen, gut ausgestatteten Bäckerei fiel als Erstes der große Backofen auf, der, wie das Haus selbst, aus Kalk- und Ziegelsteinen gemauert worden war. Vor allem die exakte Rundung über der Öffnung des Ofens war mit Ziegelsteinen gearbeitet.

»Und das alles in Handarbeit, mit einfachstem Werkzeug«, staunte Ron. Soweit er erkennen konnte, war die Bäckerei gut ausgestattet. Sie verfügte über mehrere große Arbeitsflächen, die peinlich sauber waren. An den Wänden hingen Holzregale mit Arbeitsgeräten wie Tonschüsseln und -krügen, einer Waage, Messgeräten, verschiedenen Löffeln und Messern und sonstigen Hilfsmitteln, die alle aus Metall gearbeitet waren. »Also, ganz am Ende der Welt scheinen wir hier nicht zu sein, wenn sich sogar ein einfacher Bäcker eine solche Einrichtung leisten kann. Bis auf das bisschen Strom sind wir ihnen kaum voraus!«, musste Ron feststellen. Seine Beobachtungen wurden allerdings jäh unterbrochen, als Apollo, dem Ruf seines Frauchens folgend, auf dem blitzblanken Steinboden loswetzte. »Hey, langsam! Ein Allradantrieb ist ja ein Witz gegen dieses Energiebündel!«, ärgerte sich Ron und schnappte nach Luft, als der Vierbeiner die Treppe ins zweite Stockwerk hochschoss, als gälte es, den Grand Prix von Monaco zu gewinnen.

Das obere Stockwerk bestand aus vier Räumen. Zuerst sah Ron das Badezimmer, dessen Boden aus einem kunstvollen, schwarz-weißen Mosaik gearbeitet war. Eine Kupferbadewanne füllte den Großteil des Raumes aus; auf einer Ablage befanden sich Handtücher, und auf einer Marmorkonsole vor einem Spiegel stand eine große Waschschüssel, neben der duftende Seifen lagen.

Ein weiterer Raum diente als Wohn- und Esszimmer; es war mit zwei gemütlichen Liegen ausgestattet, die rechts und links von einem Marmortisch platziert waren. »Aha. Da finden wohl die Mahlzeiten statt«, dachte sich Ron, der Apollo angetrieben hatte, wie besessen durch alle Zimmer zu laufen, damit er sich alles ansehen konnte. Die einzelnen Räume waren, wenn überhaupt, durch lange Vorhänge abgetrennt. Auch vor den Fenstern, die nach außen zur Straße zeigten, hingen Stoffbahnen zum Schutz vor Lärm und Zugluft.

Der Hund flitzte durch einen weiteren Raum, den Ron unschwer als Schlafzimmer erkannte. Das Bett für zwei Personen war mit seinen weichen Kissen und Seidendecken sicher gut für traute Zweisamkeit geeignet.

Das letzte Zimmer war als kleine Küche eingerichtet. Ein Tisch mit zwei Stühlen, Regale mit Tontellern, Schüsseln, Krügen und Bestecken und eine große Schüssel für den Abwasch vervollständigten das Interieur.

»Apollo, hierher! Was ist denn mit dir los?«, rief Diana und lachte. »Lucius, ich glaube, Apollo hat zu viel frische Luft geschnappt. Der läuft hier herum wie verrückt. Apollo!«

Der Hund hörte die Stimme seiner Herrin und stürzte auf sie zu, konnte aber nicht mehr rechtzeitig bremsen und rannte Diana förmlich über den Haufen, die das Gleichgewicht nicht mehr halten konnte und in ihrer sonnengelben Tunika auf dem Marmorboden des Atriums landete. Dort wurde sie von Apollo erst einmal stürmisch abgeleckt. Diana lag auf dem Boden und lachte, bis ihr die Tränen über die Wangen liefen. Lucius, der aus der Küche kam, um den Grund für den Tumult ausfindig zu machen, stimmte herzhaft mit ein. Seine junge Frau gab mit dem weißen Hund aber auch ein tolles Bild ab!

»Da bist du ja wirklich auf den Hund gekommen! Komm her, mein Schatz, ich heb dich auf«, lachte Lucius, hob seine Frau auf und trug sie auf den Armen in Richtung Schlafraum. »Jetzt wasche ich dir erst mal das Gesicht, und dann wollen wir doch mal sehen, ob ich nicht noch schöner mit dir schmusen kann ...«

Ron sah seinem Herrchen beinahe neidisch hinterher. »Mit dieser Frau hätte ich jetzt auch gerne weitergeschmust. Das Küssen hatte ich ja schon beinahe drauf … Hoffentlich habe ich keine Flöhe!«

Apollo war mittlerweile müde geworden und trollte sich zu seinem Schlafplatz in einer Ecke des Atriums. Es gelang Ron nicht einmal, ihn zum Schlafzimmer zu bewegen, um einmal kurz hineinzuspähen …

»Ich bin doch einmal gespannt, wie mein Hundeleben sich entwickelt«, war sein letzter Gedanke, bevor er einschlief.

Er erwachte, als Lucius mitten in der Nacht aufstand, um in der Bäckerei seinen Arbeitstag zu beginnen. Apollo erhob sich von seiner Decke, um seinem Herrchen nach unten zu folgen, was anscheinend normal war, denn Lucius rief ihn sogar zu sich. »Ja, komm mit, mein Großer! Wir gehen jetzt backen, damit Pompeji nachher Frühstück hat.«
»Wer soll Frühstück haben? Kenn ich den?«, dachte Ron verschlafen. Dann fiel es ihm wie Schuppen von den Augen, und von diesem Moment an war er hellwach. Pompeji! Die große Katastrophe, der Untergang! Urplötzlich sah er die Bilder aus seinem Geschichtsbuch wieder vor sich, als sie damals in der Schule über den verheerenden Ausbruch des Vesuvs gesprochen hatten. So überraschend war er für die Einwohner gekommen, dass nur noch wenige hatten fliehen können. Im Pompeji seiner Zeit lagen noch immer die Opfer der Glutlawine auf den Straßen. Sie waren von dem Lavastrom buchstäblich konserviert worden und hatten die Haltung inne, in der sie vom Tod überrascht worden waren.

Und was um alles in der Welt sollte er daran ändern???

»Apollo! Wo bleibst du denn?«, drang Lucius´ Stimme zu ihm durch, und Ron merkte, dass er wohl eine Zeit lang wie erstarrt stehen geblieben war. Anscheinend drangen seine Emotionen zu dem Hund durch und beeinflussten ihn.
Jetzt lief der Vierbeiner treu seinem Herrn hinterher in die Backstube. Dort fachte Lucius das Feuer im Ofen an und machte sich daran, aus Mehl, Butter, Eiern, Wasser und anderen Zutaten Teig für Brot und Brötchen zusam-

menzukneten. Die große Menge an Teig zusammen mit der Hitze des Back-ofens ließen Lucius schnell den Schweiß auf die Stirn treten.

Ron sah interessiert zu, wie geschickt sein »Herrchen« seiner Arbeit nach-ging. Und was für eine Arbeit das war! Von wegen eine automatisierte Back-stube! Alles reine Muskelkraft, die Lucius aufwenden musste. Bald schon schob er die ersten Laibe in den Ofen, die sich in kurzer Zeit in duftendes Brot verwandelten.

Apollo lag ruhig neben der Arbeitsplatte auf dem Boden, beobachtete auf-merksam jeden Schritt von Lucius und wedelte erfreut mit dem Schwanz, wenn sein Herrchen ab und zu nach ihm schaute und mit ihm sprach. Als die ersten Brote verführerisch zu duften begannen, schnupperte er erwar-tungsvoll. »Ja, mein Großer, bald sind die ersten fertig. Du weißt das schon, nicht? Ich sollte dich als Lehrling einstellen«, lobte Lucius seinen vierbei-nigen Gefährten und wischte ihm lachend weißen Mehlstaub von der schwar-zen Nase.

Draußen erwachte langsam der Morgen, und die ersten Sonnenstrahlen zeigten sich bald am Horizont. Aus dem Fenster der kleinen Bäckerei konnte man genau den Vesuv sehen. Es schien wieder ein heißer Tag zu werden, wie alle Tage in diesem August. Als Apollo Schritte hörte, horchte er auf. Diana war die Treppe heruntergekommen, um nach ihrem Mann zu sehen.

»Das riecht ja schon wieder himmlisch. Im ganzen Haus kann man keinen Raum betreten, ohne Hunger zu bekommen«, meinte sie lachend und streckte die Hand vorwitzig nach einem frischen Brötchen aus. »Vorsicht, die sind noch heiß!«, warnte Lucius. »Nimm diese hier, die dürften sich schon abge-kühlt haben. Trag so viele nach oben, wie du für uns brauchst. Bald kommt Cassius seine Ware holen, dann sind keine mehr da.«

Cassius war Händler und verkaufte die Erzeugnisse, die Lucius für ihn herstellte. Von seinen Erlösen bekam Lucius einen hohen Prozentteil ab, von dem er lebte und neue Zutaten kaufen konnte. Auf diese Weise wurden sie zwar nicht reich, aber es genügte, um gut und sorglos leben zu können. Schließlich war die gesamte Stadt auf Lebensmittel angewiesen, und manches wurde auch in die benachbarten Städte exportiert. Lucius war für seine saubere und wohlschmeckende Arbeit bekannt, und Pompejis Einwohner kauften gerne seine Ware.

Diana trug die Backwaren nach oben, um das Frühstück für sich und ihren Mann zu richten. Apollo schien ebenfalls Hunger zu haben, denn er lief den duftenden Brötchen eilig hinterher, während Lucius seine Backstube aufräumte und auf Cassius wartete, der seine Brote abholen und schon kurze Zeit darauf den Frühaufstehern Pompejis verkaufen würde.

Nach getaner Arbeit gesellte sich Lucius zu Frau und Hund. Der Frühstückstisch im Atrium war liebevoll und reichlich gedeckt, und so stärkten sie sich für den Tag, von dem sie noch nicht wussten, was er ihnen bringen würde.

Apollo saß schwanzwedelnd neben Diana, die ihm hin und wieder ein paar Leckerbissen vom Tisch zukommen ließ. Ron war zufrieden. Verhungern würden sie also nicht. Da er nicht wusste, an welchem Tag sich das Unglück ereignen würde, war es gut, so viele Reserven wie nur möglich zu haben. Noch immer war er sich nicht schlüssig, welche Rolle er in dieser Geschichte zu spielen hatte. Warum wurde er ausgerechnet in einen Hund versetzt? Im Falle eines Falles würde er noch nicht einmal schreien können, viel weniger noch mit anpacken. Was hatte man mit ihm vor? Wenn er dies nicht schnell herausfand, konnte die Situation schnell ziemlich brenzlig für ihn werden, und das im wahrsten Sinne des Wortes!

Wie war das noch einmal mit dem Vertrauen gewesen und der Sache, wonach alles im Leben einen Sinn hatte? Ron fiel ihm schwer, darin Trost zu finden, denn es war ja sein Fell, das ihm verbrennen würde! Als Hund war er ja nicht einmal wichtig genug, gerettet zu werden!

Aber alles Grübeln brachte ihn zu keinem Ergebnis. Im schlimmsten Fall würde er die Ereignisse einfach abwarten müssen. Vielleicht brachten sie erst die Lösung, auch wenn Ron diese Vorstellung überhaupt nicht passte. Früher hatte er für fast alle Gelegenheiten irgendeinen Notfallplan in petto gehabt, denn er hatte es gehasst, überrascht zu werden und womöglich hilflos dazustehen, weil er so schnell keine Entscheidung treffen konnte. Aber es gab Situationen, für die gab es keinen Plan B. Naturkatastrophen gehörten mit Sicherheit dazu. Und dass er deswegen hier war, daran hatte Ron gar keinen Zweifel. Zum ersten Mal seit Beginn seiner Reise war wenigstens das Problem offensichtlich. Nur die Lösung nicht.

Nach dem Frühstück räumte Diana die Wohnung auf, während Lucius neue Backzutaten kaufen musste. »Wir sehen uns nachher wieder, und dann gehen wir runter zum Hafen, ja? Heute sollen neue Handelsschiffe kommen, die will ich mir ansehen. Vielleicht ist etwas für uns dabei. Bis später, mein Schatz!« Lucius gab seiner Frau einen zärtlichen Kuss, ehe er sich auf den Weg zu seinen Händlern machte.

Als Diana ihre Arbeit beendet hatte, rief sie Apollo zu sich. »Komm, Apollo! Wir gehen nach draußen!«

»Endlich«, dachte Ron, »es wird langsam notwendig!« Apollo wetzte nach draußen ins Grüne, wo er sich erleichterte und danach erfreut und schwanzwedelnd vorauslief. Die Nase hatte er tief auf den Boden gedrückt und »las« so die Neuigkeiten des Tages.

Gelegentlich hatte Ron das Gefühl, unter den Füßen des Tieres ein leichtes Zittern zu spüren. Apollo zögerte dann immer einen kleinen Moment, lief dann aber weiter, als sei nichts gewesen.

Auf ihrem Gang durch Pompeji wurden sie oftmals aufgehalten. Jeder kannte Lucius und seine junge Frau, und der große, verspielte weiße Hund war ebenfalls bekannt und wurde geherzt und gestreichelt. Vor allem Kinder kamen oft ganz ohne Scheu, um mit Apollo zu knuddeln und zu spielen. Der ließ sich das gerne gefallen. Er liebte die allgemeine Aufmerksamkeit und genoss die zusätzlichen Streicheleinheiten.

Diana schlenderte durch die Straßen, besah sich die Auslagen der verschiedenen Geschäfte, und eher durch Zufall als durch Absicht kaufte sie einen großen Fisch, den sie zusammen mit dem Gemüse aus ihrem kleinen Garten und einer leckeren Soße heute zum Mittagessen zubereiten würde. Apollo lief schnuppernd neben ihr her, den Fischgeruch in der Nase, und als er dann noch von einem Wursthändler ein Stückchen Wurst ergatterte, war er rundherum zufrieden.

Auf dem Rückweg sah er die schwarze Katze vom Vortag wieder. Knurrend stellte er die Nackenhaare auf. Die Katze hatte ihn noch gar nicht richtig gesehen, als sie plötzlich aufgeschreckt davonlief. Im selben Moment lief wieder ein Zittern durch den Boden, das Ron deutlich spüren konnte. Apollo jedoch schien es wenig auszumachen. Dieser Katze hatte er Respekt beigebracht! Nun war sein Tag endgültig von Erfolg gekrönt, und er folgte seinem Frauchen zurück ins Haus.

Im Innern des Hundes bekam es Ron allmählich mit der Angst zu tun. Da braute sich etwas zusammen, und niemand außer ihm wusste es. Und er würde es nicht verhindern können. Er konnte es ja nicht einmal jemandem sagen!

»In so einer bescheuerten Situation war ich wirklich selten«, ärgerte sich Ron. »Hey, du da oben, was willst du eigentlich von mir? Du weißt genauso gut wie ich, dass hier früher oder später Tausende Menschen sterben werden. Was verlangst du? Soll ich in den Vulkan springen, damit er nicht ausbricht? Ich könnte ja noch nicht einmal jemandem ein Pflaster aufkleben, viel weniger sonst irgendetwas tun. Was hast du dir nur diesmal gedacht? Dass das hier keine gute Idee ist, sieht doch ein Blinder! Wieso tust du mir das an? Weißt du eigentlich, wie scheiße das ist, wenn man weiß, was passiert, aber nichts daran ändern kann?«

Ron erschrak über alle Maßen, als er in seinem Kopf tatsächlich eine Antwort vernahm!
»Das fragst du mich, wo ich doch allwissend bin?« Ron überwand seinen Schrecken schnell und gab zurück: »Ja! Du bist doch aber auch allmächtig! Warum verhinderst du das nicht einfach? Du kannst es doch!!« Eine leise Stimme antwortete ihm: »Die Menschheit muss noch lernen. Sie steckt in den ersten Kinderschuhen. Erfahrungen müssen gemacht werden, damit die Menschen lernen und reifen können. Ich habe ihnen einen freien Willen gegeben und einen Verstand, der lernen kann. Ich kann ihnen nicht alles ersparen, genau, wie du einem Kind nicht alle Schmerzen und Krankheiten

ersparen kannst. Sie lernen daraus und wachsen. Manche Dinge müssen geschehen, damit andere, schlimmere, nicht geschehen müssen.«

Ron dachte einen Moment darüber nach. »Und was kann ich hier machen? Was hast du mit mir vor? Ich bin doch einfach nur nutzlos hier!«
»Nicht so nutzlos, wie du jetzt noch denkst. Warte ab und lerne. Du wirst
es verstehen, wenn es an der Zeit ist.«

»Was werde ich verstehen? Ich verstehe gar nichts mehr«, schrie Ron. Aber
er erhielt keine Antwort. In seinem Geist herrschte Funkstille.

Als Lucius von seinen Besorgungen heimkehrte, hatte Diana den gekauf-
ten Fisch bereits in ein prächtiges Mittagessen verwandelt. »Mmh, mein Liebling, da läuft einem ja das Wasser im Mund zusammen!«, lobte Lucius und
ließ sich erwartungsvoll auf der Liege nieder. Diana trug das Essen auf, und
gemeinsam stärkten sie sich für den Rest des Tages. Auch Apollo bekam
seinen Teil ab, und schon kurze Zeit später lag er satt und zufrieden neben
Lucius auf dem Boden und streckte alle viere von sich. Diana lachte. »Lassen
wir ihn noch eine Weile ruhen. Am besten folgen wir seinem Beispiel, bevor
wir nachher zum Hafen hinunter gehen.«
»Das ist eine gute Idee«, gähnte Lucius. Niemandem fiel auf, dass die Liegen unter ihnen von Zeit zu Zeit leise vibrierten.

Nach einer ausgedehnten Mittagsruhe brach das junge Paar dann auf, um
sich im Hafen die Handelsschiffe anzusehen, die meist ein- oder zweimal die
Woche anlegten, um ihre Waren abzuladen oder welche zum Export aufzunehmen. Es war immer ein sehenswerter Anblick, und man konnte oft schon
einen Blick auf neue Ware werfen, die bald in den Läden zum Erwerb auslie-
gen würde. Meist waren es Lebensmittel, aber auch Kleidung und Gegenstände des täglichen Lebens bis hin zu Möbelstücken oder auch Baumaterial
der verschiedensten Sorten.

Viele Menschen waren mit ihnen unterwegs, sie alle zog es hinunter ans
Wasser. Natürlich waren einige einfach nur neugierig, während andere mit
Pferdegespannen unterwegs waren, um ihre bestellten Handelsgüter abzu-
holen.

»Vorsicht, aus dem Weg!«, schrie plötzlich ein Mann hinter Lucius warnend. Instinktiv griff dieser nach Diana und packte Apollo im Genick, um ihn zur Seite zu ziehen. Einer der Händler hatte die Gewalt über sein Pferdegespann verloren und versuchte mit viel Mühe, die aufgeschreckt hochsteigenden Pferde wieder zu beruhigen. »Ich weiß gar nicht, was die heute haben! Ist schon das zweite Mal!«, schimpfte der kräftige Mann lauthals und mit hochrotem Gesicht.

»Ist vielleicht die Hitze«, rief Lucius tröstend hinterher. Es war wirklich heiß heute, da reagierten Mensch und Tier gereizt. Dem Menschenstrom folgend, waren sie nun unten am Wasser angekommen. Zwei große Schiffe mit geblähten Segeln waren bereits eingelaufen und warteten darauf, abgeladen zu werden. Viele emsige Helfer liefen die Planken auf und ab und trugen Kisten aller Größen und Gewichtsklassen.

Apollo kläffte aufgeregt und wedelte mit dem Schwanz. Er versuchte, die Vögel zu fangen, die sich am Rande des Wassers aufhielten. Plötzlich, wie auf ein Kommando, stoben alle Vögel mit einem Schrei auf in die Luft und flogen davon. Für einen Moment war der Hafen erfüllt mit Vögeln, die so schnell wie möglich an Höhe gewannen und davonflogen.
Diana rief Apollo zu sich: »Komm her. Du sollst die Vögel nicht immer so erschrecken!«

Lucius sah stirnrunzelnd dem Schwarm hunderter Vögel hinterher. »Das war nicht Apollo. Irgendetwas muss sie erschreckt haben, aber ganz sicher nicht der Hund. So etwas habe ich noch nicht gesehen. Hörst du, wie still es plötzlich ist? Als wenn …«

Er kam nicht weiter, denn unvermittelt wurde ihnen der Boden unter den Füßen förmlich weggerissen, und beide stürzten. Die Welt verschwamm vor ihren Augen. Alles zitterte um sie herum. Ein unheimliches Grollen tief aus dem Boden schwoll an und wurde lauter. Die Menschen schrien vor Angst auf und verfielen in Panik. Die Erde bebte!

»Liegen bleiben!«, schrie Lucius gegen das Getöse an und zog Diana fest an sich. Apollo drückte sich ebenfalls zitternd an ihn und jaulte nervös.

Die vielen Häuser rund um den Hafen schwankten und brachen ein. Dachziegel und Mauersteine fielen herab, trafen fliehende Menschen und rollten, durch die Schwingungen der Erde angetrieben, hinab zum Wasser. Sekunden wurden zu Minuten, bis sich endlich alles zu beruhigen schien.

Diana und Lucius sahen sich an. Sie waren leichenblass, und die Angst stand in ihren Augen. »Das war noch nicht alles. Wir sollten uns einen Unterschlupf suchen«, flüsterte Lucius. Er stand vorsichtig auf und half Diana auf die Beine. Anscheinend war ihnen nichts geschehen. »Du blutest«, sagte Diana zitternd und wischte über sein Auge. Dort, wo ihn ein Steinbrocken getroffen hatte, lief ihm das Blut übers Gesicht. Eine Augenbraue war aufgeplatzt, aber sonst ging es ihm gut. »Das ist nicht so schlimm. Bist du in Ordnung? Fehlt dir etwas?«, fragte Lucius besorgt und musterte Diana. »Bei mir ist alles gut, mir ist nichts passiert. Ich bin nur so erschrocken«, sagte Diana. »Was sollen wir jetzt tun? Wo sollen wir hin? Meinst du wirklich, es kommt noch etwas nach?«

»Das weiß ich nicht«, gab Lucius zu, »aber wenn es so ist, wäre ich gerne mit dir in Sicherheit. Lass uns zu den Bootshäusern hinübergehen. Die sind stabil gebaut und bieten Schutz. Sieh mal, die anderen laufen auch alle hin.« Er nahm Diana fest an die Hand und lief mit ihr los. Apollo folgte ihnen auf dem Fuß und ließ sie nicht aus den Augen.

»Siehste mal, nun haben wir den Salat!«, murmelte Ron in sich hinein. Er war höllisch erschrocken, als auf einmal alles um sie herum zu schwanken begann und die Mauern der Häuser in sich zusammenfielen. Allein das Gefühl, nicht mehr auf festem Boden zu stehen, war unheimlich gewesen. Zum Glück war ihnen nichts passiert. Auf dem Weg zu den Bootshäusern am Hafen liefen sie an vielen Männern und Frauen vorbei, die nicht so viel Glück gehabt hatten und von herabfallenden Mauerbrocken erschlagen worden waren.

»Au!«, schrie Diana plötzlich und fiel zu Boden. Sie war über ein Mauerteil gestolpert und hatte sich den Knöchel verletzt. Lucius war sofort bei ihr und wollte sie gerade hochheben, als ein weiteres Beben einsetzte. Der junge Mann duckte sich und beugte sich schützend über seine Frau, als die Mauer des

Hauses, vor dem sie knieten, unheilvoll knirschte und zu schwanken begann. In Bruchteilen von Sekunden waren sie von Staub eingehüllt. Dann wurde es dunkel um sie.

Entsetzt musste Ron mit ansehen, wie die beiden Menschen unter den Trümmern des Hauses begraben wurden. Apollo hatte sich instinktiv in einen Winkel zwischen den Häusern verkrochen. Rechts und links um ihn regneten Mauerteile, Ziegel und Balken herab, aber da der Hund vergleichsweise klein war, wurde er glücklicherweise nicht getroffen, bis auf kleinere Bröckchen, die ihn aber nicht verletzten. Das Beben schüttelte ihn durch und durch. Ängstlich winselnd duckte sich das Tier und kauerte sich zu Boden.

Diesmal schien es ewig zu dauern. Um ihn herum bot sich ein Bild der Zerstörung. Kein Haus, keine Mauer war mehr heil, und wie viele Einwohner darunter verschüttet und erschlagen worden waren, konnte Ron nur ahnen. Alles war von Staub eingehüllt, und es war totenstill. Nur vereinzelt hörte man ein Schreien oder Stöhnen von Überlebenden.

Apollo hatte sich aus seiner Ecke erhoben und lief nervös und ängstlich hin und her. Ron hatte nur einen Gedanken: »Ich muss nachsehen, ob die beiden noch leben.«
Aber mit dem Nachsehen war das so ein Problem. Der feine Staub, der in der Luft lag, färbte alles einheitlich grau und legte sich dem Hund auf die Netzhaut der Augen, sodass sie juckten und brannten. Ron konnte nur noch Schatten und Konturen erkennen, er war so gut wie blind. Intuitiv besann er sich auf die Sinne, die ihm noch verblieben. Sein Geruchssinn war zwar durch den Staub, der sich auch auf die Schleimhäute gesetzt hatte, leicht getrübt, aber so gut wie ungebrochen.

Die Nase tief am Boden, schnupperte er eine Ruine nach der anderen ab. Er konnte sich nicht mehr genau erinnern, wo die beiden verschüttet worden waren, alles im Umkreis von 100 Metern war eingestürzt, und alles sah beinahe völlig gleich aus. Zwischendurch nieste der Hund heftig, weil der Staub in seine Nase drang. Ron im Innern des Tieres wurde beinahe panisch.

Er wusste, dass der Ausbruch des Vesuvs nur wenige Zeit nach dem verheerenden Erdbeben erfolgt war. Ihm lief die Zeit davon!

Da, endlich schien er eine Spur aufgenommen zu haben. Er bellte laut und wartete auf eine Antwort. Nichts war zu hören. Nochmals ließ er Apollo bellen, und da vernahm er unter den Steinen ein leises Stöhnen. Mindestens einer musste noch am Leben sein! Aber was nun? Er konnte die Steine und Balken unmöglich bewegen! Probeweise buddelte der Hund ein wenig, aber er konnte kaum einige Bröckchen bewegen, viel weniger die großen Mauerteile.

Ron blickte hektisch durch die Hundeaugen hin und her. Da waren immer noch Menschen, die sich in die Bootshäuser retten wollten. Es waren leider nur noch vereinzelte, wie er traurig feststellen musste. Die wenigen Überlebenden des zweiten Bebens. Viele waren schwer verletzt und schleppten sich mit letzter Kraft voran.

Entschlossen trieb Ron Apollo an, einen Überlebenden aufzuhalten. Ein junger Mann, der anscheinend nur am Bein verletzt war, wehrte sich erschrocken, als Apollo ihn an seiner Tunika zog und zerrte, in dem Glauben, der Hund würde ihn anfallen. »Hau ab, weg von mir!«, rief er, ohnehin schon unter Schock, mit Panik in der Stimme. Schmerz schoss durch Apollos Körper, und er jaulte laut auf, als der Mann mit seinem gesunden Bein nach ihm trat. Doch Ron trieb ihn unerbittlich an. Er brauchte Hilfe, er brauchte jemanden mit zwei gesunden Händen und viel Kraft!

Also zog und zerrte Apollo nochmals an ihm, ließ ihn dann los und lief ein Stück zurück, um daraufhin wiederzukommen und nochmals an ihm zu ziehen. Mittlerweile begriff der Mann, dass das Tier ihm nichts tun würde. Hin und her gerissen zwischen dem Wunsch, sich in Sicherheit zu bringen und der Neugierde, wohin der Hund ihn führen wollte, ging er schließlich mit.

»Ja! Gott sei Dank!«, jubelte Ron. Schnell hatte er die Spur seiner beiden Verschütteten wieder gefunden. Apollo blickte den jungen Mann an, winselte und grub mit den Pfoten im Schutt. Dann sah er ihn nochmals an, und der Mann begriff, was das Tier von ihm wollte. Nach und nach bewegte er die schweren Steinbrocken von der Stelle, und Apollo grub fleißig mit.

Nur wenige Minuten später wurden ihre Mühen belohnt. Sie hatten Lucius gefunden, der immer noch schützend über Diana lag. Er war es gewesen, der sich auf Apollos Bellen hin gemeldet hatte. Glücklicherweise waren die beiden in einen Hohlraum gelangt, als die Trümmer über sie fielen, sodass sie nicht zerquetscht worden waren. Auch Diana schien noch am Leben zu sein. Sie blutete jedoch aus einer Kopfwunde und war bewusstlos. Lucius rang nach Luft und blinzelte, als er wieder Tageslicht erblickte. Das Paar war beinahe nicht wieder zu erkennen. Grau vom Staub wirkten die Gesichter wie unfertig, und das getrocknete Blut darin war ein grausiger Kontrast.

Lucius arbeitete sich hoch und zog Diana aus den Trümmern. Sie stöhnte leise, als er sie auf die Arme nahm und mit sich davontrug. Lucius stand unter Schock und konnte gar nicht begreifen, was ihnen da gerade geschehen war. Unter den Trümmern verschüttet, hatte er mit vollem Bewusstsein erfasst, dass sie dort wohl niemals wieder herauskommen würden. Er hatte in diesen Augenblicken der Angst komplett mit seinem Leben abgeschlossen. Niemand würde sie hier jemals suchen. Doch Apollo, ihr lieber, treuer Vierbeiner, hatte sie gerettet! Ein normaler Hund wäre panisch davongelaufen, aber er hatte nicht nur ausgeharrt, sondern auch noch Hilfe geholt! Niemals wieder würden sie dieses Tier hergeben! Er war mutiger gewesen als irgendein Mensch.

Irgendwann ging Lucius auf, dass er sich gar nicht bei dem mutigen jungen Mann bedankt hatte, der ihnen den Weg aus den Trümmern gebahnt hatte. »Wie heißt du?«, fragte er heiser. Der Staub hatte sich auch auf seine Stimmbänder gelegt. »Ich heiße Markus«. Sie schüttelten sich die Hände. »Was du getan hast, Markus, kann ich nicht mehr gut machen. Sollten wir diesen Tag überleben, so wirst du eine Belohnung erhalten und immer einen Freund in mir haben«, versprach Lucius. »Dass ihr beide noch lebt, ist meine größte Belohnung, und selbst das habt ihr eurem vierbeinigen Freund zu verdanken«, gab Markus zurück. »Lass uns sehen, dass wir uns in Sicherheit bringen. Wer weiß, was noch geschieht.«

Inzwischen standen sie vor den Bootshäusern. Markus trieb zur Eile an. »Mir gehört ein Boot dort drinnen. Wir sollten hinausfahren, dort sind wir sicherer als im Bootshaus. Ich traue dieser Sache nicht und habe ein ungutes Gefühl.« Lucius hielt dies für eine gute Idee. Je weiter sie vom festen Boden wegkamen, desto sicherer würde es sein.

Markus' Boot verfügte über Platz für etwa 10 Personen. Es war nicht einfach, es nach draußen zu befördern, denn wer mithalf, wollte sich auch mit in Sicherheit bringen. So viele Menschen hatten Schutz gesucht, und unmöglich konnten sie alle mitnehmen. »Draußen sind noch Handelsschiffe!«, rief Lucius. »Die nehmen euch sicher mit nach draußen.«

Wieder andere riefen: »Nein, hier sind wir sicher. Wir gehen hier nicht raus!«

»Lass sie! Wir müssen sehen, dass wir hier wegkommen!«, trieb Markus zur Eile an. Sie hatten Diana ins Boot gelegt, und Apollo war bereits hineingesprungen. Sie waren keinen Moment zu früh im Wasser. Kaum hatten Lucius, Markus und fünf weitere Männer das Boot ins Wasser geschoben, erschütterte ein ohrenbetäubender Knall die Luft, wie von einer gewaltigen Explosion.

Panik brach aus, und die Menschen kreischten laut durcheinander. Viele drängten sich nach draußen, um zu sehen, was geschehen war. Und dann sahen sie es. Der Gipfel des Vesuvs war förmlich weggesprengt worden. Eine riesige Fontäne aus Geröll, Staub und Asche schoss in den Himmel hinauf.

»Er bricht aus! Der Vulkan bricht aus! Weg hier!«, riefen die Menschen im Boot durcheinander und ruderten, was die Kräfte hergaben. Sie wussten, binnen weniger Minuten würde die Druckwelle da sein, und die heißen und giftigen Gase würde niemand überleben. Durch ihre Todesangst getrieben, ruderten die sieben Männer weit und schnell hinaus. Das Boot schoss durchs Wasser wie ein Pfeil.

«Nicht zu glauben, dass Menschen eine solche Kraft entwickeln können, wenn sie um ihr Leben fürchten«, dachte Ron. »Ein Motorboot wäre nicht schneller.« Apollo hatte sich unter eine der Sitzbänke verkrochen und gab keinen Laut mehr von sich. Nur am nervösen Hecheln bemerkte man die

Angst des Tieres. Trotzdem ließ er Lucius und Diana nicht aus den Augen. Er musste sie unter allen Umständen beschützen.

Nur etwa hundert Meter vor ihnen konnten sie eines der Handelsschiffe sehen, die mit geblähten Segeln und schnellem Ruderschlag der Katastrophe davonfuhren. »Wenn wir dieses Schiff erreichen könnten, das wäre unsere Rettung!«, dachte Ron. »Die sind noch schneller als wir!« Apollo setzte sich auf und bellte laut in Richtung des Schiffes. Die Männer wurden schnell darauf aufmerksam, und gemeinsam riefen sie und winkten mit Händen und Kleidungsstücken.

Die Händler schienen sie zu hören und verlangsamten ihre Fahrt. Nochmals legten sich alle in die Ruder und gaben all ihre Kraft. Es ging um ihr Leben! Und wirklich, es dauerte nur wenige Minuten, bis sie das Schiff erreicht hatten. Der Kapitän beugte sich über die Reling.

»Bitte, nehmen Sie uns mit«, keuchte Lucius außer Atem. »Wir haben mit viel Glück das Erdbeben überlebt und möchten einfach nur fort. Unsere Häuser, alles, was wir besessen haben, liegt in Trümmern. Wir konnten nur unser Leben retten. Bitte, helfen Sie uns. Sie können uns im ersten Hafen wieder absetzen. Es ist uns egal, wohin wir kommen. Wir möchten nur weg von hier!« Der Kapitän ließ die sieben Männer, Diana und Apollo an Bord. Er hatte genug gesehen, um zu wissen, dass es sich hier um die wohl letzten Überlebenden von Pompeji handelte.

Als Lucius Diana an Bord getragen hatte, erwachte diese. »Was ist los?«, fragte sie verwirrt.

Lucius stand nur da, hielt Diana ganz fest und deutete auf den Vesuv. Fassungslos starrten beide auf das Bild, das sich ihnen bot. Die riesige Säule aus Asche, Glut und Lava, die in den Himmel geschossen war, hatte die Sonne verdunkelt. Es war finster wie in der Nacht, obwohl die Sonne noch hell am Himmel stand. Heißer Ascheregen fiel; wie Schnee legte er sich auf das Wasser, auf das Schiff und auf die gerade knapp dem Tod entronnenen Menschen auf dem Deck. Zwischendurch zischten Basaltbrocken durch die Luft, die zu gefährlichen Geschossen wurden. Auch wenn das Schiff mittlerweile einige Kilometer entfernt war, so war es doch noch nicht ganz außer Reichweite. Einige dieser Bröckchen durchschlugen die Segel und fielen auf die

Planken. Sie glühten, und eilig machten sich die Matrosen daran, entstehende Feuer sofort zu löschen.

Als die Eruptionssäule in sich zusammenfiel, hielt jeder Einzelne auf dem Schiff den Atem an. Eine unfassbare Menge an Lava und Schlamm ergoss sich zu beiden Seiten des Vulkans von oben herab kilometerweit über das Festland. Lucius, Diana, Markus und die übrigen Männer mussten mit ansehen, wie ihre Heimat in wenigen Sekunden ausgelöscht und vernichtet wurde. Die heiße Lavamasse deckte alles und jeden zu, als hätte es nie Leben in Pompeji gegeben. Wer zu diesem Zeitpunkt noch gelebt hatte, für den war nun alles zu spät. Niemand hätte jetzt noch gerettet werden können.

Diana barg sich schluchzend in Lucius Armen, und auch ihm liefen die Tränen übers Gesicht. Alles, wofür er je gelebt und gearbeitet hatte, war dahin. Sie hatten keine Heimat mehr; sie besaßen nur noch das, was sie am Leib trugen, und ihr Leben. Und all das hatten sie Apollo zu verdanken, der dicht an sie gedrückt neben ihnen saß und leise winselte. Auch er schien zu begreifen, wie knapp sie der Katastrophe entkommen waren.

Ron wischte sich innerlich den Schweiß von der Stirn. Er war fix und fertig. Noch nie hatte er hautnah eine Naturkatastrophe miterlebt, die über ein mittleres Hochwasser hinausgegangen war! Seine Machtlosigkeit, als er mit ansehen musste, wie Hunderte, ja Tausende von Menschen innerhalb von Sekunden ihr Leben verloren, hatte ihn tief erschüttert. Umso mehr freute es ihn, dass diese Handvoll Menschen hier auf dem Deck überlebt hatte. Dank ihm. Und dank des Hundes, den er für so nutzlos gehalten hatte! »Und wieder einmal hast du recht gehabt«, murmelte Ron einen leisen Dank nach oben. Und er wartete. Würde er jetzt springen? Seine Aufgabe war doch gelöst! Die beiden Menschen und sogar noch fünf weitere waren in Sicherheit. Oder noch nicht? So sehr er auch darauf hoffte, das ersehnte Gefühl stellte sich nicht ein. Er schien noch bleiben zu müssen. Aber warum?

»Vielleicht soll ich einfach wie beim letzten Mal erfahren, wie die Geschichte ausgeht?«, fragte sich Ron. »Nun, das Schlimmste haben wir überstanden, denke ich. Wenn jetzt nicht noch das Schiff untergeht, möchte ich schon wissen, was die beiden nun mit ihrem Leben anfangen.«

Die Reise führte sie nach Griechenland, nach Piräus. Dort legte das Handelsschiff an. Lucius und Diana hatten beschlossen, dort von Bord zu gehen, um den Seefahrern, die sie dankenswerterweise aufgenommen hatten, nicht weiter zur Last zu fallen. Es würde egal sein, wo sie waren. Hauptsache, sie waren zusammen. Nach Hause konnten sie nicht mehr zurück, denn sie hatten keines mehr. Nun galt es, ein neues Heim zu finden, sich eine neue Existenz aufzubauen.

Staubig, mit zerrissener Kleidung und zahlreichen Schürf- und Brandwunden wankten sie von Deck. Lucius stützte seine Frau, der von ihrer Kopfverletzung immer noch leicht schwindlig wurde, und Apollo schien ebenfalls froh zu sein, wieder festen Boden unter seinen Pfoten zu haben. Er schüttelte sich kräftig und sah dann abwartend zu seinem Herrchen auf.

Ron war einigermaßen ratlos. Was sollten sie jetzt tun, wohin sollen sie sich wenden? Sie brauchten Arbeit, Kleidung, Nahrung und vor allem ein Dach über dem Kopf. »Wo bleibt das Rote Kreuz, wenn man es mal braucht?«, schimpfte er.

Lucius stand am Kai und hielt seine Diana ganz fest. »Am besten wird sein, wir gehen zum Stadtverwalter. Vielleicht kann er uns irgendwo notdürftig unterbringen und versorgen. Du brauchst erst einmal Ruhe, mein Schatz, damit du wieder auf die Beine kommst. Dann werden wir weitersehen. Ich bin nicht dumm und nicht ungeschickt, also wird es hoffentlich nicht zu schwer werden, Arbeit zu finden. Komm, mein Schatz, wir fragen uns durch.«

Das war aber gar nicht notwendig. Die gelandeten Händler hatten aufgeregt von der Katastrophe am Vesuv berichtet, und man war bereits auf die beiden Flüchtlinge aufmerksam geworden. Lucius, der die griechische Sprache recht gut verstehen konnte, da er Verwandte in Griechenland hatte, folgte den Menschen, die ihnen gestenreich zu verstehen gaben, dass sie mitkommen sollten.

Man brachte die beiden in ein Haus nahe dem Hafengelände. Es war alt und stand zurzeit leer, da es renovierungsbedürftig war. Die ehemaligen Bewohner waren ausgezogen und hatten keinen Käufer gefunden. Daher war das Haus in keinem guten Zustand. Nun, für dieses mittellose Pärchen würde es jedoch vorerst ausreichen. Das sah auch Lucius so, der seine Sprachkenntnisse zusammenkratzte und sich herzlich bei den Helfern bedankte. Mehrere Frauen hatten in der Zwischenzeit Lebensmittel zusammengetragen und brachten Kleidung.

Eine Frau hatte sich Dianas Verletzungen angenommen und wusch behutsam die Kopfwunde, Gesicht und Hände aus. Langsam sah Diana wieder menschlich aus, und ihre rosige Haut kam unter all dem Staub, dem Blut und der Asche wieder zum Vorschein. Dann war Lucius an der Reihe, der zum Glück nur einige oberflächliche Verletzungen hatte.

Während sich die Frauen um die beiden Überlebenden kümmerten und sie wuschen und neu einkleideten, brachten einige Männer einzelne Möbelstücke, die sie entbehren konnten, Kissen und Decken, damit niemand zu frieren brauchte. Gerührt bedankte sich Lucius tausendmal für die Hilfe und Gastfreundschaft, als die vielen Helfer sie verließen, und erntete abwinkendes Lachen. Das war doch selbstverständlich!

Diana war erschöpft auf ihrem Strohsack eingeschlafen. All die neuen Eindrücke und ihre Kopfschmerzen hatten sie müde werden lassen. Nun sammelte sie neue Kräfte, denn die würde sie in den kommenden Tagen brauchen. Sorgsam deckte Lucius sie zu und lächelte. Als Erstes würde er ihr die Sprache beibringen.

Er schob und rückte die Möbelstücke zurecht, so gut er konnte, und richtete ihr neues Heim so gut wie nur möglich ein. Zum Überleben würde es reichen, und alles Weitere kam von selbst, wenn er nur eine Arbeit bekam. Gleich morgen würde er sich danach erkundigen. Inzwischen war die Nacht hereingebrochen, und Lucius schmiegte sich an Diana. Er fiel augenblicklich in tiefen Schlaf und merkte nicht einmal mehr, wie Apollo an ihn heranrückte, um ihn zu wärmen.

Ron hatte ungläubig mitverfolgt, wie herzlich die beiden aufgenommen worden waren. Ohne große Umschweife hatte man sich um die dringendsten Dinge gekümmert und dafür gesorgt, dass es weder an Obdach, noch an Kleidung und Lebensmitteln fehlte. »Also, unser Katastrophenschutz ist ja schon gut, aber so schnell wären sie bei uns nicht gewesen«, stellte Ron fest. »Und vor allem nicht so gut gelaunt!« Ron war sich beinahe sicher, dass auch in den kommenden Tagen jederzeit jemand nach den beiden sehen würde, um sich zu versichern, dass alles in Ordnung war. »Gut«, konstatierte er »jetzt ist sichergestellt, dass die zwei durchkommen und für sie gesorgt ist. Das wäre doch die Gelegenheit, meinen Fell tragenden Freund zu verlassen!« Aber nichts passierte. Wie es aussah, musste Ron diese Nacht noch hier verbringen. So versuchte er zu schlafen. Auch er würde all seine Kräfte brauchen können. Wenn er auch nicht wusste, wozu.

Am nächsten Tag erwachte Lucius nach Sonnenaufgang, während Diana noch tief und fest schlief. Zärtlich betrachtete er sie. »Komm wieder zu Kräften, mein Liebling«, dachte er und zog die Decke höher. Als er sich vom Lager erhob, blinzelte sie. »Bleib ruhig liegen, mein Schatz«, meinte Lucius und gab ihr einen Kuss auf die Stirn. »Ich sehe mich ein wenig um. Vielleicht finde ich ja jemanden, der mir Arbeit besorgen kann. Nachher essen wir dann gemeinsam.« Diana brummte zustimmend und war schon wieder eingeschlafen.

»Komm mit, Apollo!«, rief Lucius, und der Hund sprang auf, um ihm zu folgen. Schwanzwedelnd lief er nach draußen und schaute sich neugierig um, die Nase immer fest am Boden. Lucius schaute sich in der näheren Umgebung des Hafens nach einer Bäckerei um. Gerne würde er seinen Beruf auch hier ausüben, denn er machte ihm nach wie vor große Freude, und es ließ sich gutes Geld damit verdienen.

Einige Seitengassen weiter wurde er fündig. Mit Herzklopfen betrat er die Backstube, wo ein weißhaariger, braungebrannter Grieche, der schon ein hohes Alter erreicht hatte, am Backofen stand und gerade frisch gebackenes Brot herauszog. Lucius grüßte freundlich. »Was führt dich zu mir, junger Mann?«, fragte der Bäcker und schlug seine Hände gegeneinander, dass es vor Mehl staubte.

»Ich suche Arbeit«, erklärte Lucius dem aufmerksam horchenden Alten in stockendem Griechisch. »Meine Frau und ich sind gestern hierher gebracht worden, von Pompeji aus. Dort hat es eine große Katastrophe gegeben, und es steht kein Stein mehr auf dem anderen. Wir haben alles verloren, was wir hatten, und haben mit viel Glück überlebt. Hier haben wir durch die Hilfe vieler lieber Menschen eine Unterkunft und das Nötigste zum Leben erhalten. Jetzt suche ich Arbeit. In meiner Heimat war ich Bäcker, und so dachte ich, ich frage nach, ob hier Hilfe gebraucht wird.«

Bedauernd schüttelte der Alte den Kopf. »Tut mir leid, mein Freund. Ich habe selbst nicht viel zu tun und könnte dich nicht beschäftigen. Versuche es bei jemand anderem. Du findest bestimmt Arbeit. Du bist ja noch jung und tüchtig.«

Enttäuscht bedankte sich Lucius und verließ die Backstube. Na, es wäre ja auch zu schön gewesen, gestand er sich selbst ein. Er war schon dankbar, dass er sich keine Sorgen mehr um eine Unterkunft machen musste, und die Lebensmittel würden auch noch eine Zeit lang reichen. Bis dahin würde er sicherlich eine Arbeit gefunden haben.

Er pfiff nach Apollo, der erfreut mit ihm weiterlief. Aber wo er auch fragte, Lucius hatte heute kein Glück. Geknickt machte er sich auf den Heimweg. Er hatte Hunger, und er machte sich Sorgen um Diana. Also ging er schnellen Schrittes zum Hafengelände zurück. Dort beobachtete er, wie die Schiffe abgeladen wurden. Einem Impuls folgend, sprach er den nächstbesten Kapitän an, ob er behilflich sein könnte. »Gern, mein Jungchen«, mümmelte dieser hinter seiner Pfeife hervor, »je schneller mein Schiff leer ist, desto schneller kann ich weiter. Zeit ist Drachme.« Also schnappte sich Lucius einen Sack und eine Kiste nach der anderen. Er brauchte nur den übrigen zu folgen und die Waren im Lagerhaus unterzubringen. Als die bestellten Waren ausgeladen waren, drückte der Kapitän jedem Helfer einige Drachmen in die Hand.

So erhielt auch Lucius seinen Anteil. Froh lief er die Planke hinunter und rief nach Apollo. Der kam aufgeregt aus dem Lagerhaus geschossen und winselte und jaulte. Er zog Lucius an seiner Tunika und gab nicht eher Ruhe, bis Lucius mitkam. »Was ist denn los, mein Großer?«, keuchte Lucius neugierig und außer Atem von der schweren Arbeit. Schnell lief er dem Hund hinterher, der ihn ins Lagerhaus führte.

»Was hat denn der Hund nur?«, fragte sich auch Ron, der so mehr oder weniger noch geschlafen und von dem Morgenspaziergang nicht viel mitbekommen hatte. Nun war er plötzlich hellwach, als seine Nase Blut und Angstschweiß vernahm und er Hilferufe hörte. Zusammen mit Lucius kam er im Lagerhaus an und schnupperte. Er versuchte, die Hilferufe zu orten und raste auf seinen vier Pfoten durch die riesige Lagerhalle. Lucius lief hinterher, so schnell er konnte. Dann sah er die Bescherung. Ein altes Holzregal, das bis unter das Dach reichte, war zusammengebrochen und hatte einen der Helfer unter sich begraben. Apollo bellte aufgeregt und zerrte am Bein des Verschütteten. Lucius hob einen Sack nach dem anderen aus dem Weg und räumte die Trümmer der Bretter beiseite, um an den Verletzten heranzukommen.

Da bekam er plötzlich ungeahnte Gesellschaft. Ein weiterer Hund war an der Unglücksstelle aufgetaucht und zerrte nun seinerseits an der Tunika des Verschütteten. Apollo und der fremde Hund schnupperten und bellten und riefen durch ihren Lärm weitere Helfer herbei. So hatte Lucius zusammen mit vier weiteren Männern den jungen Mann bald geborgen. Er hatte wohl mehrere Knochenbrüche davongetragen und war bewusstlos. Mit vereinten Kräften trugen ihn die Männer zum nächsten Heiler, der sich um den Verunglückten kümmerte. Für das Honorar legten sie zusammen. Jeder konnte einmal in eine Notlage kommen, und da sollte es nicht am Geld scheitern müssen.

»Wem gehört denn der Hund?«, fragte Lucius, als sie den Heiler verließen und auseinandergingen. »Das ist ein Streuner«, bekam er zur Antwort. »Der treibt sich immer am Hafen herum und hofft, dass ihm einer etwas Essbares hinwirft.«

Apollo schien sich mit dem Streuner gut zu verstehen, der das genaue Gegenteil von ihm zu sein schien: klein, schwarz und wuschelig. Er sah sie ausgelassen miteinander spielen. Zu Hause angekommen, sahen ihn zwei Hundeaugenpaare bittend an. Seufzend öffnete Lucius die Tür, und die beiden Vierbeiner stürmten ins Haus hinein. Gemeinsam weckten sie Diana. Diese staunte nicht schlecht, als ihr plötzlich zwei Hundezungen durchs

Gesicht fuhren. »Ich bin gespannt, wie du mir das erklärst«, meinte sie müde, reckte sich und rieb sich die Augen.

Bei einem ausgedehnten Frühstück erzählte Lucius von den Ereignissen dieses Morgens und von den Heldentaten der beiden Hunde, die zusammen ein Menschenleben gerettet hatten.

»Es wundert mich«, gab Lucius zu. »Ich hätte nicht gedacht, dass Apollo das noch einmal fertigbringt, vor allem bei einem Menschen, den er nicht einmal kennt. Und dieser kleine Streuner hier hat es ihm gleichgetan. Ob jeder Hund eine so gute Spürnase hat? Vielleicht sollten wir das mal beobachten.«

»Was meinst du damit?«, fragte Diana. »Das weiß ich jetzt noch nicht. Fest steht nur, dass keiner uns jemals gefunden hätte, wenn Apollo nicht gewesen wäre. Und der arme Kerl im Lagerhaus hätte wohl nicht überlebt ohne unsere beiden Helden.« Nachdenklich betrachtete er die Hunde zu seinen Füßen. Dann fiel ihm noch etwas ein. »Ich war heute auch ein Held! Ich habe zwar keine Arbeit gefunden, aber ich habe Geld für uns bekommen, weil ich am Hafen ausgeholfen habe.«

Stolz zeigte er die Drachmen, die er für seine Hilfsdienste erhalten hatte. »Es ist zwar nicht viel, aber wenn ich jeden Tag zum Hafen hinübergehe und Glück habe, könnte es zum Leben reichen, bis ich eine feste Anstellung gefunden habe.«

»Es ist besser als nichts«, stellte Diana richtig fest und küsste Lucius auf die Nasenspitze. »Ich bin so froh, dass du dich so gut hier zurechtfindest. Ich komme mir noch ein wenig verloren und hilflos vor«, gestand sie leise. »Du kümmerst dich jetzt erst einmal darum, deine Gehirnerschütterung und die Prellungen, die du dir mitgebracht hast, auszukurieren. Anschließend kannst du ja unser Haus einrichten, und die Hunde brauchen auch jemand, der sich um sie sorgt. Ich werde schon das nötige Geld für uns verdienen. Mach dir keine Sorgen«, tröstete Lucius seine Frau. »In der Zwischenzeit bringe ich dir die Sprache bei, dann fällt dir das Einkaufen und der Kontakt zu unseren Mitmenschen leichter. Bald schon findest du hier Freundinnen, und dann wirst du dich nicht mehr einsam fühlen, während ich weg bin. Ich bin sicher, es wird alles gut werden.« Zuversichtlich nahm Lucius Diana in den Arm und hielt sie ganz fest.

»Und was machen wir nun mit dem Hund?«, fragte Diana, als sie sich wieder losgelassen hatten. Apollo hatte sich mit dem Streuner in einen Winkel des Zimmers verzogen, wo sie sich balgten und spielten. »Wie es aussieht, hat Apollo ihn adoptiert.«

»Sie«, berichtete Lucius, der zu den beiden hinübergegangen war und nun stürmisch begrüßt wurde. »Es ist ein Hundemädchen.«

»Da du eben sowieso schon von ‚den Hunden‘ gesprochen hast, gehe ich davon aus, dass wir sie behalten?«

»Sie geben doch ein hübsches Paar ab. Genau wie wir beide«, grinste Lucius. »Und wie soll sie heißen?«, fragte Diana und überlegte. »Hmm. Da für uns jetzt sozusagen die griechischen Götter zuständig sind, sollten wir passend zu Apollo, der noch ein Römer ist, einen griechischen Namen wählen.« Nach kurzer Bedenkzeit rief sie: »Ich hab's! Wir nennen sie Maia! Das ist zwar keine große Gottheit, aber immerhin die Tochter von Atlas, der den Himmel trägt. Und es hört sich gut an. Was meinst du?«

»Maia klingt gut.« Lucius wuschelte dem Hund durchs Fell. »Hörst du? Von jetzt an heißt du Maia!« Die Hündin legte den Kopf schief und sah ihr neues Herrchen aufmerksam an. Dann bellte sie zustimmend. »Siehst du, sie ist einverstanden«, freute sich Diana. Apollo und Maia gaben ihr schweifwedelnd Recht.

»Toll, eine Spielgefährtin«, freute sich Ron sarkastisch. »Nur für den Fall, dass ich ewig hier bleiben muss. Dann habe ich wenigstens Gesellschaft. Ob die mich hier vergessen haben? Was um alles in der Welt muss denn noch passieren? So langsam müsste ich doch nun allen geholfen haben. Oder soll ich hier mein Soll an Menschenrettungen im Voraus abarbeiten? Wenn ich dadurch nonstop ins Paradies springe, dann immer nur her damit!« Doch ihm war klar, dass dies wohl eher nicht funktionieren würde. Auf irgendetwas wollte man mit ihm hinaus. Aber was das sein würde, war Ron schleierhafter als je zuvor.

Die Tage vergingen langsam. Diana erholte sich von ihren Verletzungen, und mithilfe ihres Mannes erlernte sie die griechische Sprache. Was sie anfangs gemeinsam erledigten, traute sie sich bald schon selbst zu: einkaufen auf dem Markt, nach einem Weg fragen, einfaches Geplauder mit den Nachbarn. Jeder hier war gastfreundlich und überaus hilfsbereit, nicht nur, weil die Kunde des Untergangs von Pompeji mittlerweile jeden in Athen erreicht und berührt hatte. Auch Lucius und Diana waren erschüttert, als sie erfuhren, dass es nicht nur in Pompeji, sondern auch in Herkulaneum und Stabiae keine Überlebenden dieses 24. August 79 gegeben hatte. Selbst der große Gelehrte Plinius der Ältere war den tödlichen Gasen des Vesuvs zum Opfer gefallen, als er mit seinem Schiff zur Rettung herbeigeeilt war.

Lucius hielt seine kleine Familie mit Gelegenheitsarbeiten über Wasser. Beinahe jeden Tag erkundigte er sich nach Arbeit, und man versprach, an ihn zu denken, sollte eine Stelle für ihn frei werden. Dann, acht Wochen nach ihrer Ankunft, klopfte es an ihre Tür. Ein junger Mann um die dreißig stand davor. »Bist du Lucius von Pompeji?«, fragte er. »Ja, der bin ich«, erwiderte Lucius und bat den Mann herein. Irgendwo hatte er ihn schon einmal gesehen.

»Ich bin Darius. Mein Vater ist Alexander, der Bäcker«, stellte der Besucher sich vor und setzte sich auf den angebotenen Platz. »Was führt dich hierher?«, fragte Lucius verwundert. Alexander war der erste Bäcker gewesen, den er um Arbeit gefragt hatte. Der alte, weißhaarige Grieche. »Es wird deinem Vater doch nichts geschehen sein?«, meinte er besorgt. »Nein, so ist es nicht«, sagte Darius und fuhr fort: »Meinem Vater geht es gut. Aber das Alter macht ihm mittlerweile doch mehr zu schaffen, als er es zugeben möchte, und er lässt dich fragen, ob du nicht bei ihm anfangen möchtest. Du hast einen vertrauenserweckenden Eindruck gemacht, und er möchte es einmal mit dir versuchen. Du verstehst vielleicht, wenn ich dir sage, dass ich die Bäckerei nicht übernehmen kann. Mein Beruf ist der Handel, nicht das Handwerk. Mein Vater bietet dir sein Geschäft an, sobald er selbst nicht mehr imstande ist, es führen zu können. Sonst müsste es geschlossen werden, und du hättest noch immer keine Arbeit.«

Lucius traute seinen Ohren nicht. »Wann kann ich anfangen?«, fragte er, bemüht, sich seine Aufregung nicht anmerken zu lassen. »Gleich morgen früh«, meinte Darius, stand auf und reichte Lucius die Hand. »Das ist eine gute Gelegenheit für dich, deine Zukunft hier zu sichern. Gib dir Mühe!«

»Das werde ich tun!«, versprach Lucius aufrichtig. Als Darius die Tür hinter sich geschlossen hatte, fielen Lucius und Diana einander jubelnd in die Arme.

Von diesem Tag an ging es aufwärts. Lucius ging wieder völlig in seinem Beruf auf und war glücklich. Er verdiente gutes Geld, von dem er mit Diana sehr gut leben konnte. Schon nach wenigen Tagen hatte er Alexander von seiner Arbeit überzeugt, und es dauerte nicht lange, da hatte er das Geschäft praktisch schon übernommen. Nur ab und zu sah der alte Bäcker noch nach dem Rechten. Aber mehr und mehr lernte er die Zeiten der Ruhe und der Entspannung schätzen und zog sich zurück.

Diana kümmerte sich um die Gestaltung und Renovierung des Hauses. Was sie allein nicht schaffte, machte sie mit ihrem Mann gemeinsam. Ab und zu griff auch ein Nachbar hilfreich mit an, sodass sich das alte Haus mehr und mehr in ein Schmuckstück verwandelte, das wieder vollauf bewohnbar und gemütlich war. Mittlerweile fühlte sich Diana rundum wohl in Athen, und nur manchmal noch vermisste sie die alte Heimat. Aber diese Momente der Melancholie währten nie lange. Heimat war für sie dort, wo Lucius war.

Auch die beiden Hunde fühlten sich wohl und mochten sich; so sehr, dass Diana eines Tages feststellte, dass Maia trächtig war. »Du kleiner Schlingel«, schimpfte sie Apollo zärtlich aus. »Selbst noch ein halber Welpe, und dann Vater werden!« Zusammen mit Lucius freute sie sich über den angekündigten Nachwuchs, zumal auch sie selbst die leise Hoffnung hatte, Mutterfreuden entgegenzusehen.

Ron ärgerte sich. Endlich war einmal etwas Aufregendes passiert, und er hatte es nicht mitbekommen! Es schien ihm, als habe der Hund ihn im richtigen, oder eher falschen (!) Moment einfach ausgeblendet. »Mensch! Das bisschen Sex hättest du mir doch gönnen können! Hey! Ich bin tot! Lass mir doch wenigstens das Gefühl, lebendig zu sein!«, maulte er beleidigt. Das würde er nie verzeihen! Wem auch immer!

Nach acht Wochen war es dann soweit. Maia bekam ihre Jungen. Diana, mittlerweile selbst schwanger und von Lucius auf Händen getragen, war froh, dass ihr Mann gerade von der Arbeit zurückgekehrt war. So konnten sie das große Ereignis zusammen erleben. Hechelnd lag Maia in ihrer Schlafecke. Tapfer brachte sie einen Welpen nach dem anderen zur Welt, bis es am Ende sechs kleine Hundebabys waren, die blind und klebrig an ihren Zitzen lagen und bereits zu saugen begannen.

Zärtlich legte Lucius den Arm um Diana. »Schaffst du das auch?«, fragte er neckisch. »Sechs auf einmal?«

»Untersteh dich«, lachte Diana. »Eins reicht für den Anfang!«

Die kommenden Tage und Wochen waren anstrengend, aber herrlich, fand Diana. Da es ihr selbst sehr gut ging, machte es ihr viel Spaß, sich um die kleinen Hunde zu kümmern, die nun ihre Augen geöffnet hatten und begannen, ihre Welt zu erkunden. Zusammen mit ihrem Mann hatte sie immer viel zu lachen, wenn die kleinen schwarzen und weißen Fellknäuel herumtapsten und sich spielerisch neckten. Sie hatte den Männchen nach dem Vater römische und den Weibchen griechische Namen gegeben. So tummelten sich Janus, Pluto und Jupiter neben Hera, Artemis und Athene.

Große Aufregung gab es, als Janus einmal in einem unbeobachteten Augenblick durch die Tür entwischte, um Lucius zu suchen. Dieser stand nichts ahnend in der Backstube, als der kleine Welpe plötzlich zur Tür hereinspaziert kam und stolz auf ihn zustürmte, um ihm die Hand zu lecken. »Wie hast du mich nur gefunden?«, fragte ihn Lucius verwundert und hielt sich den freudequietschenden Hund vors Gesicht, wo dieser mit seiner rosa Zunge seine Nasenspitze zu erreichen suchte.

Von da an ließ ihm ein Gedanke keine Ruhe mehr. Er teilte Diana seine Idee mit, die Hunde zum Suchen auszubilden. »Solange es für die Hunde ein Spiel ist, habe ich nichts dagegen«, meinte sie. Sie begann ihrerseits damit, Spielzeug zu verstecken und die Hunde suchen zu lassen, oder vergrub kleine Leckereien, die die Hundekinder mit spielerischer Leichtigkeit aufspürten. Artemis machte dabei ihrem Namen alle Ehre; auf der »Jagd« nach dem Futter war sie es, die die meiste Beute machte. Den Nachbarskindern machte es viel Freude, mit den Hunden Verstecken zu spielen. Es dauerte nicht lange, und sie kannten sich gegenseitig mit Namen. Noch war weder Lucius noch Diana der praktische Nutzen klar, bis eines Tages in der Nachbarschaft ein Feuer ausbrach.

Das Haus einer mehrköpfigen Familie stand lichterloh in Flammen. In heller Aufregung retteten die Anwohner, was zu retten war. Dann plötzlich, ein Schrei. Die dreifache Mutter, die sich gerade eben hatte aus dem Haus retten können, rief nach ihrem kleinsten Sohn. »Leander! Mein kleiner Junge! Er ist noch da drinnen!«, kreischte sie panisch und wollte zurück in das brennende Haus. Mit vereinten Kräften hielten die Nachbarn sie zurück. »Das schaffst du nicht! Die Mauern stürzen gleich ein!«, riefen sie durcheinander.

»Wartet«, rief Diana. »Wir haben noch eine Möglichkeit!« Sie war gerade mit ihren Hunden von einem Spaziergang zurückgekommen und hatte die Lage sofort erfasst. Jetzt ließ sie alle acht Hunde von den Leinen. »Wo ist Leander? Sucht das Kind!«, befahl sie den Hunden, die sie aufmerksam ansahen und dann losliefen. Sie wussten, wer Leander war, denn er hatte schon viel mit ihnen gespielt. Immer hatten die Tiere von dem sechsjährigen Jungen eine leckere Belohnung bekommen, wenn sie ihn gefunden hatten. So etwas vergaß kein Hund! Mutig lief Apollo voraus, zwischen den durcheinanderlaufenden, Wasser schleppenden und löschenden Menschen hindurch, hinein in das brennende Haus.

Ron wusste nicht, wie ihm geschah. Er hatte beinahe Hochachtung vor dem Hund, der so mutig in das brennende Gebäude lief. Nun kam es drauf an! Seine Nase wurde empfindlich durch den Rauch des Feuers gestört, aber er konnte Kinderweinen hören! Auch seine Kinder liefen unbeirrt dem Geräusch hinterher. Wie im Spiel bahnten sie sich ihren Weg über Balken und Steine, wichen herabfallenden Mauerbrocken und züngelnden Flammen aus, und in Sekundenschnelle hatten sie trotz des dichten Qualms und der Hitze des Feuers das Kind gefunden. Sie bellten laut, alle zusammen, und einige mutige Männer kamen herein und trugen den verängstigten Jungen sicher auf ihren Armen hinaus. Die Hunde tapsten und sprangen stolz hinterher. Keiner hatte sich auch nur das Fell angesengt, lediglich Jupiter qualmte etwas hinter den Ohren. Maia lief aufgeregt um ihre Jungen herum und leckte sie ab, froh, sie wieder alle bei sich zu haben. Und den Menschen ging es ebenso. Alle husteten und hatten tränende Augen, auch Brandblasen, aber all das war unwichtig. Leander lebte, und es ging ihm gut. Seine Angst hatte er in den Armen seiner Mutter schnell vergessen, die sich gar nicht mehr fassen konnte vor Freude und den Jungen beinahe in ihren Freudentränen ertränkte. Alles lobte und streichelte die Hunde und konnte sich gar nicht genug über ihren Mut und die feinen Nasen und Ohren wundern.

In diesem Moment hatte Ron eine Vision. Er sah verschiedene Hunde, die in Schnee und Feuer, in Lawinen und Geröll nach Menschen suchten und sie fanden, zu allen kommenden Zeiten, erst vereinzelt, dann professionell ausgebildet als ganze Hundestaffeln. Er, Ron, war der Urvater aller kommenden Such- und Rettungshunde geworden. Durch ihn war man auf dieses Talent aller Hunde aufmerksam geworden, und durch ihn würden hunderte und tausende Menschenleben gerettet.

In dem Augenblick, als er das begriff, sprang er.

5

England, 1190 n. Chr.

Diesmal schien die Weiterreise endlos zu dauern. »Alles ist mir egal, solange ich diesen Hund los bin!«, dachte sich Ron, der blitzschnell durch die Zeit wirbelte. Als der Sog nachließ, erkannte er vor sich eine junge Frau von etwa sechzehn Jahren mit langem, kastanienbraunen Haar und blauen Augen, in die er hineinsprang.

Es dauerte eine Weile, bis sich Ron´s Geist an seinen neuen Aufenthaltsort gewöhnt hatte. Nach seiner Verschmelzung mit dem Hund war er beinahe überrascht, wieder normale Gedanken empfangen und normal sehen, hören und riechen zu können. Er hatte fast schon vergessen, wie sich das anfühlte. Sofort konnte er auf das Gedächtnis des Mädchens zugreifen und tat dies auch voll brennender Neugier. So hatte er innerhalb kurzer Zeit ausfindig gemacht, dass der Name seiner Gastgeberin Lady Vivien war. In wenigen Tagen würde sie siebzehn Jahre alt werden.

»Na, das ist doch mal etwas anderes!«, freute sich Ron. »Ein hübsches, junges Mädchen, kein Feuer weit und breit, keine explodierenden Berge und zusammenstürzende Häuser und vor allem keine Hunde! Hier bleibe ich!« Er blickte sich um. Wo mochte er wohl gelandet sein?

Vivien saß auf einer großen Wiese, direkt am Ufer eines Flusses, der sich breit und in der Sonne glitzernd seinen Weg durch die Landschaft bahnte. Nur einige hundert Meter entfernt stand eine Burg. Viviens Erinnerungen entnahm Ron, dass diese Burg ihr Zuhause war. Er forschte weiter nach dem Namen der Burg, und er wurde fündig: Newark Castle. Sie stand in Newark-on-Trent, was ihm gleichzeitig die Frage nach dem Namen des Flusses ersparte. Das wäre für ihn sowieso zweitrangig gewesen, aber gut zu wissen allemal.

»Ich habe ja nie viel Ahnung von Geografie gehabt, aber so wie es aussieht, hat es mich hier nach England verschlagen«, stellte Ron fest. »Jetzt würde mich nur noch das Jahr interessieren. Für den Anfang würde mir ja sogar das Jahrhundert reichen. Ich habe so die böse Ahnung, dass ich hier im finstersten Mittelalter stecke!«

Er blickte an dem Mädchen herab. Lady Vivien trug ein fast bodenlanges, weit ausgeschnittenes, tailliertes, langärmeliges Kleid aus dunkelgrünem Samt, das ihre schlanke Figur wunderbar betonte und gut zu ihrem Haar passte. Der Samt war weich und glänzend und mit Seidenfäden bestickt, die einige Nuancen heller waren und sich elegant vom Stoff abhoben. Die wenige Haut, die nicht von Samt bedeckt war, schimmerte milchweiß und makellos. Die schmalen Füße steckten in handgeflochtenen Sandalen aus weichem, dunkelbraunem Leder. Eine Kette aus Bernsteinen schmiegte sich um ihren Hals und fing das Licht und die Wärme der Sonne ein.

»Arm scheint sie nicht zu sein, die Süße«, dachte sich Ron. »Ich wüsste gerne, welcher Leute Kind sie ist. Ich schätze mal, das werde ich wohl in Kürze herausfinden. Vor allem aber interessiert mich brennend, wo ihr Problem liegt. Hat man in dem Alter eigentlich schon Probleme?« Er erinnerte sich an Miriam und nahm die Frage zurück. Die hatte wirklich in Schwierigkeiten gesteckt, das musste Ron zugeben. Aber dieses Mädchen hier? Jung, gesund, gut angezogen? Was konnte solch einer Frau Sorgen bereiten? Oder wer? Von ihm mal ganz abgesehen, falls sie jemals herausfände, dass er da war ...

Zum Zeitpunkt seiner Ankunft hatte Vivien in der Sonne gelegen und gelesen. »Gebildet ist sie also auch! Wenn ich mich recht erinnere, hat das Lesen damals nicht gerade zum Standardwissen einer Frau gehört«, staunte Ron. Er wurde immer neugieriger, aus welchem Grund es ihn gerade hierher verschlagen hatte. Um nicht zu sagen, er brannte geradezu darauf, diesem Rätsel auf den Grund zu gehen.

Vivien hatte ihr Buch zur Seite gelegt, als sich ein junger Mann mit langem, blondem Haar dem Flussufer näherte. Ihre Augen begannen zu strahlen. »Aha«, grinste Ron in sich hinein.

Je näher der Mann kam, desto besser erkannte Ron, dass er ausgesprochen gut aussehend war: hochgewachsen, kräftig, in einer gepflegten, dunkelbraunen Tunika, die mit einer gestickten Bordüre versehen war und von einem Ledergürtel gehalten wurde. Ein hellbrauner Umhang aus leichtem Tuch fiel ihm um die Schultern, und die Messingschließe glänzte in der Sonne. »Sein Bart erinnert mich an D'Artagnan von den drei Musketieren. Sieht ausgesprochen gut aus«, fand Ron. »Die Lady hat einen guten Geschmack.«

Vivien hatte sich aus dem Gras erhoben und errötete leicht, als der junge Mann sie mit einem Handkuss begrüßte. »Lady Vivien, wie immer strahlt Euer Lächeln heller als die Sonne.«

»Sir Cedric, Ihr schmeichelt mir. Wenn die Sonne so scheint wie am heutigen Tag, kann meine Wenigkeit sie nicht übertreffen.«

»Und doch ist ein Glanz in Euren Augen, den selbst Sonne und Mond nicht besitzen. Mylady, darf ich Euch auf Eurem Weg zur Burg mein Geleit anbieten?«

»Es wäre mir eine Freude«, erwiderte Vivien mit Herzklopfen (wie Ron amüsiert feststellte), und umfasste den Arm, den ihr Sir Cedric galant anbot. So schritten sie Seite an Seite den steinigen Weg zur Burg zurück.

»Ich danke Euch«, sagte Vivien, als sie am Eingang zum Turm ankamen, in dem sie ihre Gemächer hatte. »Es war mir eine Ehre«, meinte Cedric und verbeugte sich leicht. »Nichts macht meinen Tag schöner als Eure Gesellschaft.« Nochmals ergriff er die Hand der Lady und berührte sie leicht mit seinen Lippen. Dabei sah er ihr tief in die Augen. Vivien durchlief ein wohliger Schauer, und sie wünschte sich, er würde sie niemals mehr loslassen.

»Da bahnt sich wohl was an!«, mutmaßte Ron, denn er konnte auch in den Augen des Ritters die Zuneigung erkennen, mit der er die junge Frau betrachtete. »Geben auch ein hübsches Paar ab, die beiden. Ob ich zur Hochzeit bleiben darf?«

»Dort kommt mein Vater«, flüsterte Vivien erschrocken, und augenblicklich ließ Sir Cedric ihre Hand los. »Ich gehe nun besser meiner Wege, Mylady. Vielen Dank, dass Ihr mir die Freude Eurer Gegenwart geschenkt habt.«

»Ich habe für Eure Begleitung zu danken, Sir Cedric.« Sie schenkte dem jungen Ritter ein letztes Lächeln, ehe sie die Tür zum Burgturm hinter sich schloss und in ihre Kemenate hinaufstieg.

»Ok. Ich habe da so eine leise Ahnung, wo hier der Hund begraben liegt. Papi scheint von dem Ritter nicht viel zu halten, sonst hätte der jetzt nicht so schnell die Flucht ergriffen. Na, prima. Von solchen Dingen habe ich ja jetzt gerade mal gar keine Ahnung. Warum brauchen die ausgerechnet mich als Heiratsvermittler?«, beschwerte sich Ron. Das konnte ja heiter werden!

Oben im Turm hatte Vivien sich ans Fenster gesetzt und widmete sich ihrer Stickerei. Verträumt ließ sie von Zeit zu Zeit die Nadel sinken und verlor sich in Gedanken an den jungen Ritter, der ihr so höflich und charmant den Hof machte. »Ob er mich wohl liebt?«, fragte sie sich und seufzte tief. Sie liebte ihn, das war ihr schon seit einiger Zeit klar geworden. Allerdings befürchtete sie, dass die Liebe zu einem einfachen Ritter keine Zukunft haben konnte. Ihr Vater, so wusste sie, hatte andere Pläne mit ihr, Pläne, die an den Hof von Richard Löwenherz gerichtet waren. Als Tochter des Grafen von Newark hatte sie aufgrund ihrer Herkunft und Bildung die Möglichkeit, Edelmänner reinsten Geblütes als Ehemann zu gewinnen. So würden auch Ansehen, Ehre und vor allem Reichtum und Einfluss ihres eigenen Vaters beträchtlich zunehmen. Ihr Vater war schon immer ehrgeizig gewesen, und Lady Vivien befürchtete, als Mittel zum Zweck benutzt zu werden. So war es in ihren Kreisen üblich. Liebesheiraten kamen so gut wie nie vor und wurden auch selten gebilligt. Was zählte, waren Geld und Ländereien.

Vivien wusste, sie würde froh sein können, wenn sie keinem alten oder gar grausamen Mann versprochen wurde. Ihre Cousine Margret hatte in dieser Beziehung ein schweres Los gezogen. Ihr Mann war mehr als doppelt so alt wie sie, und wenn er sie nicht völlig links liegen ließ, schlug er sie. Als ihr erstes Kind ein Mädchen geworden war, hatte es des Eingreifens von vier Rittern bedurft, den rasenden Ehemann daran zu hindern, das Baby mit dem Kopf gegen die Burgmauer zu schlagen. Glücklicherweise war das nächste Kind ein Junge, sodass die Erbfolge gesichert war. Und damit auch Margrets Leben. Es ging das Gerücht, dass der Dolch, mit dem er seine Frau getötet hätte, schon in seinem Stiefel gesteckt hatte, als der Graf ans Kindbett trat.

Entsetzt schloss Vivien die Augen, als sie sich diese Begebenheit ins Gedächtnis rief. »Alles, nur das nicht!«, betete sie stumm. »Allmächtiger, wenn

Du mich hörst, bewahre mich vor einer solchen Ehe.« Wieder schweiften ihre Gedanken ab zu Sir Cedric. Er würde sie sicherlich auf Händen tragen! Wie schön wäre es, wenn … Ein Klopfen an ihre Zimmertür riss sie jäh aus ihren Gedanken. Die Tür ging auf, und ihr Vater trat ein.

»Da bist du ja, mein Liebes. Ich möchte dir etwas mitteilen.« Graf Edward von Newark war ein großer, stämmiger Mann von dreiundvierzig Jahren. Sein Auftreten flößte Respekt ein, denn seine Mimik und seine Haltung strahlten Überlegenheit aus. In seinem Leben war es ihm noch immer gelungen, seinen Willen durchzusetzen, und man sah ihm an, dass er wusste, was er wollte und auch, wie er es bekam. Seinen edlen Stand unterstrich er gerne durch ausgesuchte Kleidung. So trug er auch heute ein Wams aus pfauenblauem Samt, und seine Beinkleider waren aus goldgelber Seide gefertigt. Seinen Kopf bedeckte ein ebenfalls goldgelbes Barett, und eine mächtige goldene Halskette rundete das Bild des standesbewussten Edelmannes ab.

Vivien kannte ihren Vater zu gut, um nicht zu wissen, dass die Mitteilung, die ihr Vater ihr machen würde, schon beschlossene Sache war, egal, um was es sich handelte. So legte sie artig ihr Stickereitambour zur Seite und sah ihren Vater aufmerksam an. »Was habt Ihr mir zu sagen, Vater?«

»Ich habe die große Freude, dir mitzuteilen, dass du ab heute mit dem Grafen Henry von Lincoln verlobt bist. An deinem siebzehnten Geburtstag in vier Wochen wirst du mit ihm vermählt. Der Bischof von Lincoln wird euch trauen. Ich weiß, die Verlobungszeit ist kurz, aber sie ist sowieso nur Formsache. Henry wird der ideale Ehemann für dich sein. Und er hat hervorragende Beziehungen zum Bischof und dem englischen Klerus, bis hin zum Heiligen Vater. Seine Ländereien sind sagenhaft, und sein Reichtum geht ins Unermessliche. Es wird dir an nichts fehlen, mein Täubchen.« Stolz sah Graf Edward von Newark seine Tochter an.

Vivien war blass geworden und versuchte krampfhaft, Haltung zu bewahren. Was sie soeben noch befürchtet hatte, war nun eingetreten. »Wie … wie alt ist Graf Henry?«, fragte sie mühsam beherrscht. Von dem legendären Reichtum des Grafen hatte sie schon gehört, sie wusste aber auch, dass er auf seiner Burg eher gefürchtet als geachtet wurde.

»Er ist nur lächerliche zweiundzwanzig Jahre älter als du. Das macht in unserer Zeit und in unseren Kreisen nichts aus, Vivien. Er wird dich glücklich machen und gut versorgen, das ist alles, was ich will. Und du wirst ihn auch glücklich machen, hörst du? Ich verlange von dir, dass du ihm eine gute und gehorsame Ehefrau bist.« Streng sah Edward seine Tochter an. Er kannte sie und wusste, dass sie stur und eigensinnig werden konnte, wenn ihr etwas nicht gefiel. Schließlich war sie die Tochter ihres Vaters …

Als ihr Vater die Tür hinter sich schloss, war es Vivien, als bräche der Boden unter ihren Füßen weg. Schwach stand sie auf und ließ sich auf ihr Bett fallen, aus Angst, sich auf ihrem Hocker nicht mehr halten zu können. Heiße Tränen schossen ihr in die Augen. Sie hatte Angst vor dieser Zukunft im goldenen Käfig, mit viel Geld und kostbaren Kleidern, aber ohne Wärme und Zärtlichkeit.

»Na wunderbar, da haben wir den Salat«, seufzte Ron. »Ich komme mir vor wie in einer mittelalterlichen Daily-Soap. Lady liebt Ritter und wird einem anderen Mann versprochen, den sie weder kennt noch will. Und nun soll ich darüber entscheiden, ob die Story tragisch endet oder mit Happy End? Da habt ihr ja mal wieder genau den Richtigen erwischt! Ich konnte doch noch nie schreiben!!! Dieses Drehbuch gefällt mir nicht! Kann ich es ablehnen?«

Er ertappte sich, wie er in Gedanken nach einer Antwort horchte. Manchmal bekam er ja eine! Aber diesmal blieb sie aus. Er musste wohl allein weitersehen. Und er musste das tun, was er zu Lebzeiten immer vermeiden wollte: Verantwortung für eine Entscheidung übernehmen, die das Leben eines Menschen grundlegend veränderte; verantwortlich sein für Glück oder Unglück, Sein oder Nichtsein eines anderen Menschen. Er hatte es nicht einmal geschafft, für sich selbst verantwortlich zu sein. Aber dann schuld sein am Unglück eines anderen? Das war das Letzte, was er wollte. Ron begann zu grübeln, was nun wohl zu tun sei. Er hatte eine ganze Nacht Zeit dazu, und so dachte sein Geist nach, während Vivien sich in den Schlaf weinte.

Abgesehen von der verfahrenen Situation machte Ron sich noch um eine andere Sache Sorgen. Ihm war etwas aufgefallen. Er hatte versucht, Vivien zu trösten, als diese nun im Bett lag und sich die Augen ausweinte, und hatte ihr Mut zugesprochen und beruhigende Worte. Doch er hätte genauso gut gegen eine Wand sprechen können. Irgendwie schien ihn das Mädchen nicht wahrnehmen zu können.

»Wie um alles in der Welt soll ich ihr denn helfen, wenn ich hier drinnen sitze und sie mich nicht mal hören kann? Sie weiß ja gar nicht, dass ich da bin! Zwar kann ich auf ihr Gedächtnis und ihr Wissen zugreifen, aber nicht auf ihre Gefühle, und schon gar nicht auf ihre Gedanken. Ihre Handlungen kann ich auch nicht beeinflussen. Es ist, als ob ich für sie gar nicht existiere! Wie soll ich denn so irgendetwas ändern können?« Ron grübelte und grübelte, aber er kam zu keinem Ergebnis. Er sah keine Alternative mehr. Sie sah ihn nicht, sie hörte ihn nicht, sie fühlte ihn nicht, sie wusste nicht, dass es ihn überhaupt gab. Da hatte er ja den Hund besser unter Kontrolle gehabt! Ron fühlte sich in diesem Körper gefangen, in dem es für ihn gar keine Handlungsmöglichkeiten gab. Es war, als sei er gelähmt, stumm und taub, alles auf einmal. Nur sehen konnte er. Er sah die Schwierigkeiten kommen und konnte nicht einmal davor warnen. Nicht einmal in der Stunde seines eigenen Todes hatte er sich so hilflos gefühlt. Da hatte er wenigstens etwas tun können. Auch wenn es falsch gewesen war, was er tat. Mittlerweile hatte er diese Lektion wirklich begriffen. Es war ein Fehler gewesen, was er gemacht hatte. Aber er hatte es tun können!

Es war vermessen, so zu denken, und Ron scheute auch vor dem Gedanken zurück, aber musste Gott selbst sich nicht auch manchmal so fühlen? Wenn er in einem Menschen wohnte, der nichts von ihm wissen wollte, ja, nicht einmal ahnte, dass er da war? Dabei hätte Gott ja die Macht, einzugreifen, wenn es hart auf hart käme. Aber da war diese Sache mit dem freien Willen des Menschen und dass dieser sein Leben selbst in die Hand nehmen durfte. Ron verstand nicht, wie Gott sich so zurückhalten konnte. Er hätte es nicht geschafft. Doch Gott liebte die Menschen so sehr, war so groß, dass er ihren Willen in allem respektierte. Auch wenn dies bedeutete, dass man ihn verleugnete und seine guten Pläne, die er für jeden einzelnen Menschen hatte, oftmals ins Gegenteil verkehrt wurden. Das sollte einmal ein Mensch begreifen! Dazu hätte man wirklich allwissend sein müssen …

Eine weitere Frage drängte sich Ron auf: Wenn er nicht eingreifen und die Situation verändern konnte, wie sollte er dann jemals wieder hier herauskommen??? Er würde auf ewig hier festsitzen, wenn das Mädchen nicht auf ihn reagierte!

Diese Erkenntnis traf Ron mit der Wucht eines frisch gefüllten Sandsacks mitten in den Magen seines Geistes. Was nun?

Am nächsten Morgen erwachte Vivien mit rot geweinten Augen. Sie hatte kaum geschlafen und war von wirren Träumen über ihren zukünftigen Mann gequält worden. So fühlte sie sich wie gerädert. Mary, ihre frühere Kinderfrau, kam herein, als sie gerade aus dem Bett aufgestanden war, um ihr beim Ankleiden zu helfen. Sie war seit der Kindheit Viviens engste Vertraute und stand ihr näher als ihre Mutter. Ihr genügte ein Blick, um zu sehen, dass ihr Liebling Kummer hatte.

»Mylady, was ist Euch denn geschehen?«, fragte sie und nahm das Mädchen in die Arme, als sich dessen Augen erneut mit Tränen füllten. Schluchzend barg sich Vivien an der weichen Brust ihrer Gouvernante. Sie allein konnte noch Verständnis für sie haben. Zu ihrer Mutter konnte sie nicht gehen. Die war ihrem Vater hörig, wie alle auf dieser Burg. Die rundliche, kleine, resolute alte Mary war die einzige Frau des ganzen Gesindes, die es wagte, gegen eine Entscheidung des Grafen anzugehen, wenn sie glaubte, es sei nicht das Beste für alle Beteiligten. Vivien liebte Mary aus tiefstem Herzen, und Mary hatte in ihr immer so etwas wie eine Tochter gesehen.

»Mary, ich möchte niemals siebzehn werden«, weinte Vivien. »Aber warum denn nicht, mein Herz?« Tröstend fuhr Mary dem Mädchen über das Haar und ließ ihr Zeit, sich wieder zu beruhigen. Sie setzten sich auf die Bettkante, und Vivien erzählte, was ihr Vater ihr gestern Abend eröffnet hatte. »Mein Täubchen, seid nicht so verzweifelt. Ihr kennt diesen Grafen Henry doch noch gar nicht. Sicher ist er gar nicht so schlimm, wie Ihr es Euch jetzt vorstellt. Und er wird gut für Euch sorgen können. Ihr seid so liebreizend, dass er sicherlich hingerissen von Euch ist. Lasst ihm und Euch erst einmal die Zeit, einander kennenzulernen.«

»Ach, Mary, vielleicht hast du ja Recht. Aber weißt du, ich … ich, liebe doch schon jemanden!«

So, jetzt war es heraus, das Geheimnis, das Vivien seit vielen Wochen in ihrem Herzen getragen hatte. Dementsprechend überrascht schaute die Kinderfrau sie an. »Aber davon habt Ihr ja nie etwas gesagt! Wer ist es denn? Heraus mit der Sprache!«, zwinkerte Mary ihr zu.

»Sir Cedric! Er ist so ... unglaublich nett und charmant und mutig! Er kommt oft zu mir, wenn ich draußen bin, und bietet mir seinen Schutz an. Ein echter, edler Ritter ist er. Und wenn er mich ansieht, Mary, dann ist mir, als stürze die Welt um mich herum zusammen. Ich bin mir beinahe sicher, dass er mich auch liebt. Seine Blicke sprechen Bände, und sie lösen dieses Kribbeln in mir aus, weißt du, Mary? Ich möchte ihn dann umarmen und nie wieder loslassen.« Vivien war ins Schwärmen geraten und hatte darüber beinahe ihren Kummer vergessen.

Die alte Kinderfrau lächelte. Sie konnte Lady Vivien verstehen. Es gab keine Frau auf dieser Burg und den Burgen der Umgebung, die nicht für Sir Cedric schwärmte. Doch bisher hatte dieser noch keine Frau erhört. Sollte es mit ihrer Vivien anders sein? Sie, Mary, würde jedenfalls ein Auge auf ihn haben. Keiner sollte ihrem Herzblatt wehtun! Es war schon schlimm genug, was ihr eigener Vater ihr antat. Mary war klar, dass Graf Edward niemals einen einfachen Ritter als Gemahl seiner Tochter akzeptieren würde, mochte er noch so edel sein.

Beim gemeinsamen Frühstück teilte Graf Edward seiner Familie mit, dass er anlässlich der Verlobung und der bevorstehenden Hochzeit eine Einladung an Graf Henry von Lincoln ausgesprochen hatte. »Er wird am morgigen Mittag hier eintreffen. Dann hast du Zeit, deinen zukünftigen Ehemann kennenzulernen, Vivien. Dies ist ein Privileg, das nicht alle Frauen bekommen. Bedenke, dass deine Cousine Margret ihren Mann erst vor dem Traualtar gesehen hat.«
»Ja«, dachte Vivien traurig, »sonst hätte sie wohl niemals ‚ja' gesagt.« Sie bemühte sich um einen erfreuten Gesichtsausdruck. »Das habt Ihr trefflich eingerichtet, Vater«, sagte sie und bat in Gedanken Gott für ihre Lüge um Vergebung. »Ich weiß«, lächelte Graf Edward. »Zur Feier der Verlobung werden wir ein Turnier ausrichten, damit für gute Unterhaltung gesorgt wird. Du wirst ein neues Kleid bekommen. Der Schneider ist für heute Vormittag

bestellt. Er wird die Maße nehmen und das Kleid bis zum Sonntag angefertigt haben. Du wirst es am Sonntag in der Messe und nachmittags zum Turnier tragen. Graf Henry soll sehen, welch zauberhafte Frau er bekommt.« Selbstzufrieden lehnte Edward sich in seinem Stuhl zurück. In Gedanken sah er sich schon als guten Vertrauten des Bischofs von Lincoln, und in seinen kühnsten Träumen ging er am Königshof ein und aus, von allen hofiert und geachtet.

Wie angekündigt, traf der Schneider bald darauf ein, und Vivien verbrachte einen ermüdenden Vormittag damit, sich hin und her schieben und vermessen zu lassen. Dann wurden Stoffmuster gewälzt und Bordüren ausgesucht. Das neue Kleid würde aus schimmerndem Atlas in leuchtendem Kupfer gefertigt werden, mit einem durchsichtigen Schleier in der gleichen Farbe, der über das lange Haar fallen und unterhalb des Rückens enden würde. Der Schnitt betonte die schlanke Taille und die frauliche Figur der jungen Braut. Spitzen und Perlenstickerei würden die elegante Erscheinung vollenden.

Vivien fühlte sich, als solle sie als Geschenk verpackt werden. Wie alle Frauen liebte sie schöne Kleider, doch hätte sie sich für dieses einen anderen Anlass gewünscht. Als der Schneider endlich die Burg verlassen hatte, sagte Vivien: »Ich danke Euch, Vater, dass Ihr mir bei der Auswahl zur Seite gestanden habt. Doch nun plagen mich Kopfschmerzen. Ich möchte vor dem Mittagsmahl noch ein wenig an die frische Luft gehen. Danach wird es mir wohl besser ergehen. Wenn Ihr erlaubt?«

Graf Edward nickte, und Vivien eilte die Treppe ihres Turmes herab. Sie konnte es kaum erwarten, nach draußen zu kommen. In den Mauern der Burg schien sie zu ersticken.

Sie eilte über den Burghof. Zwei Bedienstete öffneten ihr sogleich das Tor, und sie lief hinaus auf die Wiesen, zum Fluss hinab, an die Stelle unter der Trauerweide, die sie am meisten liebte. Dort setzte sie sich ins Gras, an die Weide gelehnt, und blickte auf das munter dahinfließende Wasser, das den blauen Himmel spiegelte.

Auch Ron kam jetzt allmählich wieder zu Atem. Fasziniert hatte er den Auftrieb verfolgt, dem Vivien den ganzen Vormittag lang ausgesetzt gewesen war. »Und ich habe geglaubt, zu meiner Zeit sei es anstrengend, mit einer Frau Klamotten auszusuchen. Im Kaufhaus hängen sie wenigstens fix und fertig an der Stange! Hier muss erst ein komplettes Komitee beratschlagen, wie Farbe, Schnitt und Verzierungen auszusehen haben. Du lieber Himmel, das wäre mir zu viel Stress!« Spaßeshalber hatte er zwischendurch einmal versucht, seine Meinung über Farbe und Stoff zu äußern, um Vivien damit zu beeinflussen, aber seine Bemühungen waren fruchtlos geblieben. Null Reaktion. Er kam sich vor wie ein Geist. Verdammt, er war ja auch einer! Aber nur ein Witz, der Abklatsch eines Geistes! Er hätte in diesem alten Gemäuer nicht mal spuken können!

Frustriert starrte er synchron mit Vivien in das Wasser des Flusses. Er war am Ende mit seinem Latein. Was sollte er denn noch versuchen? Ihm fiel nichts mehr ein.

»Seid gegrüßt, Mylady!« Erschrocken drehte Vivian sich um. Sie hatte die Huftritte nicht gehört, die von der Burg her näher gekommen waren. Sir Cedric stand neben ihr, sein Pferd am Zügel; ein stolzer, schwarzer Rappe mit feurigem Temperament, wenn es darauf ankam, aber an der Hand seines Herrn sanft wie ein Lamm. »Vergebt mir, dass ich Euch erschreckt habe. Ich dachte, Ihr hört mich kommen, doch Ihr wart so in Gedanken versunken«, entschuldigte sich der junge Ritter. Er band die Zügel seines Pferdes um einen Ast der alten Weide und gesellte sich zu Vivien. »Darf ich mich zu Euch setzen, Mylady? Oder möchtet Ihr lieber allein sein? Mir scheint, Ihr habt Kummer. Kann ich Euch meine bescheidene Hilfe anbieten? Solch ein wunderschönes Antlitz durch Sorgenfalten entstellt zu sehen, ist mehr, als ich verkraften kann.« Betont übertrieben versuchte Cedric, Vivien zum Lachen zu bringen. Und wirklich, ein Lächeln stahl sich auf ihr Gesicht. »Nun, so ist es schon viel besser. Möchtet Ihr mir Eure Sorgen anvertrauen? Oder bin ich dessen nicht würdig? Wenn Ihr es wünscht, werde ich Euch nicht weiter belästigen.«

Cedric ließ der jungen Frau Zeit, sich zu entscheiden. Er war von ihrem freundlichen Wesen und ihrer Schönheit so fasziniert, dass er sich eher einen Finger abgeschnitten hätte, als Ursache für Ärger oder Kummer zu sein. Sein Herz schlug schneller, als Vivien ihn ansah. »Nein, bitte bleibt«, bat sie leise.

»Zwar wollte ich allein sein, um meine Gedanken zu ordnen, doch nun bin ich froh um Eure Gesellschaft. Ich bin immer froh, wenn Ihr bei mir seid. Jede einzelne Minute mit Euch versüßt mir den Tag«, brach es aus ihr heraus. Sie sah ihn an und errötete.

»Soll es denn wirklich wahr sein, dass sie so empfindet, wie ich es tue?«, dachte sich Cedric mit klopfendem Herzen. Seine Ahnung wurde bestätigt, als Vivien ihre Hand auf die seine legte und ihm tief in die Augen sah. Und ehe beide wussten, wie ihnen geschah, hielten sie sich fest und küssten sich innig.

Als sie sich eine Ewigkeit später wieder voneinander lösten, hatte Vivien Tränen in den Augen. Es waren Tränen der Freude, denn genau so hatte sie es sich in ihren Träumen ausgemalt. Und es waren Tränen der Trauer, denn ihre Träume würden niemals wahr werden.

Bestürzt sah Cedric sie an. »Mylady, was habe ich getan? Ich erbitte Eure Verzeihung, wenn ich zu weit gegangen bin. Ich wollte Euch nicht zu nahe treten. Könnt Ihr mir vergeben?«

»Nein, Cedric, es ist nicht wegen Euch. Dies war der schönste Moment meines Lebens. Seit ich Euch kenne, liebe ich Euch. Nun wisst Ihr es. Es schickt sich wohl nicht für eine Edelfrau, dies zuzugeben, doch ich kann nicht anders. Mein Herz spräche ja doch immer die Wahrheit, wenn meine Lippen auch anderes sagten. Ihr seid der Ritter meines Herzens, Sir Cedric, und ich gäbe alles darum, wenn Ihr mein Gemahl werden könntet. Doch der Grund meiner Tränen ist der, dass mir mein Vater gestern eröffnet hat, dass ich nun mit Graf Henry von Lincoln verlobt bin. Ich soll ihn heiraten und habe ihn doch noch nie gesehen. Morgen kommt er hierher, um mich zu begutachten, wie eine Ware, bevor man sie kauft.« Vivien konnte nicht verhindern, dass ihr die Tränen über das Gesicht liefen. Erschüttert hielt Cedric ihre Hand. Er konnte nicht glauben, was er da hörte. Gerade schienen sich seine kühnsten Träume zu erfüllen, und im nächsten Augenblick lag alles in Trümmern.

»Mylady, ich wünschte, ich könnte Euch trösten. Vielleicht hilft es Euch, dass ich nicht ruhen werde, bis ich einen Ausweg gefunden habe. Ich liebe

Euch ebenfalls mehr, als ich es Euch sagen kann. Mein Herz und mein Schwert gehören Euch, Mylady. Im Turnier am Sonntag streite ich nur für Euch.«

»Ihr kämpft beim Turnier?«

»Natürlich. Der Herr Graf hat allen Rittern befohlen, für Eure Unterhaltung zu sorgen. Und für die Eures zukünftigen Gatten.«

»Ihr wusstet davon?«, fragte Vivien überrascht. »Nein. Ich wusste von dem Turnier, das ist wahr. Auch der Anlass war mir bekannt, doch war nur von einem Besucher gesprochen worden, nicht von einem zukünftigen Gatten für Euch.« Betrübt blickte Cedric zu Boden. »Ich will sehen, was ich tun kann, und ich werde alles tun, um Euch zu gewinnen! Doch nun muss ich gehen. Sie warten schon auf mich.« Noch einmal umarmten sich die beiden Liebenden und küssten sich mit aller Leidenschaft der Verzweiflung. Dann verließ der Ritter die Lady. Diese schöpfte wieder leise Hoffnung.

Im Burghof war reges Treiben ausgebrochen. Der Turnierplatz wurde hergerichtet. Dies erforderte viel Arbeit, denn schon seit Jahren hatte kein Turnier mehr auf Newark Castle stattgefunden. Die Reitbahn musste komplett neu angelegt werden, die Zuschauerplätze wurden gesäubert und der komplette Anstrich der Holzbänke und –balken sowie der Überdachung erneuert. Es würde knapp werden, doch bis Sonntag musste alles fertig sein. Das bedeutete noch zwei Tage Zeit.

Auch das Küchenpersonal hatte Schweißperlen auf der Stirn, jedoch nicht wegen der Hitze der Kochtöpfe. Diese würde noch früh genug kommen. Nein, der Burgherr hatte sie mit seinen Forderungen für seinen Besucher förmlich überrannt. Die feinsten und teuersten Lebensmittel mussten herbeigeschafft werden, in riesigen Mengen, schließlich durfte nichts ausgehen. So bestellte man edle Kapaunen, Tauben und Spanferkel, die edelsten Fische und das frischeste Obst und Gemüse. Viele verschiedene Sorten Brot wurden in größten Mengen gebacken, die edelsten Torten kreiert und verschiedene Süßspeisen angefertigt. Der Weinkeller wurde gesichtet und die Karaffen mit dem besten Wein gefüllt, der darin zu finden war. Und dies musste alles an einem einzigen Tag geschehen, da der Besucher am nächsten Tag eintreffen und zu Mittag mit ihnen speisen würde. Was vorbereitet werden konnte, wurde gemacht, und alle Hände wurden gebraucht. Alles und jedermann war in Bewegung. Vivien konnte sich nicht erinnern, das Personal jemals in solch einer Aufregung gesehen zu haben, und es tat ihr leid, dass sie der Anlass dazu war.

Ron hatte sich fasziniert das Hin- und Hergerenne, die Hektik und den Lärm betrachtet. Ein Bienenstock war ein Schlaflabor dagegen! Er mochte sich auch gar nicht ausmalen, welche Strafen diesen Menschen bevorstanden, sollte irgendetwas schiefgehen. Allein die Angst vor Folter hätte ihm auch Flügel verliehen! War die Angst vor Entlassung in seiner Zeit die schlimmste gewesen, hätte dies hier eine wahre Gnade bedeutet. »Bin ich froh, dass bei uns die Leibeigenschaft nicht mehr gebräuchlich ist«, dachte sich Ron. »Diesen Stress hält doch kein Mensch aus. Bei uns spricht man vom Burn-out-Syndrom, wenn's mal nicht mehr geht, und dann wird derjenige in Kur geschickt. Hier stürzen sie sich von der Burgmauer, und dann ist Sense.«

Vivien konnte die übertriebenen Aktivitäten nicht mehr ertragen. Sie wollte allein sein und zog sich in ihre Gemächer zurück. Vielleicht würde sie ein Buch auf andere Gedanken bringen. Sie griff zur Bibel. Wenn sie irgendwo Trost finden würde, dann darin.

Ron wünschte sich, auch er hätte die Aussicht auf Trost und Hilfe. Er hatte noch immer keinen blassen Schimmer, wie er aus seiner misslichen Lage jemals wieder rausfinden sollte. Jeder Kontaktversuch zu Vivien war bisher gescheitert, und Ron hatte keine Hoffnung mehr, dass es irgendwann einmal funktionieren könnte. Vorerst blieb ihm nichts weiter zu tun, als abzuwarten. Auf eine neue Idee vielleicht. Oder irgendeine Möglichkeit, die ihm bis jetzt noch verborgen geblieben war.

So brach der entscheidende Tag an. Die Burg erstrahlte in neuem Glanz, alles war sauber, ordentlich und penibel vorbereitet für den hohen Besuch. In der Küche schwitzten die Köche vor ihren Tiegeln und Töpfen, die Mägde richteten die Tafel, und der Burgherr schritt zwischen den einzelnen Räumen hin und her und kritisierte hier und bemängelte da. Nichts schien gut genug zu sein. Schließlich wollte er doch den besten Eindruck hinterlassen. Wo er hinausging, hinterließ er entnervte Bedienstete. Wie viele Mägde schon in Tränen ausgebrochen waren, ließ sich heute gar nicht mehr zählen. Niemals, so schien es, würde alles zu seiner Zufriedenheit sein.

Und dann war es schließlich soweit. Vivien hatte den Morgen wie in Trance verbracht, hatte mechanisch gefrühstückt, ohne zu wissen, was sie überhaupt aß, hatte sich in ein goldfarbenes Seidenkleid stecken und ihr Haar mit Perlenbändern schmücken lassen, und nun stand sie da, wunderschön, aber mit leerem Gesichtsausdruck. »Das ist die Aufregung, das geht vorbei«, sagte ihr Vater, als er zum hundertsten Mal an ihr vorüberging, und tätschelte ihr den Handrücken.

Endlich war in der Ferne Hufgetrappel zu hören, und am Horizont tauchte eine Kutsche auf, die sich gemächlich dem Eingang der Burg näherte. Das Tor wurde weit geöffnet, und die Bediensteten in ihren besten Kleidern standen Spalier, um den hohen Besucher zu empfangen und sogleich ihre Dienste anzubieten.

Der Kutscher hielt sein Gefährt mitten im Hof an, sprang eilig vom Kutschbock und öffnete den Schlag der Kutsche. Heraus stieg ein Mann von hoher, schlanker Gestalt, in dessen dunklem Haar sich schon die ersten grauen Strähnen zeigten. Seine Augen waren eisgrau und blickten entsprechend kalt. Seine Kleidung war exquisit und seinem hohen Stand angemessen. Er trug Hosen aus feinster dunkelroter Seide und ein hellbraunes Wams aus kostbarem Brokat. Seine Stiefel waren aus Leder mit Fellbesatz. Eine mächtige Goldkette, die einen edelsteinbesetzten Anhänger trug, schmückte seine Brust, und an dem Ringfinger seiner rechten Hand prangte ein Siegelring. Sein Reiseumhang war aus bester dunkelbrauner Wolle, mit reich besticktem Saum und einer großen, goldenen Spange als Verschluss, die, ebenfalls mit den edelsten Schmucksteinen verziert, in der Sonne gleißte.

Das Personal vergaß beinahe, das Gepäck entgegenzunehmen, so sehr faszinierte der offensichtliche Reichtum. Erst als Graf Edward mit wütendem Gesichtsausdruck in die Hände klatschte, beeilte man sich, die Kutsche auszuladen und anschließend an einen geeigneten Platz zu bringen. Auch die Pferde wollten versorgt werden. Der Stallknecht stand schon bereit, um die beiden edlen Tiere auszuspannen und in den Stall zu führen, wo er sie mit Stroh trocken reiben, füttern und tränken würde.

Inzwischen hatte sich Graf Henry prüfend umgesehen und schritt nun auf den Grafen von Newark Castle zu. Dieser streckte ihm die Hand entgegen und begrüßte seinen Besucher mit herzlichem Händedruck. »Ich bin über alle Maßen erfreut, Euch hier in meiner bescheidenen Burg begrüßen zu dürfen, Graf Henry von Lincoln. Es ehrt mich sehr, dass Ihr meiner Einladung Folge geleistet habt. Wir werden alles daran setzen, Euch ein unvergessliches Wochenende zu bescheren. Keinen noch so großen Aufwand haben wir gescheut, damit Ihr Euch bei uns wohl fühlt. Und Eure zukünftige Braut wartet schon ungeduldig auf Euch.«

»Mich ehrt Eure Einladung ebenso, Graf Edward von Newark, und ich bin sicher, ich werde mich hier wie zu Hause zu fühlen. So würde ich denn sagen, wir lassen Eure Tochter nicht mehr lange warten, denn auch ich gebe zu, ich möchte keine Zeit mehr verstreichen lassen. Eurer Beschreibung nach muss sie ein gar reizendes Geschöpf sein«, entgegnete Graf Henry förmlich.
Der Burgherr schritt stolz neben seinem Besucher über den Burghof, während die Bediensteten ihre Aufgaben so schnell und akkurat wie möglich erledigten. Es durften keine Fehler passieren, das war ihnen unter Androhung schmerzhafter Strafen eingeschärft worden.

Vivien stand vor Nervosität zitternd und mit eiskalten Händen neben dem Tor zur Eingangshalle. Gleich würde sie ihrem zukünftigen Ehemann gegenüberstehen. Schon sah sie ihren Vater mit dem Besucher näher kommen. Gestenreich redete er auf ihn ein; wie Vivien ihn kannte, wollte er ihn um jeden Preis beeindrucken und prahlte mit seinen Besitztümern und seinem zahlreichen Gesinde.

Das Mädchen zuckte zusammen, als sich plötzlich eine Hand auf ihre Schultern legte. Ihre Mutter, Lady Elisabeth, war hinter sie getreten. Auch sie war in ihr bestes Kleid gehüllt, einen Traum aus hellblauer Seide und Spitzen, das wunderbar zu ihrem langen, braunen, gelockten Haar passte. Sie trug Schmuck von beinah verschwenderischem Ausmaß: ein glänzendes Diadem thronte auf ihrem Kopf, ein glitzerndes Perlencollier zierte ihren Hals, und ein dazu passender Ring steckte an ihrem Finger. »Man sollte beinahe glauben, Ihr wärt die Braut«, flüsterte Vivien ihrer Mutter zu. »Gut seht Ihr aus, Mutter.«

»Du auch, mein Täubchen«, flüsterte Lady Elisabeth zurück und drückte ihrer Tochter kurz aufmunternd die Hand.

Mehr Worte konnten nicht gewechselt werden, da die beiden Edelmänner den Eingang zur Burg erreicht hatten. Mit einer weit ausholenden Geste stellte Graf Edward seine Tochter vor.

»Und dies ist sie, die junge Perle, die ich Euch versprochen habe und das schönste Mädchen, das die ganze Grafschaft zu bieten hat. Dies ist meine Tochter, Lady Vivien von Newark.«

Nervös knickste Vivien vor dem Besucher, der sich seinerseits mit einem eleganten Handkuss revanchierte. Seine eisgrauen Augen musterten sie durchdringend, und Vivien fühlte sich unbehaglich, als würde sie durchleuchtet.

»Na, wenn das der erste Eindruck war, dann ist er nicht besonders gut ausgefallen«, meinte Ron, der interessiert die Szene beobachtete und den Schauder beinahe körperlich gespürt hatte, den das junge Mädchen durchlief. Auch sein erster Eindruck war nicht der beste. Dieser Graf Henry schien ein eiskalter Widerling zu sein. Allein der Gedanke, dass dieses wunderschöne, zarte Mädchen mit diesem alten Mann das Bett teilen sollte, erschien Ron absurd. Sah denn außer ihm keiner, dass die beiden gar nicht zusammenpassten? Das sah doch ein Blinder! Wie konnte man einem grauhaarigen, steifen alten Knacker diese süße junge Frau anvertrauen? Das konnte doch nur zum Scheitern verurteilt sein. Aber hier schien es wohl ausschließlich ums Geld zu gehen. So, wie Graf Edward vom Glanz seines Besuchers sichtlich geblendet war, war ihm das Wohl seiner Tochter momentan absolut egal! Ron ahnte Furchtbares auf sich zukommen. Vor allem wurde die Lage nicht unbedingt besser, wenn er sich nicht endlich bemerkbar machen konnte! Für den Moment blieb ihm leider immer noch nichts anderes zu tun, als abzuwarten, wie sich die Geschichte weiter entwickelte.

Mittlerweile hatte die Grafenfamilie mit ihrem Besucher die Burg betreten. »Vivien, sei so gut, zeige doch Graf Henry, wo er nächtigen wird«, ordnete Graf Edward an. Je mehr die beiden Gelegenheit bekamen, sich kennenzulernen, desto besser, fand er. Seine Tochter machte einen reichlich befangenen Eindruck. Dies musste sich schnellstens ändern. Vielleicht brach das Eis ja, wenn niemand sonst dabei war. Nicht, dass es eine Rolle gespielt hätte. Die Hochzeit war beschlossene Sache. Aber letztendlich wäre es für alle Beteiligten das Beste, wenn das Paar sich gut verstünde.

Vivien wäre am liebsten geflohen. Stattdessen setzte sie ein fröhliches Gesicht auf und bat den Grafen, ihr zu folgen. »Die Burg ist ziemlich groß, und ich möchte nicht, dass Ihr Euch verlauft«, lächelte sie gezwungen. Sie führte ihn in den Ostflügel der Burg, wo dem Besucher ein ganzer Zimmertrakt zur Verfügung stand. Ab und zu blieb der Graf stehen, um einen wertvollen Wandbehang, eine kunstvoll gearbeitete Rüstung oder einen akkurat geschmiedeten Kerzenleuchter zu begutachten.

»Sicher vergleicht er jetzt unsere Besitztümer mit seinen eigenen und rechnet aus, was sie wert sind«, dachte sich Vivien angewidert. »Um etwas anderes geht es doch hier gar nicht.« Tatsächlich machte sich Graf Henry von Lincoln nicht einmal die Mühe, ein Gespräch mit seiner zukünftigen Frau anzufangen. Er bedankte sich lediglich mit einem Lächeln, als er die Tür zu seinen Gemächern hinter sich schloss, um sich vor dem Essen frisch zu machen. Vivien blieb, wie eine einfache Bedienstete, vor der Tür stehen und wartete.

»Sicherlich war das schon der Gipfel der Freundlichkeit«, mutmaßte Ron. Er empfand mittlerweile ziemlich starkes Mitleid mit der jungen Vivien. Solch einen Ehemann hatte sie wahrhaftig nicht verdient. Da war Sir Cedric aber eine ganz andere Partie! Nur halb so wohlhabend, aber dafür liebevoll. Er würde die junge Lady auf Händen tragen und anbeten, da war Ron sich sicher.

»Nein!«, entschloss er sich, »das kann ich einfach nicht zulassen! Ich kann nicht hier drinnen sitzen und mit ansehen, wie das Mädchen ins Unglück gestürzt wird. Ich kriege ihre Qual ja hautnah mit! Ich würde heulen, wenn ich mich so fühlen müsste wie sie! Das kannst du nicht zulassen!«, rief er nach oben. »Hilf mir doch, mich bemerkbar zu machen! Das kannst du ihr nicht antun. Sie hat doch nichts getan! Und ich kann nichts tun! Hallo? Hörst du mich???« Doch alles, was Ron hören konnte, war das Klopfen von

Viviens Herzen und ihre verzweifelten Gedanken, die sich allesamt um Flucht drehten.

Inzwischen war im Speisesaal die Tafel gedeckt worden, dass sich die Tische bogen. Die Köche hatten ihr Bestes gegeben, alles war gelungen und pünktlich fertig geworden. Nun wartete man nur noch darauf, dass der hohe Gast mit seiner zukünftigen Braut zusammen eintrat, nachdem er sich vom Reisestaub befreit und etwas erfrischt hatte. Es dauerte auch nicht lange, da trat Graf Henry frisch gewandet ein. Vivien folgte hinter ihm. Sie brachte es nicht übers Herz, Seite an Seite mit ihm aufzutreten, zumal Graf Henry daran ebenfalls kein Interesse zu haben schien. Er unterhielt sich, nachdem sie am Kopfende der Tafel Platz genommen hatten, vielmehr mit ihrem Vater, der ihm zur anderen Seite saß und sich nun seinerseits in ein Gespräch über verschiedene Wertgegenstände, die seinen Besucher beeindruckt zu haben schienen, einließ.

Lady Elisabeth bemerkte das Dilemma, in dem sich ihre Tochter befand, und nickte ihr tröstend zu. »Das wird schon noch«, schien sie sagen zu wollen. Aber Vivien glaubte schon jetzt nicht mehr daran. Was so miserabel anfing, konnte nicht mehr besser werden. Ihr Gefühl trog sie nur selten. Sie hätte viel darum gegeben, nun an der Seite des gutherzigen und charmanten Sir Cedric zu sitzen, statt sich neben diesem Grafen Henry zu Tode zu langweilen. Wenn er sie wenigstens ab und zu beachtet und vielleicht sogar ins Gespräch mit einbezogen hätte, so wäre sie durchaus bereit gewesen, ihre Meinung über ihn zu ändern. Aber dazu gab es während des gesamten Mahles keinerlei Anlass. Ebenso hätte sie unsichtbar sein können. »Und ungefähr ebenso viel werde ich nach meiner Hochzeit zu vermelden haben«, dachte sich Vivien traurig. Sie konnte es nicht glauben, dass ihrem Vater nicht einmal auffiel, wie wenig dieser Mann sich für sie interessierte. Die beiden gingen völlig in ihrem Gespräch über die Besitztümer und Wertgegenstände dieser Burg auf. Es schien, als müsse Henry, um ihrer habhaft werden zu können, die junge Frau wohl mit in Kauf nehmen. So schätzte Ron mittlerweile die Gedankengänge dieses Grafen ein. Und Vivien, wie er spürte, wohl ebenso.

»Vielleicht sollten die beiden Grafen ja heiraten«, dachte Ron zynisch. Voller Schrecken hatte er bemerkt, wie düster es mittlerweile in Vivien aussah. »Das artet ja schon beinahe in eine Depression aus. Durchaus verständlich, ich kann es buchstäblich nachfühlen.« Noch nie hatte er die Emotionen eines seiner Gastgeber so tief und deutlich mitempfunden, wie es bei Vivien der Fall war. Fast schien ihm, als fühle er selbst die Zurückweisung und Enttäuschung, und auch die Angst, die die Lady ausstand, aus erster Hand; als geschähe ihm das Unrecht, das das Mädchen innerlich zu verletzen drohte.

Als das Mittagsmahl zu Ende war, wusste Vivien nicht, wie sie die Zeit überstanden hatte. Keinem am Tisch war die Zurückweisung entgangen, die sie von ihrem zukünftigen Gatten hatte erdulden müssen, und so manch mitleidiger Blick hatte sie gestreift. Im Gegensatz zu dem Burgherrn war die Tochter bei Jung und Alt beliebt, weil sie für jeden ein freundliches Wort hatte. Einen solchen Ehemann hatte sie nicht verdient, das war nach dieser Begegnung die einhellige Meinung.

»Ein Glück, dass Cedric nicht dabei gewesen ist«, dachte Vivien, als sie vom Tisch aufstand, um den Speisesaal zu verlassen. »Diese Blamage ist mir gottlob erspart geblieben. Allein der Gedanke, neben diesem Scheusal zu sitzen und dann in Cedrics Augen nur Mitleid für mich zu sehen, während ich mich nach seiner Berührung sehne, ist grausam.«

Ohne, dass ihr Verschwinden wesentlich aufgefallen wäre, unterhielten sich Viviens Eltern weiter mit dem reichen Beinahe-Schwiegersohn, während Vivien sich nur noch nach der Ruhe und Geborgenheit ihrer Gemächer sehnte. In ihrem Turmzimmer angekommen, legte sie sich, angekleidet, wie sie war, auf ihr Bett und schloss die Augen. Tränen der Enttäuschung und der Angst brannten in ihr und rannen über ihr Gesicht, bis sie endlich in einen gnädigen Schlaf fiel.

Als die allgemeine Mittagsruhe verstrichen war, klopfte Viviens Vater an die Tür zu ihrer Kemenate. »Warum bist du so früh weggelaufen?«, fragte er sie ärgerlich, nachdem er eingetreten war. »Was macht das denn für einen Eindruck? Nicht ein Wort hast du zu ihm gesagt! Du hättest ihm ruhig etwas freundlicher begegnen können. Immerhin wird er dein Mann.«

»Ist ihm denn aufgefallen, dass ich weg war?«, fragte Vivien bitter. »Nicht ein einziges Mal hat er zu mir hergeschaut oder gar ein Wort an mich gerichtet, Vater! Mir war, als sei ich für ihn gar nicht vorhanden. Und über was hätte ich denn mit ihm sprechen sollen? Über alten Familienschmuck? Dieses Thema habt Ihr mit ihm doch erschöpfend behandelt. Es war das Einzige, was ihn interessiert hat. Ich war doch nur im Weg. Selbst als wir allein waren, war sein einziges Wort ein Dank dafür, dass ich ihm den Weg zu seinen Zimmern gezeigt habe. Dann hat er mich wie eine Dienstmagd draußen warten lassen! Was haltet Ihr davon, Vater? Ist das denn das passende Verhalten für einen Ehemann?« Mit aller Macht versuchte Vivien, ihre Tränen zu unterdrücken, die erneut in ihr aufstiegen.

»Du musst dir eben mehr Mühe geben, ihn für dich zu interessieren«, erwiderte ihr Vater barsch. »Wir werden nun einen Spaziergang über unsere Ländereien machen. Dann wirst du die Gelegenheit zu einem Gespräch mit ihm haben. Und enttäusch mich nicht wieder! Ein Verhalten wie heute Mittag werde ich nicht mehr billigen. Es gehört sich nicht für eine Frau, beleidigt in der Ecke zu sitzen, nur weil sie einmal nicht beachtet wird, und sich danach wortlos auf ihr Zimmer zu verziehen. Haben wir uns verstanden? Und nun wasche dein Gesicht und glätte dein Haar und dein Kleid, damit nicht dein unpassendes Aussehen das erste Gesprächsthema sein wird.«

Als sich die Tür hinter ihrem Vater schloss, saß Vivien da wie erstarrt. Dass ihr Vater so herzlos sein konnte, hätte sie ihm nicht zugetraut. Mit aller Kraft, die sie aufbringen konnte, beherrschte sie sich, um nicht wieder in Tränen auszubrechen, und gehorchte. Was blieb ihr auch anderes übrig? Doch innerlich war sie wie abgestorben. Als sei etwas Lebenswichtiges in ihr zerbrochen.

Kurze Zeit später betrat sie den Burghof, wo sich ihre Eltern schon mit ihrem Gast zum Spaziergang eingefunden hatten. Sie wusste nicht, wie sie es geschafft hatte, sich wieder herzurichten, ihr Haar zu kämmen und sich ein neues Kleid anzuziehen, und jetzt noch ein Lächeln aufzusetzen, als sei nie etwas geschehen. »Da bist du ja. Dann lasst uns nun losgehen, damit Ihr Euch ein Bild von unseren Ländereien machen könnt, Graf Henry. Immerhin müsst Ihr Euch hier auskennen, wenn Ihr zu Besuch hier herkommt. Und ich hoffe, dies wird recht oft der Fall sein«, sprach Graf Edward und setzte sich mit seinem Beinahe-Schwiegersohn in Bewegung. Vivien folgte mit ihrer Mutter in einigem Abstand.

Während sich ihr Vater mit Graf Henry offensichtlich gut unterhielt, herrschte zwischen Mutter und Tochter Schweigen. Lady Elisabeth war nicht entgangen, wie unglücklich ihre Tochter dreinschaute. Auch die Zurückweisung während des Essens hatte sie durchaus registriert. Ihr Gewissen rührte sich, wenn sie ihre Tochter ansah. Keinesfalls wollte sie, dass sie in ein Unglück lief. Doch gleichzeitig wusste sie, dass sie es nicht würde verhindern können. Dazu war ihr Mann viel zu durchsetzungsfähig. Niemand konnte sich gegen ihn behaupten, wenn er es nicht wollte. Und in diesem Fall war sie sicher, dass ihr Mann es nicht wollte. In seinen Augen war dieser Graf von Lincoln ein perfekter Schwiegersohn für seine Tochter, und für ihn war er die Eintrittskarte in die höheren Kreise.

Sie seufzte leise, als ihr ihre Hilflosigkeit klar wurde. Anscheinend war ihrer Tochter kein besseres Schicksal bestimmt, als es ihr selbst zugefallen war. Auch sie war von ihren Eltern praktisch an den Grafen von Newark verkauft worden, da ihre Familie verarmt war und Graf Edward genügend Geld und Ländereien besaß, um mit ihrer Tochter auch die Schwiegereltern vor dem Ruin zu bewahren. Nun war sie schon beinahe zwanzig Jahre lang mit einem Mann verheiratet, den sie mehr fürchtete als liebte, und an dem sie manchmal heute noch Charakterzüge wahrnahm, die ihr unbekannt waren, weil sie diesen Menschen nie mit Interesse kennengelernt hatte. Wie ein Tauschhandel war die Hochzeit verlaufen. Die Hochzeitsnacht hatte sie mit Angst und Schmerzen über sich ergehen lassen, und noch heute war sie froh, wenn Graf Edward sich lieber zugunsten einer Magd entschied, anstatt in ihr Bett zu kommen. Geliebt hatte sie diesen Mann nie, und sie würde es auch nie. Mittlerweile hatte sie sich damit abgefunden, dass ihr Leben leer und inhaltslos, aber vor allem lieblos vergehen würde. Der einzige Mensch, den sie je hatte lieben können, ging neben ihr und haderte mit seinem Schicksal.

»Vivien! Willst du nicht zu deinem Ehemann kommen und ihm die Schönheiten unseres Waldes und unserer Felder zeigen?«, rief ihr Vater das Mädchen zu sich. Vivien zuckte zusammen. Sie war in düstere Gedanken versunken gewesen und wusste erst gar nicht, wo sie überhaupt hingelaufen waren. Tapfer lächelnd beschleunigte sie ihre Schritte, bis sie mit ihrem Vater und Graf Henry gleichauf war. Graf Edward ließ sich etwas zurückfallen und beobachtete von hinten, wie seine Tochter sich verhielt.

Diese wusste erst gar nicht, wie sie das Gespräch beginnen sollte. Schließlich versuchte sie es mit einem Scherz. »Ich hoffe, Ihr seid gut zu Fuß, denn es gehören uns der Wald, den Ihr dort seht, und die Felder rundherum, so weit Ihr blicken könnt.«

»Ja, dies hat mir dein Vater schon erklärt.« Ohne weiter auf das Mädchen einzugehen, blickte Henry sich um und bewunderte die Landschaft. Vivien wagte einen weiteren Vorstoß. »Ihr habt Glück, denn heute ist das ideale Wetter, um durch unsere schöne Landschaft zu gehen. Es ist so schön, wenn die Sonne sich im Fluss spiegelt und ihn zum Glitzern bringt, und die Bäume im Wald Schattenbilder malen, wenn die Sonnenstrahlen zwischen den Blättern hindurchfallen. In ein paar Wochen, wenn die kalte Jahreszeit beginnt, ist es lange nicht mehr so beeindruckend.«

»Das glaube ich dir gerne«, meinte Henry geistesabwesend.

»Du lieber Gott, will er denn überhaupt nicht mit mir reden?«, fragte sich Vivien verzweifelt. »Ich komme überhaupt nicht an ihn heran. Was soll ich nur tun?«

Ron, der die Angst und die Verzweiflung des Mädchens aus erster Quelle mit bekam, hätte am liebsten laut geschrien. »So ein elendiges Arschloch ist mir noch nicht untergekommen!«, tobte er. »Der ist ja echt feinfühlig wie ein Amboss! Er könnte wenigstens so tun, als sei ihm an seiner zukünftigen Frau etwas gelegen. Aber nein, er gibt sich nicht die geringste Mühe! Wenn ich nur könnte, wie ich wollte, dem würde ich ihm gründlich eine auf die Fresse hauen!« Ron wusste gar nicht, wann er das letzte Mal so wütend gewesen war. Er fragte sich, ob vielleicht jetzt das Mädchen etwas von seiner Gegenwart merken würde, und horchte gespannt ins Innere. Aber da war nur Hilflosigkeit zu spüren und Angst, keinerlei Verwunderung. Mist.

Viel Sinn hatte sein Wutausbruch also nicht gemacht. Noch nicht einmal ihm selbst ging es besser, da er sich mehr denn je bewusst war, dass er immer noch keinen Weg gefunden hatte, im entscheidenden Moment eingreifen zu können. Vielleicht sollte er seine Energie besser darauf verwenden, eine Lösung dafür zu finden, als sie in Schimpfwörter zu investieren.

Vivien hatte inzwischen den Entschluss gefasst, ihren zukünftigen Ehemann mit Fragen aus der Reserve zu locken. Wenn er schon nichts von ihr wissen wollte, so konnte es ihr nichts schaden, möglichst viel über ihn herauszufinden. Doch auf ihre Fragen zu seiner Burg und wie es bei ihm aussah, wie viele Bedienstete er hatte, und welche Interessen er hatte, kamen nur einsilbige Antworten. So erfuhr Vivien zwar, dass seine Burg wohl ebenso groß wie die ihres Vaters war und auch die Zahl der Diener annähernd gleich hoch war, aber mehr als sein Interesse für alte Gegenstände und Schmuck gab Henry nicht preis. Und das hatte Vivien bereits allein herausgefunden. So verlief der Rückweg zur Burg ziemlich schweigsam. Als Vivien einmal den mutigen Versuch machte, Henry an der Hand zu nehmen, zog dieser sie unwillig weg. Dies schockte sie dann so, dass sie für den Rest der Zeit still und teilnahmslos neben ihm herlief. Sie schickte ein Dankgebet zum Himmel, als sie die Türme der Burg wieder erkennen konnte. In einer Viertelstunde würden sie wieder zu Hause sein, und sie hatte hoffentlich Gelegenheit, sich zurückzuziehen, bevor ihr zum Abendessen wohl ein weiteres Martyrium bevorstand.

Doch Graf Henry kam ihr zuvor und verabschiedete sich in seine Gemächer, um sich vor dem Abendessen noch etwas auszuruhen. »Schließlich bin ich nicht mehr der jüngste«, witzelte er, während ihm Graf Edward natürlich das Gegenteil versicherte. Das Mädchen würdigte er keines Blickes mehr.

»Na, wie gefällt dir dein Ehemann, mein Kind?«, fragte Graf Edward gut gelaunt, als Henry in den Ostflügel verschwunden war. »Ich weiß es nicht, Vater, denn ich konnte nichts Wesentliches über ihn in Erfahrung bringen. Er spricht nicht mit mir, und auf meine Fragen antwortet er nur das Nötigste. Mir scheint, ihn interessiert mehr das, was ich in die Ehe mitbringe, als die Tatsache, dass ich seine Ehefrau werde«, sagte Vivien rundheraus.

»Nun, du musst etwas Geduld mit ihm haben«, beschwichtigte ihr Vater sie. »Sicher meint er das nicht so. Er ist fremd hier, und alles ist neu. Natürlich interessiert er sich für alles, was er hier zu Gesicht bekommt. Er wird schon noch mit dir sprechen. Mir scheint, er ist etwas schüchtern. Er hat noch nie viel mit Frauen zu tun gehabt. Vielleicht ist er einfach unsicher und weiß nicht, wie er mit dir umgehen soll. Mach es ihm nicht so schwer, Liebes, und sei nicht abweisend zu ihm. Das wird schon werden. Gib ihm etwas Zeit.« Damit war für Edward das Gespräch beendet, und er machte sich auf den Weg in die Küche, um die Menüfolge für das kommende Abendessen zu besprechen.

Vivien konnte ihren Ohren nicht trauen. Er, Graf Henry, zu schüchtern? Sie, Vivien, zu abweisend? Das konnte doch wohl nur ein Witz sein! Hatte ihr Vater denn nicht bemerkt, wie Henry sie hatte abblitzen lassen, ganz gleich, was sie versuchte? Das durfte doch alles nicht wahr sein! Am Ende war sie es sogar noch schuld, wenn ihre Ehe nicht glückte?

Für einen Moment schien ihr der Boden unter den Füßen zu entgleiten, und Wellen der Hilflosigkeit und Angst überschwemmten sie erneut und brachen über ihr zusammen. Sie sah mit Grauen einem Schicksal entgegen, dem sie nicht entrinnen konnte. Niemand konnte sie retten. Ihr Leben war vorbei. Jetzt. Mit sechzehn. Sie würde so enden wie ihre Mutter, und niemanden würde es kümmern.

Vivien sehnte sich mit aller Macht des Herzens nach einer liebevollen Umarmung, nach jemandem, der ihr Mut und Trost zusprach, und nach einem Menschen, der ihr helfen konnte, der sie verstand. Nach Sir Cedric. Wenn sie nur zu ihm könnte! Aber sie würde ihn frühestens morgen beim Turnier wieder sehen. Mit klopfendem Herzen dachte sie an ihn. Wenigstens auf ihn konnte sie sich freuen, und darauf, ihn endlich wieder zu sehen. Er würde nur für sie kämpfen, das hatte er ihr versprochen. Er liebte sie, sie war ihm nicht gleichgültig. Aber konnte er ihr aus dieser misslichen Lage heraushelfen? Wohl eher nicht. Am Ende würde alles hoffnungslos sein.

Das Abendessen ließ Lady Vivien wie einen bösen Traum an sich vorüberziehen. Es war ebenso grausam, wie sie es mittags bereits erlebt hatte. Noch nicht einmal aus Höflichkeit wechselten sie Worte miteinander. Dabei hatte Vivien es mehrmals versucht, wenn auch nur, um sich nicht noch einmal den Vorwurf ihres Vaters einzuhandeln, sie hätte ihrem zukünftigen Mann keine Gelegenheit zu einem Gespräch gegeben. Sie hoffte, es würde ihrem Vater auffallen, wie sehr Henry sie ignorierte, doch innerlich wusste sie, dass diese Hoffnung verschwendet war. Selbst wenn es ihm auffiel, würde es ihn nicht davon abhalten, seine Tochter mit diesem Menschen zu verheiraten. Schließlich konnte mit der Zeit doch alles besser werden, oder?

In der Nacht quälten Vivien Albträume. Sie fiel, und niemand stand da, um sie aufzufangen. Sie schrie sich die Seele aus dem Leib, und ihre Eltern standen neben ihr und schienen sie nicht zu hören. Sie brach zusammen und lag am Boden, und die Menschen gingen einfach an ihr vorbei. Schweißgebadet fuhr sie im Bett hoch, und immer noch war alles dunkel. Wollte die Nacht denn niemals enden?

Zitternd versuchte Vivien, sich abzulenken. Sie dachte an ihren Ritter, an Sir Cedric. Morgen sah sie ihn wieder! Nichts anderes war wichtig im Moment! Dieser Gedanke musste ihr die Kraft geben, den morgigen Tag zu überstehen. Sie wagte nicht, sich zu fragen, woher denn die Kraft nach ihrer Hochzeit kommen sollte …

Auch Ron konnte nicht schlafen. Er erlebte die Träume der Lady live und in Farbe, wie im Kino. Mittlerweile empfand er tiefstes Mitleid und ebenso tiefe Ratlosigkeit. »In meiner Zeit gibt es wenigstens Psychologen, die sich mit solchen Situationen auskennen. Ich sehe nur, dass sie immer verzweifelter wird, und ich kann nichts dagegen tun. Sie hört mich nicht, sie fühlt mich nicht, sehen kann sie mich natürlich auch nicht, ich kann ihr nicht einmal Bilder in den Kopf zaubern, wie es bei Amos funktioniert hat. Kann mir denn irgendjemand einmal erklären, was um alles in der Welt ich hier anstellen soll?? Soll ich sie kaputtgehen lassen?«

Doch wieder einmal kam von nirgendwoher eine Antwort. Ron fühlte sich beinahe so einsam und verlassen, wie es Vivien war. Auch ihn plagte die Angst vor der Zukunft; vor einer Zukunft, in der er tatenlos in der Seele dieses Mädchens festsaß und niemals mehr herauskam.

So fanden in dieser Nacht zwei Seelen aus Angst vor ihrer Zukunft keine Ruhe: die der Lady aus dem Mittelalter und die des toten Junkies aus dem

Jahr 2007, beide vereint im gleichen Körper und doch beide unendlich weit voneinander weg.

Endlich brach der Morgen an. Vivien stand auf, betrachtete sich im Spiegel und erschrak; bleich und mit tiefen Augenringen starrte ihr ihr Gesicht entgegen. Mary klopfte schon an der Tür und betrat das Zimmer. »Guten Morgen, junge Lady. Ich hoffe, Ihr habt gut geruht?«, grüßte sie gut gelaunt, unterbrach sich aber, als sie das Mädchen genauer betrachtete. »Meine Güte, Mylady!«, rief sie erschrocken, »Ihr schaut ja aus wie der Tod! Geht es Euch nicht gut? Seid Ihr krank? Ich werde sofort Euren Eltern Nachricht geben! Am besten, Ihr bleibt heute im Bett!«

Der Schrecken allein brachte wieder Farbe in Viviens Wangen. Um keinen Preis durfte sie das Turnier verpassen! »Nein, Mary, mir geht es gut. Wirklich, es geht mir gut!«, versicherte sie, während ihr Kindermädchen sie skeptisch musterte. »Ich habe nur schlecht geschlafen, das ist alles. Bitte, hilf mir jetzt, mich anzukleiden. Ich darf nicht zu spät in den Speisesaal kommen, sonst ist mein Vater wieder böse mit mir.« Sie versuchte ein Lächeln, das ihr aber nicht sonderlich glückte. Mary tat, wie geheißen, gab ihr aber durch ihre Mimik deutlich zu verstehen, dass sie sie im Auge behalten und, wenn nötig, zurück ins Bett stecken würde.

Heute zog sie das neue Kleid an, das ihr Vater extra für den hohen Anlass hatte fertigen lassen. Als Mary mit ihr fertig war, schaute sie eine ganz neue Frau aus dem Spiegel an. Weich und fließend betonte der kupferfarbene Atlas ihre zarte Figur, und der durchsichtige, gleichfarbige Schleier aus Organza, der ihr über die Schultern bis auf den Rücken fiel, wehte bei jedem Windhauch und zauberte Schatten und Lichtreflexe in ihr Haar. Dazu trug sie ein wertvolles schimmerndes Perlencollier und passendes Ohrgeschmeide. »Ihr seht zauberhaft aus, Lady Vivien!«, freute sich Mary und schritt noch einmal begutachtend um das Mädchen herum. »Ja, so seht ihr wirklich gut aus. Zeigt mir den Mann, den ihr so nicht betören könnt!«

»Den könnte ich dir zeigen, wenn du mit mir kämst«, dachte Vivien traurig. Sie glaubte nicht daran, dass ihre äußere Erscheinung allein Anlass dazu sein könnte, Graf Henrys uneingeschränkte Aufmerksamkeit zu erlangen.

Er würde höchstens den Wert ihrer Garderobe abschätzen und sich dann wieder anderen Dingen zuwenden.

Als Vivien den Speisesaal betrat, ging ein bewunderndes Raunen durch den Raum. Selbst Graf Henry blickte kurz von seinem Teller auf, auf den er gestarrt hatte, und hob erstaunt eine Augenbraue. Graf Edward stand auf und geleitete seine Tochter zu Tisch. »Henry, was sagt Ihr zu solch einer wunderschönen Braut?«, fragte er stolz. »Ich dachte mir, Eure Verlobung ist der angemessene Anlass zu einer Feier. Die halbe Grafschaft wird heute hier versammelt sein. Euch zu Ehren habe ich ein Turnier ansetzen lassen, an dem die fähigsten Ritter von Newark Castle teilhaben werden. Ich hoffe, Ihr werdet Euch heute gut amüsieren und den Tag Eurer Verlobung so schnell nicht vergessen.«

»Da könnt Ihr sicher sein, Edward. Ich bin ganz verlegen, der Anlass eines solch aufwendigen Festes zu sein. Hoffentlich habt Ihr Euch nicht zu sehr in Unkosten gestürzt«, entgegnete Henry bescheiden. »Nichts ist mir teuer genug für Euch und meine Tochter«, versicherte Edward und klopfte Henry auf die Schulter.

Die Reihenfolge in diesem Satz war Vivien nicht entgangen. Anscheinend spielte sie für ihren Vater nur noch eine Nebenrolle. Wichtig war ihm nur noch der Schwiegersohn, den er durch ihre Hochzeit bekommen würde. Niemals hätte sie das von ihrem Vater erwartet. Sie war doch immer sein Augenstern gewesen, die wichtigste Person in seinem Leben. Oder etwa nicht? Dass er sie nun an diesen Mann geradezu wegwarf, ohne sich auch nur einmal zu fragen, ob es ihr dabei gut gehen würde, schockierte sie unglaublich. Ihr war nie entgangen, dass sich ihre Eltern nicht viel zu sagen hatten. Aber dass selbst sie ihrem Vater so egal sein konnte, hätte sie nicht für möglich gehalten. Anscheinend war sie ihm doch nicht mehr wert als ihre Mutter. Selbst die hätte er wohl ohne ein Wimpernzucken weiter verheiratet, wenn ihm dies möglich gewesen wäre! In dem Augenblick, als ihr dies klar wurde und sie begriff, dass sie nicht die Liebe ihres Vaters verloren, sondern sie niemals besessen hatte, hörte Vivien endgültig auf, Kind zu sein. Sie würde ihm niemals mehr vertrauen.

Der Tag lief irgendwie an ihr vorbei. Henry interessierte sich nicht wesentlich mehr für sie, als es am Vortag der Fall gewesen war. Außer einem Kompliment über ihr gutes Aussehen hatte er nichts weiter zu ihr gesagt, und selbst darauf hätte Vivien verzichten können. Sie fieberte dem Nachmittag entgegen, an dem sie den einzigen Menschen wieder sehen würde, dem wirklich etwas an ihr lag. Und endlich, nach unzähligen Stunden, die sich wie ein Gummiband zu dehnen schienen, versammelten sich die Menschen auf dem Turnierplatz.

Aus allen Orten der Grafschaft waren Leute gekommen, denn die Nachricht des stattfindenden Turniers und der Feierlichkeiten anlässlich der Verlobung der Grafentochter hatte schnell die Runde gemacht. Neugierig drängten sich Menschen verschiedenster Stände zu den Zuschauerrängen und versuchten, die besten Plätze zu erwischen. Jeder hatte ein festliches Gewand angelegt, ob er nun arm war oder reich, und die verschiedenen Stoffe und Farben gaben ein buntes und prachtvolles Bild ab. Als sich alle niedergelassen hatten, ertönte eine Fanfare, und der Graf betrat mit seiner Frau den Turnierplatz. Die beiden begaben sich auf ihre Ehrenplätze. Zur rechten Hand des Grafen waren noch zwei Plätze reserviert. Die Menschen applaudierten und jubelten. Einen Augenblick lang schien Graf Edward den Jubel zu genießen, dann winkte er ab. Ruhe trat ein. Der Graf überschaute die Menge, als wolle er jeden Einzelnen zählen, dann begann er zu sprechen.

»Liebe Edelmänner, verehrte Ladys, alle ihr, die ihr aus der gesamten Grafschaft Lincolnshire hier hergekommen seid, um die Verlobung meiner Tochter zu feiern. Ich fühle mich geehrt, bekannt geben zu dürfen, dass meine Tochter, Lady Vivien, vom heutigen Tage an unserem geschätzten Freund, dem Grafen Henry von Lincoln, als Eheweib versprochen ist. Um diese Verbindung zu feiern, seid ihr alle geladen worden. So feiert mit uns und gebt eurer Freude und Begeisterung Ausdruck in dem Jubel, mit dem ihr unsere tapferen Ritter begrüßt, die nun für uns bereitstehen, ein Turnier zu kämpfen. Sie sorgen nun für eure Unterhaltung, auf dass ihr all eure Sorgen vergessen möget. Behaltet diesen Tag in guter Erinnerung. Ich jedenfalls werde es tun! So begrüße ich nun das Brautpaar: Graf Henry von Lincoln und Lady Vivien von Newark!«

Unter dem Jubel der Bevölkerung betraten Henry und Vivien den Turnierplatz. Henry winkte huldvoll nach allen Seiten, und Vivien bemühte sich, es ihm gleich zu tun. Sie versuchte zu lächeln, doch das Lächeln gefror auf ihrem Gesicht zu einer Maske. Außer ihr jedoch schien es niemand zu bemerken. Sie schritten an der winkenden und jubelnden Menge vorbei und nahmen ihre Plätze ein. Als der Lärm allmählich verebbte, gab Graf Edward das Zeichen zum Turnierbeginn.

Wieder ertönte eine Fanfare, und die teilnehmenden Ritter ritten auf dem Turnierplatz ein. Es war ein rundes Dutzend, das mit wehenden Standarten und in glänzenden Rüstungen zum Turnier antrat. Sie bauten sich nebeneinander vor der Tribüne auf und senkten zum Gruß die Lanze vor dem Grafen und dem Brautpaar. Dann erhob ein Herold seine Stimme und stellte die Teilnehmer vor.

»Meine verehrten Anwesenden, zum Turnier gemeldet haben sich hier: Sir Rupert von Alford, Sir Colin von Croft, Sir Alan von Folkingham, Sir Edmund von Nettleham, Sir Irvin von Pinchbeck, Sir Patrick von Whitton, Sir Quentin von Marston, Sir Ralph von Nettleham, Sir William von Boston, Sir Winston von Heckington, Sir Frederic von Lindsey und Sir Cedric von Newark-on-Trent.« Jeder Genannte hob grüßend seine Lanze und wurde mit frenetischem Jubel bedacht.

»Die Ritter werden uns in verschiedenen Durchgängen ihre Geschicklichkeit beweisen: im Buhurt, im Ringstechen und zuletzt im Tjost. Wer nach dem Buhurt noch im Sattel sitzt, tritt im Ringstechen an; die vier Ritter, die das Ringstechen mit den meisten Punkten meistern, treten im Tjost gegeneinander an. Dem Sieger winkt das Preisgeld von hundert Talern, das von Lady Vivien persönlich überreicht wird.« Der Herold wies mit großer Geste zu Vivien herüber, die sich von ihrem Platz erhob und der Menge zuwinkte. Ihr Herz klopfte dabei bis zum Hals. Da unten war Sir Cedric! Und sie würde ihm alles Glück der Welt wünschen, damit er ihr nachher gegenüberstand, wenn es galt, den Preis zu überreichen.

Nachdem im Losverfahren die zwölf Ritter in zwei Gruppen eingeteilt worden waren, wurden sie durch verschiedenfarbige Bänder an den Armen kenntlich gemacht. Das Ziel des Turnierspiels war es, im gleichzeitigen Ansturm so viele Gegner wie möglich aus dem Sattel zu heben. Bei diesen turnier- und kampferprobten Rittern würde dies schwer und somit für die Zuschauer interessant werden. Nachdem sich die Gruppen einander gegenüber aufgestellt hatten, gab der Herold das Zeichen zum Beginn. Ein Fanfarenstoß erklang, und die zwölf Ritter stürmten aufeinander los. Sie waren mit stumpfen Lanzen ausgerüstet und bemühten sich verbissen, unter den Anfeuerungsrufen der begeisterten Zuschauer, ihre Gegner vom Pferd zu werfen.

Nach einigen spannenden Minuten fiel Sir Winston von Heckington als Erster und schied aus dem Spiel aus. Ihm folgten bald darauf Sir Quentin von Marston und Sir Irvin von Pinchbeck, und zu guter Letzt fiel auch Sir Edmund von Nettleham nach erbitterter Gegenwehr. Die übrigen Ritter ließen sich von der Menge feiern, und während sie ihre Bänder entfernten, bauten eifrige Knappen das Ringstechen auf.

Über die gesamte Länge der Turnierbahn wurden etwa in Kopfhöhe des Ritters drei Stangen mit Haken aufgestellt, an deren Enden jeweils ein Ring von etwa zehn Zentimetern Durchmesser befestigt war. Diese drei Ringe musste der Ritter mit seiner Lanze während eines Rittes im Galopp aufspießen und in einem Korb am Ende des Rundparcours wieder ablegen. Jeder Ring bedeutete einen Punkt, und für jeden Ring, der im Korb landete, gab es zwei Punkte. Landeten alle drei Ringe im Korb, gab es drei Punkte extra. Weiter kamen die vier Ritter mit der höchsten Punktzahl.

So stellten sich die verbliebenen Ritter hintereinander auf und absolvierten ihren Ritt über den Parcours. Mit Freude stellte Vivien fest, dass es Cedric gelungen war, alle drei Ringe zu erhaschen und auch alle wieder in den Korb zu werfen. Er bekam alle möglichen zwölf Punkte! Das sah gut aus für ihn! Sicher würde er weiterkommen. Sie durfte sich nur ihre Freude nicht zu sehr anmerken lassen. Ihr Vater hatte sie etwas seltsam angesehen, als sie jubelnd von ihrem Sitz gesprungen war, sobald Cedric seine Runde beendet hatte. Sie musste aufpassen, dass er nichts merkte. Nichts wäre schlimmer, als sich jetzt zu verraten! Das einzige bisschen Glück, das sie noch fühlen durfte, wollte sie unter keinen Umständen aufs Spiel setzen.

Es dauerte eine Weile, bis alle Ritter ihren Durchgang beendet hatten, und zum Schluss stand fest, wer weiterkommen würde: es waren Sir Colin von Croft, Sir Alan von Folkingham, Sir Rupert von Alford und Sir Cedric von Newark-on-Trent. Das Volk klatschte begeistert Beifall, als der Herold die Namen derer verkündete, die nun im letzten Spiel, dem Tjost, gegeneinander antreten würden.

Der Tjost war ein Einzelwettkampf, in dem zwei Ritter gegeneinander antraten. Es kam darauf an, seinen Gegner, der im Galopp angeritten wurde, mit der Lanze vom Pferd zu stoßen. Dabei waren die Ritter voneinander durch eine Barriere getrennt, sodass jeder Reiter seine eigene Bahn hatte und sich die Pferde einander nicht ins Gehege kamen. Auch blieb so der Abstand gewahrt, der nötig war, um möglicherweise tödliche Verletzungen zu vermeiden. Vor allem anderen waren die Ritter durch ihre panzerartigen Rüstungen geschützt. Der Tjost war der bei Weitem beliebteste und spannendste Wettkampf, den nur die Besten gewannen. Auch dabei wurden Punkte verteilt. Ein Kampf ging über drei Durchgänge. Einen Punkt gab es, wenn man seine Lanze am Gegner in der Region zwischen Hüfte und Hals zerbrach. Zwei Punkte gab es, wenn die Lanze am Helm zerbrochen wurde, was sehr schwierig und für den Gegner gefährlich war, und drei Punkte erhielt man, wenn man seinen Gegner aus dem Sattel stieß.

Vivien setzte sich aufrechter hin und verkrampfte die Hände in ihrem Schoß vor Spannung. Wie weit würde ihr Ritter kommen? Dass er Geschick besaß, hatte er in den vorhergehenden Spielen eindrucksvoll bewiesen. Doch auch seine Gegner waren nicht zu unterschätzen. »Hoffentlich geschieht ihm nichts. Das ist das Wichtigste, egal, wie weit er kommt«, dachte Vivien. Der Gedanke daran, den Mann, den sie liebte, verletzt am Boden zu sehen und ihm nicht zur Hilfe eilen zu können, war ihr unerträglich. Sie schickte ein Stoßgebet zum Himmel, dass Gott ihren Ritter behüten möge.

Die ersten beiden Ritter standen nun auf der Bahn, um gegeneinander anzutreten. Es waren Sir Colin von Croft und Sir Alan von Folkingham. Der Ritter mit der höchsten Punktzahl würde in die nächste Runde kommen. Im ersten Durchgang zerbrach Sir Alans Lanze; im zweiten Sir Colins. So kam es im dritten Durchgang darauf an, den entscheidenden Punkt zu machen. Die Gegner ritten gegeneinander an, und mit der Wucht des Aufpralls wurde Sir Colin aus dem Sattel gehoben. Sir Alan kam weiter und ließ sich von der Menge feiern.

Nun ritten Sir Cedric und Sir Rupert von Alford gegeneinander. Vivien fühlte ihre Hände eiskalt werden vor Spannung. Sir Cedric ritt auf seinem Rappen los, auf der gegenüberliegenden Seite startete Sir Rupert, und im Moment des Aufpralls schwankte Sir Rupert im Sattel, sodass die Menge schon aufschrie. Aber er konnte sich halten. Keine Lanze brach, es gab keine Punkte. Im zweiten Durchgang zerbrach Sir Ruperts Lanze. Vivien hätte etwas dafür gegeben, laut schimpfen zu dürfen. Hoffentlich passierte jetzt nichts Falsches, sonst war ihr Ritter aus dem Turnier! Mit Spannung erwartete Lady Vivien den dritten Durchgang. Und da! Cedric stieß seinen Gegner vom Pferd und siegte! Die Zuschauer tobten vor Begeisterung; Sir Cedric war bei vielen bekannt und beliebt. Er würde nun im abschließenden Kampf gegen Sir Alan von Folkingham antreten. Nicht wenige riefen seinen Namen und jubelten ihm zu.

Fanfarenklänge eröffneten das Finale. Der Herold rief die Namen der beiden Gegner und gab das Startzeichen. Die beiden Ritter gaben ihren Pferden die Sporen, sie flogen förmlich aufeinander zu, und dann, der Zusammenstoß! Eine Lanze splitterte, es war Sir Cedrics! Es gab Beifall für Sir Cedric, der sich für den nächsten Durchgang aufstellte. Ein enttäuschtes Rufen ging durch die Menge, als diesmal Sir Alans Lanze splitterte; Sir Cedric konnte sich aber halten und blieb sitzen. Nun kam es auf den dritten und entscheidenden Durchgang an! Noch einmal ritten die beiden Gegner aufeinander los, und in der Mitte der Bahn trafen sie sich mit solch einer Wucht, dass beide Gegner aus dem Sattel flogen!

Vivien schlug sich die Hände vor die Augen. Das hatte es ja noch nie gegeben! Was nun? Die Menge tobte vor Begeisterung und Spannung, als sich beide Ritter vom Boden erhoben und ihre Schwerter zogen. Die beiden schwangen ihre Waffen und ließen die Klingen gegeneinander schlagen, dass es laut im Hof widerhallte. Beide Ritter schienen einander ebenbürtig zu sein, was den Kampf nur noch spannender machte. Das Publikum stand mittlerweile auf den Bänken und feuerte lauthals ihren jeweiligen Favoriten an. Die Ritter kämpften mit aller Kraft und Energie, die sie aufbringen konnten; ihre Schwerter schlugen förmlich Funken, wenn sie aufeinandertrafen. Doch dann hatte Sir Alan Pech: Sein Fuß rutschte im Sand weg, und er stürzte. Sogleich nutzte Sir Cedric die Gelegenheit und schlug seinem Gegner das Schwert weg. Sir Alan war geschlagen!

Nun schäumte die Begeisterung des Publikums förmlich über. Die Leute feierten ihren Helden und skandierten seinen Namen, während Sir Cedric vor Edward von Newark trat und sich artig vor ihm verbeugte. Graf Edward wartete ab, bis die Menge sich wieder beruhigt hatte, und sprach dann: »Hiermit erkläre ich Sir Cedric von Newark-on-Trent zum offiziellen Sieger dieses Turniers. Er erhält das Preisgeld von hundert Talern, das ihm von meiner Tochter, Lady Vivien, nun überreicht wird.«

Als Vivien aufstand, um ihrem Ritter den Preis zu übergeben, zitterten ihre Knie. Cedric hatte seinen Helm abgenommen und winkte in die Menge, die ihn hochleben ließ. Feierlich nahm er den Lederbeutel mit den Talern entgegen und flüsterte: »Mylady, dieser Sieg gehört Euch. Ich liebe Euch! Und ich werde Euch zur Seite stehen. Ihr heiratet diesen Mann nicht, wenn ich es verhindern kann!« Die Leute jubelten, als Vivien dem Sieger einen Kuss gab. Dabei musste sie sich beherrschen, ihm nicht vor allen Anwesenden in die Arme zu fallen und niemals mehr loszulassen. Ihre Augen schwammen in Tränen, als sie sich von ihm löste und wieder zu ihrem Platz zurückging, wo ihr Vater sie aufmerksam beobachtete.

Um ihn von ihrer wohl doch ziemlich offensichtlichen Begeisterung für Sir Cedric abzulenken, versuchte Vivien, sich öfter ihrem zukünftigen Ehemann zu widmen. Es fiel ihr mehr als schwer, zumal sie immer wieder auf Granit biss. Henry brachte es nicht einmal über sich, ihre Hand zu halten, geschweige denn, sie auf die Wange zu küssen. Als sie dies mit großer Überwindung und geschlossenen Augen versucht hatte, war Henry beinahe ärgerlich geworden. Auch ein freundschaftliches Gespräch war nach spätestens drei Sätzen zu Ende. Mittlerweile fiel dies sogar Graf Edward auf, der seine Tochter scharf im Auge behalten hatte und nun feststellte, dass sie es nicht leicht hatte, Henrys Aufmerksamkeit zu gewinnen. »Ach was, das ist meine Tochter. Sie wird sich schon durchsetzen«, dachte er sich, bevor er das Turnier offiziell beendete und nun Bier und Wein an die Leute verteilen ließ, damit sie noch ein wenig weiterfeiern konnten, nachdem sich das Brautpaar wieder zurückgezogen hatte.

Inzwischen war der Abend angebrochen, und Vivien sehnte sich nach dem Augenblick, in dem sie sich in ihre Gemächer zurückziehen konnte. Sie wollte einfach nur schlafen und träumen, von ihrem Ritter, der sie vor ihrer bösen Zukunft beschützte. Er hatte ihr versprochen, alles zu tun, was in seiner Macht stand. Aber würde das genügen? Ihr blieb nicht mehr viel Zeit. In weniger als vier Wochen wäre sie die Ehefrau dieses gefühlskalten Granitbrockens und würde ihr Leben ohne Liebe eingesperrt in seiner Burg fristen müssen. Und sie würde Sir Cedric niemals mehr wieder sehen. Damit wäre ihr Leben ohnehin zu Ende, denn ein Leben ohne ihn konnte sie sich schon jetzt nicht mehr vorstellen. Er war die Sonne in ihrem Leben, und Henry war die dunkle, schwarze Wolke, die diese Sonne auf immer verdunkelte.

In düstere Gedanken versunken, wurde sie erst wieder aufmerksam, als ihr Vater lautstark bedauerte, dass Henry schon am kommenden Morgen abreisen würde. Am liebsten hätte sie laut gejubelt. Die vergangenen zwei Tage hatte sie sich wie gelähmt gefühlt, gegen Mauern einrennend, die sie niemals bezwingen konnte. Diese Mauern würden sie nach ihrem siebzehnten Geburtstag für immer einschließen. Doch noch blieben ihr drei Wochen Zeit. Drei Wochen, in denen Sir Cedric vielleicht eine Lösung einfiel. Ihr blieb nur noch diese eine Hoffnung.

Als Graf Henry am nächsten Morgen abreiste, schütze Vivien Migräne vor, um ihn nicht mehr sehen zu müssen. Sie lag im abgedunkelten Zimmer und hatte die Augen geschlossen. Entspannt ließ sie die Gedanken schweifen und genoss es, sich wieder frei zu fühlen und nicht zu einem Gefühl gezwungen zu werden, das sie einfach nicht empfand. Sie würde diesen Menschen nicht lieben können. Sie mochte ihn ja nicht einmal. Zudem schmerzte sie seine Zurückweisung, die sie erkennen ließ, dass Henry sich seinerseits nicht die geringste Mühe gab, sie kennenzulernen, ja, sogar vielleicht zu mögen oder wenigstens als Frau an seiner Seite zu akzeptieren. Warum machte er es ihr so schwer? Gab es für ihn keine andere Möglichkeit, seine Ziele zu erreichen, als sie zu heiraten und dann in seine Burg einzusperren?

Auch Ron fühlte sich zum ersten Mal seit langer Zeit wieder besser. Ihm tat es ebenfalls gut, dass dieser griesgrämige Graf wieder abgereist war. Er spürte förmlich, wie Vivien wieder aufzuleben begann, wie eine Pflanze, die nach langer Zeit wieder Wasser bekam. Die vergangenen Stunden waren auch für ihn furchtbar gewesen. Er hatte jede Einzelheit, jeden Nadelstich, den die Zurückweisung dieses Mannes verursacht hatte, jede Minute des Kummers und der Angst mit ihr durchlebt und war heilfroh, dass es nun wieder besser zu werden schien. Auch ihm hatte förmlich das Herz geklopft, als Vivien ihrem Ritter gegenüberstand. Er wusste, dass es für sie keinen anderen Mann geben konnte.

Doch noch immer sah er keinen Ausweg aus seiner eigenen Misere. Ron hatte immer noch keinen Weg gefunden, sich in Vivien bemerkbar zu machen. Die Zeit lief ihm davon. Sie würde in ihr Unglück laufen, und dann würde auch sein restliches Dasein kalt, leer und einsam werden. Das durfte nicht passieren! Aber was tun? Was nur sollte er tun? Er fragte es sich zum wohl millionsten Mal. Mittlerweile hatte er wohl alles versucht, um auf sich aufmerksam zu machen: rufen, schreien, flüstern, denken; er hatte Wutanfälle gehabt und wäre am liebsten in Tränen ausgebrochen (was natürlich nicht ging …), aber nichts hatte funktioniert. Die Tür zu Viviens Geist war bombenfest verschlossen. Nur ihre Emotionen standen ihm offen, allerdings nur als Einbahnstraße. Er konnte die ihren fühlen, aber sie nicht die seinen.

»Scheiß Situation«, schimpfte Ron, wohl auch zum millionsten Mal. Er war mit seinem Latein am Ende und nahe dran, sich aufzugeben. Niemand hörte ihn, und er hatte Angst, Gott könnte sein Versprechen, ihm immer nahe zu sein, vergessen haben. Er fühlte ihn nicht mehr. Warum sollte er ihm noch vertrauen? Er war weg. Er würde ihn hier sitzen lassen und vergessen. Und wenn er sich jemals wieder an ihn erinnern sollte, würde es zu spät sein. Dann war seine Seele kalt und leer. Tot. Doch bis dahin würde er hier untätig zusehen müssen, wie die Geschichte weiter ging. Ihren Lauf konnte er nicht mehr aufhalten. Diesmal nicht.

Ihm fielen Worte des 23. Psalms ein, er wusste nicht, wieso. Doch er hörte die Worte in seinem Inneren. »Und wenn ich auch wandere im finsteren Tal, ich fürchte kein Unheil. Denn Du bist bei mir, Dein Stock und Dein Stab geben mir Zuversicht.« Das kam ihm gerade recht! Wütend rief er in die

Stille seiner Seele: »Wo bist du denn? Kannst du mir das sagen? Ich sitze hier, und es ist verdammt dunkel im Moment! Meine Zuversicht ist absolut im Arsch! Das Unheil kommt auf mich zu, und hier ist kein Stab, an dem ich mich halten kann! Was soll das? Wo ist das Wasser, mit dem du meine Seele erfrischen willst? Ich verdurste! Warum lässt du mich allein? Siehst du denn nicht, dass ich nicht mehr kann?« Ron brach innerlich zusammen. So verlassen hatte er sich selbst in der Stunde seines Todes nicht gefühlt.

Nun saß er da, praktisch in den Trümmern seines Geistes, und wusste nicht einmal, weshalb ihm ausgerechnet diese Worte in den Sinn gekommen waren. Er hatte sich nie bewusst mit diesem Psalm beschäftigt, ihn allenfalls einmal auf einer Beerdigung gehört. War ja Standard, da hörte man ihn ständig. Sollte dies das Zeichen sein, dass er nicht allein war? Toll. Half ihm wirklich weiter. Aber ging es ihm jetzt nicht schon besser? Irgendwie fühlte er sich durch diese Worte getröstet, auch wenn sich an seiner Situation nichts geändert hatte. Vielleicht war er ja wirklich nicht allein in seinem finsteren Tal. Hatte ER ihm nicht vor allem beibringen wollen, ihm zu vertrauen? »Hat bis jetzt nicht sonderlich gut funktioniert«, musste Ron sich eingestehen. Er wollte sich ab sofort wieder Mühe geben, es zu lernen. Es war alles, was ihm jetzt noch blieb!

So schöpfte auch er ein bisschen Hoffnung; wie Vivien, die auf ihren tapferen Ritter hoffte, so konnte auch er hoffen, seiner trostlosen Zukunft im letzten Moment doch noch zu entgehen. Er klammerte sich an diesen letzten Strohhalm. Die Hoffnung starb doch immer zuletzt! Und noch war er nicht tot! Also, nicht so ganz …

Vivien war noch ein wenig eingeschlafen und fühlte sich wie neugeboren, als sie wieder erwachte. Der hohe Besuch war endlich weg, und für wenige Tage durfte sie wieder frei sein. Sie beschloss, aufzustehen und nach draußen zu gehen, an ihren Lieblingsplatz unten am Fluss, unter der alten Weide. Sie nahm ein Buch mit nach draußen. Sie merkte nicht, dass sie von der Burg aus aufmerksam beobachtet wurde.

Wie Vivien es sich heimlich erhofft hatte, ritt Sir Cedric an ihr vorbei, als sie auf ihrem Platz lag und sich in ihr Buch vertieft hatte. Jeden Mittag um die gleiche Zeit verschaffte er seinem Pferd Bewegung, denn der temperamentvolle Rappe wollte am liebsten den ganzen Tag draußen galoppieren.

»Seht an! Die Sonne ist wieder aufgegangen und strahlt tief in meinem Herzen!«, freute sich der Ritter und sprang vom Pferd. »Cedric! Ihr habt mir so sehr gefehlt«, brach es aus Vivien heraus, und sie ließ es zu, dass der Ritter sie in seine Arme zog. Ein Gefühl tiefer Geborgenheit durchflutete sie, und zum ersten Mal seit Tagen erschien ihr das Leben wieder lebenswert.

»Ich war so stolz auf Euch, als Ihr das Turnier gewonnen hattet«, erzähle Vivien strahlend. »Ich habe nur für Euch gekämpft, wie ich es versprochen hatte. Der Gedanke an Euch gab mir die Kraft und den Mut, die nötig waren, den Sieg zu erringen. Aber dies war nur eine Kleinigkeit. Noch einen größeren Preis möchte ich erhalten: Euch, meine Teuerste!« Zärtlich hielt der Ritter die Lady im Arm. »Mein Herz gehört Euch schon lange, Cedric. Doch wie wollt Ihr es anstellen, die Hochzeit mit diesem Grafen zu verhindern?«

»Ich werde sie verhindern, und wenn ich es mit Gewalt tun muss«, erwiderte der Ritter grimmig. »Dieser Mann hat Euch wie ein Nichts behandelt. Das wird er mir büßen! Ich werde einen Plan schmieden, mein Engel, und am Ende werdet Ihr meine Frau. Das schwöre ich Euch!«

»Wenn es nur wahr sein könnte«, seufzte Vivien traurig. »Zweifelt Ihr an mir?«, fragte der Ritter ernst. »Nein,« entgegnete Vivien, und sie sah Cedric tief in die Augen. »Ich zweifle keinen Augenblick an Euch. Doch ich fürchte, mein Vater wird ein harter Gegner werden. Ihn hat noch niemand aus dem Sattel gestoßen.«

»Dann werde ich der Erste sein«, sprach Cedric entschlossen. »Kein Mann, wer immer es auch sein mag, soll Euch je wieder traurig machen.«

Sir Cedric zog seine Vivien nahe zu sich und gab ihr einen zärtlichen Kuss. Vivien verlor sich in seinen starken Armen, und sie küssten sich immer leidenschaftlicher. Ihre Hände wanderten über ihre Körper und erkundeten einander, während ihre Lippen sich niemals mehr loslassen wollten. Die Zeit schien stillzustehen, und Vivien glaubte sich im Paradies. Doch von der Burg aus nahte bereits der Dämon, der sie in die Hölle stürzen würde.

Graf Edward hatte das ganze Geschehen vom Burgfenster aus beobachtet. »Habe ich es mir doch gedacht!«, rief er, rasend vor Wut, und befahl vier seiner Ritter augenblicklich zu sich. »Nehmt diesen Verräter da unten fest und bringt ihn in den Kerker! Er soll es nicht mehr wagen, auch nur einen Finger an meine Tochter zu legen! Bringt ihm gefälligst Benehmen bei! Er soll bis zu ihrer Hochzeit kein Tageslicht mehr sehen!«, tobte der Burgherr.

Als die beiden Liebenden die Schritte näher kommen hörten, war es bereits zu spät. Die vier Ritter stürzten sich auf ihren Kameraden und nahmen ihn fest. Vivien schrie entsetzt auf. »Was macht ihr mit ihm? Lasst ihn doch los! Er hat keine Schuld! Mir ist nichts geschehen!«

»Euer Vater hat es befohlen. Er wird die nächsten Wochen unten im Kerker verbringen, bis Ihr mit Graf Henry vermählt seid«, erklärte einer der Ritter und hatte Mühe, Cedric zu bändigen, der vor Wut brüllte und sich mit aller Kraft wehrte. Vivien fiel weinend auf die Knie. »Nein! Nein!«, rief sie. Als einer der Ritter Cedric einen Schlag auf den Kopf verpasste, um ihn ruhig zu stellen, wurde auch ihr schwarz vor Augen, und sie fiel in ein tiefes Loch.

Ihre Ohnmacht dauerte zum Glück nicht lange an, denn als sie wieder zu sich kam, sah sie ihren Vater zornig auf sie zulaufen. Vivien überlegte nicht lange. Sie sprang auf, bestieg Cedrics schwarzes Pferd und trieb es zum Galopp an. Sie wollte nur noch weg. Das Pferd gehorchte ihr; es schien die innere Not seiner Reiterin zu spüren und wollte ihr helfen. Wie der Blitz galoppierte es los, und bald war von Viviens Vater nichts mehr zu sehen. Blind vor Tränen ließ das Mädchen das Pferd einfach drauflos laufen. Es war ihr egal, wohin es sie bringen würde. Hauptsache, weg von der Burg und von den Menschen, die sie hassten und nur ihr Unglück wollten. Sie hatten ihr das Einzige weggenommen, an das sie sich hatte klammern können. Nun war ihr alles egal. Ihretwegen würde Cedric nun eingesperrt und gefoltert werden, und sie würde ihn niemals mehr wieder sehen. Es hatte alles keinen Sinn mehr. Vivien fühlte sich innerlich leer und zerbrochen. Sie hatte ihren Willen vollkommen aufgegeben. Das Einzige, was sie noch wollte, war Ruhe. Ewige Ruhe.

Der Rappe ritt in höchster Geschwindigkeit durch die Wälder, über die Wiesen, am Fluss vorbei. Längst schon waren sie über die Grenzen der Felder hinaus, die noch zur Burg gehörten, und Vivien wusste nicht mehr, wo sie sich befand. Es war einsam hier draußen, nur das Rauschen des Flusses war zu hören, ansonsten sah man weit und breit nur Felder und Wiesen. Und eine kleine Hütte, die größer und deutlicher wurde, je näher sie kamen. Ein Mensch saß davor auf einer Bank in der Sonne und schaute träge auf das fließende Wasser. Als das Mädchen näher kam, blickte er verwundert auf.

Mehrere hundert Meter vor ihm stieg Vivien vom Pferd. Mit ihren tränenblinden Augen sah sie weder die Hütte noch den Mann, der nun aufgestanden war und langsam näher kam. Vivien wusste, dass der Fluss sehr tief war. Ihr Entschluss stand fest, und weinend näherte sie sich dem Ufer. Sie hob ihr langes Kleid hoch. Dann ging sie langsam ins Wasser hinein. Die Kälte schüttelte sie durch und durch, und sie musste Acht geben, dass sie nicht von den Wassermassen einfach mitgerissen wurde. Dies hätte einen viel längeren und schmerzhafteren Tod bedeutet, denn sie wäre zuerst an den Felsen im Flussbett zerschmettert worden, bevor sie ertrank. Nein, sie wollte einfach nur friedvoll die Augen schließen und wissen, dass bald alles vorbei war. Tiefer und tiefer ging sie ins Flussbett hinein. Das Wasser reichte ihr schon bald bis an die Schulter. Da hörte sie hinter sich ein Rufen, und ein Mann sprang neben ihr ins Wasser, gerade, als Vivien in den Fluten versank.

Zwei kraftvolle Arme hoben sie aus dem Wasser und trugen sie zurück ans sichere Ufer. Als Vivien die Augen öffnete, hustete und spuckte sie Unmengen von Wasser aus. Der Mann neben ihr schien unendlich erleichtert. Jetzt erst sah Vivien, dass er eine Mönchskutte trug. Er war rundlich und klein von Gestalt und wohl schon im fünften Jahrzehnt seines Lebens. Sein Gesicht war von Lachfalten durchzogen. Der Mönch schien mit seinem Dasein rundum zufrieden zu sein. Jetzt allerdings triefte er vor Nässe, und auch an Vivien war keine Stelle am Körper mehr trocken. »Da bist du ja wieder. Gott sei gelobt! Nun wollen wir dich zuerst einmal trocken legen.« Bevor Vivien protestieren konnte, hatte der starke Mönch sie wieder auf die Arme genommen und trug sie zu seiner Hütte. Dort gab er ihr trockene Kleidung und zog sich selbst eine trockene Kutte an. Als das Mädchen sich zu ihm gesellte, schmunzelte er, und wider Willen musste auch Vivien lachen. Sie musste komisch aussehen in der viel zu weiten Kutte. Andere Kleidung hatte der Mönch natürlich nicht gehabt. Nun wurde sie erst einmal in eine warme Decke gewickelt, und der Klosterbruder bereitete ihr einen warmen Tee, in den er einen ordentlichen Schuss Kräuterschnaps gab.

Schaudernd trank Vivien. »Was für ein Höllengebräu!«, meinte sie zähneklappernd. »Du wirst schon sehen, dass es hilft«, lachte der Bruder. Wenige Minuten später spürte sie, wie sich die Wärme in ihr ausbreitete, und sie fühlte sich zusehends wohler. Als der Mönch merkte, dass das Mädchen sich langsam entspannte, begann er, sie auszufragen.

»Nun erzähl erst einmal. Wie heißt du, wo kommst du her, und was um alles in der Welt ist dir denn passiert, dass du solche Dummheiten machst?«

Der ungewohnte Alkoholanteil in ihrem Tee machte Vivien gesprächiger, als sie sein wollte.
»Mein Name ist Vivien, Lady von Newark. Mein Vater ist der Herr von Newark Castle. Und was ich eben getan habe, war mein einziger Ausweg. Ich kann nicht mehr hierbleiben!«

Ihre Augen füllten sich erneut mit Tränen. Der Mönch legte ihr tröstend die Hand auf die Schulter und meinte: »Na, na. Nichts ist so schlimm, dass es keine andere Lösung mehr gibt, als sein Leben wegzuwerfen. Du kannst mir alles erzählen, was dich bedrückt. Ich bin ganz allein für dich da, mein Kind.«

Vivien war schon erleichtert, dass der Geistliche ihr nicht mit ewiger Verdammnis gedroht hatte, weil sie sich hatte das Leben nehmen wollen. Sie schaute in das freundliche Gesicht, das den inneren Frieden und die Gelassenheit des Mönches widerspiegelte, und fasste Vertrauen zu ihm. Schließlich begann sie, ihre Geschichte zu erzählen.

Ron konnte gar nicht fassen, was ihm da beinahe passiert wäre! Er wusste ja nicht, was geschah, wenn sein Gastkörper starb. Starb er dann mit? Oder – er schauderte vor Entsetzen – musste er ewig in einer Leiche weiterleben? Oder sprang er heraus und irrte für immer ziellos herum, weil seine Aufgabe nicht gelöst war? Jedenfalls dankte er Gott und allen verfügbaren Heiligen dafür, dass dieser Mönch aufgetaucht war und das Mädchen gerettet hatte. Gar nicht auszudenken wäre es gewesen, wenn … nein. Das wollte er sich wirklich nicht vorstellen!

Ob doch jemand die Hand über ihn hielt und rechtzeitig die Rettung gesandt hatte? Oder hatte das Mädchen außer ihm noch einen anderen Schutzengel? Er war ja zugegebenermaßen zurzeit als Schutzengel ein echter Blindgänger! Zwar hatte er den Mönch gesehen und sich innerlich die Lunge aus dem Hals geschrien, als Vivien nasse Füße bekam, aber ob das den Mönch auf Vivien aufmerksam gemacht hatte? Wohl eher nicht. Vielleicht jedoch hatte es jemand anders auf ihn aufmerksam gemacht. Das war ein schöner Gedanke, den er nur zu gerne glauben wollte. Mit einem Mal fühlte er sich nicht mehr ganz so allein. Und schlimmer konnte es doch jetzt nicht mehr kommen. Oder? Vielleicht gab es ja noch Rettung für sie beide. Er würde es sehen. Jetzt hieß es erst einmal tief durchatmen und sich des Lebens freuen!

In der Zwischenzeit hatte Vivien in einem langen Gespräch, das viele Tränen gekostet hatte, dem Geistlichen ihre Lage geschildert. Dieser hatte die Stirn in Falten gelegt und dachte nach. »Mein Kind, ich kann deinen Kummer verstehen. Dies ist keine schöne Situation, in der du da steckst. Gott kann nicht wollen, dass du dein ganzes weiteres Leben im Unglück verbringst. Ich denke, er hat mich dir zur richtigen Zeit geschickt.«

Nach einigen weiteren Minuten angestrengten Nachdenkens hellte sich sein Gesichtsausdruck auf. »Ich denke, ich weiß, wer dir helfen kann.«

»Wer denn?«, fragte Vivien gespannt. »Das kann ich dir leider nicht verraten. Aber ich denke, ich kann dir versichern, dass du diesen Grafen Henry nicht heiraten musst. Er wird sich um alles kümmern.«

»Und was ist mit Sir Cedric? Kann er ihn befreien? Ich will nicht, dass er meinetwegen gefoltert wird«, sagte Vivien mit bleichem Gesicht. »Nun, auch darum wird er sich kümmern. Jetzt aber, mein Kind, müssen wir dich nach Hause zurückbringen.«

»Muss das denn sein?«, fragte Vivien entsetzt. Sie konnte sich nur zu gut vorstellen, welch ein Empfang sie auf der Burg erwartete. »Ich kann dich leider nicht bei mir behalten. Was würde denn mein Abt dazu sagen?«, scherzte der Bruder. »Aber sei ohne Furcht. Egal, was dir nun geschieht, deine Zukunft wird anders aussehen, als es jetzt noch scheint. Lass mich nur machen, und vertraue auf Gott.«

»Das verspreche ich Euch. Und ich danke Euch von ganzem Herzen für Eure Hilfe.«

»Danke nicht mir, danke dem Allmächtigen, dass er ein Auge auf dich hatte.«

»Wie kann ich Euch Eure Hilfe vergelten?«, fragte Vivien dankbar. »Indem du nun brav nach Hause zurückkehrst und mich machen lässt. Und verlier nicht den Mut, egal, wie schwer die kommenden Tage für dich werden. Es wird alles gut. Vertrau mir.« Gerührt ließ der Mönch es zu, dass Vivien ihn herzlich umarmte. »Wie heißt Ihr, wenn ich fragen darf?«, fiel Vivien ein, als sie schon auf dem Pferd saß. »Mein Name ist John Tuckson, Mylady. Nun kommt gut nach Hause! Gott behüte Euch!«

Als Lady Vivien nach Hause ritt, brach die Dunkelheit bereits herein. Aber es machte ihr nichts aus. Die Dunkelheit in ihrem Herzen war viel schlimmer gewesen, und nun war sie wie ausgelöscht. Der Bruder hatte ihr versprochen, dass alles gut werden würde. Und ein Geistlicher durfte nicht lügen. Sie hatte nicht die geringste Ahnung, wie er das bewerkstelligen wollte, aber er hatte sehr überzeugend geklungen, als er ihr versicherte, dass sie Henry nicht würde heiraten müssen. Die Hoffnung in ihrem Herzen übertönte sogar die leise Angst, wie ihr Vater sie zu Hause empfangen würde.

Noch nie hatte sie ihren Vater so wütend und aufgebracht gesehen, noch nie ihre Mutter so bleich und voller Angst. Doch Vivien war innerlich wie versteinert. Sogar seine Schläge prallten an ihr ab. Nur ihr Körper schmerzte, aber ihre Seele konnte er nicht mehr verletzen. Sie hörte Graf Edward noch schreien: »Du bleibst in deiner Kemenate, bis du verheiratet bist! Ich werde die Tür persönlich absperren! Nie mehr wieder wirst du mich zum Gespött der Leute machen! Ich will dir zeigen, was es heißt, mir davonzulaufen und sich schamlos mit einem dahergelaufenen Ritter zu vergnügen! Nach der Hochzeit bist du nicht mehr meine Tochter! Graf Henry wird schon mit dir fertig werden, das verspreche ich dir! Und mit deinem Ritter werde ich fertig werden, das verspreche ich dir ebenfalls! Er wird bis zu deiner Hochzeit kein Tageslicht mehr sehen, und mein Kerkermeister wird ihm Benehmen beibringen!«

Ihre Sorge um Cedric war das Einzige, was Vivien ehrlich bekümmerte. Von diesem Abend an saß sie in ihren Gemächern fest. Ihr Vater hatte tatsächlich die Tür eigenhändig verschlossen und den Schlüssel an sich genommen. Nicht einmal Mary, ihre alte Kinderfrau, durfte zu ihr. Weinend stand sie vor der Tür. »Was habt Ihr nur getan, mein Täubchen! Ihr tut mir so unendlich leid. Ich kann Euren Kummer so gut verstehen. Wie kann Euer Vater nur so herzlos sein! Kann ich etwas für Euch tun?«

»Bete für mich, Mary! Und für Sir Cedric. Und, Mary, wenn du irgendetwas von ihm hörst, bitte, gib mir Nachricht! Unbedingt, hörst du?«, bat Vivien. Was mit ihr geschah, war ihr gleichgültig, solange Sir Cedric nur am Leben war!

Sie zündete eine Kerze vor ihrem kleinen Hausaltar an und griff nach ihrem Rosenkranz, bis sie irgendwann erschöpft einschlief. Den Lärm gegen Mitternacht, tief unten in den Kerkern, hörte sie nicht.

Am nächsten Morgen klopfte Mary aufgeregt an die Tür ihrer kleinen Herrin. »Mylady, Mylady, hört Ihr mich? Kommt bitte zur Tür, ich muss Euch etwas erzählen! Er ist weg! Ausgebrochen!«

Verschlafen fuhr Vivien hoch und tappte auf bloßen Füßen zur Tür. »Was hast du gesagt? Wer ist weg? Cedric?«

»Ja, ja! Irgendjemand muss ihm geholfen haben! Der Wächter wurde überwältigt und der Schlüssel gestohlen. Es ist niemandem ein Leid geschehen. Nur ein schwarzer Pfeil steckte in der Wand!«

»Ein schwarzer Pfeil? Was soll denn das bedeuten?«, fragte Vivien verwirrt.

»Das weiß niemand. Tatsache ist, dass dein Ritter fort ist. Sicher wurde er von einem Freund gerettet. Bestimmt befreien sie auch Euch!«

»Ich bin nur glücklich zu wissen, dass er nicht mehr gefoltert wird. Hoffentlich geht es ihm gut«, meinte Vivien. »Danke für deine Nachricht, Mary! Jetzt kann ich wieder froh sein.«

Die kommenden Tage vergingen eintönig. Vivien blieb eingesperrt. Die Mahlzeiten bekam sie auf ihr Zimmer gebracht. Weder ihr Vater noch ihre Mutter ließen sich bei ihr blicken. Es machte Vivien nichts aus. Sie fühlte keine Bindung mehr zu diesen Menschen. Sie hatten sie großgezogen, ja.

Und dann ziemlich tief fallen lassen. Das würde sie niemals vergessen können.

Ihre Zeit verbrachte sie mit lesen, sticken, schlafen und beten. Und sie träumte. Von Sir Cedric, dem es wieder so gut ging wie eh und je, der in guten Händen war, der bereits einen Plan schmiedete, wie er sie aus ihrem Gefängnis befreien konnte.

So nahte ihr siebzehnter Geburtstag, und damit auch ihre Hochzeit. Bis zum heutigen Tage hatte sie von ihrem Ehemann kein Wort mehr vernommen. Als der bewusste Tag anbrach, sperrte ihr Vater die Tür auf. Wortlos reichte er Vivien ihr Hochzeitskleid herein, und Mary quetschte sich unter seinen bösen Blicken ungerührt an ihm vorbei ins Zimmer, um ihr beim Ankleiden behilflich zu sein. Vivien staunte, als sie das Kleid ausgebreitet vor sich sah. Es war ein Traum aus weißen Spitzen, Seide und Perlenstickerei. Das Kleid funkelte und glänzte, und es endete in einer Schleppe, die wohl fünf Meter lang sein mochte. Der Schleier war ebenfalls aus feinster Spitze gearbeitet, fiel drei Meter lang an ihr herab, und den Kopf krönte ein Diadem aus glänzendem Silber, ganz filigran gearbeitet und mit Perlen und Edelsteinen besetzt. Elegante Schuhe aus feinstem weißem Leder vervollständigten das Bild. »Ihr werdet wie eine Prinzessin aussehen«, schwärmte Mary. »Nur, dass Ihr leider nicht Euren Prinzen heiraten werdet«, schloss sie traurig. »Da bin ich mir nicht sicher, Mary. Ich habe so ein Gefühl, dass heute alles anders werden wird«, meinte Vivien und lächelte geheimnisvoll. Ihr Herz quoll förmlich über vor Hoffnung. Würde man sie heute retten? Oder hatte der Mönch wohl zu viel versprochen?

Nach wohl einer geschlagenen Stunde war Lady Vivien fertig angekleidet, frisch frisiert und bereit, dem Kommenden entgegenzutreten. Eine Kutsche stand im Burghof bereit, die sie in die Kirche nach Lincoln bringen würde, wo der Bischof persönlich die Trauung vornahm. Ihr Ehemann würde sie bereits vor dem Altar erwarten.

Während der ganzen Fahrt über klopfte Vivien das Herz bis zum Hals. Jederzeit erwartete sie, dass jemand die Kutsche anhielt und sie entführte. Doch nichts geschah. Gemächlich trabten die beiden vorgespannten Schimmel ihren Weg. Bald schon war die große Kirche von Lincoln in Sicht, vor der zur Feier des Tages viele Fahnen gehisst worden waren. Blumenschmuck und Girlanden verkündeten, dass eine große Festlichkeit stattfinden würde, und viele neugierige Bürger hatten sich vor der Kirche eingefunden. Ein bewunderndes Raunen ging durch die Menge, als die Braut aus der Kutsche stieg.

Langsam wurde Vivien bang ums Herz. Sie sah sich um, aber sie konnte niemanden erkennen, der ihr bekannt vorkam. Auch Sir Cedric war nirgends zu sehen, und Bruder John war ebenfalls nicht zu entdecken. Im Innern der Kirche spielte bereits die Orgel, und Graf Edward stellte sich neben seine Tochter und hakte ihren Arm fest mit dem seinen ein. Wie es Brauch war, führte er Vivien zum Klang des Hochzeitsmarsches durch das Kirchenschiff, um sie am Altar ihrem zukünftigen Ehemann zur Seite zu stellen. Graf Henry von Lincoln stand bereits da, in feine schwarze und weiße Seide gehüllt, korrekt frisiert und mit eiskaltem Blick. Die Orgel verstummte, eine Glocke bimmelte, die Kirchenbesucher standen auf, und der Bischof mit einem großen Gefolge von Messgehilfen zog in die Kirche ein. Die Hochzeitsmesse begann.

Als der Bischof nach langer Ansprache die Trauungszeremonie einleitete, sank Vivien der Mut. Sicher hatte Cedric es nicht mehr geschafft. Sie hatte umsonst gehofft. In weniger als fünf Minuten würde der Mann an ihrer Seite ihr Ehemann sein, und das Schicksal würde seinen trüben und traurigen Verlauf nehmen.

Plötzlich gab es draußen einen Tumult, und das Kirchentor flog explosionsartig auf. Herein stürmten unzählige Männer, alle grün und braun gekleidet und mit Pfeil und Bogen bewaffnet. Hinterher kam der kleine Mönch gelaufen, vor Anstrengung schon sichtlich außer Atem. Der Bischof wusste nicht, wie ihm geschah. Er stand da wie zur Salzsäule erstarrt, während Graf Henry erblasste und Vivien errötete. Sie hatte Cedric erkannt, der inmitten der Horde von Männern auf sie zugelaufen kam und sie in die Arme schloss. Graf Edward schoss aus seiner Kirchenbank und protestierte laut, wurde aber von den zahlreichen Männern, die die Kirche mittlerweile füllten, zum Schweigen gebracht. Vier Männer waren nötig, den rasenden Grafen zu bändigen. Erst ein vorgehaltener Dolch und ein gespannter Bogen ließen Edward erkennen, dass die Männer es ernst meinten, und er schwieg. Zwischenzeitlich hatten drei weitere Männer den Bischof mit vorgehaltenen Waffen »überredet«, seinen Platz freizugeben und sich in die Sakristei zurückzuziehen, um dort für den weiteren Verlauf der Messe zu bleiben. Vorsichtshalber würden die Männer bei ihm bleiben, um ihm Gesellschaft zu leisten.

Bruder John hatte dem Bischof kurzerhand das Messgewand über den Kopf gezogen und seinen Platz am Altar eingenommen. Das Gewand hing ihm bis auf die Füße, weil der Bischof einen guten Kopf größer war als er, aber das tat der Feierlichkeit keinen Abbruch. Die Messbesucher hatten sich beruhigt, als sie erkannt hatten, dass ihnen kein Leid geschehen würde, und warteten gespannt darauf, wie es weiterging.

Inzwischen stand Sir Cedric in einem strahlend weiß-goldenen Waffenrock neben seiner Vivien. Einige Schrammen und blaue Flecken im Gesicht erzählten noch von den Torturen, die er im Kerker über sich hatte ergehen lassen müssen. Ein bärtiger junger Mann in einer grünen Tunika, dessen brauner, dreispitziger Hut von einer kecken Feder geschmückt wurde, hatte ihm die Kleidung überreicht und stand dem Ritter nun als Trauzeuge zur Seite, während sich Mary an Viviens Seite gestellt hatte. Die Lady wusste nicht, wie ihr geschah, und sie glaubte zu träumen, als Bruder John mit der Trauungszeremonie fortfuhr, als sei nichts gewesen. Beide Liebenden gaben sich das Ja-Wort aus tiefstem Herzen und versanken danach in einen innigen Kuss.

Viviens Wangen waren vor Freude gerötet, und sie hätte laut jubeln mögen, als sie an der Seite von Sir Cedric die Kirche verließ. Cedric setzte sie vor sich auf seinen Rappen. Doch Vivien stoppte ihn, als er losreiten wollte. »Halt, mein Liebster! Wir müssen uns noch bei Bruder John bedanken! Und wer ist denn der Fremde, der dein Trauzeuge war?«

»Bruder John? Das war Bruder Tuck! Sie nennen ihn so, weil sie schon einen John haben. Da drüben steht er, das lange Laster!«, lachte Cedric. »Little John heißt er bei ihnen.«

»Das passt ja«, lachte Vivien. »Und was mich angeht«, lächelte der Fremde, der vor ihnen gestanden hatte und sich nun zu ihnen umdrehte, »mein Name ist Robert von Locksley. Es war mir eine Ehre, Mylady!« Galant zog er seine federgeschmückte Kappe. Dann verschwand er mit all seinen Männern in den nahe gelegenen Wald von Sherwood.

»Du hast mir sicher noch viel zu erzählen!«, meinte Vivien glücklich, als sie mit Cedric zusammen davon ritt.

In diesem Moment wurde Ron aus Viviens Körper katapultiert. Plötzlich sah er sah die beiden aus der Vogelperspektive davonreiten. »Hey, was soll das denn jetzt schon wieder? Warum bin ich hier fertig? Ich habe doch überhaupt nichts tun können! Nicht die Bohne! Das muss mir aber einer erklären!« rief er in den unendlichen Raum über sich. Ein Lichtstrahl brach aus den Wolken, und Ron hörte eine Stimme tief in sich. »Manchmal, Ron, müssen wir lernen, dass wir nichts, aber auch gar nichts an einer Situation ändern können. Egal, wie sehr wir es auch wollen, wie viel Kraft wir auch aufwenden. In solchen Momenten hilft dir nur das Vertrauen darauf, dass am Ende alles so geschieht, wie es das Beste für jemanden ist. Oft lässt sich dies nicht auf den ersten Blick erkennen. Aber hast du gesehen, wie glücklich sie jetzt ist? Sie hat gelernt zu vertrauen. Und ich hoffe, du auch!«

Noch bevor Ron etwas antworten konnte, wurde er wieder in den Strudel der Zeit gerissen, weit fort.

6

Frankreich, 1889 n. Chr.

Als Ron in erneutem Wirbel durch die Zeit flog, hatte er nicht erwartet, sich nach seiner Landung etwa zweihundert Meter über dem Boden zu befinden. »Du lieber Himmel, ich bin doch nicht schwindelfrei!«, rief er entsetzt, als er in einen Mann eintauchte, der auf einem hohen Stahlgerüst balancierte.

»Jean-Claude, bitte pack mal mit an!«, keuchte ein kräftiger Arbeiter, den Ron als Charles Dubois erkannte. Er erkannte ihn? Blödsinn, er kannte ihn doch gar nicht! Ron wunderte sich. Anscheinend war er blitzschnell wie noch nie in das Gedächtnis seines neuen Gastgebers eingedrungen und wusste binnen Sekundenbruchteilen, dass er sich im Körper eines jungen Bauarbeiters namens Jean-Claude Lacroix befand, der sich für seinen Geschmack eine viel zu gefährliche Arbeit ausgesucht hatte. Vorsichtig wagte Ron einen Blick aus Jean-Claudes Perspektive und wünschte sich sogleich, er hätte es sein lassen. Schon in seinem eigenen Leben hatte er Höhen gescheut, die über zwei Stufen einer Trittleiter hinausgingen. Und nun das! Sein Gastkörper stand auf einer Stahlstrebe, die nur etwa zwanzig Zentimeter breit, aber dafür in exakt zweihundertzwölf Metern Höhe angebracht war, wie er dem Wissen Jean-Claudes entnehmen konnte.

Geschickt balancierte Jean-Claude zu seinem Kollegen hinüber und ergriff das andere Ende des Stahlträgers, das Charles gerade in Empfang genommen hatte. Gemeinsam schafften sie das Metallstück an seinen Bestimmungsort, wo sie es mit der Routine, die sie sich in den nunmehr zwei Jahren Bauzeit angeeignet hatten, fest vernieteten. »Ich bin gespannt, ob wir dieses Riesenpuzzle rechtzeitig zur Weltausstellung fertig bekommen«, meinte Charles skeptisch. Jean-Claude wies auf die anderen Stahlarbeiter, die wie die Ameisen auf verschiedenen Ebenen an dem riesigen Bauwerk herumwerkelten, und lachte. »Wenn alle übrigen dreitausend Mann so gut zusammenarbeiten, wie wir es tun, wird's wohl funktionieren.«

Aus dem emotionalen Gedächtnis des jungen Mannes konnte Ron lesen, dass er und Charles dicke Freunde waren. Beide hatten sich vor zwei Jahren, als der Startschuss zum Baubeginn des sogenannten Eiffelturmes gefallen war, kennengelernt. Seitdem sie bemerkt hatten, was für ein gutes Team sie bei ihrer gefährlichen Arbeit abgaben und dass sie sich auch privat bestens verstanden, wären sie füreinander durch's Feuer gegangen. Ron war neugierig geworden und stöberte weiter in der Jean-Claudes Wissen und Gedanken. So erfuhr er, dass er mit einer lieben Frau namens Nadine verheiratet war, die in wenigen Monaten Nachwuchs erwartete. Charles dagegen hatte seine langjährige Freundin Madeleine noch nicht geehelicht, war dem aber nicht abgeneigt. Zuerst jedoch wollte er die gefährliche Arbeit an diesem Turm beenden und sich an einer weniger riskanten Baustelle bewerben, um Madeleine auch Sicherheit bieten zu können. Es wurmte ihn schon, dass er seine Freundin so viel allein lassen musste, doch der Bau musste vorangehen, und alle standen unter Termindruck.

Jean-Claude hingegen wohnte praktisch direkt neben der Baustelle. Er gewährte seinem Freund während der Woche Asyl; Charles konnte in seinem Haus schlafen. Nur an den Wochenenden ging Charles nach Hause zu seiner Madeleine. »Da wird sie sich während der Woche sicher einsam fühlen«, dachte Ron laut.

»Was hast du gesagt?«, fragte Jean-Claude seinen Kollegen. Der sah ihn verwundert an. »Keinen Ton.«
»Komisch. Ich dachte, ich hätte jemanden mit mir reden hören.«
»War sicher jemand anders. Auf so einer großen Baustelle redet jeder mit jedem. Da kann man sich leicht verhören.«
»Sicher hast du Recht. Lass uns weitermachen, bevor es Ärger gibt.«
Ron wäre vor Freude fast aus seiner – oder besser Jean-Claudes – Haut gefahren. Endlich konnte ihn wieder jemand wahrnehmen! In diesem Fall schien es sogar recht gut zu klappen, denn Jean-Claude hatte seine Gedanken praktisch als Stimme wahrgenommen. »So kann ich arbeiten! Das sind

ganz andere Voraussetzungen! Allerdings muss ich nun wohl in Zukunft leise denken, wenn ich den armen Kerl nicht um seinen Verstand bringen will.«

Er fühlte sich ganz zappelig vor Aufregung, und das nicht nur, weil er beinahe haltlos in halsbrecherischer Höhe schwebte. Diesmal würde er wieder etwas bewegen können! Aber was? Langsam kam er wieder auf den Boden der Tatsachen zurück. Erst einmal musste er herausfinden, warum er eigentlich hier war.

»Hier« war in diesem Fall, wie selbst für ihn unschwer zu erkennen war, Paris zur Zeit der Erbauung des Eiffelturms. Ob Jean-Claude wusste, dass dieser Turm, an dem er mitbaute, einst das Wahrzeichen seines Landes werden würde? Ron kroch in Jean-Claudes Gedanken und forschte nach. Nach dessen Wissensstand handelte es sich nur um ein Projekt anlässlich des hundertjährigen Jubiläums der französischen Revolution, gebaut für die Weltausstellung, die in diesem Jahr in Paris stattfinden würde. Es war nicht einmal sicher, ob das Bauwerk lange stehen bleiben würde. Die Einwohner von Paris liefen Protest gegen den Turm und beschimpften ihn als Schandfleck, während die Künstlerwelt noch weiter ging und ihn als düsteren Fabrikschornstein oder tragische Straßenlaterne bezeichnete. Jedenfalls wurde der Stahlkoloss eher als Entehrung von Paris denn als Ehre angesehen.

»Die werden sich noch wundern. Aus meiner Zeit ist er gar nicht mehr wegzudenken. Sogar als Radio- und Fernsehsender wird er genutzt, und er bringt ungeahnte Summen allein durch die Touristen ein, die an ihm hochsteigen, um die schöne Aussicht zu genießen. Was ich allerdings nicht verstehen kann«, schauderte Ron, als Jean-Claude wieder einmal haarscharf am Rand des Turmes vorbeikletterte. Nicht, dass dieser unsicher gewesen wäre, im Gegenteil, er besaß einen wunderbaren Gleichgewichtssinn. Trotzdem war Ron äußerst unwohl, und er sehnte sich Jean-Claudes Feierabend und somit festen Boden unter den Füßen herbei.

Meter um Meter wuchs der riesige Stahlturm in die Höhe. Die Arbeiter waren gut eingespielt, und ein Ende der Arbeiten war in Sicht. In wenigen Wochen würde der Bau vollendet sein. Gut zwei Jahre Bauzeit lagen nun hinter ihnen, und alle konnten es kaum erwarten, das letzte Stück Stahl zu vernieten. Es war ein teures und aufwendiges Projekt geworden, und man fieberte nun trotz aller Proteste seiner Fertigstellung entgegen.

Ron hatte sich in den hintersten Winkel von Jean-Claudes Geist verkrochen, um nicht unbedingt hautnah seine halsbrecherischen Akrobatikeinlagen mit ansehen zu müssen. Er war heilfroh, als endlich alle ihre Werkzeuge einpackten und auf einen Aufzug nach unten warteten. Als sie endlich wieder auf festem Boden standen, sah er sich den Bau noch einmal an. Es war ein überwältigendes Bild: Der riesige Turm erstreckte sich von vier massiven Füßen aufwärts, über riesige Plattformen, auf denen sich einst, wie Ron wusste, Millionen von Touristen tummeln würden. Nur noch die Spitze fehlte, und diese würde binnen kürzester Zeit fertig sein.

»Beeindruckend!«, gab Ron zu. »Aber sicher bin ich nicht hier, weil ich zu meinen Lebzeiten noch nie den Eiffelturm in natura gesehen habe. Also heißt es jetzt erst mal wie immer: Augen offen halten!« Er war gespannt, welcher Herausforderung er sich diesmal würde stellen müssen.

Jean-Claude und Charles gingen gemeinsam die beiden Straßen zu Jean-Claudes Haus, wo sie schon von Nadine erwartet wurden. Sie war eine wunderschöne Frau, groß und schlank, bis auf einen kleinen Babybauch, der sich schon deutlich abzeichnete. Ihr glattes, braunes Haar war zu einer Pagenfrisur geschnitten, und wenn sie lächelte, bildeten sich tiefe Grübchen in ihren Wangen, und ihre ungewöhnlich grünen Augen strahlten.

»Hallo, ihr beiden, da seid ihr ja endlich. Kommt herein, und macht es euch bequem, ihr Schwerarbeiter. Das Essen ist gleich fertig.«

»Hm, das riecht ja mal wieder verführerisch. Was gibt es denn?«, fragte Jean-Claude und folgte seiner Frau in die Küche, wo er neugierig den Deckel vom Kochtopf hob. »Hey, du Topfgucker!«, schimpfte Nadine lachend und hob drohend den Zeigefinger. Jean-Claude umfasste seine Frau zärtlich von hinten mit beiden Armen und streichelte ihr den Bauch. Dabei raunte er ihr ins Ohr: »Ihr beide werdet mir doch nichts tun wollen? Ich habe euch den ganzen Tag vermisst. Vor allem dich, meine Schöne. Am liebsten würde ich dir gleich hier und jetzt zeigen, wie sehr ich dich liebe!«

»Oh lala«, lächelte Nadine kokett, »seit wann gibt es den Nachtisch zuerst?«
Geschickt wandte sie sich aus den Armen ihres Mannes und gab ihm einen
schnellen Kuss auf die Nasenspitze. Dann scheuchte sie ihn aus der Küche.
»Ihr beiden könnt euch schon mal an den Tisch setzen. Das Essen ist jeden
Moment soweit. Und sieh zu, dass Charles viel auf den Teller bekommt. Er
soll doch müde werden, n´est-ce pas?«, zwinkerte sie ihrem Mann zu.

Der verließ grinsend die Küche und gesellte sich zu seinem Freund. Dieser
saß schon erwartungsvoll am Tisch. Nadine war eine hervorragende Köchin,
man konnte sich jeden Abend auf ihr Essen freuen. Draußen brach die Dunkelheit herein, und Jean-Claude entzündete die Kerzenleuchter auf dem Tisch.
Das flackernde Licht sorgte sofort für eine behagliche Stimmung. Charles
griff nach der Rotweinflasche, die schon bereitstand, und schenkte jedem
ein Glas aus. Während dessen kam Nadine aus der Küche. Sie trug einen
großen Kochtopf, aus dem es verführerisch duftete. »Oh, Bouillabaisse! Nadine, du bist ein Engel!«, freute sich Charles. »Mein Lieblingsessen.« Er schau-
felte sich eine große Portion der Fischsuppe auf den Teller. Jean-Claude bediente zuerst seine Frau, ehe er sich selbst einen großen Teller voll genehmig-
te. Die Arbeit an der frischen Luft machte ihn immer hungrig. Einige Minuten lang war nichts zu hören als das Klappern der Löffel auf ihren Tellern.

Nach dem Essen saßen sie noch einige Zeit zusammen am Tisch und genossen das letzte Glas Rotwein. Dabei entspannten sie sich zusehends, und
ihre Augen wurden immer schwerer.
»So, ihr zwei Lieben«, gähnte Nadine verstohlen und sah auf die Uhr, »ich
kümmere mich nun um den Abwasch, und dann gehen wir schlafen.«
»Ich helfe dir, mein Schatz!«, beeilte sich Jean-Claude zu sagen, »Charles,
du kannst schon schlafen gehen, wir sind bald fertig. Es ist nicht mehr viel
Arbeit.«
»D´accord«, stimmte Charles müde zu. »Ich hau mich in die Falle. Morgen
ist wieder ein anstrengender Tag.« Er trollte sich in sein Zimmer, und bald
schon hatte er sein Licht gelöscht und schlief dem nächsten Arbeitstag entgegen.

Währenddessen wuschen Jean-Claude und Nadine noch schnell das Geschirr ab. Jean-Claude stellte sich mit dem Abtrocknen nicht ungeschickt an.
Wenn er die Teller und das Besteck in die Schränke räumte, streifte er nicht

ohne Absicht das Hinterteil seiner Frau, oder hauchte ihr einen Kuss in den Nacken. Nadine lächelte. Sie liebte die Zärtlichkeiten ihres Mannes, und selbst nach nunmehr drei Jahren Ehe war es niemals langweilig mit ihm. Als er erneut an ihr vorbeiging, setzte sie ihm lachend einen Schaumklecks auf die Nasenspitze, den er gespielt empört wegpustete und seine Frau erst einmal durchkitzelte. Er genoss es, mit ihr herumzualbern und ihren wunderschönen Körper zu spüren. Sie wehrte sich nicht, als er provozierend ihre Brüste streichelte, und er spürte durch den Stoff ihres Pullis, wie sich ihre Knospen aufstellten. Er drehte sie zu sich um und küsste sie eindringlich. Da sie einen guten Kopf kleiner war als er, hob er sie hoch und setzte sie auf die Arbeitsplatte. Seine Erregung wuchs, und ein kehliges Stöhnen entfuhr ihm, als er mit seiner Zunge ihren Mund erkundete. Ihre Körper rieben sich aneinander, und ihre Lippen waren miteinander verschmolzen. Nadine hatte die Hände in seinem Nacken verschränkt, und ohne, dass sich ihre Zungen voneinander lösten, zog er sie zu sich auf seine Hüfte und trug sie ins Schlafzimmer. Dort ließ er sie aufs Bett fallen. Atemlos begann er, sie zu entkleiden. Jeden Zentimeter ihres Körpers, den er freilegte, bedeckte er mit Küssen. Nadine rekelte und wand sich wohlig unter ihm und keuchte leise vor Erregung. Endlich lag sie nackt vor ihm. Blitzschnell schälte Jean-Claude sich aus seiner eigenen Kleidung und warf sich in die Kissen.

Die beiden Liebenden streichelten und küssten einander, kitzelten und foppten sich und wurden immer hungriger aufeinander. Als er endlich in sie eindrang, empfanden sie es beinahe als Erlösung. Mit aller Leidenschaft, die sie aufbringen konnten, zeigten sie einander ihre Liebe, bis sie gemeinsam zum Höhepunkt fanden.

Danach lagen sie erschöpft nebeneinander. Nadine hatte den Kopf auf Jean-Claudes Brust gelegt und schmiegte sich an ihn, während er zärtlich durch ihr Haar strich. Plötzlich nahmen sie beide eine Bewegung aus Nadines Bauch wahr, ein Stupsen, das sie beide spüren konnten.

Jean-Claude schaute nach unten und sah eine winzige Handfläche, die sich gegen Nadines Bauchdecke drückte. Gerührt und gleichzeitig belustigt meinte er: »Schau mal, er will mitspielen.«

»Woher willst du wissen, dass es ein Er ist?«, fragte Nadine und boxte ihn scherzhaft an die Schulter. »Weil er dich von innen her streichelt, beinahe so, wie ich es eben getan habe«, neckte Jean-Claude, und in Erinnerung daran küsste er seine Frau noch einmal. Fest aneinandergekuschelt schliefen sie schließlich ein.

Ron im Innern von Jean-Claude hätte sich nichts sehnlicher gewünscht, als einmal so auf seine Emotionen zugreifen zu können, wie es bei Vivien der Fall gewesen war. Zu gerne hätte er mehr von diesem Liebesspiel gefühlt, aber leider hatte er außen vor bleiben müssen. »Mist. Irgendwie wird mir der Sex nicht mehr vergönnt«, schmollte er. »Selbst beim Hund habe ich damals nichts mitgekriegt. Spielverderber!« Schließlich beschloss er, sich auch zur Ruhe zu begeben. Es gab wohl Dinge in seinem Dasein, die er nicht ändern konnte. Diese erzwungene Keuschheit gehörte wohl dazu. Leider.

Am nächsten Morgen machten sich Charles und Jean-Claude nach einem herzhaften Frühstück mit frischem Baguette und Café au Lait wieder auf den Weg zur Baustelle. Es war Freitag, und Charles freute sich, am Abend zu seiner Madeleine zurückkehren zu können. Den ganzen Tag lang sprach er von nichts anderem. Schließlich vertraute er Jean-Claude ein Geheimnis an. »Versprich mir, dass du nichts verrätst. Am nächsten Wochenende hat Madeleine Geburtstag. Ich möchte sie gerne mit unserer Verlobung überraschen. Nadine und du, ihr seid herzlich dazu eingeladen. Sie mag euch ebenso gerne, wie ich es tue.«

»Meinst du nicht, dass ihr das beide allein feiern solltet?«, zweifelte Jean-Claude. »Sie weiß es ja noch nicht. Zuerst einmal feiern wir ihren Geburtstag, und im geeigneten Moment ziehe ich den Ring aus meiner Tasche. Wenn ihr dann meint, dass es für euch Zeit ist zu gehen, werde ich euch nicht böse sein«, zwinkerte Charles. »Natürlich könnt ihr aber auch gerne anschließend mit uns weiterfeiern.«

Schwitzend nieteten sie ihre Stahlstreben fest. »Wir kommen gerne, mein Freund. Ich freue mich, dass du dich endlich entschieden hast«, freute sich Jean-Claude und schlug seinem Kameraden herzlich auf die Schulter. Charles grinste. »Ich habe gesehen und gehört, wie glücklich ihr miteinander seid. Ich hoffe, mir wird es auch eines Tages so ergehen.«

»Sicher. Spätestens dann, wenn du eine Arbeitsstelle hast, von der aus du abends zu Hause sein kannst. Wenn ihr euch erst jeden Tag sehen könnt, stellt sich das Glück ganz von allein ein. Jetzt seid ihr euch noch mehr oder weniger fremd und wohnt auch nicht zusammen. Und wer weiß«, scherzte Jean-Claude, »vielleicht bist du eines Tages dankbar, wenn deine Baustelle wieder weiter weg liegt.« Charles lachte laut. »Vielleicht hast du Recht. Aber ich glaube es nicht. Madeleine ist so ein liebenswertes Geschöpf. Ich kann mir nicht mehr vorstellen, ohne sie zu sein.«

»Dann ist sie die richtige für dich«, versicherte Jean-Claude seinem Freund, und beide stürzten sich wieder in ihre Arbeit.

Am Abend waren beide erschöpft. Der Turm war wieder um einige Meter gewachsen, und das Ende war nun in Sicht. Nächste Woche würden sie die Arbeiten abschließen können, genau rechtzeitig zum Beginn der Weltausstellung. Jetzt war erst einmal Wochenende. Jeder konnte zu der Frau seines Herzens zurückkehren. Und am nächsten Wochenende würden sie zusammen Charles Verlobung feiern. Wenn das keine guten Aussichten waren!

So fuhren sie den nunmehr zweihundertneunzig Meter hohen Turm mit dem Aufzug hinunter und verabschiedeten sich voneinander mit einem herzlichen Handschlag. »Mach's gut, mein Freund, und komm gut nach Hause«, winkte Jean-Claude Charles hinterher. Der winkte zurück. »Bis Montag! Schöne Grüße an Nadine!«

Jean-Claude beeilte sich, zu seiner Frau heimzukehren. Er konnte es kaum erwarten, ihr die Einladung zu Charles Verlobung auszurichten. Sicher würde sie sich ebenso freuen, wie er sich für seinen besten Freund freute. Es konnte nicht Schöneres geben, als die Frau seines Herzens zu heiraten, das wusste er aus eigener Erfahrung. Als seine Nadine ihm dann noch eröffnet hatte, dass sie schwanger war, war das Glück für ihn perfekt gewesen. Neugierig beobachtete er jede Veränderung an seiner Frau, und er konnte es natürlich kaum erwarten, endlich ihr gemeinsames Kind in den Armen zu halten. Jeden Tag dankte er Gott dafür, dass es ihm so gut ging. Deshalb konnte er sich ehrlichen Herzens mit jedem freuen, der ebenfalls sein Glück fand. Charles und Madeleine gönnte er es am allermeisten. Sie sollten genauso glücklich werden, wie er es war! Und wie er Charles kannte, würde er wohl so schnell wie möglich eine kleine Familie gründen …

Mit diesen Gedanken im Kopf kam er zu Hause an, wo seine Frau ihn schon erwartete. Nadine war für jeden Tag froh, an dem ihr Mann heil und unverletzt wieder heimkam. Sie wusste, wie gefährlich seine Arbeit sein konnte, und sie zitterte jeden Morgen um ihn, wenn er wieder zu der Baustelle aufbrach. Gerade jetzt, wo sie sein Kind trug, fürchtete sie sich vor dem Gedanken, ihm könne etwas zustoßen. Sie konnte sich nichts Schlimmeres vorstellen, als ihn zu verlieren. Und zu allem Unglück würde sie dann allein mit dem Kind dastehen, ohne Einkommen und ohne Familie, denn ihre Eltern lebten bereits nicht mehr, und Geschwister hatte sie auch keine. Aber so Gott wollte, würde dies nie geschehen.

Nadine wusste, dies waren nur die nervösen Gedanken einer Schwangeren. Natürlich würde ihr Mann auf sich achtgeben. Seitdem er selbst die ersten Bewegungen seines Kindes gespürt hatte, war ihm mehr als deutlich geworden, dass in ihr ein kleiner Mensch heranwuchs, der sie beide brauchen würde. Sicher war er jetzt noch vorsichtiger, als er es ohnehin schon war. Immerhin bedeuteten sie einander so unendlich viel, dass es sich mit Worten schon nicht mehr beschreiben ließ. Nachdem in ihrem Leben nicht immer alles nach Wunsch verlaufen war, war sie für das Glück, das sie mit Jean-Claude empfinden durfte, besonders dankbar.

Er hatte sie praktisch von der Straße geholt, als ihre Eltern bei einem Unfall ums Leben gekommen waren. Ihr Elternhaus wurde versteigert, um die ausstehenden Schulden zu begleichen. So war sie eine Zeit lang im Obdachlosenasyl untergekrochen, wo sie darüber nachdachte, ihren Körper zu verkaufen, um zu Geld zu kommen. Doch gerade an dem Tag, wo sie dies das erste Mal versuchen wollte, hatte sie Jean-Claude kennengelernt. Von da an war alles besser geworden, und als er schließlich um ihre Hand angehalten hatte, war ihr Glück perfekt gewesen.

Nadine schüttelte die Gedanken an ihre Vergangenheit ab, als ihr Mann endlich wieder vor ihr stand und sie zärtlich in die Arme schloss. »Mein Schatz«, murmelte er. »Wie jeden Tag bin ich froh, dich endlich wiederzuhaben. Wie geht es dir? Was macht mein Sohn?«

»Meiner Tochter geht es gut, danke. Sie hat mich heute ziemlich viel getreten«, neckte Nadine ihren Mann, der sich mit einem Nasenstüber revanchierte. »Wie war dein Tag?«, fragte sie ihn.

Jean-Claude rückte sofort mit seiner Neuigkeit heraus. »Charles hat uns für das kommende Wochenende zu sich und Madeleine eingeladen. Madeleine hat Geburtstag, aber was sie noch nicht weiß, ist, dass er sich an diesem Abend endlich mit ihr verloben will!«

»Nein! Wirklich? Das freut mich aber!«, jubelte Nadine. Sie hatte Madeleine noch nicht oft gesehen, aber die Frauen waren sich auf Anhieb sympathisch gewesen. Charles hatte sie ja nun zur Genüge kennengelernt, seit er während der Woche bei ihnen übernachtete, und sie mochte ihn ebenfalls.

»Komm her, mein Liebster, zieh erst einmal deine Arbeitskleider aus und setz dich an den Tisch«, meint Nadine schließlich, nachdem sie sich noch einmal geküsst hatten. »Dein Abendessen wartet schon, und dann haben wir ganz viel Zeit füreinander. Du kannst mir alles erzählen.« Nur zu gerne kam Jean-Claude dieser Aufforderung nach. Seine Frau hatte eine wunderbare Gemüsesuppe gekocht, die er sich nach der Anstrengung des Tages genüsslich schmecken ließ. Zwischendurch erzählte er ihr von den Fortschritten, die sie heute gemacht hatten, und dass der Turm wohl in der kommenden Woche fertig werden würde. »Na endlich«, seufzte Nadine glücklich. »Ich kann dir gar nicht sagen, wie froh ich bin, wenn du nicht mehr dort oben herumturnen musst. Jeden Tag habe ich Angst, dich zerschmettert vom Boden aufsammeln zu müssen.«

»Aber Liebling, du weißt doch, dass ich auf mich aufpasse. Ich werde dich niemals mehr allein lassen. Und meinen kleinen Sohn doch auch nicht.« Er konnte es nicht lassen, seine Frau abermals zu ärgern, was ihm einen Tritt ans Schienbein einbrachte.

»Hilfe, zwei gegen einen ist unfair!«, rief Jean-Claude lachend und brachte seinen leeren Teller in die Küche. Seine Frau folgte ihm und erwischte ihn, als er spielerisch vor ihr weglief. Dann verschloss sie seinen Mund mit einem dicken Kuss, während ihre Hände seinen Oberkörper streichelten. »Meine Süße, du bist so heiß! Niemals mehr will ich ohne dich sein«, murmelte Jean-Claude, ehe er sich in diesem Kuss verlor.

»Endlich mal ein glückliches Paar!«, freute sich Ron. »Zumindest eines, das von Anfang an glücklich war und dem ich nicht dazu verhelfen musste. Aber wem soll ich denn hier wozu verhelfen? Ist doch alles in Butter! Die zwei kriegen nicht genug voneinander und dann noch Nachwuchs obendrein, und bei den anderen beiden bahnt sich dasselbe an. Wozu bin ich dann hier? Es gibt keine Vulkane, böse Pharaonen, noch nicht mal Hunde, worüber ich mehr als dankbar bin. Ich kann hier schlichtweg kein Problem erkennen. Aber vielleicht bin ich einfach noch nicht lange genug hier? Auf Pompeji war auch erst alles okay. Nur, dass man dort zumindest mal eine Vorahnung entwickeln konnte, was auf einen zukommen würde. Hier könnte höchstens der Turm einstürzen, und davon habe ich noch nie etwas gelesen. Hm. Vielleicht sollte ich mich einfach genau wie diese beiden am Wochenende entspannen und abwarten.«

Gemütlich lehnte sich Ron in Jean-Claudes Geist zurück. Solche ruhigen Momente waren in der letzten Zeit selten für ihn gewesen. Aber ein Auge würde er immer offen halten müssen. Nicht, dass er aus lauter Übermut noch etwas verpasste! Er war ja schließlich nicht im Urlaub hier. Seine Prüfung würde mit Sicherheit nicht mehr lange auf sich warten lassen.

Nach zweistündigem Fußmarsch war auch Charles bei seiner Madeleine angekommen. Er konnte es gar nicht mehr erwarten, sie endlich wieder in die Arme zu schließen. Sie fehlte ihm während der Woche unglaublich, und es tat ihm leid, sie so oft allein lassen zu müssen. Doch am nächsten Wochenende würde er alles wieder gut machen. Endlich würde er ihr das Leben bieten können, das sie sich beide schon lange erträumten.

Als sie ihm die Tür öffnete, kam sie ihm einmal mehr wieder wie ein Engel vom Himmel vor. Ihre wohlproportionierte Gestalt und ihre langen, blonden Haare, zusammen mit ihren leuchtenden blauen Augen vervollständigten dieses Bild. Für einen Moment blieb er schlichtweg sprachlos stehen, ehe er sie in die Arme zog und mit einem langen, zärtlichen Kuss begrüßte. Madeleine, die nicht damit gerechnet hatte, blieb glatt die Luft weg. »Mon Dieu, bist du stürmisch!«, japste sie, als sie wieder zu Atem kam. »Komm zuerst einmal rein. Es ist kalt und dunkel hier.« Charles trat ein und schloss die Tür hinter sich. »Ich bin so froh, dass du wieder heil und gesund bei mir bist«, meinte Madeleine und nahm Charles die Jacke ab. Dann gab sie ihm ihrerseits einen Kuss.

Charles hätte stundenlang so im Hausflur stehen bleiben können. Er merkte, wie er Hunger und Müdigkeit vergaß. Am liebsten hätte er die junge Frau gleich ins Schlafzimmer getragen, um ihr zu zeigen, wie sehr er sie vermisst hatte. Zärtlich streichelte er den Körper seiner zukünftigen Frau. Er hatte sich mit den Händen einen Weg unter ihren Pullover gebahnt und fuhr langsam mit den Händen vom Nacken bis über den Rücken, wobei er keinen Zentimeter ausließ. Madeleine ließ ein wohliges Stöhnen vernehmen. Sie liebte es, so gestreichelt zu werden. Ihr Mund war warm und feucht, und ihre Zunge spielte mit ihm und liebkoste die seine. Als sie zärtlich an seiner Zungenspitze saugte, stöhnte er auf. Wenn sie jetzt weitermachte, würde er sich nicht mehr beherrschen können.

Sie schien ihn ebenfalls vermisst zu haben, denn auch ihre Hände gingen auf Wanderschaft und fanden sich bald unter seinem Hemd wieder, wo sie seinen Bauch liebkosten, seine Brust streichelten und langsam wieder tiefer wanderten, immer tiefer. Bald schon konnte sie fühlen, wie sehr er sie begehrte, und durch ihre sanften Streicheleinheiten trug sie dazu bei, dass sein Begehren immer stärker wurde.

Plötzlich roch es von irgendwoher angebrannt. »Himmel, meine Kartoffeln!«, rief Madeleine und riss sich von ihm los, um das Schlimmste zu verhindern. So kam Charles gezwungenermaßen wieder auf den Boden der Tatsachen zurück, und als er das Essen roch, merkte er wieder, dass er Hunger hatte. »Na gut«, dachte er sich, »eins nach dem anderen. Wir haben das ganze Wochenende Zeit füreinander.« Er folgte Madeleine in die Küche, die gerade die angebrannten Kartoffeln von den noch essbaren aussortierte. Dabei schimpfte sie neckisch mit Charles: »Dafür kann ich dich gebrauchen! Mich so abzulenken! Nun musst du mit dem zufrieden sein, was noch übrig ist.« Sie zwinkerte mit den Augen, als sie dies sagte, und so meinte Charles grinsend: »Das ist nicht so schlimm, mon amour. Wenn das Essen nicht reicht, werde ich anschließend dich vernaschen.«

»Dann schau nur zu, dass du dich nicht übernimmst«, gab Madeleine zurück und deckte den Tisch für das gemeinsame Abendessen. Sie hatte sich sehr viel Mühe gegeben und ihrem Liebsten ein großes Stück Braten zubereitet, zusammen mit den nun stark dezimierten Kartoffeln, einer Gemüsemischung und einem knackigen Salat. Dazu stand die übliche Flasche Rotwein auf dem Tisch. Eine dicke Kerze sorgte für stimmungsvolle Beleuchtung, und im Hintergrund lief leise ein Grammofon.

»Madeleine, du bist ein Engel!«, freute sich Charles und nahm Platz. Er ließ es sich nicht nehmen, seiner Freundin die besten Stücke auf den Teller zu legen, ehe er sich selbst bediente. Dann prostete er ihr mit dem Rotweinglas zu. »Auf uns!«

Nach dem sie sich das Essen schmecken gelassen hatten, lagen sie satt und zufrieden in ihren Stühlen. Charles erzählte Madeleine von den Ereignissen der vergangenen Woche. Dabei musste er sich beherrschen, sein Geheimnis nicht schon eine Woche zu früh auszuplaudern. Nein, an ihrem Geburtstag würde der richtige Zeitpunkt sein.

Auch Madeleine erzählte von ihren Erlebnissen, die aber nicht so eindrucksvoll gewesen waren, als Tag für Tag auf einem immer höher wachsenden Stahlgebilde herumzuhangeln.

»Ich verstehe nicht, wie du das kannst«, gab sie zu. »Ich würde sterben vor Angst. Und ich habe auch Angst um dich.«

»Das brauchst du nicht«, beruhigte Charles sie. »Die schlimmsten Stellen sind alle schon fertig, wir haben alle Übung bekommen in den letzten zwei Jahren, und bisher ist noch niemandem etwas passiert. Ich will auch nicht unbedingt der Erste sein, der vom Turm herunterfällt. Allein deshalb passe ich schon gut auf mich auf. Und vor allem, mein Schatz, will ich dir keinen Kummer machen.«

»Das ist lieb von dir«, meinte Madeleine. »Trotzdem ist es nicht so einfach, die ganze Woche lang kein Lebenszeichen von dir zu haben und nur hoffen zu können, dass du am Wochenende heil und gesund wieder heimkommst.«

»Das glaube ich dir, mein Liebling, und deshalb werde ich mir für die Zukunft andere Baustellen suchen, die nicht mehr so gefährlich sind, und die nicht so weit weg liegen, damit ich abends immer bei dir sein kann. Der Turm wird nächste Woche fertig werden, dann ist diese Strapaze endlich vorbei.« Madeleine schaute ungläubig, dann stand sie auf und fiel Charles um den Hals. »Dass du das für mich tun wirst!«

»Für uns, mein Schatz, für uns beide.« Es fiel ihm wirklich schwer, nicht jetzt schon um ihre Hand anzuhalten. Aber, wenn er es sich recht überlegte, fiel ihm zu Ablenkung durchaus noch etwas anderes ein …

Er zog Madeleine auf seinen Schoß und fing an, mit seinen Lippen ihren Hals zu liebkosen. Langsam und unendlich zärtlich wanderte er nach unten, bis er ihre Schultern erreicht hatte. Madeleine hatte genüsslich den Kopf zur Seite gelegt und die Augen geschlossen. Als Charles sanft mit den Zähnen an ihrer Schulter zu knabbern begann, schnurrte sie behaglich. Charles nahm die Hände zu Hilfe und knetete ihr sanft den Nacken. Er fühlte, wie Madeleine sich unter seinen kundigen Händen entspannte und nun ihrerseits begann, durch sein Haar zu wühlen und zu kraulen. Dabei näherten sich ihre Lippen den seinen und küssten ihn sanft und gleichzeitig fordernd. Charles Erregung stieg, und seine Hände wanderten zu ihren Brüsten, die sie ihm entgegenreckte.

Er streichelte ihre prallen Rundungen und bemerkte, dass ihre Knospen sich aufstellten. Als er mit den Fingerkuppen darüber streichelte, stöhnte sie leise auf. Das war für Charles der Moment, sie auf den Armen hinüber ins Schlafzimmer zu tragen. Geistesgegenwärtig löschte er vorher die Kerze aus und trat die Tür mit einem Fuß ins Schloss. Sollte das Geschirr doch warten. Sie hatten Besseres zu tun!

Im Schlafzimmer warf er sie mitten ins Bett und beeilte sich, seine Kleider loszuwerden, während sie sich ebenfalls entkleidete. Mit einem Sprung war er bei ihr und kuschelte sich an sie. Ohne Zeit zu verlieren, schickte er seine Hände auf Wanderschaft über ihren ganzen Körper, um ihre Erregung zu steigern, und küsste alle Stellen, die er erreichen konnte. Auch sie hatte ihre Hand auf den Teil seines Körpers gelegt, der ihr am meisten zeigte, wie sehr er sie wollte, und massierte ihn, erst mit ihren Fingern, und schließlich mit ihren Lippen. Schließlich hielt Charles es nicht mehr aus. »Oh, mein Engel, ich muss dich jetzt lieben!«

Er zog seine Madeleine auf sich, und als sie endlich eins waren, entfachte der Rhythmus ihrer Bewegungen ein wahres Feuerwerk der Liebe in ihnen, bis sie ihre Erfüllung fanden und sie, sich müde und erschöpft einander umarmend, zusammen einschliefen.

Das Wochenende war viel zu schnell vorbei. Montags morgens trafen sich Jean-Claude und Charles wieder zur gewohnten Zeit an der gewohnten Stelle und marschierten zur Arbeit. »Na, wie waren die Tage bei deiner Madeleine?«, fragte Jean-Claude augenzwinkernd. »Heiß!«, grinste Charles ohne jede Verlegenheit. »Ich hatte Mühe, mit meinem Antrag bis zum Ende dieser Woche zu warten. Ich möchte diese Frau unter keinen Umständen mehr laufen lassen. Sie ist einfach perfekt für mich.«

»Das freut mich ehrlich«, meinte Jean-Claude. »Und ich bin gespannt, welches Gesicht sie am Samstag machen wird, wenn du den Ring aus der Tasche ziehst.«

»Das bin ich auch«, meinte sein Freund. »Hoffentlich wird es kein Reinfall.«

»Hast du Angst, sie könnte Nein sagen?«, fragte Jean-Claude amüsiert. »Na, wer hätte das denn nicht?«, verteidigte sich Charles. »Oder willst du etwa behaupten, du seiest dir deiner Sache sicher gewesen?«

»Nicht wirklich«, gab Jean-Claude zu. »Irgendwie sind die Frauen doch immer wieder für eine Überraschung gut, deshalb sollte man sich niemals zu sicher sein.«

»Du sprichst ein wahres Wort gelassen aus«, sagte Charles, während er mit seinem Kollegen in den Aufzug stieg, der sie in mehr als zweihundert Metern Höhe über Paris wieder herausließ. Die Aussicht in der aufgehenden Sonne war atemberaubend. Die beiden genossen sie für einen Augenblick, ehe die Arbeit unerbittlich nach ihnen rief.

Die Abschlussarbeiten am Eiffelturm verliefen ohne Zwischenfälle, sodass pünktlich zum Ende der Woche der Bau für fertig erklärt werden konnte. Der Termin war eingehalten worden, was im Baugewerbe selten genug war. Dreitausend Mann hatten über achtzehntausend Teile mit Hilfe von zweieinhalb Millionen Nieten aneinandergefügt, und das Ergebnis stand in voller Höhe von dreihundert Metern und atemberaubend schön vor ihnen.

Die Eröffnungsfeierlichkeiten zur Weltausstellung standen vor der Tür und würden sicher alle Besucherrekorde sprengen. Die Arbeiter hatten allen Grund, stolz auf ihr Werk zu sein, und so vergingen die letzten beiden Arbeitsstunden zur Feier des Tages und des Bauabschlusses mit einem Umtrunk, bevor sich alle ins Wochenende verabschiedeten.

»Na, schon Herzklopfen?«, neckte Jean-Claude seinen Kollegen, als sie zuerst zu ihm nach Hause gingen, wo er sich umziehen und dann zusammen mit Nadine und Charles auf den Weg zu Madeleine machen würden. »Ein biss-chen schon«, gab Charles zu. »Da hat auch der billige Sekt vom Bauleiter nicht geholfen.« Jean-Claude lachte. »Mit dem Zeug kannst du dir allenfalls die Zähne putzen. Ich hoffe mal, heute Abend gibt's Champagner!«

»Da kannst du drauf wetten, mein Freund! Wenn alles gut geht, meine ich.«

»Ach was, natürlich geht das gut! So, wie du mir dein letztes Wochenende geschildert hast, kann es gar nicht schief gehen!«, beruhigte Jean-Claude sei-nen Freund.

Zwischenzeitlich hatte Nadine ihnen die Tür geöffnet. Sie war bereits ausgefertig angezogen. Zusammen mit Charles nahm sie noch einen Mo-ment lang Platz, bis ihr Mann ebenfalls wieder frisch gemacht und präsenta-bel gekleidet war. Dann brachen die drei auf, um die zwei Stunden Fußweg quer durch Paris noch vor Einbruch der Dunkelheit hinter sich zu bringen. Jean-Claude trug das riesige Blumenbukett, das Nadine für Madeleine zum Geburtstag besorgt hatte. Es entspann sich eine muntere Unterhaltung. Amüsiert stellten die beiden Eheleute fest, dass Charles immer stiller wurde, je näher sie seinem Zuhause kamen. Er war wohl doch nicht so gelassen, wie er sein wollte!

Ron grinste in seinem tiefsten Inneren in sich hinein. Er war in seinem Leben nie in die Verlegenheit gekommen, einen Heiratsantrag zu machen, aber er konnte sich vorstellen, dass die Angst, ein Nein zu kassieren, durchaus real war.

Jedenfalls fieberte er dem Abend allein schon aus Neugier entgegen, wie diese Liebesgeschichte weitergehen würde. Die von Jean-Claude konnte er ja hautnah mit verfolgen. Bis auf die interessanteren Dinge, für die er leider emotional gesperrt worden war ...

»Ich komme mir vor wie in einem Liebesfilm! Da sieht Dirty Dancing ja blass dagegen aus! ‚Mein Baby gehört zu mir, ist das klar?' Hey, den Satz kenne ich tatsächlich noch! – Hätte nie gedacht, dass sich dieser Fernsehabend mit meiner Freundin mal bezahlt macht ...«, lästerte Ron. »Ich glaube, diese beiden Pärchen können das noch toppen! Die sind echt gut!«

Aber hinter all der Lästerei musste Ron zugeben, dass er jeden einzelnen dieser Menschen, deren Leben er da gerade kennenlernte, beneidete. Nicht nur wegen ihres Sexlebens ... Nein. Die tiefen Gefühle, die jedes Paar für einander empfand, hatte er nie richtig kennenlernen dürfen. Mit seinen Freundinnen hatte er im Bett immer viel Spaß gehabt, aber für eine solche Beziehung, wie diese Menschen sie hatten, waren sie schlichtweg untauglich gewesen. Hatte das vielleicht letzten Endes an ihm gelegen?

Langsam kam Ron ins Grübeln. Wenn er seine Beziehungen so überdachte, hatte er viel Wert darauf gelegt, eine gewisse Distanz zu wahren, um sich nicht von einer Frau einwickeln zu lassen, wie er es nannte. Tja, Distanz und Nähe schlossen sich nun einmal aus, musste er nun erkennen. Leider viel zu spät. Nähe und Vertrauen hatte er bereits im Keim erstickt, egal, welche Frau ihm buchstäblich zu nahe gekommen war. Was ihm dadurch entgangen war, welche Tiefe seine Beziehungen hätten erreichen können, sah er nun als lebendiges Vorbild. Leider auch viel zu spät. Er hätte viel von ihnen lernen können. Auch in seiner Zeit wäre eine solche Liebe möglich gewesen. Das hatte er wohl gründlich versaut.

Sie waren alle drei froh, als sie endlich vor Charles Haus angekommen waren. Besonders Nadine war ziemlich mitgenommen, schließlich hatte sie die doppelte Last zu schleppen gehabt. Sie freute sich nun auf einen bequemen Sitz auf Madeleines Sofa. Natürlich war sie auch gespannt, wie ihre Freundin auf den Heiratsantrag reagieren würde und war schon voller Vorfreude. Auch ihr Mann zwinkerte ihr von Zeit zu Zeit verschwörerisch zu. Sie wusste, dass er sich, genau wie sie, an ihre eigene Verlobung erinnerte. Damals hatten sie ein Picknick an der Seine gemacht, im Frühling. Es war warm, und sie hatten geschmust und gealbert, und schließlich war es so spät geworden, dass die Sonne unterging. Und in diesem Moment, als sie beide den rot glühenden Himmel betrachteten, hatte Jean-Claude vor ihr niedergekniet und sie gefragt, ob sie seine Frau werden wollte. Und sie hatte ihm nicht widerstehen können. Bis heute nicht!

Madeleine öffnete freudestrahlend die Tür und umarmte jeden Einzelnen und küsste sie auf die Wange. »Wie schön, dass ihr alle gekommen seid, nur weil ich älter werde!«, scherzte sie und freute sich über die Blumen, die Jean-Claude ihr mit einer eleganten Verbeugung überreichte. »Wie wunderschön, vielen Dank! Kommt doch herein, ihr Lieben. Ihr müsst doch müde sein nach dem langen Weg.«

»Das kannst du laut sagen«, seufzte Nadine. »Ich war selten so froh, mich wieder setzen zu dürfen.«

»Oh, du hast ja schon ganz schön was zu tragen!«, staunte Madeleine. »Als wir uns das letzte Mal gesehen haben, war noch nichts zu erkennen. Schon ziemlich lange her, was? Wann ist es denn soweit?«

»Ich denke mal, in drei Monaten habe ich es überstanden. Dann trage ich das, was ich jetzt im Bauch habe, auf dem Arm«, lachte Nadine und ließ sich aufs Sofa fallen, denn mittlerweile waren sie im Wohnzimmer angekommen. »Ich wünsche dir auf jeden Fall, dass alles gut geht«, versicherte Madeleine ihrer Freundin. Bei einer Geburt konnte so viel passieren. Nadine würde jedes Glück gebrauchen können.

Inzwischen hatten es sich alle gemütlich gemacht. Madeleine verteilte Getränke, und sie hatte ein wunderbares Buffet aufgebaut, an dem sich alle bedienen durften: eine Fischplatte, verschiedene Salate, frisches Baguette und viele verschiedene Sorten Käse. »Oh, Madeleine, du bist großartig«, staunte Jean-Claude und kaute Sekunden später bereits an einem Stück Baguette. Dabei vergaß er seine Frau aber nicht. Er suchte ihr einige Leckereien aus, drapierte sie auf einem Teller und servierte sie seiner Nadine, die sich mit Madeleine bereits angeregt unterhielt. »Danke, du bist ein Schatz!«, lachte sie ihren Mann an, der sich hungrig wieder ans Buffet verzog. Charles wurde immer nervöser und trippelte ziellos durch die Wohnung. »Setz dich doch zu uns, Liebling«, meinte Madeleine und rückte ein Stück auf dem Sofa, damit er Platz haben konnte. Jean-Claude schaute zu ihm herüber und wusste, dass sein Freund es nicht mehr länger aushalten würde. Deshalb nickte er ihm zu, und Charles nickte erleichtert zurück. Dann fasste er sich ein Herz, zog das Kästchen mit dem Ring aus seiner Tasche und kniete vor der überraschten Madeleine nieder.

»Meine liebe Madeleine. Ich möchte dir viel Glück für dein neues Lebensjahr wünschen. Da du Geburtstag hast, bist du es eigentlich, die einen Wunsch frei hat. Aber wenn du mir einen Wunsch erfüllen würdest?« Madeleine nickte verdutzt, und Charles fuhr fort. »Ich wünsche mir nichts sehnlicher, als all deine kommenden Geburtstage, den ganzen Rest deines Lebens, zusammen mit dir verbringen zu dürfen. In guten und in schlechten Zeiten, an jedem einzelnen Tag möchte ich an deiner Seite sein. Madeleine, willst du meine Frau werden?« Charles schaute mit bittenden Hundeaugen zu ihr hoch, und sein Herz klopfte ihm bis zum Hals. Seine Freunde warteten gespannt und mucksmäuschenstill.

Madeleine sprang quietschend von ihrem Platz und flog Charles direkt um den Hals. »Ja! Ja, ich will!!!«, rief sie laut und küsste Charles an jeder erreichbaren Stelle ab. Dieser öffnete mit zitternden Händen das Kästchen und steckte ihr einen schmalen Goldreif mit einem Brillanten an den Finger. Madeleine konnte sich vor Freude kaum mehr beruhigen und strahlte mit Jean-Claude und Nadine um die Wette, die dem zukünftigen Brautpaar herzlich gratulierten. Unauffällig wischte sich Charles den Schweiß von der Stirn. Geschafft! Den Rest des Abends durfte er genießen, mit seiner zukünftigen Frau!

Als Nächstes knallten die Champagnerkorken, und man stieß auf das Brautpaar an. Es wurde ein langer und fröhlicher Abend, an dem bereits die ersten Planungen für die Hochzeit getroffen wurden, denn Jean-Claude und Nadine wurden zu Trauzeugen ernannt. Man einigte sich auf einen Termin in vier Wochen, dann würde es bereits Frühling sein, und das war eine gute Zeit zum Heiraten. Es war schon spät in der Nacht, als Jean-Claude sich mit seiner Frau ins Gästezimmer zurückzog, das Charles zur Verfügung gestellt hatte. An eine Rückkehr nach Hause war in dieser Nacht nicht mehr zu denken.

Nach einem gemütlichen, ausgedehnten Frühstück, das beinahe bis in die Mittagsstunde dauerte, machten sich die beiden am nächsten Tag wieder auf den Weg nach Hause. Sie waren froh, dass es für Charles so gut funktioniert hatte und freuten sich schon auf die Hochzeit.

Auch Ron freute sich. Er hatte Charles die Daumen gedrückt, obwohl er sich dabei kitschig vorkam. Aber es sah ihn ja niemand, und solange er sich nicht zu laut freute, bekam auch Jean-Claude nichts mit … Bisher hatte er es sich verkniffen, sich einen Spaß daraus zu machen und mit ihm zu reden. Es reichte ihm zu wissen, dass er sich im Fall der Fälle würde Gehör verschaffen können. Wobei er wieder bei der Frage gelandet war, was hier überhaupt der Fall sein würde? Er hatte noch nicht einmal den Ansatz eines Problems entdecken können. Halb hatte er ja gedacht, dass Madeleine vielleicht Nein sagen würde und ein verzweifelter Charles würde getröstet werden müssen, aber diese Sache war ja gelaufen, und das zum Glück positiv für alle Beteiligten. Also blieb ihm nichts anderes übrig, als noch eine Weile abzuwarten. Weg konnte er ja sowieso nicht. Vielleicht bekäme er ja noch einige heiße Liebesszenen zu Gesicht … »Das wäre mir die Sache allemal wert!«, dachte sich Ron und schmunzelte in sich hinein. Ja, ja, die Franzosen und l′amour … Es stimmte wohl wirklich, was man sich so erzählte … Sie liebten einfach intensiver als der Rest der Welt!

Noch einmal schweiften seine Gedanken ab zu seinem eigenen Leben. Er bedauerte es sehr, niemals erfahren zu haben, wie es war, einem Menschen mit Haut und Haaren verfallen zu sein. Wie es war, sich nicht einmal vorstellen zu können, auch nur einen Tag ohne diesen Menschen zu verbringen. Dass einem die Abwesenheit seines geliebten Partners beinahe körperlichen Schmerz bereiten konnte. Das alles hatte er nie gelernt, weil er Angst vor dieser Abhängigkeit gehabt hatte. Er wollte mit seiner Haltung Kummer vermeiden, hatte es aber auch vermieden, vollkommen zu lieben und geliebt zu werden. Dass ihm diese Erkenntnis erst jetzt kam, und dass er dies nie wieder würde rückgängig machen können, war eine bittere Lektion für ihn. Denn erst jetzt war ihm klar, dass er das Leben selbst versäumt hatte.

Die Wochen bis zur Hochzeit verflogen im Nu. Bereits am Tag zuvor machten sich Jean-Claude und Nadine, die mittlerweile noch schwerer an ihrem Nachwuchs zu tragen hatte, langsam und ohne Eile auf den Weg zu Charles und Madeleine. Sie würden wieder bei ihnen übernachten können und wollten sich im Hinblick auf Nadines Zustand allen Stress ersparen. So wären sie auch auf alle Fälle rechtzeitig vor Ort und könnten noch bei den letzten Vorbereitungen mit Hand anlegen. Das Brautpaar würde ohnehin zu nervös dafür sein, wie die beiden aus eigener Erfahrung wussten.

Jean-Claude trug einen kleinen Koffer mit ihrer Festgarderobe und dem Geschenk für das Brautpaar, während Nadine an ihrem Babybauch genug zu tragen hatte. In zweieinhalb Stunden mit mehreren kurzen Ruhepausen waren sie am Haus des Brautpaares angekommen.

Madeleine fiel ihnen jubelnd um den Hals, und Charles war nicht minder erfreut, endlich seelischen und tatkräftigen Beistand zu erhalten.

»Wie schön, dass ihr schon hier seid! Kommt herein! Wir sind gerade in den letzten Vorbereitungen. Meine Eltern werden morgen hier eintreffen, und ihre Verwandtschaft hat sich schon im nächsten Hotel einquartiert. Unsere engsten Arbeitskollegen werden sich auch blicken lassen, ich rechne zumindest mal mit zwanzig Mann, die wir vom Bau des Eiffelturms her kennen. Zusammen mit allen Freunden, Verwandten und Bekannten werden wir wohl beinahe hundert Leute haben!«, erzählte Charles aufgeregt.

»Wo habt ihr die? Hier im Haus?«, fragte Jean-Claude verwundert. »Nein«, erklärte Madeleine, »wir feiern in einem großen Saal, denn ein guter Bekannter von uns hat ein Restaurant nur einige hundert Meter vom neuen Eiffelturm weg, beinahe direkt neben der Kirche, in der wir heiraten werden.«

»Also müssen wir die ganze Strecke wieder zurücklaufen?«, fragte Nadine entsetzt. »Keine Sorge«, beruhigte sie Charles, »die meisten Gäste kommen ohnehin direkt dorthin, und für die wenigen Leute, die von hier aus zur Kirche müssen, haben wir genügend Kutschen parat. Du wirst bequem dorthin gefahren, und wenn du möchtest, bringen wir dich auch nach der Feier mit der Kutsche nach Hause.«

»Das hört sich besser an«, meinte Nadine erleichtert. »Ich bin ja nicht zimperlich, aber momentan fällt mir das Laufen echt schwer.« Erklärend deutete sie auf ihren Bauch und bekam sofort einen Tritt aus dessen Inneren verpasst. »Hey«, beschwerte sich Nadine lachend, »du hast gut treten, kleiner Wicht! Noch wirst du getragen!«

Den Rest des Tages verbrachten sie damit, quer durch die Stadt zu dem Ort der Festivitäten zu fahren, um dort den restlichen Blumenschmuck anzubringen. Auch die Kirche wurde feierlich geschmückt und war nun für den kommenden Tag bereit. Als sie am Abend alle aus der Kutsche stiegen, waren sie müde und froh, in ihr wohlverdientes Bett zu kommen. Ob sie würden schlafen können, stand auf einem anderen Blatt. Nicht nur das Brautpaar, auch die Trauzeugen waren aufgeregt und freuten sich auf den kommenden Tag.

Selbst Ron konnte eine gewisse Nervosität nicht unterdrücken. Vielleicht gab es ja morgen einen regelrechten Skandal, wenn die Braut es sich im letzten Moment doch noch einmal anders überlegte oder der Bräutigam in Ohnmacht fiel, so wie man es immer mal wieder im Fernsehen gesehen hatte. Schließlich wartete er immer noch händeringend auf sein Problem! So schön es hier war, er wollte nicht den Rest seines ewigen Lebens mit Baguette, Vin Rouge und Café au Lait verbringen müssen. Obwohl er von l´amour ja immer noch begeistert war …

Der kommende Tag begrüßte alle mit Sonnenschein und war wie für eine Hochzeit gemacht. Nadine hatte sich nach dem gemeinsamen Frühstück, (bei dem allerdings nicht viel verzehrt worden war), mit Madeleine in ihr Zimmer verzogen, um ihr beim Ankleiden und frisieren behilflich zu sein. Ihr Mann durfte sie unter keinen Umständen vorher sehen, das brachte angeblich Unglück. Dass dies nicht vorkam, dafür sorgte Jean-Claude, der seinerseits Charles unter die Fittiche nahm und später mit ihm zur Kirche vorfahren würde.

Nach beinahe zwei Stunden war die Braut endlich soweit. Madeleine steckte in einem Traum aus weißem Satin mit Perlenbesatz. Ihr Haar war kunstvoll um den Kopf gewunden und von einem Diadem und vielen Perlenbändern gekrönt worden. »Du siehst zauberhaft aus«, freute sich Nadine und sank in den nächst besten Stuhl. Nun war sie mit Umziehen an der Reihe. Charles und Jean-Claude waren bereits mit einer Kutsche auf dem Weg zur Kirche. Sie würde sich beeilen müssen, damit sie rechtzeitig fertig wurde. Aber die Braut war nun einmal die Hauptperson, da musste sogar die Trauzeugin zurückstehen …

So schnell es ihr mit ihrer Leibesfülle möglich war, zog sie das champagnerfarbene Kleid an, das sie sich extra für diesen Anlass besorgt hatte, und machte ihr Haar zurecht. Sie benötigte wesentlich weniger Zeit. So stand sie innerhalb einer halben Stunde zur Abreise parat. Die Trauung würde in einer Stunde beginnen, und die Kutsche brauchte etwa eine dreiviertel Stunde. Also war es nun höchste Zeit, aufzubrechen. Nadine schob die aufgeregte Madeleine in die Kutsche, stieg noch einmal aus, um den Brautstrauß zu holen, der beinahe im Wohnzimmer stehen geblieben wäre, und nach fünf Minuten konnten sie endlich losfahren.

Vor der Kirche waren schon viele der Angehörigen und Freunde versammelt. Als die Braut aus der Kutsche stieg, war ein vielstimmiges, bewunderndes »Ooooohhhh!« zu hören, und Madeleine strahlte. Charles stand am Eingang zur Kirche und drehte sich um, als er das Stimmengewirr hörte, das Madeleines Ankunft verursacht hatte. Seine Augen strahlten vor Bewunderung, als seine zukünftige Frau auf ihn zukam. »Du siehst wunderschön aus«, meinte er überwältigt, und Madeleine glaubte sogar, einen feuchten Glanz in seinen Augen zu entdecken.

»Du kannst dich aber auch sehen lassen«, gab Madeleine zu und musterte ihren Mann, der einen schwarzen Anzug aus feinstem Stoff und ein schneeweißes Hemd trug, dazu einen schwarzen Zylinder und eine satinglänzende schwarze Fliege um den Hals. »Nun dauert es nicht mehr lange«, meinte Charles. »Der Pfarrer kommt schon. Komm, wir stellen uns auf. Bist du auch so aufgeregt wie ich?«, fragte er leise. »Noch viel mehr«, gestand Madeleine. »Ich kann es gar nicht mehr erwarten, dich endlich rechtmäßig zur Frau zu haben. Nun hat die wilde Ehe ein Ende«, meinte Charles mit einem Augenzwinkern.

Madeleine errötete. Sie wusste, dass die heilige Mutter Kirche etwas mehr Selbstbeherrschung von ihnen verlangt hätte. Aber es war ihnen nicht möglich gewesen. Ihre Leidenschaft war für sie das schönste Liebesbekenntnis, und dafür dürfte sogar der Allmächtige Verständnis gehabt haben …

Zudem hatten sie es in der vorgeschriebenen Beichte vor der Ehe beide gestanden, und somit war ihnen vergeben worden. Nun würden sie mit ihren Lippen bekennen, was ihre Körper längst einander bekannt hatten, nämlich ihre ewige Liebe und Treue zueinander.

Der Priester trat zu ihnen und begrüßte sie. Mittlerweile hatten sich alle Hochzeitsgäste aufgestellt. Jean-Claude und Nadine standen direkt hinter dem Brautpaar. Ihre Herzen schlugen höher, als im Innern der Kirche die Orgel erklang. Langsam und feierlich zogen sie in die Kirche ein und besetzten die zugewiesenen Plätze.

»So, jetzt geht´s los«, freute sich Ron. »Schon lange her, seit ich bei einer Hochzeit dabei war«, meinte er ironisch. »So aufregend wie meine letzte wird sie wohl nicht werden. Aber mal sehen, was sie hier so in petto haben.«

Doch zu Rons Enttäuschung passierte nichts Außergewöhnliches. Es war eine wunderschöne und feierliche Trauungsfeier. Lediglich Ron selbst verursachte einen kleinen Zwischenfall. Gerade, als Charles und Madeleine sich das Ja-Wort geben sollten, dachte er ein wenig zu laut: »Jetzt nur keiner Nein sagen!«

Jean-Claude neben dem Bräutigam schrak zusammen und schaute sich suchend um, wer diese Worte gesagt haben sollte. Doch alle hinter ihm machten unschuldige Gesichter, keiner grinste, und es war nicht auszumachen, wer der Scherzbold gewesen sein könnte. So konzentrierte er sich wieder auf seine Rolle als Trauzeuge, war aber noch einige Zeit recht abgelenkt. Hatte das denn keiner außer ihm gehört? Normalerweise hätte man wenigstens erwartet, einige Gäste verstohlen lachen zu sehen, jedoch war ihm nichts dergleichen aufgefallen. Seltsam. Aber vielleicht kam er ja noch auf des Rätsels Lösung.

Zunächst einmal fielen sich Charles und Madeleine in die Arme und küssten sich. Das Schlimmste war überstanden, und ohne Pannen oder sonstige Vorkommnisse waren die beiden nun Mann und Frau. Die Orgel brauste ein letztes Mal auf, während sie aus der Kirche auszogen. Draußen wurde das frischgebackene Ehepaar erst einmal von allen Seiten beglückwünscht, es regnete Reiskörner und hagelte gute Wünsche. Dann machten sich alle Gäste auf in den großen Saal, der sich nur wenige Meter neben der Kirche befand.

Dort konnten nun die Feierlichkeiten beginnen. Nach einem Begrüßungstrunk wurde die reich gedeckte Tafel besetzt, und ein munteres Essen und Trinken begann. Die ganze Familie des Brautpaares war anwesend, und von Charles und Jean-Claudes Arbeitskollegen hatten sich viele eingefunden. Sie waren während der Bauarbeiten am Eiffelturm wie eine Familie geworden, und Charles war stolz, so viele begrüßen zu dürfen. Als sein Kollege Michel seine Frau Madeleine beglückwünschte, fiel ihm auf, dass er ganz große Augen bekam und sie regelrecht mit Blicken verschlang. »Du kannst aber froh sein, eine solche Frau abgekriegt zu haben«, meinte er anerkennend und hob sein Weinglas. »Auf eine glückliche Ehe!«

»Danke«, strahlte Charles und war beinahe gerührt. »Wir tun unser Bestes«, lachte Madeleine und prostete Michel zu.

Es war eine ausgelassene und muntere Feier. Die Stunden verflogen nur so mit Musik, Tanz, Essen und Trinken, und die Gäste wurden immer ausgelassener. Ron wünschte sich, mitfeiern zu dürfen und nicht nur zum Zusehen verurteilt zu sein. »Ausgerechnet ich bin der Einzige, der noch nüchtern ist«, maulte er. »Das wäre mir früher nie passiert!«

Ihm fiel auf, dass Michel sich ziemlich viel mit Madeleine beschäftigte und mit ihr ausgelassen tanzte. Ganz nüchtern war er auch nicht mehr. Zumindest verrieten dies seine unbeholfenen Bewegungen und seine immer undeutlicher werdende Sprache. Ron wollte schon amüsiert wegschauen, da stutzte er. Hatte dieser Michel Madeleine tatsächlich an den Ausschnitt gefasst? Er sah genauer hin und bemerkte Madeleines bösen Gesichtsausdruck. Betrunken oder nicht, das ging zu weit! Die Braut ließ den heiß gelaufenen Gast erst einmal stehen, um sich am Buffet noch etwas zu trinken zu besorgen. Dabei kreuzte Charles ihren Weg. Sie rief ihm im Vorbeigehen zu: »Freche Kollegen hast du, das muss man schon sagen.«

Charles wurde jedoch im selben Moment abgelenkt und vergaß die Bemerkung gleich wieder. Vielleicht war einer der Männer einfach nur in seiner Wortwahl etwas ausfällig geworden. Das passierte halt, wenn etwas getrunken wurde. Bauarbeiter waren harte Kerle und nahmen selten ein Blatt vor den Mund. Das würde er Madeleine später noch erklären.

Ron jedoch beschloss, den Kerl im Auge zu behalten, sofern ihm das durch Jean-Claude möglich gemacht wurde. Dieser Michel war ihm unsympathisch.

Zunächst jedoch verlief die Feier weiterhin fröhlich und ohne Zwischenfälle. Bis auf einmal auffiel, dass die Braut spurlos verschwunden war. »Sie wird an die frische Luft gegangen sein«, sagte sich Charles. Als Madeleine nach fünf Minuten jedoch immer noch nicht wieder aufgetaucht war, beschloss er, sie suchen zu gehen.

Mehrere Hochzeitsgäste liefen neugierig nach draußen, als dort ein Tumult ausbrach. Charles war nach draußen gegangen, um seine Frau zu suchen. Dabei hatte er Michel hinter dem Haus erwischt, wie er seine Madeleine in die Ecke gedrängt hatte und massiv belästigte. Ihr Kleid war zerrissen, und eine Brust lag frei. Michel hatte sie in einem Winkel eingeklemmt und bereits seine Hose geöffnet. Madeleine hatte geschrien, doch drinnen war es durch die Musik und die vielen Menschen so laut gewesen, dass niemand sie gehört hatte. Nun lief sie weinend zu Charles. Schwarze Wimperntusche verschmierte ihr Gesicht. Charles küsste sie und nahm sie tröstend in den Arm. Michel zog seine Hose wieder hoch und lallte: »Sie wollte es, diese Hure. Du hast eine elende Nutte geheiratet!« Bei diesen Worten weinte Madeleine nochmals auf, und Charles Wut bekam die Oberhand. »Pass auf meinen Schatz auf!«, befahl er Nadine und drückte ihr Madeleine in die Arme. Dann ging er auf Michel los. Dieser ahnte, was ihm die Stunde geschlagen hatte, und nahm die Beine in die Hand. Charles lief ihm hinterher. Der Kerl sollte etwas erleben!

Bei Ron in Jean-Claudes Geist läuteten alle Alarmglocken. Jetzt war egal, was er von ihm denken mochte. Er schrie, so laut er konnte: »Lauf ihm hinterher, schnell! Sonst geschieht ein Unglück!« Ron wusste, in seiner Wut würde Charles unberechenbar sein. Sicher würde die Geschichte für einen von ihnen böse ausgehen. Jean-Claude wunderte sich noch nicht einmal. Jeder der Gäste hätte ihm das zugerufen haben können. Und derjenige hatte Recht! Er kannte seinen Freund und wusste, dass der liebenswerte Charles alles tun würde, um seine Madeleine zu rächen. So sprintete er durch die Dunkelheit den beiden Schatten vor sich hinterher und betete, dass er nicht zu spät kommen würde.

Michel hatte den Weg zum Eiffelturm eingeschlagen, und Charles spurtete hinterher. Er kam immer dichter gleichauf, denn Michel hatte zu viel getrunken, um seine Beine noch koordinieren zu können. Nun waren sie am Turm angekommen, und Michel nahm einen Aufzug nach oben. Charles kam eine Minute später an und musste einen anderen Aufzug nehmen. Auf der ersten Plattform war Michel nicht zu sehen. Er würde ganz nach oben fahren.

Jean-Claude war mittlerweile ebenfalls am Eiffelturm angelangt. Keuchend hielt er nach den beiden Menschen Ausschau, die einander den Turm hinaufjagten. Michel war oben angekommen, und Jean-Claude rief seinen Aufzug nach unten. Es würde Mord und Totschlag da oben geben! Er musste so schnell wie möglich dazwischen gehen!

»Los, los! Beeilung!«, drängte ihn die Stimme in seinem Inneren an. Ron kam förmlich ins Schwitzen. Die Sache entwickelte sich mit einer Geschwindigkeit, die ihm nach den ruhigen und gemächlichen Wochen hier überhaupt nicht gefiel. Er wusste mit einer Sicherheit, die er gar nicht für möglich gehalten hatte, dass Charles dabei war, sich und damit auch Madeleine, ins Unglück zu stürzen. »Du musst ihn aufhalten«, trieb er Jean-Claude an. »Er wird eine große Dummheit begehen, wenn du es nicht schaffst!« Jetzt wunderte sich Jean-Claude endgültig über die Stimme, die er hörte. Ob das sein Schutzengel war? Jedenfalls hatte die Stimme Recht, er musste Charles aufhalten.

Die beiden Widersacher waren mittlerweile auf der höchsten Plattform des Turmes angekommen und rangen miteinander. Charles war klar im Vorteil, durch seine kräftige Statur und dadurch, dass er noch so gut wie nüchtern war, war er seinem Gegenüber klar überlegen. Er versetzte Michel einen kräftigen Fausthieb ins Gesicht und anschließend in den Magen. Michel schrie auf vor Schmerz und krümmte sich. Rasend vor Wut drosch Charles weiter auf ihn ein und drängte Michel immer weiter an den Rand der Plattform. Das Geländer drückte Michel schon in den Rücken. Er konnte sich nicht mehr wehren und wimmerte vor Schmerz und Angst. Charles sah nur noch rot, er war völlig außer Kontrolle.

In diesem Moment kam Jean-Claude oben an und erfasste die Situation instinktiv richtig. Charles würde Michel dort hinunterwerfen! »Halt! Nein!«, schrie er, so laut er nur konnte, und Ron in seinem Innern schrie synchron mit. Hoffentlich waren sie nicht zu spät gekommen. In Sekundenbruchteilen konnte ein furchtbares Unglück geschehen!

»Charles! Tu es nicht!« Jean-Claude rannte über die Plattform und kam gerade rechtzeitig an, um Charles von Michel weg zu reißen. Der hing mit dem Oberkörper schon über dem Schutzgitter. Nur ein kräftiger Stoß noch, und es wäre geschehen. Charles wehrte sich und schlug wie von Sinnen um sich. Jean-Claude gab ihm eine kräftige Ohrfeige. Diese brachte den Rasenden wieder zur Besinnung, und er erkannte, wen er vor sich hatte.

»Charles! Um Himmels willen, was tust du denn?«, schrie Jean-Claude seinen Freund an und schüttelte ihn. »Das Schwein hat Madeleine angefasst!«, knurrte Charles wütend. »Ja, aber das ist doch kein Grund, zum Mörder zu werden!«, rief Jean-Claude. »Willst du, dass Madeleine die Frau eines Mörders wird? Willst du deine Flitterwochen im Gefängnis verbringen? Charles! Komm zu dir!«

In diesem Moment erkannte Charles, was er beinahe getan hätte. Schluchzend brach er an Jean-Claudes Schulter zusammen. »Dieses Schwein!«, fluchte er, »dieses verdammte Schwein! Er hat ihr wehgetan!«
»Das hast du ihm auch, und das nicht zu knapp. Und damit sollte es genug sein!«, sagte Jean-Claude und hielt seinen Freund im Arm. »Jetzt beruhige dich. Es wird alles wieder gut. Nadine kümmert sich schon lange um deine Frau, und ich bringe dich nun wieder nach unten. Nein«, verbesserte er sich, »du bleibst nun hier stehen, und ich schaue zuerst nach Michel. Dem hast du ganz schön zugesetzt. Ich hoffe, wir brauchen keine Ambulanz.«

Jean-Claude schaute noch einmal zu seinem Freund, um sicher zu gehen, dass er sich nicht wieder auf Michel stürzen würde. Doch er schien sich beruhigt zu haben. Er war keinen Moment zu früh gekommen! In seiner Liebe zu Madeleine wäre er zu allem fähig gewesen!

Michel lag noch immer am Boden und stöhnte leise. »Wie geht's dir, Mann?«, fragte Jean-Claude und besah sich seinen Kollegen. »Fehlt dir etwas? Noch alles heil?« Michel blutete aus dem Mund, anscheinend war ein Zahn auf der Strecke geblieben. Ein Auge war ebenfalls zugeschwollen. »Alles in Ordnung«, stammelte er. Er konnte gar nicht glauben, was ihm da beinahe passiert wäre. »Brauchst du einen Arzt? Ich rufe dir einen.«

»Nein, nein, es ist alles in Ordnung. Es geht mir gut.«

»Bist du sicher? Soll ich dich nach Hause bringen?«

»Nein. Alles ist gut«, murmelte Michel vor sich hin. Er schien unter Schock zu stehen. Langsam stand er vom Boden auf und prüfte, ob alle Knochen noch heil waren. Sein Bauch schmerzte dumpf von den Schlägen, die er abbekommen hatte, aber sonst hatte er unverschämtes Glück gehabt. Wohl würde er an einigen Stellen grün und blau werden, aber hatte er das nicht verdient? Außerdem war es eine Kleinigkeit, wenn er bedachte, dass er um ein Haar zerschmettert unten vor dem Turm gelegen hätte!

Jean-Claude stützte den Mann und brachte ihn zu einem der Aufzüge. »Du fährst jetzt da runter, und ich gehe mit Charles zu dem anderen Aufzug. Nicht, dass noch etwas passiert.«

Michel nickte. »Unten treffen wir uns wieder, dann bringe ich dich nach Hause.«

Charles war inzwischen völlig erschöpft und ausgepumpt. Er wirkte völlig neben sich, war still und in sich gekehrt. Anscheinend dachte er darüber nach, was er da beinahe fertig gebracht hätte. Dazu hatte er auch allen Grund. Er war seinem Freund mehr als dankbar. Jean-Claude hatte nicht nur dieses Schwein gerettet, sondern auch ihn und seine Frau. Ihm war es zu verdanken, dass er kein Mörder geworden war, und dass ihm eine Zukunft im Gefängnis erspart blieb. Was hätte nur Madeleine zu ihm gesagt? Ob sie zu ihm gehalten hätte? Hätte er es gewollt, dass seine süße Madeleine als Frau eines Mörders leben musste, von der Bevölkerung von Paris gemieden und geächtet?

Als sie alle drei unten am Fuß des Turmes wieder ausstiegen, sahen sie sich schweigend an. Der Schock über die Beinahe-Tragödie saß tief und machte sie sprachlos. Michel reinigte sein blutverschmiertes Gesicht. »Bist du sicher, dass du keinen Arzt brauchst?«, fragte Jean-Michel noch einmal. »Es geht mir gut. Danke. Danke, dass du mich gerettet hast.«

»Ich habe es nicht deinetwegen getan«, sagte Jean-Claude ehrlich. »Und nun will ich, dass ihr euch die Hand gebt. Diese Sache heute Abend war schlimm, aber sie sollte nun von beiden Seiten aus gebüßt und vergessen sein. Es sei denn, ihr wollt euch gerichtlich wegen Vergewaltigung und schwerer Körperverletzung und versuchten Mordes verantworten.«

Schweigend reichten sich die beiden Männer die Hand. Ron war erleichtert. Er hatte es geschafft. Morgen würde in der Presse zu lesen sein, dass es während der gesamten Bauzeit des Eiffelturmes keine Todesfälle gegeben hatte. Seine Aufgabe war erfüllt. Und er sprang.

7

RMS Titanic, 10. April 1912

Ron flog abermals durch die Zeit. Er wurde wild herumgewirbelt und landete in einem Mann mittleren Alters, der ein violettfarbenes ... Kleid trug??? »Was zum Henker soll das denn schon wieder?«, rief er, als er in dessen Geist hineinfiel.

Als er sich einigermaßen orientieren konnte, tauchte er sofort tief in die Gedanken seines neuen Gastkörpers ein. In welchem Freak war er denn jetzt gelandet? Wo um alles in der Welt trugen Männer Kleider, und das noch in Pink? Fieberhaft suchte er nach einer Antwort, und als er sie fand, war er wieder einigermaßen beruhigt.

Er war in einem Mann namens Sean O'Connell gelandet, einem irischen Bischof, der sich auf einem Schiff befand, das soeben erst den Hafen verlassen hatte. Wenn er ganz genau hinsah, konnte er am Kai noch die winkende Menschenmenge sehen, die das Schiff verabschiedet hatte. Eine Menschenmenge? So groß? Wegen eines einfachen Schiffes? Ihm schwante etwas. Er sah sich um und staunte. »Das ist ja ein Riesenpott! Wenn es nur nicht der ist, den ich meine ...« Vier riesige Schornsteine erhoben sich vor ihm in den Himmel, und auf dem Deck, auf dem er sich befand, schien sich die gesamte High Society dieses Erdballs versammelt zu haben. Seine Gewissheit wurde immer größer. Aufgeregt stöberte er im Gedächtnis des Bischofs nach einer Antwort, und er wurde fündig.

Tatsächlich. Er befand sich auf der RMS Titanic, dem zurzeit größten Passagierschiff der Welt. Es war als unsinkbar betitelt worden und sank, wie Ron als Einziger unter allen Anwesenden wusste, auf seiner Jungfernfahrt von Southampton nach New York. Das hieß, ihm blieben nur wenige Tage!

Vier, um genau zu sein, denn das Schiff legte am 10. in Southampton ab, und in der Nacht vom 14. zum 15. würde die Kollision mit dem Eisberg stattfinden, wie Ron sich erinnerte. Er wusste es so genau, weil ihn dieser Teil der Geschichte schon immer interessiert hatte. Damals hatte er viele Dokumentationen darüber gesehen und gelesen.

»Super!« Fassungslos sank Ron in Sean O'Connells Geist zu Boden. »Wie bist du denn auf diese grandiose Idee gekommen?«, rief er nach oben. »Was, bitte schön, soll ich hier wohl tun? Ich werde nicht verhindern können, dass das Schiff sinkt!« Ron begann zu zittern. Wenn er es nicht schaffte, diesen Bischof, in dem er soeben gelandet war, rechtzeitig in ein Rettungsboot zu verfrachten, dann sah er aber ganz schön alt aus!

Er kramte in seinem Gedächtnis nach. Gab es nicht viel zu wenige Rettungsboote? Soweit er sich erinnern konnte, war nur Platz für etwa die Hälfte der Passagiere gewesen. Es stand also fünfzig-fünfzig, dass er diesen Sprung überlebte. Wenigstens war seine Aufgabe diesmal klar umrissen; Ratespiele musste er keine spielen. Seine einzige Chance, aus dieser Sache herauszukommen, war, seinen Gastkörper zu retten.

Ihm blieben nur wenige Stunden Zeit, herauszufinden, wie er das am besten anstellen würde. Wenige Stunden, in denen er diesen Sean O'Connell etwas kennenlernen musste, um zu wissen, wie er ihn am besten beeinflussen konnte, um ihrer beider Leben zu retten. Vielleicht musste er Kontakte aufbauen, zum Beispiel zu den Stewards, die später die Plätze auf den Rettungsbooten zuwiesen. Und das sollte er in der noch verbleibenden Zeit schaffen?

»Jetzt mal langsam, Junge, und ruhig«, versuchte Ron sich wieder abzuregen. Jetzt in Panik zu geraten, half ihm am allerwenigsten. Er dachte nach, kühl und logisch. Zuerst einmal musste er herausfinden, auf welche Weise er mit dem Bischof kommunizieren konnte. Wie konnte er ihn zu den Aktionen bringen, die ihm in der Nacht das Leben retten würden? Hatte er ihn vielleicht schon bemerkt? Ron horchte, doch er konnte keine Spur von Verwunderung feststellen. Gut. Wäre wohl auch zu einfach gewesen. Er würde wohl verschiedene Möglichkeiten ausprobieren müssen.

Momentan war Sean O'Connell damit beschäftigt, über das Promenadendeck der ersten Klasse zu flanieren, um sich seine Mitreisenden näher zu betrachten. Er nickte nach rechts und nach links, wann immer er auch gegrüßt wurde. Und als hoher Geistlicher wurde er ständig gegrüßt. Sean O'Connell genoss die Aufmerksamkeit, die er hier erfuhr, und den Respekt, den man ihm entgegenbrachte. Er liebte es, im Mittelpunkt zu stehen und sich mit einflussreichen Freunden zu umgeben. Hier war seiner Ansicht nach der geeignete Ort, neue Bekanntschaften dieser Art zu schließen. Reiche Bekanntschaften, wenn es möglich war.

Hier an Deck wimmelte es nur so von reichen und offenbar auch hochrangigen Persönlichkeiten, die nun, nach dem Auslaufen aus dem Hafen, ins Innere des Schiffes strebten, um ihre Kabinen aufzusuchen. Nun, die Fahrt würde sicher lange genug dauern, um die Wichtigsten von ihnen kennenzulernen. Gemächlich machte sich Sean O'Connell auf den Weg zu seiner eigenen Kabine. Dabei staunte er über den Luxus, der ihm aus allen Winkeln dieses Schiffes entgegenschlug.

Das Deck der ersten Klasse war innen wie außen mit den feinsten Bodenbelägen ausgelegt. Wertvollstes Parkett aus den edelsten Hölzern auf dem Gang wechselte mit weichem Teppichbelag in den Kabinen. Die Wände waren ebenfalls mit Holz vertäfelt und mit Messingverzierungen beschlagen. Die Handläufe schimmerten poliert wie reines Gold. Als der Bischof in seine Kabine hineinblickte, war diese wie ein edler Salon eingerichtet, mit blank polierten Mahagonischränken, goldgerahmten Spiegeln, echten Ölbildern an den Wänden und einem Bett, das dem einer Luxussuite im besten Hotel des Landes in nichts nachstand. Die Bullaugen nach draußen waren mit den feinsten Stoffen zugehängt, und zur Mittagsruhe stand eine komplette Sitzgruppe mit einem langen Sofa bereit, mit edlem rotem Brokatstoff bezogen.

»Hier kann ich es mir gut gehen lassen«, dachte sich Sean O'Connell zufrieden und schloss die Tür hinter sich ab. Zuerst würde er sich um sein Gepäck kümmern und sich häuslich einrichten. Dann würde er den Rest des Schiffes in Augenschein nehmen. Es gab viel Neues zu entdecken, das stand fest. Diese Fahrt würde sicherlich nicht langweilig werden.

Als der Bischof seine Garderobe verstaut hatte, öffnete er die Tür zum Gang und machte sich daran, die Titanic zu erkunden. Dabei begegneten ihm viele Menschen, die ebenfalls staunend das Schiff begutachteten, das für die kommenden Tage der Überfahrt ihre Herberge sein sollte. Einen solchen Luxus hatte die Welt noch nicht gesehen! In den Zeitungen war schon viel berichtet worden, aber die Wirklichkeit übertraf selbst die schillerndsten Zeitungsartikel.

Beinahe ehrfürchtig bewegten sich viele Passagiere über das Deck. Andere allerdings schienen die luxuriöse Umgebung gewohnt zu sein, für sie gab es hier nichts Außergewöhnliches zu entdecken.

Unter den illustren Gästen befanden sich Persönlichkeiten wie Isidor Strauss, dem das New Yorker Kaufhaus »Macy's« gehörte, außerdem Thomas Andrews, einer der Architekten der Titanic, sowie Maler, Schauspieler, Sänger und Multimillionäre aus aller Herren Länder. Bischof O'Connell würde sich in feinster Gesellschaft befinden.

Alle paar Minuten begegnete ihm jemand vom Personal, der sich nach seinen Wünschen und seinem Wohlbefinden erkundigte. Einer von ihnen trug ein Tablett mit Champagner, von dem O'Connell dankend ein Gläschen entgegennahm. Schließlich gehörte er jetzt einmal zur High Society, da musste man die Regeln befolgen …

Die Treppen hinunter zur zweiten und dritten Klasse des Schiffes symbolisierten praktisch den gesellschaftlichen Abstieg. Die Ausstattung der Decks wurde zusehends einfacher, die Kabinen kleiner und schlichter, und in der dritten Klasse konnte man sie schon als spartanisch bezeichnen. Gut zum Übernachten waren sie, aber nicht mehr zum Wohlfühlen, und von Luxus konnte keine Rede mehr sein. Sean O'Connell schaute sich zwar gründlich um, aber die armen Schlucker der dritten Klasse waren ihm zuwider, und als ihn ein Mädchen in ärmlichen Kleidern zutraulich bei der Hand nahm, schimpfte er mit ihm und wischte sich die Hand an seinem Gewand ab. Dass der Kleinen die Tränen in die Augen stiegen, sah er nicht mehr.

Ron war zutiefst empört! »Was bildet sich dieser Vatikan-Fuzzi eigentlich ein? Mit welchem Recht behandelt er diese süße Kleine wie ein lästiges Ungeziefer? Ich habe ja jetzt wirklich keine Ahnung von der Materie, aber sollte er sie nicht als seine Tochter ansehen und ihr Hirte sein? Oder habe ich da was falsch interpretiert? Na, dem werde ich meine Meinung geigen, wenn ich erst einmal einen Zugang zu ihm gefunden habe, da kann er sich drauf verlassen!«, schwor sich Ron. »So geht's ja nicht, schon gar nicht als Bischof!« Doch erst einmal musste er ihn finden, den Zugang zu ihm!

Inzwischen war es Abend geworden, und die Passagiere strömten auf den Speisesaal zu. Eine kunstvoll gestaltete Glas-Flügeltür war weit geöffnet, um die Menschenmengen aufzunehmen, die von allen Seiten des Erste-Klasse-Decks auf die Tische zustrebten. Auch Bischof O'Connell war unter den hungrigen Gästen. Viele verschieden große Tische waren im Saal angeordnet und eingedeckt worden, rund und eckig, je nachdem, ob man in großer oder kleiner Gesellschaft zu speisen wünschte. Erlesendstes, handgemaltes Porzellan schimmerte im Kerzenlicht mit Kristallgläsern um die Wette. Nur ein großer kristallener Lüster an der Decke spendete zusätzliches Licht. Alles war neu und noch nie gebraucht worden. Glatte, reine Damasttischdecken in dunklem bordeauxrot und farblich abgestimmte, gestärkte Servietten in goldenen Ringen vervollständigten das Bild. Unzählige Bedienstete standen bereit, um die Wünsche der Anwesenden aufzunehmen, Champagner und Sekt anzubieten und Stühle zurechtzurücken.

Sean O'Connell nahm an einem der kleineren Tische Platz. Die Zeit würde kommen, so dachte er sich, da er zusammen mit einflussreichen Gönnern speisen würde, doch am ersten Abend wollte er sich noch etwas in Zurückhaltung üben. Stattdessen betrachtete er in aller Ruhe das Ambiente, das wahrhaftig sehenswert war. Die Wände des Speisesaals waren mit rotbraunem Holz getäfelt und mit edlen Beschlägen aus Messing verziert. Ölbilder bekannter Künstler wie Monet, Gauguin und van Gogh zierten kunstvoll arrangiert die Wände. Die Decke war verspiegelt, das dunkle Bodenparkett in symmetrischen Mustern angebracht. In einem Winkel des Saales standen Musiker bereit, um das Diner mit getragenen Melodien zu untermalen. O'Connell machte mehrere Violinen aus, ein Klavier und ein Cello. In Erwartung der kommenden Genüsse lehnte sich O'Connell in seinem Stuhl zurück und beobachtete die Szenerie.

Ron in seinem Inneren staunte Bauklötze. Das war er also, der sagenhafte Luxus der Titanic. Was er sich bisher nur hatte ausmalen können, war nun leibhaftig für ihn zu sehen. Als das Essen aufgetragen wurde, bedauerte er so heftig wie selten, tot zu sein. Champagner, Kaviar, verschiedenste Fisch-, Fleisch- und Gemüsesorten, Cremesuppen, Pasteten,… Köstlichkeiten, soweit das Auge reichte! Ihm lief das Wasser förmlich im Mund zusammen, und er beneidete den Bischof, der sich reichlich auftragen ließ, aus tiefstem Herzen. »Dieses Ekel schlägt sich hier den Bauch voll, dabei hat er sich das Essen überhaupt nicht verdient«, grummelte Ron, dem das Verhalten gegenüber dem kleinen Mädchen noch immer nicht aus dem Kopf gegangen war. »Und ich bin hier der Retter der Nation und bekomme nicht den kleinsten Bissen ab … wirklich ungerecht!«, schmollte Ron. Dabei fiel ihm schmerzlich ein, dass dem »Retter der Nation« immer noch kein Kontakt zum Bischof gelungen war. So schmerzlich es auch war, er durfte sich jetzt nicht mehr auf Kaviar und Wachtelbrüstchen konzentrieren, sondern musste seine Aufgabe im Blick behalten. Ihm blieb nicht mehr viel Zeit, denn diesmal war sie ihm wirklich knapp bemessen worden.

Er hatte aber auch wirklich alle Möglichkeiten ausgeschöpft, zu den verschiedensten Gelegenheiten. Weder durch laute noch durch leise Gedanken, oder durch Rufen, oder durch Bilder oder Träume, die er ins Gedächtnis schickte, konnte er sich bemerkbar machen. Er fühlte sich damals wie bei Vivien, bei der es ihm auch unmöglich gewesen war, auf sich aufmerksam zu machen. Hatte es auch diesmal wieder einen tieferen Sinn? Musste er noch warten? Oder hatte er etwas übersehen? Ron zermarterte sich seinen Geist, doch er kam nicht auf des Rätsels Lösung. Und Zeit zum Abwarten hatte er diesmal keine! Die Katastrophe nahte mit jeder Stunde, die verging, und keiner außer ihm wusste es. Ihm blieb nur die Hoffnung, dass sich eine Schleuse zum Geist des Bischofs öffnete, bevor das Schiff gesunken war, denn sonst war es auch mit ihm aus und vorbei!

Nach dem opulenten Mahl fühlte sich der Bischof unendlich wohl und entspannt. Er genoss es, dem Treiben und den Gesprächen noch eine Weile zu folgen und trank dabei gemütlich ein Glas Rotwein. Das ein oder andere Gespräch hatte sich bereits ergeben, darunter eines mit einer Multimillionärsgattin und einem französischen Grafen und dessen Tochter. Zudem war er von Kapitän Smith persönlich darum gebeten worden, am kommenden Morgen die Messe zu zelebrieren. »Für den ersten Abend nicht schlecht«, befand er zufrieden und leerte sein Weinglas. Danach begab er sich in seine Kabine, wo er, in warme, weiche Daunendecken gehüllt, in tiefen Schlaf versank.

Am nächsten Morgen erwachte er schon früh. Nach einer ausgedehnten Dusche mit anschließender Rasur zog er seine Soutane an und ging zum Frühstück, bevor um zehn Uhr die Messe beginnen sollte. Auch hier wurde er angenehm überrascht. Unzählige Sorten Brötchen und Brot, riesige Wurst- und Käseplatten, Eier in allen Variationen, Quark, Butter, Müsli, Konfitüren aus aller Herren Länder, Kaffee, Tee, Säfte, Obstkörbe, so weit das Auge reichte. Auf Wunsch wurde direkt am Tisch serviert, sodass man sich gar nicht erst selbst zum Buffet bemühen musste.

Bischof O'Connell fiel es schwer, sich zu beherrschen. Streng genommen hätte er vor der Messe nichts oder nicht viel zu sich nehmen dürfen, da er sich allein auf die Aufnahme seines Herrn Jesus Christus vorzubereiten hatte. Doch er tröstete sich mit der Tatsache, dass diese Regel veraltet war und in der Praxis kaum noch umgesetzt wurde, und legte sich auf, was das Herz begehrte.

Nach dem Frühstück geleitete ihn Kapitän Smith persönlich zur Kapelle und machte ihn mit der Einrichtung der Sakristei vertraut. Im Schrank fand er Messgewänder aus Seide und anderen feinen Stoffen, verziert mit handgestickten Ornamenten und Bildern, die er selbst in seinem Bistum nicht sein eigen nannte. Ihm würden während der Messe zwei Messgehilfen zur Seite stehen, und ein Organist war selbstverständlich auch da. Sogar ein Chor würde anwesend sein, um die Messe zu gestalten. O'Connell besah sich die Messgeräte aus purem Gold von allen Seiten. Sie waren handgraviert und mit edlen Steinen und Perlen besetzt, ebenso das Evangeliar, das in Gold eingeschlagen und Steinen verziert war; dazu ein Messbuch, das eines Papstes würdig gewesen wäre, stellte er mit kundigem Blick fest. Nun würde er darin die Messe lesen! Ein Blick in das Innere des Buches zeigte ihm aufwendige handgemalte Illustrationen. »Das hat einen Klosterbruder wahrscheinlich sein halbes Leben gekostet«, dachte der Bischof anerkennend.

Inzwischen hatte er sich für ein Messgewand entschieden und bereits übergeworfen, um sich an die edlen Stoffe zu gewöhnen, wie er sagte. Dann versank er ins Evangeliar, um sich mit dem Thema der heutigen Messe vertraut zu machen. Früher hätte er dies im Gedächtnis gehabt, aber das Alter hatte ihn etwas nachlässig werden lassen. Aha, der gute Hirte. Na ja, war immer ein gutes Thema, fand er. Er hatte noch eine halbe Stunde Zeit, sich dazu etwas einfallen zu lassen. Und so machte er sich unverzüglich an die Arbeit.

Als er um zehn Uhr die Messe eröffnete, sah er mit Freude, dass sich alles, was Rang und Namen hatte, in der Kapelle versammelt hatte, um seine Messe zu hören. Das würde später einen guten Anknüpfungspunkt für private Gespräche ergeben, so hoffte er. Doch so schön diese Vorstellung auch war, nun musste er sie für einen Moment zur Seite schieben. Die Pflicht rief. So begann er seine Messe. »Der Friede unseres Herrn Jesus Christus, die Liebe Gottes, des Vaters, und die Gemeinschaft des Heiligen Geistes sei mit euch.«
»Und mit deinem Geiste«, bekam er gehorsam zur Antwort.

Es lief besser, als er erwartet hatte. Fehlerlos lief die Messe ab. Schon bald kam das Evangelium an die Reihe, und dann würde er das Wort an seine reichen Schäfchen richten dürfen. Er trat an den Ambo, öffnete das Evangeliar und las die Worte des Johannes:

»Jesus sprach: Ich bin der gute Hirte. Der gute Hirte lässt sein Leben für seine Schafe. Der Mietling aber, der nicht Hirte ist, dem die Schafe nicht gehören, sieht den Wolf kommen, und er verlässt die Schafe und flieht. Und der Wolf stürzt sich auf die Schafe und zerstreut sie, denn er ist ein Mietling und kümmert sich nicht um die Schafe. Ich bin der gute Hirte und kenne die Meinen, und die Meinen kennen mich, wie mich mein Vater kennt und ich kenne meinen Vater. Ich lasse mein Leben für die Schafe.«

Ron hörte den Worten zu und dachte sich: »Ja, ja. Das ist genau der Text, den ich dir abkaufe! Du wärst der Erste, der abhaut, sobald Gefahr im Verzug ist. Wie sehr du deine Schafe liebst, habe ich an dem Mädchen gestern gesehen. Heuchler!«

Doch O'Connell hörte nichts von dem Groll, den Ron in seinem Geiste ausließ. In einer ergreifenden Predigt legte er dieses Schriftwort von der Liebe Gottes zu den Menschen aus. Das war schon immer seine Spezialität gewesen. Es war still in der Kapelle, alle hörten ihm gebannt zu. Bischof O'Connell genoss dies aus tiefstem Herzen. Nach der Predigt zelebrierte er seine Messe zu Ende und ließ sich hinterher von den Anwesenden beglückwünschen und loben. Der Bischof wurde rot vor Stolz. Das war einmal eine Messe ganz nach seinem Geschmack gewesen! Einmal keine armen Hausfrauen, dumme, unruhige Kinder und müde, abgearbeitete Männer, die er mühsam aufmuntern und deren kleine Sünden er vergeben musste. Endlich stand er mitten im Leben, so wie er es sich wünschte!

So war es für ihn keine Überraschung, dass er zum Mittagessen schon inmitten einiger angesehener und reicher Frauen und Männer am Tisch saß und bald schon ins Gespräch gezogen wurde, als hätte er immer schon dazugehört. Er war da, wo er hingehörte, wie er es sich ersehnt hatte!

So vergingen die nächsten Tage in Saus und Braus, und Sean O'Connell fühlte sich wie im Himmel. Er wurde geschätzt und geachtet, und beim Essen riss man sich förmlich um seine Gesellschaft.

Ron dagegen pochte und pochte gegen den Geist des Bischofs, doch nichts geschah. Er würde ihn nicht beeinflussen und noch weniger retten können. Das hatte er mittlerweile schmerzlich eingesehen. Diesmal würde er versagen. Er konnte nur noch hoffen, dass Gott ihn nicht vergessen würde, dass er ihn nicht mit untergehen ließ. So saß Ron im Inneren des Bischofs fest, und er fühlte die Katastrophe herannahen, gegen die er diesmal nichts ausrichten konnte. Ron wurde mutlos. Ihm blieb nur noch eine kleine Weile. Und eine kleine Hoffnung.

So brach der 14. April an. Sean O'Connell erwachte gut gelaunt. Diese Reise war das Beste, was ihm je in seinem Leben widerfahren war. Mittlerweile war er mit Kapitän Smith per Du, ebenso mit Mister Andrews, und Isidor Strauss war einer seiner liebsten Gesprächspartner. Wenn es nach ihm ging, hätte diese Reise ewig dauern können.

Von den anderen Passagieren der zweiten und dritten Klasse ungestört, hielt er sich am liebsten bei seinen neuen Freunden auf. Zwar hätte er sich, schon von Berufs wegen, auch um die Belange der Armen kümmern müssen, doch er tröstete sich mit dem Gedanken, dass es in den anderen Klassen auch Geistliche gab. Sollten die sich um die armen Schlucker kümmern, sie waren ja selbst welche. Er hatte das nicht mehr nötig, und er würde dafür sorgen, dass es so blieb. Das hatte er sich fest vorgenommen.

Er verbrachte den Tag mit ausgedehnten Spaziergängen an Deck, mit vielen interessanten Gesprächen und harmlosem Geplänkel. Man spielte Karten, genoss die Musik, rauchte Zigarren und trank Champagner in Strömen. Auf der Titanic ließ es sich leben!

Ron hingegen wurde immer unruhiger, denn er spürte die Zeit verrinnen. »Was würdest du tun, lieber Bischof, wenn du wüsstest, dass dies dein letzter Tag ist?«, fragte er sich. Ihn selbst zu fragen hatte keinen Zweck. Er antwortete nicht. Immer noch nicht.

Und Ron saß fest in der Dunkelheit, die ihn umgab. Seine Gedanken überschlugen sich. Würde nun bald alles vorbei sein? Er saß hier und hatte nichts anderes zu tun, als sich über den kommenden Tod Gedanken zu machen. Warum eigentlich? Er war doch schon tot. Er hatte es überstanden, oder? Oder würde in wenigen Stunden auch dieses letzte Fünkchen seiner Existenz ausgelöscht werden? Würde der Untergang des Schiffes auch sein eigener sein? Wo sollte er auch hin? Er konnte aus eigener Kraft nicht hier heraus. Der Bischof hörte ihn nicht, er fühlte ihn nicht, er sah ihn nicht. Ob Gott ihn denn noch hörte? So sehr er ihn auch rief, er bekam keine Antwort. Er war allein.

Um sich abzulenken, stellte Ron sich vor, einer der zahlreichen Passagiere zu sein. »Was würde ich tun«, fragte er sich, »wenn ich als Einziger wüsste, dass das Schiff untergeht?« Das brauchte er sich nicht vorzustellen, das war im Augenblick bitterste Realität!

Seine Gedanken wanderten zurück zu seiner Familie. Er würde sie nicht mehr wieder sehen können, ja, sich nicht einmal von ihnen verabschieden. Das Handy war noch nicht erfunden, Brieftauben Mangelware, Flaschenpost zu unsicher. Die einzige Möglichkeit hier an Bord wäre ein Telegramm, erkannte Ron. Doch was konnte man in so wenigen Worten, wie sie ein Telegramm erforderte, schon aussagen? »Schiff geht unter – stopp - ich werde sterben – stopp – liebe euch alle – stopp Ron« – Was war mit: Ich werde euch nie vergessen. - Es tut mir leid, wenn ich euch verletzt habe. - Verzeiht mir meine Schwächen und Fehler. - Ich habe Angst. - Tröstet meine Verwandten und Freunde. - Macht euch keine Sorgen. - Ich danke euch für alles, was ihr für mich getan habt. - Für eure Liebe, eure Freundschaft, euer Mitgefühl, eure Hilfe, wenn ich in Schwierigkeiten war. – Werden wir uns einmal wieder sehen? Wie ist es, wenn man stirbt? – Werdet ihr mich vermissen? – War ich ein guter Mensch?

All diese Dinge würde man niemanden mehr fragen können. All die Fragen, die einem im letzten Moment seines Lebens durch den Kopf gingen, würden unbeantwortet bleiben.

Ron fand das plötzlich sehr traurig. Er begriff, dass auch er sich nicht von seinen Freunden und Verwandten, die wenigen, die er noch hatte und die zu ihm gehalten hatte, verabschiedet hatte. Seine alten Eltern hatte er allein ihrem Schicksal überlassen; im Altenheim würden sie keinen Besuch mehr erhalten. Ihr einziger Sohn war fort. Sein Kopf war vom Heroin so zugedröhnt gewesen, dass er die Tragweite seiner Entscheidung nie erkannt hatte. Er hatte sich einfach nur davongestohlen, ohne irgendjemandem die Chance zu geben, Abschied zu nehmen. Oder ihm aus seiner misslichen Lage zu helfen. Denn er hatte keine Hilfe gewollt. Stolz, wie er war, wollte er immer allein mit seinem Leben zurechtkommen. »Stolz«, dachte Ron bitter. »Der ist schon Luzifer nicht gut bekommen.«

Er ahnte plötzlich, wie viel Kummer er verursacht hatte, als er sich von dieser Brücke gestürzt hatte. Nicht allen Menschen konnte er egal gewesen sein. So wertlos war keiner. Gott selbst hatte es ihm gezeigt. Ihm war er nicht gleichgültig gewesen, selbst nach einem Leben in Gottlosigkeit und einem Sterben in Todsünde. Er hatte ihm diese zweite Chance gegeben, seinen Fehler wieder auszubügeln. Er würde ihn doch nun nicht hier festsitzen lassen, oder? Immerhin hatte er ihm versprochen, ihn nie zu verlassen. Wo war er denn jetzt? Es war so furchtbar still hier drinnen! Doch so ausweglos es auch gewesen sein mochte, bisher hatte er ihm immer geholfen. Das ließ hoffen.

Ja. Er hatte Glaube und Hoffnung gelernt, und er hatte gesehen, was Liebe bewirken konnte. Wie ihm diese drei Dinge in seinem Leben gefehlt hatten, wurde ihm jetzt erst klar, nach seinem Tod. Jetzt, wo er drauf und dran war, ein zweites Mal zu sterben.

Und doch konnte er sich glücklich schätzen, denn so vielen Menschen ging es wie ihm, und nicht jeder bekam wie er die Chance zu lernen, was das Leben ausmachte. Leer und sinnlos verrann ihre Zeit, ohne dass sie es merkten, bis sie eines Tages nicht mehr existierten. Ron fielen Worte ein, die er auf der Beerdigung seiner Großmutter gehört hatte; es waren Worte aus einem Psalm, und das Bild, das sie zeichneten, hatte sich ihm eingeprägt. Er war wirklich kein religiöser Mensch gewesen, aber diese Worte waren wahr, das hatte er damals gespürt. Und sie hatten auf sein Leben und das Leben vieler gepasst. »Eines Menschen Tage sind wie Gras, er blüht wie die Blume auf dem Felde. Fährt der Wind darüber, ist sie dahin, und er Platz, wo sie stand, weiß von ihr nichts mehr.«

Ob es noch Menschen gab, die sich an ihn erinnerten? An seine guten Seiten, nicht an seine letzten Tage als lebensmüder, aggressiver und gewalttätiger Junkie? Seine Eltern dachten sicher noch an ihn. Wehmütig erinnerte er sich an sie, an ihre Liebe und Güte, an die Geduld, die sie mit ihm gehabt hatten, und daran, dass sie auf manches verzichtet hatten, um seine gute Ausbildung zu ermöglichen.

Wie hatte er es ihnen gedankt? Er hatte sich von Kopf bis Fuß kaputtgemacht, und dann, als er sich selbst nicht mehr aushielt, war er von dieser Brücke gesprungen. Seine Eltern hatten zwei Kriege und viele Krankheiten überstanden und waren nie mutlos geworden. Woher sie die Kraft dazu fanden, hatte er sie nie gefragt.

Seine Arbeitskollegen hatten ihn sicher schon vergessen. Für sie war er ein unbequemer Mensch gewesen, der sich lieber auf sich selbst als auf andere verlassen hatte und demnach auch keinem anderen zur Seite stand. Sicherlich waren sie froh, ihn los zu sein. Sein Nachfolger war sicherlich besser zu ertragen als er.

Seine Freundin, die er beinahe geheiratet hätte? Ob sie ihn noch liebte? Ob sie um ihn trauerte? Er wusste es nicht. Ihm blieb nur die Hoffnung, dass er sie nicht zu sehr verletzt hatte.

Urplötzlich schrak Ron aus seinen Gedanken auf. Wie spät war es eigentlich? Wie viel Zeit hatte er noch? Draußen versank bereits die Sonne im Meer, der Abend dämmerte heran. Kurz vor Mitternacht, so wusste Ron, war für fast alle Menschen auf diesem Schiff alles vorbei. Jetzt, wo er sein eigenes Leben und auch seinen Tod mit all seinen Folgen überdacht hatte, begriff Ron, wie viel Trauer, Leid und Schmerz diese Katastrophe verursachen würde. Wenn jeder Mensch, der in dieser Nacht sterben würde, nur einen hinterließ, der um ihn trauerte, waren tausende Menschen in Trauer. Nur wenige würden sich freuen dürfen, dass ausgerechnet ihr Freund, ihr Sohn, ihre Tochter oder ihre Mutter überlebt hatte.

Ron graute es vor dem Gedanken an das Bevorstehende.

Vor dem Diner war eine kleine Abendandacht angesetzt, die Bischof O'Connell leitete. Die kleine Kapelle war gut gefüllt. Die Beichtgelegenheit hatte wie immer niemand in Anspruch genommen, hatte er amüsiert festgestellt, aber wenn es darum ging, Frömmigkeit, Schmuck und Pelzmäntel zu zeigen, war jeder gerne mit dabei. »So sind die Menschen halt«, dachte sich O'Connell, als er ans Ambo schritt, um eine besinnliche Litanei vorzubeten. Die Orgel und der Chor hatten ihren feierlichen Choral beendet, und das nun folgende Gebet würde der fromme Abschluss des Tages sein, bevor es wieder ans Essen und Feiern ging.

Der Bischof musste sich zusammenreißen. Er bemerkte, wie seine Gedanken schon wieder abschweiften, hin zu den angenehmeren Stunden dieser Überfahrt. Seine geistlichen Pflichten waren ihm in den letzten Tagen fast lästig gewesen. Die Zeiten, in denen er seinem Herrn täglich viele Stunden eingeräumt hatte, waren schon lange vorbei. Er tat das Nötigste, was man von ihm verlangen konnte. Schließlich war er doch auch nur ein Mensch, und er hatte nur ein Leben. Man konnte ihm nicht abverlangen, seine Zeit völlig in das Seelenheil seiner Mitmenschen zu investieren, wie es religiöse Eiferer und Schwärmer von ihm verlangten. Das war viel zu anstrengend und verantwortungsvoll. Auch er würde nicht ewig leben, und ein bisschen wollte er es sich schon gut gehen lassen. War das denn zu viel verlangt? Welcher normale Mensch gab sich denn selbst völlig auf, um seinen Mitmenschen zu helfen? Sie lebten doch nicht mehr im Mittelalter! »Nein, ein bisschen Luxus sollte einem Bischof schon erlaubt sein«, dachte sich Sean O'Connell, als er sich nach der Andacht das Messgewand über den Kopf zog. Er freute sich schon auf die Köstlichkeiten, die das heutige Diner wieder für ihn bereithalten würde.

Der Abend verging mit munterem Geplauder, Gelächter und Tanz, zu dem die Musikkapelle nach dem reichlichen Diner aufspielte. Niemand ahnte auch nur im Geringsten, dass die unsinkbare RMS Titanic unaufhaltsam auf ihren Untergang zusteuerte. Draußen schwammen bereits die ersten Eisschollen am Schiff vorbei.

Bischof O'Connell amüsierte sich prächtig. Die Zeit verrann wie im Flug, fand er, gerade an diesem Abend. Die Uhr zeigte eine halbe Stunde vor Mitternacht. »Ein Gläschen Wein genehmige ich mir noch«, dachte er, »danach werde ich mich in meine Kabine zurückziehen.«

Doch dazu sollte es nicht mehr kommen.
Um 23.40 Uhr erschütterte ein Ruck die Titanic. Der Kristalllüster im Speisesaal wankte, Gläser fielen von den Tischen und zerschellten am Boden. Ein erschrockenes Raunen ging durch die Menge im Saal, einige liefen nach draußen, wieder andere schauten aus den Bullaugen, um zu sehen, was die Ursache für diese Erschütterung gewesen war. Ein Aufprall? Aber wogegen denn? Sie befanden sich doch mitten auf dem Ozean!

Einige Passagiere kamen wieder herein und hielten kleine Eisbröckchen in der Hand. »Braucht noch jemand Eis im Whisky?«, witzelte einer und ließ das Eis über den Boden schlittern. Es hinterließ eine feuchte Spur auf dem dunklen Parkettboden, bevor es in der Wärme des Raumes zerschmolz. Die Maschinen waren gestoppt worden; das Schiff lag nun ruhig im Wasser.

Das Personal der Titanic war bestrebt, die fragenden und beunruhigten Passagiere zu beruhigen. »Die Titanic ist unsinkbar, es kann nichts Schlimmes passiert sein«, sagten sie ein ums andere Mal. »Sicher werden wir unsere Reise gleich fortsetzen können.«

Was niemand ahnte: Zu dieser Zeit hatten sich Kapitän Smith, Architekt Mr. Andrews und Mr. Ismay, der Geschäftsführer der White Star Line, unter der die Titanic fuhr, sowie der diensthabende Offizier Murdoch in der Kapitänskajüte eingefunden, um die Lage zu analysieren und Kriegsrat zu halten. Es hatte bereits früh am Abend mehrere Eiswarnungen gegeben, die Besatzung hielt vorschriftsmäßig Ausschau. Das Meer war spiegelglatt, keine Wellen brachen sich, sodass kein Hindernis zu erkennen war.

Als plötzlich wie aus dem Nichts der Eisberg vor der Titanic auftauchte, handelte Offizier Murdoch sofort. Sein Versuch, das Schiff um den Eisberg herum zu manövrieren, gelang jedoch nicht mehr rechtzeitig, und so kollidierte die Titanic beinahe ungebremst mit einem dreihunderttausend Tonnen schweren Eiskoloss. Dies hatte zur Folge, dass der Bug des Schiffes aufgerissen wurde. Mehrere Besatzungsmitglieder, die das Schiff auf Schäden untersucht hatten, bestätigten, dass Wasser durch mehrere Lecks ins Schiff eindrang. Die sechs wasserdichten Abteile im vorderen Bereich des Schiffes liefen langsam, aber unaufhaltsam voll.

»Die Titanic wird sinken«, prophezeite Architekt Andrews und tupfte sich mit einem Taschentuch den Schweiß von der Stirn.

Fieberhafte Überlegungen wurden angestellt, denn nun galt es, die richtigen Maßnahmen einzuleiten. Sämtliche Funker des Schiffes sandten Notrufsignale aus. Und tatsächlich bekamen sie schon bald Antwort. Die »Carpathia« lag in den Gewässern und konnte in vier Stunden da sein. »Das wird nicht reichen«, meinte Mr. Andrews niedergeschlagen. »Wir haben noch etwa zwei Stunden.«

Mit Pumpen versuchte man, das eindringende Wasser wieder herauszubefördern. Doch dies, so stellte sich schon bald heraus, würde den Sinkprozess nicht aufhalten können, sondern ihn nur um wenige Minuten verzögern.

Etwa eine Stunde nach der Kollision ordnete Kapitän Smith die Evakuierung des Schiffes an.

Die Bediensteten der ersten Klasse verteilten sich über das Deck. »Bitte legen Sie Ihre Rettungswesten an!«, wurde jeder Passagier aufgefordert. Viele Neugierige hatten sich draußen an der Reling aufgestellt, wo sie die Besatzungsmitglieder beobachteten, die sich bemühten, die Rettungsboote klar zu machen. Auch Sean O'Connell stand an der Reling. Er hatte plötzlich ein ungutes Gefühl. Sollten sie sich wirklich in einer ernsten Notlage befinden? Es hieß doch, die Titanic sei das größte Schiff der Welt, und selbst Gott könne es nicht versenken. Im Gegensatz zu vielen anderen, die die Aufforderung, die Rettungswesten anzulegen, als unnötig empfanden, hatte er seine Weste bereits angelegt. Er beschloss, sich sicherheitshalber in der Nähe der Boote aufzuhalten. Da er sich mit vielen der Offiziere angefreundet hatte, würde es ihm bestimmt leicht fallen, sich einen Platz in einem der Boote zu sichern.

Ron war aufs Höchste angespannt. Wie es aussah, war der Bischof ein vernünftiger Mensch und würde sich selbst darum kümmern, dass er gerettet wurde. Es bestand eine Chance, eine winzige Überlebenschance.

Die ersten Boote wurden bereits besetzt, alle nach dem Grundsatz »Frauen und Kinder zuerst«. Viele wollten jedoch das Schiff gar nicht verlassen, da es noch einen sehr stabilen Eindruck machte. Lediglich zum Bug hin etwas geneigt, sah es nicht so aus, als würde es in nächster Zeit sinken.

Es war kalt, und Bischof O'Connell wollte in seine Kabine gehen, um sich seinen Mantel zu holen. Da schien es ihm, als höre er aus dem Inneren des Schiffes Schreie. Er blieb stehen, um zu lauschen. Die Schreie wurden lauter und zahlreicher. Sie mussten aus der dritten Klasse kommen. »Ach was, um die wird sich schon gekümmert«, dachte er sich und wandte sich zum Gehen.

Ron war plötzlich nicht mehr mit sich selbst im Reinen. Er war so froh gewesen, dass sein Gastkörper sich in der Nähe der Rettungsboote aufhielt. So hatten sie eine echte Möglichkeit, heil von diesem Schiff herunter zu kommen. Aber auch er hatte die Hilfeschreie gehört, die aus dem Inneren des Schiffes heraufschallten. Er wusste, wie viele Menschen ums Leben kommen würden, und dass die meisten davon aus der dritten Klasse stammten, um die sich niemand gekümmert hatte. Er sah das kleine Mädchen vor sich, mit dem der Bischof so sehr geschimpft hatte, und alle anderen, die da unten vom Wasser eingeschlossen wurden. Und auf einmal schien es ihm, als höre auch er eine innere Stimme, die ihn drängte, zur Hilfe zu kommen.

»Hey!«, rief er laut. »So geht das nicht! Wir müssen nachsehen, ob wir ihnen helfen können! Da unten ertrinken Menschen!«

Bischof O'Connell blieb wie erstarrt stehen. Was war denn das gewesen? Er hatte eine Stimme gehört, die ihm befahl zu helfen. Er sah sich um, konnte aber niemanden sehen.

Ron vollführte einen Luftsprung! Er hatte ihn gehört! Der Bischof hatte ihn gehört! Endlich war ein Kontakt möglich geworden! »Gott sei Dank!«, dachte er aus tiefstem Herzen. »Jetzt müssen wir sehen, dass wir so viele wie möglich hier herausholen!«

Noch immer stand Sean O'Connell wie angewurzelt vor seiner Kabine. Er musste sich geirrt haben, ganz sicher.

»Eminenz! Wir müssen nach unten gehen. Deine Schäfchen ertrinken! Wir müssen ihnen helfen!«, rief Ron aus Leibes- oder vielmehr Geisteskräften.

Nun gab es keinen Zweifel mehr. Er hörte eine Stimme. Sie kam aus seinem Inneren, aus seinem Kopf. War das sein Gewissen? Der Bischof stand mucksmäuschenstill und horchte in sich hinein.
»Worauf wartest du noch?«, brüllte Ron. »Wir haben keine Zeit, hier herumzustehen. Da unten sterben Menschen, und sie brauchen dich!«

»Wer bist du?«, stammelte Sean O'Connell. »Bist du ... der Heilige Geist?«
»Meinetwegen!«, gab Ron zur Antwort. »Ich bin, was immer du glaubst, dass ich es bin. Du würdest mir sowieso nicht glauben, was ich bin, deshalb ist es egal.«
»Oh mein Gott«, zitterte der Bischof.

»Ja, genau! Vor dem wirst du dich verantworten müssen, und zwar noch in dieser Nacht!«, rief Ron. »Also sollten wir dafür sorgen, dass sich deine Bilanz ein bisschen aufbessert.«

»Wie meinst du das?«, fragte O'Connell. »Um wie viele der Armen hast du dich denn hier gekümmert?«, fragte Ron zurück. »Nicht um einen! Ihre Nöte waren dir total egal. Sich um die Reichen zu kümmern, hat dir mehr Spaß gemacht und dir Ansehen verschafft. Ich sage dir, nicht eine Seele dieser Reichen hast du gerettet. Wie denn auch, durch Essen, Trinken und weltliches Geplauder? Glaubst du, dein Gott ist damit zufrieden? Wollte er denn Reichtum und Ansehen haben?« Ron hielt keine Sekunde inne. Jetzt galt es! Er musste O'Connell wachrütteln und ihm sein falsches Verhalten, das ihm von Anfang an zuwider gewesen war, einmal gründlich vor Augen führen. Und seltsamerweise war ihm, als würde ein anderer durch ihn sprechen.

Dem Bischof fiel die Stelle des Evangeliums ein, in der sie Jesus zum König krönen wollten. Er hatte abgelehnt, da sein Königreich nicht von dieser Welt war. Und auch den Einzug in Jerusalem hatte er auf einem einfachen Esel gehalten. Seinen Jüngern hatte er befohlen, keine Reichtümer anzuhäufen und nicht mehr als ein Gewand zu besitzen.

Und er? Plötzlich fielen ihm alle seine Verfehlungen auf einmal ein, und er brach in die Knie. Wie sehr hatte er gesündigt! Er, der große Bischof O'Connell, war der größte aller Sünder! Hochmut, Stolz und Habgier hatte er sich zu eigen gemacht. Dabei hätten es Liebe, Demut und Freigiebigkeit sein müssen. Wie weit war er von dem Weg abgewichen, den er als Diener Gottes hätte gehen müssen. Seelen hätte er retten müssen, viele Seelen für das Himmelreich! Wie hatte er dies vergessen können? Wo war sein Idealismus geblieben, mit dem er sich, kaum volljährig, ins Priesterseminar gemeldet hatte? Er hatte alles falsch gemacht, was er falsch machen konnte. Und nun war alles zu spät. Wie hatte die Stimme zu ihm gesagt? Noch in dieser Nacht würde er vor Gott Rechenschaft ablegen müssen.

O'Connell hatte sich nie Gedanken über den Tod gemacht. Zu sehr war er mit dem Leben beschäftigt gewesen. Und nun war es zu spät, dieses Leben noch zu ändern. Er konnte sich selbst nicht mehr verstehen. Wie hatte er so sehr sein Ziel, seine Seele, seinen Glauben, alles, wofür er einmal gelebt hatte, aus den Augen verlieren können! War es wirklich zu spät? War seine Seele für ewig verdammt? Wenn diese Stimme von Gott kam, war es noch nicht zu spät. Die Stimme hatte ihm befohlen, nach unten zu gehen und zu helfen. Vielleicht war das der Weg, seine Vergebung zu erlangen. Er musste sich selbst vergessen und ganz für die anderen da sein. Wie Jesus! - »Er entäußerte sich und wurde wie ein Sklave und den Menschen gleich.« - »Er war gehorsam bis zum Tod, bis zum Tod am Kreuz.«- »Es gibt keine größere Liebe, als wenn einer sein Leben gibt für seine Freunde.«

»Ich bin der gute Hirte. Der gute Hirte gibt sein Leben für seine Schafe.«

Die so oft gelesenen und zitierten Sätze gaben ihm plötzlich einen Sinn. Nun, im Angesicht des Todes, wollte er seine letzte Chance nutzen. Vielleicht würde es reichen, das Erbarmen des Herrn zu erlangen. O'Connell raffte seine Soutane und lief die Treppen hinunter, in den Bauch des Schiffes, in die Abteile der dritten Klasse. Er wollte Seelen retten.

Er öffnete die Tür zum Deck der dritten Klasse, und sofort lief ihm eiskaltes Wasser entgegen und schwappte über seine Füße. Lautes Geschrei und Stimmengewirr schallte in seinen Ohren. In den Gängen und Kabinen liefen Menschen in Panik hin und her. Durch die Kollision mit dem Eisberg waren einige aus ihren Betten geschleudert worden und waren verletzt. Ziellos und verängstigt liefen die meisten durch die Gänge, die Rettungswesten in der Hand, die ihnen von der Besatzung aufgedrängt worden waren. Wo kam all das Wasser her? Warum sagte ihnen niemand, was zu tun war? Kinder weinten und riefen nach ihren Müttern, Väter nach ihren Kindern, Frauen nach ihren Männern. Es herrschte ein heilloses Durcheinander. Jemand musste Ruhe hereinbringen, spürte O'Connell. Und dieser jemand war er! Jetzt wollte er der gute Hirte sein!

Kaum war er eingetreten, da sah er sich schon von einer Menschentraube umringt, die sich alle Hilfe und Trost von ihm erhofften. Früher wäre O'Connell ungeduldig und grob geworden, doch nun war er ganz von der Gnade Gottes erfüllt. Er würde diese Menschen retten. Ob er ihre Körper retten konnte, wusste er nicht, aber er würde ihr Seelsorger sein.

Er begann damit, die Verletzten zu verbinden. Da er kein Verbandszeug hatte, riss er Leintücher in Streifen, stillte damit das Blut unzähliger Wunden und stabilisierte verstauchte Knöchel und Gelenke, so gut er es konnte. Zwischendurch versuchte er, die Kinder zu beruhigen. Dies war einfacher, als ihre Eltern ruhig zu stellen, musste er schon bald erkennen. Die Kinder hatten gleich Zutrauen zu ihm gefasst. Die innere Ruhe, die ihn plötzlich überkam, strahlte nach außen und sorgte dafür, dass die Kinder sich um ihn scharten und aufhörten zu weinen. »Wie bei Jesus!«, dachte er sich erfreut. »Sollte er wirklich bei mir sein?«

Ron konnte gar nicht fassen, was er da sah. Von einem Augenblick auf den anderen war dieser Sean O'Connell ein ganz anderer Mensch geworden! Und das sollte er geschafft haben? Nein. Ron war sich sicher, dass dies nicht sein Verdienst war. Viele der Worte, die er gesagt hatte, waren nicht seinen eigenen Gedanken entsprungen. Sie waren ihm eingegeben worden. Und er war sich auch sicher, dass nicht nur die Worte an die Seele des Bischofs gerührt hatten. Ein Schatten Gottes hatte von ihr Besitz ergriffen und sie erfüllt bis zum Rand.

Von nun an, wusste Ron, würden sie nicht mehr allein sein. Gott war mit ihnen. Er war in ihnen! Seine Gnade würde sie lenken. Ob ins Leben oder in den Tod, würden sie sehen. Sie waren ganz in seiner Hand. Sie brauchten sich nur fallen zu lassen. Und er ließ sich fallen und ganz von seinem Heiligen Geist leiten. Er gab ihm ein, was zu tun war, und Ron gab es weiter. Er durfte Mittler sein zwischen Gott und der Seele von Sean O'Connell. Gab es etwas Größeres als das?

Und gleichzeitig fühlte Ron sich selbst Gott näher wie nie zuvor. Gerade als er wieder das Gefühl hatte, völlig von ihm verlassen zu sein, gab er sich ihm wieder mit aller Macht zu erkennen. Nun hatte Ron keine Angst mehr. Er wusste, egal was passieren würde, es geschah durch seinen heiligen Willen. Noch niemals hatte er sich so sehr in sein Schicksal ergeben, wie es in diesem Augenblick geschah. »Ich wünschte, jeder Mensch könnte sich in seinem Leben nur einmal so geborgen fühlen«, dachte er beglückt. Zum ersten Mal in seinem Leben und in seinem Tod war er völlig gelöst und frei von Angst.

Der Bischof beeilte sich, die Verletzten zu versorgen, denn eine Stimme in seinem Inneren sagte ihm, dass ihm nicht mehr viel Zeit bleiben würde. Die Familien, die bereits versorgt waren, schickte er nach oben. »Auf dem ersten Deck werden die Rettungsboote besetzt. Seht zu, dass ihr hineinkommt«, drängte er die Mütter mit ihren Kindern. Immer noch herrschte ein heilloses Durcheinander. Doch immerhin hatte sich die Panik etwas gelegt. Nun versuchten einige fieberhaft, ihr Hab und Gut zu retten. Nur mit Mühe und viel Überzeugungskraft konnte Sean O'Connell sie davon abhalten. »Jetzt solltet ihr vor allem sehen, dass ihr euer Leben rettet!«, rief er. »Die Rettungsboote werden besetzt, und es sind zu wenige für all die Menschen hier auf dem Schiff. Beeilt euch! Alles andere ist zu ersetzen, aber euer Leben nicht!« Woher er wusste, dass es zu wenige Boote gab, darüber dachte er nicht weiter nach. Er war sich sicher, dass es der Wahrheit entsprach.

Mit Händen und Füßen zerrte er Menschen aller Altersgruppen und Nationalitäten aus ihren Kabinen und schickte sie nach oben. Das Wasser stieg unaufhörlich, es reichte schon bis zu den Knien. Vielen Kindern stand es schon fast bis zum Hals, sie weinten und hatten panische Angst. Es wurde Zeit! Etwa eine Stunde hatte er hier unten verbracht, und er ahnte, dass er keine weitere Stunde mehr haben würde.

Nun fühlte er sich wirklich wie ein Hirte, der seine Schafe vor sich hertreibt. So viele Menschen, wie er nur finden konnte, geleitete er nach oben an Deck, wo die Offiziere Murdoch und Lightoller die Rettungsboote besetzten. Einige waren bereits abgefiert worden, manche nur unzureichend besetzt aus Angst, sie könnten das Gewicht nicht halten und auseinanderbrechen.

Das Schiff neigte sich über Bug inzwischen merklich nach unten. Ein Zittern durchlief die Konstruktion, es ächzte und stöhnte, als die Materialien sich zu dehnen begannen. Eisen verbog sich, Glas splitterte. Im Speisesaal kippten Schränke um und fielen Gläser und Porzellan aus den Regalen. Tische und Stühle verrutschten.

Auf dem Deck wurden Seenotraketen abgefeuert. Unaufhörlich funkte man CQD, doch die einzige Rückmeldung kam nach wie vor von der »Carpathia«, die bereits unterwegs war, doch noch etwa drei Stunden brauchen würde.

Allmählich hatte nun auch der Letzte erkannt, dass die Lage ernst wurde. Ein panischer Andrang herrschte vor den Rettungsbooten. Nun bereute man, dass die ersten Boote nur mit wenigen Passagieren besetzt worden waren. Die wenigen Boote würden niemals reichen. Nur ein Bruchteil aller Menschen würde gerettet werden, das war deutlich zu sehen. Und niemand wollte zu denen gehören, die zurückblieben.

Um eine Massenpanik zu vermeiden, hatte der Kapitän die achtköpfige Bordkapelle gebeten, weiterhin Musik zu spielen, damit die Passagiere beruhigt würden. So kam es, dass der Untergang der legendären Titanic stilvoll von Ragtime begleitet wurde.

»Eminenz, ich möchte beichten!« Ein Passagier war an Sean O'Connell herangetreten. Völlig ruhig sah der alte Mann zu dem Bischof auf. Inmitten all der Aufregung rundum wirkte er wie ein Fels in der Brandung. »Gut. Kommen Sie mit, wir suchen uns eine ruhige Ecke.« O'Connell nahm den Mann mit sich in einen relativ stillen Winkel. Der Alte kniete sich ohne Rücksicht auf seine rheumatischen Knie und schlug das Kreuzzeichen. »In Demut und Reue bekenne ich meine Sünden«. Mit heiserer, zittriger Stimme legte er seine Lebensbeichte ab. Sean O'Connell war gerührt. So aufrichtig hatte er noch niemanden beichten sehen, in all den Jahren seiner Priesterschaft nicht. Und ebenso aufrichtig sprach er die Absolution über ihn: »Ich spreche dich los von deinen Sünden, im Namen des Vaters, des Sohnes und des Heiligen Geistes.«

»Amen«, antwortete der Mann. In seinen Augen lag tiefer Frieden.

In diesem Moment wurde dem Bischof zum ersten Mal bewusst, welche Macht ihm mit seinem Amt verliehen worden war. »Wem ihr die Sünden erlasst, dem sind sie erlassen, und wem ihr die Vergebung verweigert, dem ist sie verweigert.« Der Sinn dieses Jesuswortes war tief. Das hatte er jetzt erkannt. Dem alten Mann war die Vergebung seiner Sünden mehr wert gewesen als ein Platz in einem Rettungsboot.

O'Connell bereute bitter, dass er die Beichte bisher als lästige Pflicht betrachtet und meist nur halbherzig abgenommen hatte. Mit seinen Gedanken war er meist ganz weit weg gewesen und war sich des Wunders nicht bewusst, das durch die Worte der Lossprechung geschah. »Mein Gott, kannst du mir das jemals verzeihen?« Ängstlich flehte seine Seele zu ihrem Schöpfer. So viel Gnade hatte er verschwendet, so viel Lebenszeit vertan, in der er hätte Gutes tun können. Unmöglich konnte er dies alles in der verbleibenden Zeit aufholen. O'Connell begriff, dass er nun wirklich ganz und gar auf Gottes Gnade angewiesen war. Die Gnade, die er so leichtfertig und ohne nachzudenken seinen Gläubigen gepredigt hatte. Nun musste er, der Bischof, lernen, daran zu glauben! Es war alles, worauf er noch hoffen konnte.

Andere Passagiere hatten beobachtet, was in der stillen Ecke geschah, und immer mehr Menschen kamen zu Bischof O'Connell, um ihren Frieden mit Gott zu machen. Wie der heilige Pfarrer von Ars nahm er nun pausenlos Beichte um Beichte ab, während die Kapelle mittlerweile von den heiteren Melodien abgekommen war und nun »Näher, mein Herr, zu Dir« spielte.

Seele um Seele bereitete er auf die Ewigkeit vor und tröstete sie, versuchte Zweifel und Todesangst zu lindern. Und das, wo er selbst voller Angst und Zweifel war. Doch das zählte nun nicht. Er wollte Seelen gewinnen, viele Seelen. So viele, wie er nur haben konnte, wollte er zu seinem Heiland nach Hause führen. Vielleicht würde dieser sich dann gnädig zeigen. Doch würde es reichen, ein ganzes Leben voller Verfehlungen wieder gut zu machen?

Unermüdlich gab er Absolution um Absolution. Die Zeit verrann ihm unter den segnenden Händen. Viele Geistliche waren seinem Beispiel gefolgt. Auf diese Weise würden hunderte Seelen gerettet, freute sich Sean O'Connell. Jede einzelne war wichtig!

Auch Ron freute sich. Endlich war der Bischof auf dem richtigen Weg! Trotzdem war er etwas unruhig. Die Rettungsboote waren alle weg. Die Chancen, noch eines von ihnen zu erreichen, schwanden mit jeder Minute, die verging. Würde dies nun wirklich ihr Ende sein? O'Connell war von seiner Aufgabe nicht mehr abzubringen. Der Bischof wusste tief im Innersten, dass dies seine letzte Stunde war. Aber was war mit ihm, Ron? Würde er mit dem Bischof sterben müssen? War das der Weg, der ihn am Ende zu Gott bringen würde? »Und wenn, wäre das so schlimm?«, fragte sich Ron. »Dann wäre ich am Ende meiner Reise, und vielleicht darf ich dann mit dem Bischof ins Paradies?« Dieser Gedanke tröstete Ron ein wenig, wenn er ihm auch nicht die Angst nahm. Er fürchtete sich davor, noch einmal zu sterben.

Der Bischof erschauderte, als nochmals ein Ruck durch das Schiff ging. Der Bug war nun endgültig vollgelaufen, das Schiff bog sich unter der Last zehntausender Tonnen Wasser. Die Stahlträger gaben nach, und das Schiff zerbrach unendlich langsam und endgültig in zwei Hälften. Schlagartig ging das Licht aus. Ein Höllenlärm brach los. Mit ohrenbetäubendem Quietschen und Krachen zerbarst die Titanic. Als die Stahlträger sprangen, klang jeder einzelne wie ein Kanonenknall. Die Menschen auf dem Schiff schrien und kreischten in Todesangst, viele sprangen blindlings ins Wasser, andere wurden von Deck geschleudert oder stürzten gegen Wände und Schornsteine des Schiffes und wurden zerschmettert. Hunderte Menschen, die sich auf der Bugseite der Titanic befanden, wurden in den Tod gerissen, als diese Hälfte des Schiffes in den Fluten des Ozeans versank.

O'Connell rutschte rücklings über das Deck und versuchte, Halt zu finden, in Panik griff und schlug er um sich. Glücklicherweise hatte er sich auf dem Heckteil befunden, als das Schiff zerbrach. Er war noch am Leben, Gott sei Dank. Aber wie lange noch? Er war in eine Nische hineingestürzt, die ihn in sich barg und in der er Halt fand. Doch es würde nicht lange dauern, bis auch das Heck vollgelaufen sein würde. Dann würde auch er mit in die Tiefe gerissen werden. O'Connell glaubte, vor Angst ohnmächtig zu werden.

Er fühlte, wie sich das Bruchteil des Schiffes langsam neigte, je mehr Wasser hineinlief. Binnen weniger Minuten war das Wrack vollgelaufen. Das Heck des Schiffes kippte im Zeitlupentempo mit der Bruchstelle nach unten, sodass die Seite mit der Reling beinahe senkrecht aus dem Wasser ragte. Alle auf dem Deck verbliebenen Menschen stürzten kreischend und weinend in die Fluten des Ozeans. Viele wurden von herabstürzenden Trümmerteilen oder herumfliegenden Möbelstücken erschlagen. Auch Sean O'Connell rutschte erst über die Planken, bevor er, in Todesangst schreiend, ins Wasser fiel. Als das eisige Wasser über seinem Kopf zusammenschlug, empfahl er seine Seele dem Herrn.

Auch Ron schrie im Inneren des Bischofs um sein Leben. Er wurde von einer Todesangst geschüttelt, die er selbst in der Stunde seines eigenen Todes nicht gefühlt hatte. Als Sean O'Connell ins Meer stürzte, war er sicher, dass dieser nicht mehr auftauchen würde. Das eiskalte Wasser konnte einen alten Menschen, wie es der Bischof war, in Sekundenschnelle töten. »Gott! Hilf uns! Rette uns!«, schrie Ron, und der Schrei kam tief aus seiner Seele.

Als Sean O'Connell wieder an die Oberfläche kam, rang er keuchend nach Luft. Das eiskalte Wasser war wie unzählige Nadelspitzen durch seine Kleidung und in seine Lungen gedrungen. Es war ein Wunder, dass er noch lebte. Er ruderte mit seinen Armen wild um sich. In seinem Eifer um die Seelen seiner Mitpassagiere hatte er keine Schwimmweste angelegt. Er hatte sie noch an Bord einem kleinen Mädchen weitergegeben. Irgendwie war sie ihm bekannt vorgekommen. Hoffentlich hatte sie überlebt.

Zusammen mit hunderten Menschen schwamm er um sein Leben. Er musste sich bewegen, um warm zu bleiben und nicht unterzugehen. Um ihn herum herrschte Panik. Viele der ärmeren Passagiere hatten nie schwimmen gelernt und standen trotz Schwimmweste Todesängste aus. Sie klammerten sich Halt suchend an andere und rissen diese in die Tiefe. Viele andere bewegten sich nicht mehr. Starr, weiß und kalt trieben sie auf dem Wasser. Weit aufgerissene Augen und verzerrte Gesichter verrieten die Qualen des Todeskampfes.

Der Bischof sah sich um. Wo waren die Rettungsboote? Sie waren weit weggerudert, wohl, um dem Strudel des untergehenden Schiffes zu entgehen. Noch ragte das Heck der Titanic aus dem Wasser. Doch bald schon würde es vollgelaufen sein. Dann würde es untergehen und vielleicht auch einige von ihnen mit in die Tiefe ziehen.

Neben ihm schwamm eine junge Frau. Sie sah ihn mit seltsam ruhigen Augen an. Ihre Lippen bewegten sich. Er hörte, wie sie den Rosenkranz murmelte. »Das ist es!«, dachte er sich. »So kann ich diesen Menschen vielleicht die letzte Angst nehmen. In seiner Not geht jedes Kind zur Mutter. Sie hilft uns sicher nach Hause.«

Vergessen waren all die Jahre, in denen er den Rosenkranz als »Weibergebet« verachtet hatte. Wie von selbst formten seine Lippen die Worte des Engels an Maria. »Gegrüßet seist Du, Maria, voll der Gnade, der Herr ist mit Dir, Du bist gebenedeit unter den Frauen, und gebenedeit ist die Frucht Deines Leibes, Jesus.«

Und Sean O'Connell hörte, wie einige Menschen tatsächlich in das Gebet mit einfielen und antworteten. »Heilige Maria, Mutter Gottes, bitte für uns Sünder, jetzt und in der Stunde unseres Todes, Amen.« Nach wenigen Wiederholungen ließen sie das letzte »und« weg. Es war die Stunde ihres Todes. Von den hunderten Menschen, die im Wasser trieben, wurden keine zehn gerettet.

Nach und nach versagten vielen die Kräfte. Die Kälte und die Angst forderten ihren Tribut. O'Connell hatte mittlerweile eine Schwimmweste an, die er einem Toten abgenommen hatte. Er schwamm, so gut er es konnte, zu den Sterbenden, segnete sie und drückte ihnen die Augen zu. Mehr konnte er nicht mehr für sie tun. Und es sollte das Letzte sein, was er tat.

Ein ohrenbetäubendes Donnern ertönte, als das verbliebene Wrackteil der Titanic zu sinken begann. Sean O'Connell wandte den Kopf um. Er befand sich in unmittelbarer Nähe des Schiffes. Mit einem lauten, metallischen Kreischen löste sich einer der Schornsteine aus seiner Verankerung und stürzte auf ihn herab. Der Bischof sah seinen Tod vor Augen.
»Vater, in Deine Hände befehle ich meinen Geist!«, betete er ganz ruhig. Dann wurde er von dem tonnenschweren Metall erschlagen, und es wurde dunkel um ihn.

»Jetzt ist alles aus!«, durchfuhr es Ron, als er spürte, wie der Körper des Bischofs langsam im Wasser versank. Doch urplötzlich riss ihn eine gewaltige Kraft empor, und er schwebte als Geist über dem Wasser, direkt über der Unglücksstelle. Ron fühlte sich für einen Moment ganz benommen. Er konnte es kaum fassen. Er lebte! Gott hatte ihn gerettet, hatte ihn nicht mit untergehen lassen! Für einen ewig langen Augenblick fühlte er nur noch unendlich große Dankbarkeit in sich.

Doch plötzlich fiel ihm auf, dass er zwar aus dem Bischof herauskatapultiert worden war, aber er war nicht gesprungen. War seine Aufgabe noch nicht beendet? Aber was sollte er noch tun? So weit er sehen konnte, war niemand mehr am Leben, in den er hätte springen können.

Würde er nun etwa für immer hierbleiben und ziellos als Geist umherirren müssen? Einen Herzschlag lang bekam Ron wieder Angst. Was passierte nun mit ihm?

Wenn er es recht überlegte, hatte er auch nicht viel ausgerichtet. Der Bischof war tot, er hatte ihn nicht retten können. Vielleicht hatte er dafür gesorgt, dass er seine Pflichten wieder etwas ernster nahm, aber war das wirklich das Ziel dieser Aufgabe gewesen? Es konnte niemandem mehr nutzen, denn O'Connell war tot. Und mit ihm all diese vielen Menschen. Er hatte niemandem das Leben gerettet. Keinem einzigen. Wie es aussah, hatte er diesmal wohl versagt. Oder?

Plötzlich wurde Ron aus seinen trüben Gedanken gerissen. Um ihn herum war es hell geworden. Wie konnte das sein? Es war finsterste Nacht! Und ... er traute seinen Augen nicht! Er sah Sean O'Connell vor sich! Oder vielmehr seinen Geist, eine Lichtgestalt. Er lachte glücklich, wirkte ganz gelöst und befreit. Und da! Da waren Menschen, die er kannte, Menschen, die er schon gesehen hatte. Alles Passagiere der Titanic, die zusammen mit O'Connell dem Licht zustrebten, das aus den Wolken zu kommen schien. Sie winkten ihm zu, lachten und freuten sich. Sie konnten ihn sehen!

Und Ron hörte die vertraute Stimme. Sie hatte diesmal einen besonders warmen Klang. »Mein lieber Ron, hab keine Angst und mach dir keine Sorgen mehr. Du hast keinen Grund, dir Vorwürfe zu machen.«

»Aber warum?«, rief Ron. »Ich habe doch versagt! Ich konnte ihn nicht retten!«

»Wer hat denn gesagt, dass es darauf ankam?«, fragte die Stimme. »Siehst du all diese Menschen, die herauf zu mir kommen? Die hast du alle gerettet.«

»Aber wie?«, fragte Ron. »Ich habe doch nichts tun können! Selbst als ich endlich Kontakt mit dem Bischof hatte, so hast du mir doch die Worte in den Mund gelegt!«

»Ja«, bestätigte ihm die Stimme. »Und du hast sie gesagt. Weil du helfen wolltest. Du hättest auch schweigen können. Dann wäre alles ganz anders gekommen. Es kam in diesem Moment nur auf dich an.«

Ron war verwirrt. »Aber es hat keiner von all diesen dadurch überlebt!«

»Doch, ein kleines Mädchen hat überlebt. Das, dem O´Connell seine eigene Schwimmweste gab. Für sie war es noch nicht an der Zeit. Aber etwas anderes ist viel wichtiger, Ron. Du hast vielleicht keine Körper gerettet. Aber all diese Seelen, die nun hier bei mir sind, wären ohne dich und deine Hilfe nicht gerettet worden. Mein lieber Ron, es ist immer wichtiger, die Seele zu retten. Denn diese lebt weiter.

Durch deinen Einsatz haben sie sich alle auf den Tod vorbereiten können. Viele haben erst kurz vorher ihren Glauben wieder gefunden. Das alles ist unendlich viel mehr wert, als es der sterbliche Körper ist. Denn was nutzt ihnen dieser, wenn sie nach ihrem Tod verloren sind?

Deshalb habe ich dir all diese Seelen noch einmal gezeigt. Darauf kam es mir diesmal an, Ron, dass du vielleicht sogar begreifst, was du da geleistet hast. Du hast diesmal viel gelernt. Du weißt, was Hoffnung und Vertrauen bedeutet. Du hast dich in Nächstenliebe für andere eingesetzt und verantwortlich gefühlt. Du warst gehorsam, als du meine innere Stimme vernommen hast. Du hast Angst ausgestanden, Todesangst sogar. Du hattest das Gefühl, ein totaler Versager und von allen verlassen zu sein. Weißt du eigentlich, wie ähnlich du mir warst?«

Noch bevor Ron dazu eine Antwort einfiel, sprang er.

8

New Jersey, 02. September 2001

Abermals wurde Ron von dem reißenden Sog erfasst, den er mittlerweile schon so gut kannte. In einem sich drehenden Wirbel aus Farben, Bildern und Geräuschen wurde weiter durch die Zeit transportiert, seiner nächsten Aufgabe entgegen. Dabei war er noch völlig von den Erkenntnissen gebannt, die er vor wenigen Minuten gewonnen hatte. Sein Geist schien wie vernebelt, und Ron fühlte sich gleichzeitig verwirrt und trotzdem sicher und geborgen. Was auch immer ihn jetzt erwartete, er würde auch das schaffen!

Der Sog verlangsamte sich, und Ron sah einen jungen Schwarzen vor sich liegen, in dessen Körper er hineingezogen wurde.

Wie er es sich mittlerweile angewöhnt hatte, tauchte er sofort in den Geist seines neuen Körpers ein und versuchte, sich so schnell wie möglich die wichtigsten Informationen zu beschaffen. So wusste er schon bald, dass sein neuer Gastgeber John Baker hieß, 30 Jahre alt war und eine junge Frau namens Sally geheiratet hatte, die im 8. Monat schwanger war.

Aber wo war er, wann war er, und warum war er hier? Und wie würde er mit John Kontakt aufnehmen können? Das würde ihm wie üblich so schnell keiner beantworten können. »Ich werde es wie immer selbst herausfinden müssen«, dachte sich Ron und beschloss, sich erst einmal ruhig zu verhalten und die Lage zu peilen. Oft erklärte sich schon vieles von selbst.
Er musste sich nur die Zeit zum Beobachten nehmen. Falls er diesmal Zeit hatte und nicht gleich wieder eine Katastrophe auf ihn wartete …

John Baker lag mit seiner Frau im Bett. Es war Sonntagmorgen, und Sally schlief noch tief und fest. Aber John konnte nicht mehr schlafen. Seine momentane Lebenssituation ließ es nicht zu, dass er ruhig schlief. Zärtlich betrachtete er seine Frau, die selig schlummernd neben ihm lag, die Augen geschlossen, das milchkaffeebraune Gesicht entspannt, die langen, schwarzen Haare wie ein Vorhang über einer Gesichtshälfte liegend, die Hände schützend um den nun schon kugelrunden Bauch gelegt. John liebte seine Sally heiß und innig, und er freute sich schon auf den Nachwuchs, der wohl nicht mehr lange auf sich warten lassen würde.

Das Problem bei der Sache war nur, dass er nicht wusste, wie er seine kleine Familie ernähren sollte. John Baker war arbeitslos. Noch vor zwei Monaten war er ein erfolgreicher Mitarbeiter der Citygroup-Bank in New Jersey gewesen. Aber eine heimtückische Viruserkrankung, die ihn über Wochen mit Fieber ans Bett gefesselt hatte, hatte zu viele Fehltage verursacht, und so hatte man ihn entlassen. Nun wälzte er schon seit seiner Entlassung die Inserate der Tageszeitungen und schrieb Bewerbungen, bisher ohne Erfolg. Die Banken hatten einfach genug Personal, überall wurde gespart. Vermutlich war dies auch mit ein Grund für seine schnelle Kündigung gewesen.

John streckte sich müde unter der Bettdecke. Seine dunkelbraune Haut spannte sich über seinem muskulösen, kräftigen Körper. Die braunen, fast schwarzen Augen blitzten in der Dunkelheit, die kurzen, glatten schwarzen Haare waren vom Schlaf verstrubbelt. Neben ihm bewegte sich Sally und blinzelte. »Guten Morgen, mein Schatz«, begrüßte John sie mit Samtstimme und lächelte seine Frau an, bevor er ihr einen zärtlichen Kuss auf die Stirn gab. »Guten Morgen, Johnny«, murmelte Sally verschlafen und kuschelte sich näher an ihren Mann, so nah, wie ihr Bauch es zuließ. John legte seinen Arm um sie und streichelte mit seiner anderen Hand über die kugelrunde Bauchdecke. Ab und zu konnte er eine Bewegung fühlen, und einmal erntete er sogar einen handfesten Tritt. John musste trotz seiner Sorgen lachen. »Hoffentlich tritt sich unser Kind später einmal genau so fest durch sein Leben«, dachte er. »Dann wird es ihm besser gehen als mir.« Nach all den erfolglosen Bewerbungen fühlte er sich langsam aber sicher als Versager. Die Zeit saß ihm im Nacken. Mit der Geburt des Kindes würden auch Kosten anfallen, angefangen mit den Krankenhauskosten über Kleidung, Bettchen, Windeln, und was so ein Säugling sonst noch alles benötigte. Seine spärlichen Rücklagen reichten aber nicht ewig, das war bereits abzusehen. Lange würde er seine Familie damit nicht ernähren können. Und sonstige Hilfe konnte er nicht erwarten. Seine Eltern wohnten weit weg und hatten ebenfalls nicht viel Geld. Es reichte gerade für sie selbst zum Leben, große Sprünge konnten sie keine machen. Von Sallys Eltern lebte nur noch die Mutter. Sie war schon über achtzig und in einem Pflegeheim untergebracht, das ebenfalls horrende Summen verschlang. Und Freunde? John lachte bitter. Seine Freunde hatte er mit seinem Job verloren. Das Bankgeschäft war hart. Wer nicht bestehen konnte, ging unter.

Ron konnte in Johns Emotionen lesen wie in einem aufgeschlagenen Buch. Er seufzte leise. Irgendwie kam ihm diese Situation bekannt vor. Die Arbeitswelt war hart und unbarmherzig, wenn man nach oben wollte. Und von oben fiel man umso tiefer, wenn man fiel. Ron konnte es nachfühlen. Dieser John tat ihm leid. »Ich wage zu behaupten, dass es diesmal darum geht, dem Jungen einen Job zu besorgen«, vermutete er. »Da bin ich ja genau der richtige. Deshalb ging es mir zuletzt ja so gut.« Sein Sarkasmus kam wieder durch. »Aber vielleicht bin ich ja erfolgreicher, wenn es um andere geht. Mich selbst konnte ich zum Schluss nicht mehr gut verkaufen. Dafür war die Ware zu schlecht.« Traurig dachte er an seine letzten Wochen zurück, als die Sucht ihn fest im Griff hatte und sein Körper und sein Geist weitgehend zerstört waren. Nicht mal bei der Müllabfuhr hatten sie ihn mehr haben wollen. Er hätte die schweren Tonnen sowieso nicht heben können. Außerdem hätte er wohl eher die Tonnen nach Wertgegenständen durchwühlt, statt sie zu leeren, um Geld für Stoff zu bekommen. Das war der einzige Gedanke, der in seinem kranken Hirn noch Bestand gehabt hatte. Für Geld hätte er alles getan.

Ron schüttelte sich innerlich, um auf andere Gedanken zu kommen. Diese Zeiten waren vorbei. Er war tot, und nun durfte er sich nicht auch noch seine Ewigkeit versauen, indem er seine Chance verpasste, diesem jungen Schwarzen zu helfen. Jetzt hieß es, die Augen offen zu halten, damit er im passenden Moment eingreifen konnte. Wenn er auch noch nicht wusste, wie. Auch das musste er erst herausfinden. »Also, Ron, du hast genug zu tun! Kümmere dich lieber um deine Aufgaben, statt in Selbstmitleid zu versinken. Dazu hast du jetzt keine Zeit!«

So wandte er seine Aufmerksamkeit wieder der Gegenwart zu. Er würde versuchen, sich bei seinem Schützling bemerkbar zu machen. Das war nun erst einmal seine vorrangigste Aufgabe. Vielleicht konnte er so herausfinden, in welcher Zeit er gelandet war. Das hatte er bisher noch nicht ausmachen können, da es für John wohl so selbstverständlich war, dass er keinen weiteren Gedanken daran verschwendete. Die Erinnerungen seines Gastgebers hatten ihm jedoch schon verraten, dass er sich in New Jersey befand, in Amerika. Angesichts der Hautfarbe von John und Sally hatte sich Ron schon so etwas gedacht, aber man wusste ja nie genug. Das hatte er auf seinen zahlreichen Reisen mittlerweile gelernt. Er würde bei Gelegenheit noch weiter in Johns Gedanken stöbern, nahm Ron sich vor. Aber nun war es wichtig, dem Tagesgeschehen zu folgen, um weitere Dinge herauszufinden, die für alle Beteiligten entscheidend sein konnten.

Nachdem John seine Sally ausgiebig wach geschmust hatte und auch das Ungeborene nicht zu kurz gekommen war, stand er auf, um Frühstück zu machen. Er schlurfte in Hausschuhen und Pyjamahose gähnend in die Küche und öffnete den Kühlschrank. Unschlüssig blieb er davor stehen. Es war nicht die große Auswahl, die da vor ihm lag, und er wusste, dass die Lebensmittel noch eine ganze Weile reichen mussten. Trotzdem packte er Toast, Käse, Marmelade und Diätmargarine auf ein Tablett, stellte zwei Teller und zwei Tassen dazu und kramte Besteck aus der Schublade. Dann warf er den Wasserkocher an und häufte in jede Tasse zwei Löffel löslichen Kaffee. »Echter« Kaffee war momentan Luxus, und den konnten sie sich nicht leisten.

John klemmte sich den altersschwachen Toaster unter den Arm und balancierte das Tablett ins Schlafzimmer, wo Sally sich bereits im Bett aufgerichtet hatte und ihn mit ihren strahlenden Augen und einem Lächeln empfing. Als er sie so da sitzen sah, wusste er wieder, dass er einfach alles für diese Frau tun würde.

Er platzierte den Toaster neben dem Bett, stellte das Tablett zwischen sich und Sally, und als der erste Toast goldbraun herausgesprungen kam, bereitete es John viel Freude, ihn gleichmäßig mit Marmelade zu bestreichen und Sally Bissen für Bissen damit zu füttern. Das wenige, dass er ihr bieten konnte, wollte er ihr mit aller Liebe geben, derer er fähig war.

Als er nach dem Frühstück das Tablett in die Küche zurücktrug, fiel ihm die Zeitung des gestrigen Tages in die Hände. Richtig, die hatte er gestern gar nicht mehr gelesen. Ohnehin las er nur noch die Stellenangebote. Nichts anderes war im Augenblick wichtiger für ihn. Also schnappte er sich die Zeitung und einen Kugelschreiber. So bestückt marschierte er ins Schlafzimmer zurück und warf sich auf die Matratze. »Was hast du denn da?«, fragte Sally neugierig. »Ach, das Übliche. Ich werde mal wieder die Stelleninserate durchforsten. Vielleicht habe ich ja diesmal Glück«, brummte John, selbst nicht von dem überzeugt, was er da von sich gab.

So blätterte er sich systematisch durch die Zeitung, während Sally sich wieder an ihn gekuschelt hatte und ihre Augen schloss. Sie war in letzter Zeit ziemlich müde, und das Baby strampelte und bewegte sich immer mehr. Es würde wohl nicht mehr lange dauern, bis es sich seinen Weg nach draußen suchte.

Ron sah gespannt zu, als John sich die Stellenanzeigen aufmerksam durchlas. Nirgendwo wurde ein Banker gesucht, musste er feststellen. John legte schon resignierend die Zeitung zur Seite, doch Ron dachte: »Hey, Junge, warum gibst du denn schon auf?« Er versuchte, sich mit Hilfe seiner Gedanken einen Weg in Johns Bewusstsein zu verschaffen, doch es kam keine Reaktion, die darauf schließen ließ, dass er wahrgenommen wurde. »Hallo? Hörst du mich?«, rief Ron diesmal laut in Johns Geist hinein. »Du solltest nicht so schnell aufgeben. Du findest schon noch Arbeit. Ich werde dir dabei helfen, ok?«

Doch es kam keine Antwort. »Mist!«, schimpfte Ron. »Schon wieder keine Reaktion. Wie um alles in der Welt soll ich denn diesmal zu ihm durchdringen? Es könnte doch einmal einfach sein, oder ist das zu viel verlangt?« Auch auf diese Frage antwortete ihm niemand. Er hatte auch nicht damit gerechnet. Wie es aussah, musste er wieder mühsam alle Möglichkeiten durchprobieren, die ihm einfielen, um Kontakt aufzunehmen. Darin hatte er ja mittlerweile schon Übung!

Doch was er auch versuchte, er konnte weder durch Denken, noch durch Sprechen, Rufen oder Schreien Aufmerksamkeit erlangen. Bilder konnte er auch keine vermitteln. Irgendwann gab Ron es für diesen Tag auf. »Vielleicht geht es hier mal wieder um den richtigen Zeitpunkt, und ich mache mich ganz umsonst müde und verrückt. Es wird schon irgendwie gehen. Es ging bis jetzt immer irgendwie! Wenn ich es nur dann hinkriege, wenn es brenzlig wird! Genau diesen Moment darf ich nicht verpassen. Ich muss Acht geben, wann ich eingreifen muss. Dann sehe ich bestimmt auch, wie ich es anstellen kann.«

Mittlerweile hatte Ron durch all seine Reisen an Erfahrung, aber auch an Vertrauen gewonnen. Nicht, dass er sich keine Mühe mehr gab oder die Sache auf die leichte Schulter nahm, aber er machte sich keine übergroßen Sorgen mehr. Die Angst, etwas falsch zu machen, komplett zu versagen und zurückbleiben zu müssen, war von ihm gewichen. Er hatte in seinen vielen Lektionen gelernt, dass Gott ihn in all seiner Güte nicht allein ließ, selbst, wenn es manchmal bis zum Schluss so aussah, als sei er von allen verlassen und völlig hilflos. Er würde auch diese Aufgabe meistern, denn es ging schließ- lich nicht nur um ihn, sondern auch um den Menschen, in dessen Geist er saß. Selbst, wenn er von Gott verlassen worden wäre, John wäre es ganz sicher nicht. Und daher musste auch diese Geschichte gut ausgehen!

John verbrachte mit seiner Sally einen ungewohnt ruhigen, faulen Sonntag im Bett. »Wir müssen uns ausruhen, solange wir es noch können«, neckte er seine Frau und kitzelte sie unterm Kinn. »Wenn erst einmal das Kleine da ist und ich einen 16-Stunden-Tag irgendwo in einer der besten Banken Ameri- kas habe, bleibt dafür keine Zeit mehr!« Sally warf ihm scherzhaft das Baby- mützchen, das sie häkelte, an den Kopf. »Das sieht dir ähnlich! Du machst dir einen ruhigen 16-Stunden-Tag auf der Arbeit, während ich das Baby allein versorgen muss!«, lachte sie und piekte ihren Mann nun ihrerseits in die Rippen.

Die nächsten fünf Minuten kitzelten sich die beiden durch, bis ihnen vor Lachen die Tränen in den Augen standen. Keiner von ihnen wollte sich vor Augen führen, wie schlecht es jetzt noch um sie stand, und dass ihre Zukunft alles andere als gesichert war.

Zum Abendbrot kochte John eine dünne Suppe, damit Sally und das Baby etwas Warmes bekamen. Draußen war es schon dunkel. Gemeinsam schauten sie sich einen Krimi im Fernsehen an, bevor sie sich anschließend schlafen legten. Schützend den Arm um seine Frau gelegt, schlief John ein. Morgen war ein neuer Tag mit neuen Möglichkeiten. Er würde die Energie, die er heute gesammelt hatte, in neue Hoffnung und neue Anstrengungen investieren. Morgen.

Ron allerdings konnte noch nicht schlafen. Ihm geisterte etwas in seinen Gedanken herum. John suchte viel zu sehr nach einer Arbeit als Banker. Klar, das war sein Beruf, aber momentan kam er so nicht an Geld. Wichtig war es jedoch in seiner Situation, Geld zu verdienen, damit er seine Familie versorgen konnte. Mit welcher Arbeit, das war ganz gleich. So weit hatte John noch nicht gedacht. Er war der Meinung, so las Ron in Johns Gefühlen, mit seiner Ausbildung würde es ihm nicht mehr lange an einer Arbeit fehlen. Nun, das mochte ja sein, aber wie lange war »nicht mehr lange«? Wenn das Geld auf dem Konto zusehends schwand, konnte dies eine lange, lange Zeitspanne sein.

»Meiner Meinung nach«, so dachte Ron, »braucht John erst einmal einen Aushilfsjob. Der nimmt nicht allzu viel Zeit in Anspruch, sodass er weiter nach einer richtigen Arbeit suchen kann, und er verdient Geld, mit dem er über die Runden kommen kann. Na ja, wohl mehr schlecht als recht, aber besser, als gar kein Geld!« Er sah in seinem Geiste John vor sich, wie er als Pizzabote oder Zeitungsjunge oder als der berühmte Tellerwäscher fungierte. Nun gut, sich ihn dabei in seinem feinen Bankeranzug vorzustellen, war vielleicht ein Fehler … Ron lachte über seine Vorstellung, aber sein Gedankengang kam ihm nicht falsch vor. Nur, wie sollte er ihm diese Botschaft übermitteln? Ron grübelte und grübelte, und mit jeder Idee, welche Arbeit John als Überbrückung annehmen konnte, formte sich ein Bild in ihm, das ihm zum Greifen echt erschien. Doch alle Überlegungen waren umsonst, wenn er es nicht schaffen würde, John davon zu überzeugen, vorerst nicht mehr nach den Sternen zu greifen.

Von all der Gedankenarbeit ermüdet, nickte schließlich auch Rons Geist ein und kam zur Ruhe.

Am nächsten Morgen wurde John von den ersten Sonnenstrahlen geweckt, die durch das Schlafzimmerfenster fielen. Entgegen seiner sonstigen längeren Anlaufzeit war er heute sofort wach. Ihm war, als sei ihm über Nacht die Antwort auf all seine Fragen gegeben worden.

Neben ihm rührte sich auch Sally, die von einem vorwitzigen Sonnenstrahl wach gekitzelt worden war. Sie blinzelte in die Morgendämmerung und drehte sich zu John um, als sie bemerkte, dass er ebenfalls schon wach war.

»Guten Morgen, Liebling«, murmelte sie verschlafen. »Du bist ja schon wach. Grübelst du wieder? Du weißt, dass das nicht gut für dich ist.«

»Nein, mein Schatz, mach dir keine Sorgen. Ich glaube, das Grübeln hat ein Ende. Ich habe eine ziemlich lehrreiche Nacht hinter mir, in der mir einiges klar geworden ist«, erzählte John begeistert und drückte Sally an sich. »Wieso, was ist denn passiert? Erzähl!«, bat Sally, mit einem Mal hellwach.

»Weißt du«, begann John, » ich habe in all den vergangenen Wochen nur nach einem neuen Job als Banker gesucht. Da ist aber nun mal momentan nichts zu holen, das habe ich ja Tag für Tag gesehen. Nun ist mir heute Nacht die Erkenntnis gekommen, dass ich erst einmal einen kleinen Job annehmen sollte, vielleicht als Aushilfe. So kommen wir zu Geld, bis ich dann irgendwann einmal eine richtige Arbeit finden werde. Weißt du, Sally, ich war so blind! Die Sache liegt doch auf der Hand! Ich habe nur die ganze Zeit daran gedacht, dass ich unbedingt wieder einen Job in meinem Beruf finden muss. Danach werde ich auch weiterhin suchen, das ist klar. Aber warum um alles in der Welt bin ich nicht vorher auf die Idee gekommen, erst einmal Geld zwischendurch zu verdienen? Stattdessen habe ich tatenlos dabei zugesehen, wie meine Ersparnisse immer weniger wurden. Heute Nacht habe ich mich selbst im Traum in vielen verschiedenen Aushilfsjobs gesehen; vom Fahrradkurier über Zeitungsboten bis hin zum Tellerwäscher im Restaurant war alles dabei. Das war, als ob einer in meinem Hirn das Licht angeknipst hätte! Sally, ich war so blöd! Warum bin ich nicht früher drauf gekommen? Einen Aushilfsjob findet man an jeder Ecke. Pfeif auf meine Ausbildung, Hauptsache, wir kommen erst einmal wieder zu Geld! Alles andere wird sich finden, glaub mir.«

John hatte sich völlig in Rage geredet, außer sich über seine eigene Beschränktheit, die ihn die einfachsten Möglichkeiten hatte übersehen lassen. Sally neben ihm hörte aufmerksam zu, und als er geendet hatte, schlug sie sich mit der Hand vor die Stirn. »Du hast recht«, rief sie, verblüfft über die einfache Lösung ihrer Geldprobleme, »darauf sind wir beide nicht gekommen. Wenn du einen solchen Aushilfsjob bekommst, dann nimm ihn! Jetzt ist nicht der passende Zeitpunkt für falschen Stolz. Du wirst auch wieder bei einer Bank ankommen, aber darauf können wir nicht mehr warten. Du hast Recht! Genau so solltest du es machen. Am besten fangen wir gleich heute an zu suchen!«

»Ja, das tun wir. Ich hole gleich die Zeitung!«, rief John und sprang aus dem Bett, lief zur Haustür und griff nach seiner Zeitung. Doch diese war noch nicht da. »Mist!«, fluchte er. »Jeden verfluchten Tag ist dieser Zeitungsjunge pünktlich, nur heute, wo ich die Zeitung wirklich einmal brauche, kommt er zu spät!« Sauer kehrte er ins Schlafzimmer zurück. Sally fuhr ihm tröstend durch die Haare. »Sei nicht böse. Der kommt schon noch. Jetzt haben wir so lange gewartet, auf die wenigen Stunden kommt es nun auch nicht mehr an.« Sie standen gemeinsam auf, gingen ins Bad, machten sich frisch und zogen sich an. Anschließend setzten sie sich in die Küche und frühstückten. John horchte zwischendurch auf jedes Geräusch an der Tür und sah nervös auf die Uhr. Endlich, nachdem sie nun schon über eine Stunde warteten, hörte er das Klappern des Briefkastens. John sprang auf und sprintete an die Haustür. Er erwischte den Zeitungsboten noch gerade, bevor dieser auf dem Fahrrad davonfuhr. Es war ein anderer als sonst. »Hey!«, rief John. »Warte mal! Warum kommst du so spät? Du kannst deine Leute doch nicht ewig auf die Zeitung warten lassen! Was soll das?«

Der Bote, ein Junge von gerade mal zwölf Jahren, zuckte entschuldigend die Schultern. »Tut mir Leid, Sir, aber Sam, der sonst diesen Bezirk fährt, hat sich ein Bein gebrochen, und jetzt muss ich seine Arbeit mitmachen. Das dauert leider ein bisschen länger, ich kann´s nicht ändern. Wir haben noch keinen Ersatz für ihn gefunden.«

Bei John läuteten alle Alarmglocken! »Noch keinen Ersatz, sagst du? Wo kann man sich denn dort melden?«

»Sehen Sie mal im Telefonbuch nach«, rief der Junge, der schon wieder auf dem Fahrrad saß. »Es nennt sich CMC, die druckt und liefert die »Ocean City Gazette«, der Ansprechpartner ist Mr. Brown.«

»Danke!«, rief John dem Jungen hinterher und eilte zurück ins Haus. Drinnen griff er nach dem Telefonbuch, suchte die passende Nummer und angelte dann nach dem Telefonhörer. Mit einem leichten Kribbeln im Bauch tippte er die Telefonnummer ein, und wenige Sekunden darauf hörte er das Freizeichen. Nervös wartete John darauf, dass auf der Gegenseite abgenommen wurde. Vielleicht war dies schon die Lösung seiner dringendsten Probleme!

Ron in Johns Innerem schlug Purzelbäume! Es hatte funktioniert! Und ganz ohne Anstrengung seinerseits noch dazu! »Auf diese Lösung wäre ich ja im Traum nicht gekommen, dass ich seine Träume beeinflussen kann!«, freute er sich. »Na, das lief ja einfacher, als es anfangs aussah. Hoffentlich kriegt er den Job, dann ist er seine Sorgen vorerst mal los. Alles Weitere wird sich finden, denke ich. Hey, vielleicht ist er mich ja dann auch schon los?« Aber seine Erfahrung hatte ihn gelehrt, dass es meist nicht so schnell vorbei war, wie er es sich wünschte. »Erst mal Daumen drücken!«, dachte Ron und lauschte gespannt auf das Telefonat.

John trat unruhig von einem Bein auf das andere, während ihm wieder und wieder das Freizeichen ins Ohr tutete. War denn da niemand, der arbeitete? Plötzlich hörte er das ersehnte Klicken im Hörer. »CMC, Sie sprechen mit Mrs. Summer?« John räusperte sich schnell und antwortete: »Ja, hallo, Mrs. Summer, hier spricht John Baker. Wäre wohl Mr. Brown zu sprechen? Es geht um eine Stelle als Austräger.«

»Einen Augenblick bitte.« Eine Weile hörte er eine aufreizend fröhliche Warteschleifenmelodie, dann wurde das Gespräch entgegengenommen.

»Brown?«

»Guten Morgen, Mr. Brown. Mein Name ist Baker, John Baker. Ich wohne in der Sunrise-Avenue, und mir wurde heute Morgen mitgeteilt, dass Sie Ersatz für einen Austräger Ihrer Tageszeitung suchen. Ich wollte mich Ihnen ab sofort zur Verfügung stellen.«

»Soso. Hm. Nichts für ungut, aber Sie klingen schon ein wenig älter, als es unsere Austräger normalerweise sind. Wenn Sie einen Nebenjob suchen, kann ich Ihnen nicht helfen. Es stehen Dutzende Menschen bei uns Schlange, die das Geld nötiger brauchen als Sie.«

»Nein, halt, bitte warten Sie, Mr. Brown!«, rief John in den Hörer. »Es ist nicht so, wie Sie denken. Ich bin auf den Job angewiesen, weil ich sonst noch keinen gefunden habe. Bitte, ich brauche das Geld, und ich brauche den Job. Meine Frau bekommt ein Baby, und ich bin immer noch ohne Arbeit. Ich weiß nicht, wie wir es ohne Job schaffen sollen! Klar, ich bin älter als zwölf. Das ist man normalerweise, wenn man im Arbeitsleben steht. Aber glauben Sie mir, Mr. Brown, für mich steht mehr auf dem Spiel als für einen Jungen von der Highschool, der sich nur ein paar Dollar dazuverdienen will. Bitte, lassen Sie mich wenigstens die Vertretung für diesen Jungen machen, der Ihnen ausgefallen ist. Ich will ja gar nicht, dass Sie mich zusätzlich einstellen. Nur für den Monat, bis der Junge wieder da ist. Sie glauben gar nicht, wie sehr mir das schon helfen würde.«

John hasste sich im selben Moment dafür, dass er um den Job bettelte. Andererseits war dieser Mr. Brown wohl ein ausgemachtes Ekel. Er hatte noch keine zwei Sätze sagen können, und schon war er abgeblockt worden. Nun, er hatte keine Wahl. Auch Aushilfsjobs lagen nicht auf der Straße, und es galt das Recht des Stärksten, in diesem Fall des Schnellsten und Hartnäckigsten.

»So. Nun, Mr. Baker, dann sieht die Sache anders aus.« Die Stimme am anderen Ende der Leitung wurde um ein paar Nuancen freundlicher, wenn auch nur um wenige. »Kommen Sie bitte heute Vormittag noch bei uns vorbei, dann können Sie ab morgen die Vertretung übernehmen. Ich werde Ihnen Ihren Bezirk festlegen und Ihnen erklären, was Sie zu tun haben.«

»Danke, Mr. Brown! Ich mache mich sofort auf den Weg!« Als John den Hörer aufgelegt hatte, atmete er erst einmal tief durch. Dann raste er freudig in die Küche, wo Sally noch am Tisch saß und gespannt darauf wartete, was er zu berichten hatte.

»Hey, Sally, gib mir einen Kuss! Ich habe einen Job als Vertretung unseres Zeitungsjungen. Der arme Kerl hat sich ein Bein gebrochen, und sie haben noch keinen Ersatz für ihn. Deshalb kam heute Morgen auch die Zeitung so spät. Der Austräger hat es mir gesagt. Da habe ich direkt bei denen angerufen. Zuerst wollte mich der Kerl abwimmeln. Ich sei zu alt, und er meinte, es ginge mir nur um eine Nebentätigkeit. Er hätte andere vor der Tür stehen, die auf die Arbeit angewiesen seien. Klar! Deshalb haben sie auch bis jetzt noch keinen Ersatz gefunden! Der kann mir viel erzählen. Aber ich habe ihm klar gemacht, dass ich mehr auf das Geld angewiesen bin als irgendein Halbwüchsiger, der auf sein erstes Auto spart. Da hat er angebissen. Zumindest mal für die Zeit, in der der kranke Junge fehlt, habe ich Arbeit. Ich denke mal, für einen Monat habe ich Beschäftigung. Jetzt soll ich heute Morgen noch zu ihnen kommen, um alles Weitere zu regeln. Mal gespannt, wie viel für mich dabei rausspringt. Viel wird es nicht sein, aber es ist alles mehr als das, was wir jetzt haben!«

Sally freute sich. »Das ist ja wunderbar, mein Schatz! Siehst du, jetzt bekommst du deine Zeitung auch noch aus allererster Hand. Vielleicht bist du dadurch sogar einer der Ersten, der auf ein Stellenangebot antworten kann.« John stutzte. Daran hatte er noch gar nicht gedacht!

»Sally, du bist die Größte!«, freute er sich. »Ich bin so unendlich froh, dass du mich unterstützt. Niemals in meinem Leben hätte ich gedacht, dass ich, einer der besten Banker dieser Stadt, einmal so froh über einen gewöhnlichen Aushilfsjob sein könnte. Wie tief man doch sinken kann.«

Für einen Moment überkam ihn wieder Traurigkeit. Aber Sally munterte ihn sofort auf. »Johnny, lass den Kopf nicht hängen. Das kommt alles wieder! Wir fangen jetzt ganz unten an, mit ungelernter Arbeit, als Trinkgeldempfänger. Na und? Das ist doch schon um so vieles besser, als nur daheim zu hocken und auf ein Wunder zu warten. So musst du das sehen!« John nickte langsam. »Du hast Recht, mein Schatz. Eigentlich habe ich es in den letzten Wochen zu sehr schleifen lassen. Es wird Zeit, sich wieder an Arbeit zu gewöhnen. Es ist zwar wirklich nicht die, die ich gewohnt bin, aber es ist alles besser als nichts! Wir beide, wir kommen schon durch!«

»Wir drei!«, verbesserte Sally und umarmte John mit aller Kraft, die sie aufbringen konnte.

Nur eine Stunde später sprach John bei Mr. Brown vor, und dieser erklärte ihm genau, was er zu tun haben würde. Für fünfzig Dollar die Woche plus Trinkgeld würde er täglich im Morgengrauen die Straßen seines Distriktes abfahren und die Zeitungen verteilen. Für ihn als Langschläfer war dies eigentlich eine Tortur, aber John beklagte sich kein bisschen. Viel zu froh war er, sich die zweihundert Dollar im Monat verdienen zu können. Genau genommen war es viel Geld für diesen Job. Der Verlag wollte sich seine Austräger warm halten und bezahlte das frühe Aufstehen ausgesprochen gut.

So verging die erste Arbeitswoche. John war mehr als froh, endlich wieder etwas leisten zu können, wenn es auch nur so wenig war. Es war alles besser, als zu Hause zu sitzen und auf etwas zu warten, was nicht kommen würde.

Ron war glücklich, dass John wieder Mut gefasst hatte. So kam er wenigstens nicht auf dumme Gedanken, und er selbst hätte mehr Zeit, sich Gedanken um Johns Zukunft zu machen. Denn dass es so nicht weitergehen konnte, lag auf der Hand. Sie mussten schon noch etwas anderes finden. »Kommt Zeit, kommt Arbeit«, dachte Ron. »Wir müssen nur die Augen offen halten!« Doch dass die Lösung aller Probleme schon wenige Tage später auf dem Tisch liegen würde, damit hätte selbst Ron nicht gerechnet.

John stand am frühen Freitagmorgen vor der Tür des Verlagshauses, genauer gesagt, vor dem Auslieferungslager der Druckerei, wo er allmorgendlich seine Zeitungen entgegennahm. Im Morgengrauen schlug er die erste Zeitung auf und überflog, wie es seine Gewohnheit geworden war, die Stellenanzeigen. Und da traf es ihn wie ein Blitzschlag! Die Bank of America suchte einen Mitarbeiter für ihre Filiale in San Francisco, und zwar ab sofort! John lehnte sich mit zitternden Knien gegen die nächste Mauer. Das war es! Das musste es sein! Seine Chance stand dort schwarz auf weiß auf dem Papier, das er in Händen hielt!

So schnell wie an diesem Morgen hatte er seine Tour noch nie hinter sich gebracht. John fieberte dem letzten Briefkasten entgegen. Er wollte nur noch so schnell wie möglich nach Hause, um in San Francisco anzurufen.

Er stürzte zur Haustür herein und vergaß völlig, sie hinter sich zu schließen. »Was ist denn los? Ist etwas passiert?«, rief Sally erschrocken aus der Küche. So aufgeregt hatte sie ihren Mann selten erlebt. »Sally, mein Schatz, sie suchen Leute! Die Bank of America sucht Mitarbeiter!«, erzählte John atemlos und blätterte bereits im Telefonbuch. Sally schloss die Haustür und fragte: »So? Wo denn?«

»In San Francisco.«

»So weit weg?«, meinte Sally. »Ja, schon. Wir werden umziehen müssen, wenn sie mich nehmen. Aber das dürfte kein Problem sein. Jetzt rufe ich erst einmal an. Ich hoffe, ich bin einer der Ersten. Wünsch mir Glück!« John drückte Sally einen Kuss auf den Mund, und Sally verzog sich wieder in die Küche. Es war wohl besser, John jetzt allein zu lassen. Sie setzte sich an den Küchentisch, stützte die Ellbogen auf, faltete die Hände und legte sie an die Stirn. Ein Stoßgebet zum Himmel konnte nicht schaden.

Auch Ron schickte ein Gebet nach oben, dass dies die Lösung von Johns Problemen sein möge. Immerhin erkannte er die Zusammenhänge: Hätte er, Ron, ihn nicht von einem Aushilfsjob träumen lassen, hätte er sich nicht als Zeitungsbote beworben und jetzt nicht so schnell die Anzeige lesen können, die ihm hoffentlich die ersehnte Arbeit bringen würde. Also, wenn dieses Telefonat glücklich ausging, würde er wohl springen! Ron war ein wenig nervös, wie immer, wenn er glaubte, der Lösung seiner Aufgabe ganz nahe zu sein.

In der Zwischenzeit hatte John mit zitternden Fingern die Nummer gewählt, die in der Stellenanzeige angegeben war. Das Freizeichen ertönte. Schon nach dem zweiten Klingeln meldete sich eine freundliche Stimme: »Bank of America, Mrs. Sanders am Apparat, wie kann ich Ihnen helfen?« John holte tief Luft. Sein Herz klopfte ihm vor Aufregung bis zum Hals. »Hallo, Mrs. Sanders. Hier spricht John Baker. Ich rufe wegen der Stellenanzeige in der Ocean City Gazette an, in der ein neuer Mitarbeiter für Ihre Filiale gesucht wird.«

»Hallo, Mr. Baker. Ja, die Stelle ist noch nicht vergeben. Welche Referenzen haben Sie denn?«

»Ich habe zehn Jahre lang erfolgreich für die Citygroup-Bank hier in New Jersey gearbeitet und war zweiter Filialleiter.«

»Das hört sich vielversprechend an, Mr. Baker. Natürlich sind Sie nicht der einzige Bewerber. Aber ich denke, es wäre gut, wenn wir uns einmal persönlich kennenlernen. Ich würde gerne einen Termin mit Ihnen zu einem persönlichen Gespräch vereinbaren«, meinte die freundliche Stimme am anderen Ende des Telefons. »Natürlich«, rief John eifrig, mahnte sich aber im gleichen Augenblick selbst zur Ruhe. Man musste ja nicht sofort merken, wie wichtig ihm die Stelle war.

»Nun, jetzt haben wir Wochenende, am Montag bin ich schon verplant ... Wie sieht es am Dienstag, den 11. September, bei Ihnen aus?«

»Ja, das geht, kein Problem. Um wie viel Uhr?«

»Nun, um halb zehn wäre mir recht.«

»Das ist gut, das geht in Ordnung. Ich kümmere mich sofort um den Flug. Vielen Dank, Mrs. Sanders!«

»Bis dann, Mr. Baker.« Das Telefonat war beendet, und John gaben die Knie nach. Sally hatte gehört, dass John den Hörer aufgelegt hatte, und eilte aus der Küche zu ihm. »Wie sieht es aus?«, fragte sie gespannt. »Ich habe einen Termin zum Vorstellungsgespräch!«, flüsterte John zwischen seinen Fingern hindurch. Er hatte die Hände vor sein Gesicht geschlagen, weil er sein Glück nicht fassen konnte. Langsam ließ er sie wieder sinken und sah Sally entgeistert an. »Ich habe ein Vorstellungsgespräch!« Ein Glücksgefühl übermannte ihn; er sprang auf und fasste Sally an den Händen, um mit ihr ins Wohnzimmer zu tanzen, wo sie sich übermütig auf die Couch fallen ließen. »Sally, wenn jetzt alles gut geht, sind wir unsere Sorgen los!« Im selben Moment sprang er wieder auf. »Ich muss mich sofort um einen Flug kümmern. Warte, ich bin gleich wieder da.«

Das Telefonat dauerte nur wenige Minuten, dann stürmte John wieder ins Wohnzimmer. »So, ich habe alles abgeklärt. Am Dienstag fliege ich mit United Airlines, Flug 93, nach San Francisco, und dann hebe ich die Welt aus den Angeln!« Überglücklich nahm John seine Sally in die Arme und spürte, wie das Kind in ihrem Bauch beinahe so zappelte, wie er es vor Glück tat.

Ron hingegen war plötzlich wie versteinert. Zuerst hatte er laut gejubelt, als John die Zusage zu seinem Vorstellungsgespräch bekam. Ja, er hatte sogar erwartet, dass er springen würde. Doch nichts geschah. Und er hatte eine düstere Ahnung, weshalb. John konnte es nicht wissen, und auch niemand sonst in Amerika ahnte zu diesem Zeitpunkt, welche Geschichte einmal mit dem Datum zusammenhängen würde, das soeben gefallen war. Der 11. September 2001. Das Datum, das die ganze Welt nicht mehr vergessen würde.

»Ach was, warum mache ich mir Sorgen?«, hatte sich Ron zuerst gefragt. »Schließlich fliegt er ja nicht nach New York!« Aber irgendwo in seinem Hinterkopf schrillten die Alarmglocken. Er kam nur zuerst nicht darauf, aus welchem Grund. Bis ihm schließlich die Erleuchtung kam.

»Nein, nicht. Es ist so heiß! Feuer!«, rief John und schlug wild um sich. Sally schrak aus ihrem Schlaf hoch und versuchte, ihren Mann aufzuwecken. »Schatz! Es ist alles gut, ich bin ja da! Komm zu dir!« Schweißgebadet öffnete John die Augen. »Was ist denn los?«, fragte er verwirrt. »Du hast schlecht geträumt. Jetzt ist alles wieder gut. Ich bin ja bei dir«, beruhigte ihn Sally und strich ihm über die schweißnasse Stirn. »Feuer. Überall war Feuer«, murmelte John. Sally nahm ihn in den Arm und hielt ihn fest. Bald darauf war John wieder eingeschlafen, und als er am folgenden Morgen erwachte, hatte er den Traum schon wieder vergessen.

Doch auch in der kommenden Nacht wurde John von Albträumen geplagt. Mehr als einmal musste Sally ihn aufwecken, weil er im Schlaf um sich schlug und schrie. »Langsam mache ich mir Sorgen, Schatz. Was ist denn los?«, fragte sie ihn beunruhigt. »Ich weiß es nicht«, meinte John matt. »Es ist immer derselbe Traum. Ein riesiger Feuerball, und ich bin mittendrin. Ich habe ein Gefühl im Bauch, als ob ich falle, ganz tief runterfalle. Und dann ist da das Feuer. Ich höre Menschen schreien. Sie verbrennen. Es ist grauenhaft.«

Sally machte sich zusehends Sorgen um ihren Mann, zumal sich der Traum in der Nacht von Montag auf Dienstag abermals wiederholte. Um Mitternacht saß sie mit John hellwach im Bett und hielt ihn fest. Er war schweißgebadet und zitterte wie im Fieber. »Ich weiß nicht, was mit mir los ist«, stöhnte er. »Als wolle mich etwas warnen. Sally«, meinte er und sah seine Frau an, »ich habe beinahe Angst, morgen in dieses Flugzeug zu steigen.«

»Meinst du?« Sally erschrak. »Es wäre eine logische Erklärung. Ein Flugzeugunglück. Kannst du denn den Termin nicht verschieben?«
» Nein, Sally, das kann ich nicht. Was macht denn das für einen Eindruck? Von diesem Termin hängt unsere Zukunft ab. Nein, ich muss morgen nach San Francisco, unbedingt.«

»Aber John, wenn dir etwas geschieht, was wird dann aus uns?«, fragte Sally und streichelte ihren Bauch. »Es geschieht schon nichts. Ich bin einfach nervös, das wird es sein. Und jetzt wird es besser sein, wenn wir schlafen. Ich muss doch morgen fit sein für das Gespräch.«

Aber Sally schlief nicht mehr in dieser Nacht. Sie sorgte sich zu sehr. Und ab und zu spürte sie einen ziehenden Schmerz im Rücken.

Als der Morgen anbrach, fühlte sich John wie gerädert, und Sally sah so aus, wie John sich fühlte. Mit einer kalten Dusche versuchte er, sich auf Vordermann zu bringen. Heute kam es darauf an, den besten Eindruck zu hinterlassen. Um acht Uhr sollte seine Maschine abfliegen. Noch hatte er Zeit genug.

Als er sich verabschiedete, hatte Sally Tränen in den Augen. »Mein Liebling, mach dir keine Sorgen. Alles wird gut gehen. Ich habe doch nur geträumt«, versuchte John sie zu beruhigen. Sally schluchzte leise. »Ich habe Angst um dich! Ich fühle, dass etwas passieren wird. Kannst du denn keinen späteren Flug nehmen?«

»Nein, Schätzchen, das geht nicht. Ich muss schon pünktlich sein, sonst habe ich meine Chance gleich verspielt. Das weißt du doch. Komm, gib mir einen Kuss und wünsch mir Glück.« Sally küsste ihren Mann, als ob es das letzte Mal sein sollte.

Ron in Johns Geist wurde unruhig. All seine Träume, die er ihm geschickt hatte, hatten nichts genutzt, wie es aussah. Dabei waren sie so realistisch wie nur möglich gewesen. Er hatte doch noch allzu genau die Bilder vor Augen, die in allen Nachrichten um die Welt gegangen waren. Es durfte nicht sein, dass John diese Maschine betrat! Doch welche Möglichkeit hatte er denn jetzt noch, ihn aufzuhalten? Jetzt war alles zu spät. Was nun? Ron hatte schon nicht mehr daran geglaubt, aber nun holte ihn die Verzweiflung wieder ein. Es schien diesmal wirklich aussichtslos zu sein. Er wusste, was geschehen würde. Und es würde geschehen. Ron blieb nur noch eins: Er bat Gott um Hilfe. Ein Wunder musste geschehen, denn er selbst konnte nichts mehr tun.

John hatte sich im Taxi zum Newark International Airport bringen lassen. Er hatte bereits eingecheckt und wartete nun auf den Aufruf seiner Maschine. Die ganze Zeit über wollte ihm nicht aus dem Kopf gehen, dass Sally sich solche Sorgen machte. Er beschloss, sie noch einmal anzurufen, um sie zu beruhigen. Er kramte sein Handy aus der Tasche und wählte ihre Nummer. Es dauerte eine Weile, bis sie das Gespräch entgegennahm. Schon, als sie sich meldete, wusste John, dass etwas nicht in Ordnung war. Sally keuchte und atmete schwer. Das konnte nur eines bedeuten!

»Sally! Sally, mein Schatz, was ist los?«, fragte er aufgeregt, obwohl er die Antwort schon wusste. »John, oh John, es geht los! Die Wehen haben eingesetzt! Ich habe eben ein Taxi gerufen, das mich in die nächste Klinik bringen soll, wie wir es abgesprochen haben. John, warum rufst du denn an? Bist du noch nicht unterwegs?«

»Nein, mein Schatz, der Flug hat Verspätung. Weißt du was? Ich komme zu dir!«

»Oh, Johnny, das geht doch nicht! Du musst doch zu diesem Termin!«, wehrte Sally ab und stöhnte im gleichen Atemzug laut auf. »Unsere Zukunft hängt davon ab.«

»Sally! Du bist meine Zukunft, du und unser Kind! Ich bin in einer Viertelstunde bei dir!« John war so nervös, dass er alles um sich herum vergessen hatte. Sein Flug war inzwischen aufgerufen worden, aber ihm war alles egal. Seine Sally brauchte ihn jetzt. Sein Sohn würde zur Welt kommen! Oder seine Tochter, egal! Er wollte nur noch in die Klinik zu seiner Frau. Von dort aus würde er einen neuen Termin abmachen. Und wenn es dazu nicht mehr kommen sollte, war es ihm auch gleich. Er würde sich schon durchschlagen. Die vergangene Woche hatte ihm sein Selbstvertrauen wiedergegeben. Irgendeine Arbeit ließ sich immer finden, wenn man ernsthaft suchte, das hatte er gelernt. Aber am wichtigsten war jetzt, dass er bei seiner Frau war. Für ihn gab es nichts Wichtigeres mehr auf der Welt als die Frau, die er liebte.

Zwanzig Minuten später war er im Krankenhaus und hielt im Kreißsaal die Hand seiner Frau fest. Ungefähr zur gleichen Zeit, um 08.46 Uhr, schlug in New York das erste Flugzeug in den Nordturm des World-Trade-Centers ein. Um 09.03 Uhr folgte das zweite Flugzeug, das in den Südturm einschlug. Um 09.37 Uhr stürzte ein Flugzeug ins Pentagon.

Und um 10.03 Uhr zerschellte Flug UA 93 in der Nähe von Shanksville in Pennsylvania. Die Passagiere hatten durch beherztes Eingreifen verhindert, dass die Maschine als weitere tödliche Waffe missbraucht wurde. Die Entführer sahen keinen Ausweg mehr, als das Flugzeug vorsätzlich abstürzen zu lassen. Es gab keine Überlebenden.

Der schwärzeste Tag, den Amerika je hatte, wurde für John Baker einer der glücklichsten seines Lebens. Gleich zwei Geburtstage feierte er an diesem Tag und seitdem jedes Jahr aufs Neue: seinen eigenen, zweiten Geburtstag, den er nur seiner Frau und letzten Endes seiner inneren Unruhe aufgrund der für ihn unerklärlichen Albträume zu verdanken hatte; und den Geburtstag seines Sohnes Jonathan.

Als John Stunden später in San Francisco anrief, glaubte man dort, mit einem Geist zu sprechen. Das Vorstellungsgespräch fand nicht mehr statt. Als man John die Stelle am Telefon für den nächsten Monatsanfang zusagte, sprang Ron.

Epilog

Am Ziel

Ron war so schnell gesprungen, dass er völlig überrascht war. Er hatte gar nicht damit gerechnet, dass seine Aufgabe bereits erfüllt war, so sehr war er in Gedanken mit den Ereignissen dieses Tages beschäftigt gewesen. Er hatte es tatsächlich geschafft, und das nur, weil er wusste, was sich an diesem 11. September ereignen würde. Zuerst hatte er ja ziemlich auf dem Schlauch gestanden, bevor ihm die Sache mit der abgestürzten Maschine wieder in den Sinn gekommen war. Ein Glück nur, dass John die Flugnummer UA 93 erwähnt hatte. In diesem Moment hatte es bei ihm geklingelt, und er wusste, dass er um jeden Preis verhindern musste, dass John diese Maschine betrat. Als dann seine eigenen Bemühungen, ihn mit Hilfe der Träume davon abzuhalten – sie waren ja die einzige Möglichkeit der Kommunikation gewesen! – kläglich gescheitert waren, hatte er gewusst, dass nur noch Gott selbst eingreifen konnte. Und er in seiner Güte hatte bei Sally die Wehen ausgelöst.

»Wir sind ein wirklich gutes Team geworden«, dachte Ron dankbar, als es ihn aus John herausgerissen hatte. Diesmal dauerte der Wirbel durch die Zeit nur Sekunden, bevor er – in seinen eigenen Körper sprang!

»Wooooooooow! Das gibt's ja gar nicht! Ich bin wieder ich!«, jubelte Ron, völlig außer sich vor Überraschung und setzte sich vor lauter Begeisterung erst einmal unfreiwillig auf seinen Hosenboden. »Ich lebe! Ich bin nicht mehr tot! Ich bin wieder da!«, rief er laut durch die vertrauten Straßen Berlins. Es regnete in Strömen, und es wurde langsam dunkel. Ron sah sich um. Er stand, oder besser, saß, auf dem Vorplatz des Bahnhofs Zoo. Die Penner und Junkies, die sich dort aufhielten und Schutz vor dem Regen suchten, und die Stricher und Huren, die auf ihre Freier warteten, beäugten ihn misstrauisch.

Es kam zwar öfter mal vor, dass hier jemand austickte, aber man konnte ja nie wissen, ob derjenige gefährlich war.

Ron fiel das gar nicht auf. Er war völlig mit dem Gefühl beschäftigt, wieder einen Körper zu haben und selbstständig handeln zu können. Er betastete sein Gesicht, seine Arme und Beine – ja, er war es wirklich! Durfte es wirklich wahr sein? Bekam er eine zweite Chance?

Er war wieder hier, wo alles angefangen hatte. Oder geendet, je nachdem, wie man es betrachtete. Zum zweiten Mal war er der abgemagerte, kaputte, dreckige Junkie, als der er die Welt verlassen hatte. Aber diesmal würde er nicht mehr springen! Jetzt wusste er es besser!

»Was hatte Gott gesagt, wäre passiert, wenn ich nicht gesprungen wäre? Er hatte von dieser Ärztin gesprochen, die mich hätte retten können. Diese Suchtexpertin, die ihre Praxis neu aufgemacht hatte an dem Tag, als ich von der Brücke gesprungen war. Die muss ich finden! Sie ist meine zweite Chance, mein zweites Leben! Ich darf leben!«

Ron lief los, so schnell ihn seine abgemagerten, kraftlosen Beine trugen. Er hatte ganz vergessen, wie es war, in diesem Körper zu stecken. Egal. Er hatte wieder einen Körper, und er würde ihn nicht mehr so schnell hergeben! Jetzt kam es darauf an, sein Leben wieder in den Griff zu bekommen! Diese Frau würde ihm helfen können. Gott selbst hatte es ihm gesagt.

Von diesem einen Gedanken getrieben, stolperte Ron durch die dunklen, kalten Straßen seiner Stadt, durch den strömenden Regen. Längst war er völlig durchnässt, aber es war ihm egal. Er hatte so viel mehr durchgemacht!

Zitternd vor Kälte bahnte er sich seinen Weg. Bestimmt dauerte es nicht mehr lange, bis er bei dieser Ärztin war. Sie würde ihn in ihre Praxis lassen, wo er sich aufwärmen durfte. Vielleicht bekam er bei ihr sogar etwas Warmes zu essen und trockene Kleider. Dann würde er ihr alles von sich erzählen, und durch ihre Therapie konnte sein zweites Leben beginnen. Er würde clean sein, und er würde wieder ganz von vorn anfangen. Während seiner Reise hatte er so viel gelernt. Vor allem wusste er nun, woran es ihm immer gefehlt hatte. Nun würde er alles wieder gut machen.

»Als Erstes, wenn ich wieder clean bin«, überlegte Ron, während seine Zähne vor Kälte aufeinander schlugen, »werde ich meine Eltern besuchen gehen. Vielleicht lieben sie mich ja noch. Ich werde mich bei ihnen dafür entschuldigen, dass ich sie ständig nur enttäuscht und ausgenutzt habe. Dann werde ich Sandra aufsuchen und ihr sagen, dass ich nie aufgehört habe, sie zu lieben. Und zu meinen ehemaligen Arbeitskollegen werde ich gehen und mich dafür entschuldigen, dass ich so ein Arschloch war. Ja, das werde ich tun. Alles wird wieder gut werden!«

Er wusste, es war ein weiter und steiniger Weg, den er da vor sich hatte. Nach seiner langen Zeit der Sucht clean zu werden, war eine große Sache, schwer und schmerzhaft, und ohne festen Willen war es gar nicht erst zu schaffen. Aber Ron war sich sicher, dass er diese Willensstärke würde aufbringen können. Er hatte viel gelernt. Vor allem wusste er, dass er nicht allein war! Es gab jemanden, der alle seine Schritte, Gedanken und Wünsche schon im Voraus kannte und ihm nicht von der Seite wich. Und mit dieser Zuversicht würde er es schaffen, auch wenn es schwer war. Er hatte so viel Schwierigeres geschafft in der Zeit, als er weg gewesen war, so viele Leben wieder in Ordnung gebracht, dass ihm die Aufgabe, sich selbst zu retten, als lächerlich einfach erschien.

Da war sie, die Brücke. Langsam, beinahe andächtig betrat Ron die Autobahnbrücke, von der er vor einer Ewigkeit – oder war es gestern gewesen? - in den Tod gesprungen war. Er stellte sich nach vorn an den Rand, wie damals. Nur diesmal hielt er sich sorgfältig an dem eisernen Geländer fest und schaute in die Tiefe.

Wie damals floss der Verkehr unermüdlich und endlos unter ihm hindurch. Ron konnte die Gesichter der einzelnen Autofahrer erkennen, wie sie genervt und müde vor sich auf die Fahrbahn starrten, das ständige Auf und Ab der Scheibenwischer vor Augen, die das hochgischtende Spritzwasser von der Scheibe vertrieben. Die Kegel der Scheinwerfer erhellten die Fahrbahn nur bedingt, ihr Licht verschwamm im strömenden Regen.

Ron beobachtete das monotone Bild der näher kommenden und unter ihm verschwindenden Autos und merkte, wie er ganz ruhig davon wurde. Noch eine kleine Weile wollte er bleiben, den Moment genießen, in dem er hier stand und lebendig war.

Plötzlich, ohne dass er ein Geräusch vernommen hätte, wurde Ron von hinten gepackt, und jemand hielt ihm ein Messer an die Kehle. Die Klinge grub sich schmerzhaft unter seinem Adamsapfel ein und ritzte ihm die Haut auf. Einzelne Blutstropfen liefen ihm die Kehle herab.

Ron war wie erstarrt. Eine bedrohliche Stimme zischte ihm ins Ohr: »Los, mein Junge, gib das Dope her, dann passiert dir nichts.«

Das Dope? Ron zitterten die Knie, als es ihm wieder einfiel. Als er damals unterwegs gewesen war, hatte er mehrere Gramm Heroin bei sich gehabt, bis er vor der Razzia geflohen und das Zeug weggeworfen hatte. Dies war noch nicht passiert, also musste sich das Rauschgift noch in seinen Taschen befinden. Hektisch durchwühlte er seine Jackentaschen, als er in der Ferne Hundegebell hören konnte.

»Die Bullen! Los, beeil dich, Alter! Gib das Zeug her!«

»Ich finde es nicht! Ich hab es nicht mehr!«, rief Ron in Todesangst. Das Hundegebell näherte sich, zusammen mit zwei Gestalten, die auf die Brücke zugelaufen kamen. »Halt! Stehen bleiben! Polizei!«

Das Nächste, was Ron spürte, war ein brennender Schmerz, als ihm die Klinge des Messers in die Brust gestoßen wurde. Seine Beine gaben unter ihm nach, und er sank langsam zu Boden.

Der Junkie, der ihn überfallen hatte, rannte über die Brücke davon, ohne sich noch einmal umzusehen.

»Oh Mann, was war das denn?«, stöhnte Ron leise. Er lag ausgestreckt auf dem Gehsteig der Brücke; eine Hand hatte er immer noch fest um das Geländer geklammert. Das Messer stach in seiner Brust, er konnte den Griff deutlich sehen und spürte, wie das Blut aus ihm heraus quoll. Um ihn herum verschwammen die Konturen, und die Geräusche drangen wie aus weiter Ferne zu ihm.

Es hatte beinahe eine Ewigkeit gedauert, bis die beiden Polizisten bei ihm angekommen waren. Einer von ihnen kauerte sich zu ihm herab, und Ron fühlte, wie der Polizist seinen Kopf hielt und ihn in seinen Schoß bettete. Sein Kollege wählte den Notruf. Aber Ron wusste, dass alle Hilfe zu spät kommen würde. Der Regen prasselte in sein Gesicht, auf seine Augenlider, die er geschlossen hatte, weil sie zu schwer geworden waren. Rasselnd rang er nach Luft. Er wusste, dass es nun zu Ende war. Es hatte doch nicht sein sollen, sein zweites Leben. Er würde seine Eltern und Freunde nicht mehr wiedersehen. Vorerst jedenfalls. Vielleicht würde er irgendwann die Gelegenheit bekommen, sich bei allen zu entschuldigen. In einem anderen Leben. Es gab ja so viele davon. »Sterben ist gar nicht so schlimm, wisst ihr?«, flüsterte er den Polizisten zu. »Ich habe es schon einmal erlebt.« Völlig ruhig und ohne Angst lag Ron da und wartete auf den Tod. Die Kälte kroch langsam in ihm hoch, und es wurde still um ihn herum. Totenstill.

Ron spürte, wie sich sein Geist aus seinem Körper löste, und, genau wie beim ersten Mal, wurde es hell um ihn herum. Er hörte leisen Gesang, wie von Engeln, und seine Seele strebte nach oben, dem Licht entgegen. Diesmal hielten ihn nichts und niemand auf. Rons Geist tauchte ein in das helle, warme Licht; er schien selbst Licht zu werden und strahlte. In der Ferne konnte er unzählige Lichtgestalten erkennen, ja, er kannte einige von ihnen! Sie winkten ihm zu und hießen ihn willkommen.

Von dort, wo das Licht am hellsten war, hörte Ron eine Stimme; die Stimme, die ihm so vertraut geworden war. Sie sprach: »Schön, dass du endlich bei uns bist, Ron. Wir haben auf dich gewartet.«

***